暴雨凶猛

林不答 著

【下册】

江苏凤凰文艺出版社

有爱的青春陪伴者

第十二章
复乐园

回程的大巴车上,蒋寒衣不断地透过着两个座位之间的缝隙去看前座的弋戈。

可惜,他只能看见朱潇潇恃宠而骄地将脑袋靠在弋戈的肩膀上——她们俩这个身高差倒还真挺和谐,他甚至隐约听见朱潇潇均匀的呼吸声。

真好命啊。蒋寒衣酸溜溜地想。

弋戈坐在靠窗的位置,分了点神把肩膀保持在一个合适的高度以托住朱潇潇的脑袋,其余大部分的脑细胞都在天外遨游。

她好像在想今天早上看见的那个穿红裙的陈春杏,又好像什么都没想。

有什么可想的呢?事实都那么直接地摆在眼前了,她既不瞎也不傻。三妈这段时间为什么这么忙、为什么总是"在医院",答案呼之欲出。

弋戈不知道自己算是"大逆不道"还是"道德沦丧",但她清楚地意识到自己并不愤怒,也不伤心,甚至连惊讶也只是保持了一会儿。而且,这惊讶也主要是针对陈春杏脱胎换骨般的模样——她三妈一打扮,还挺好看的。

手机忽然响动了一下,弋戈点开,是蒋寒衣发来的 QQ 消息。

"这人什么毛病?明明就坐在她后面。"她腹诽一句,点开聊天框,蒋寒衣问她下午有什么安排。

弋戈：睡觉。

她昨天晚上根本就睡不着，却不得不假装睡得很沉，给朱潇潇一些空间。这会儿她困得眼皮打架。

也不知道蒋寒衣在后面忙活些什么，弋戈等得耐心耗尽，差点想回头看一眼的时候，他才回复过来三个字加一个问号：肯德基？

面对肯德基，弋戈一向没什么立场，尤其是在这堵着车、午饭还没着落的时候。

弋戈：行。

她把手机放回兜里，闭上眼，准备小憩一会儿。

"啊！"

眼皮刚合上，弋戈忽然听见一声惊呼。朱潇潇也被吓得猛地起身，脑袋磕在她肩下，两人一个捧着脑袋，一个捂着锁骨，都疼得说不出话来。

过道上，热豆浆泼了一地，杯子随着大巴车的行驶悠悠往前滚，最终掉下台阶撞在前门上，剩下小半杯也全洒了个干净。

"这怎么搞的嘛……我的车刚洗的！"司机师傅本就被堵得一肚子闷气，扭头一瞥，半截车厢都被豆浆涂过鸦了，脾气一上来，语气凶得吓人。

刘国庆连忙向师傅道歉，说下车后会让学生清理干净，又回头警告地瞪了大家一眼。

一车厢的学生不敢说话，只有江一一不满地瞥了瞥夏梨，嘟囔道："你今天怎么回事，魂不守舍的……"

原本她是看夏梨没吃饭，好心把豆浆和包子让出来。没想到夏梨像丢了魂似的，心不在焉，连杯豆浆都接不住，烫得她现在手还生疼呢。

"对不起！对不起！"夏梨忙抓着江一一的手道歉，看了看伤势后满是懊恼地说，"对不起我没拿稳，我包里有烫伤膏，给你抹一点吧？"

江一一也没真生气，点点头道："行。"旋即又"扑哧"笑出来，"我说你这准备得还真够仔细的，连烫伤膏都有？"

夏梨擦着她的膝盖灵活地挤出座位，踮起脚一边用手够行李架上的书包，一边局促地笑笑说："嗯，毕竟在野外嘛，我怕有同学受伤，带了点常用药。"

江一一啧啧称叹，她们家夏小梨这蕙质兰心的，以后谁要是娶到她，

·330·

肯定是上辈子做了什么好事。

　　夏梨伸手够了半天也没摸着书包，急得有点脸红，一低头，却看见前一排的叶老师靠在椅背上，微微仰头，冲她笑，是一向儒雅的笑容。
　　夏梨一颗心却忽然紧缩了两下。
　　书包像故意和她作对似的，藏得很深，怎么摸也摸不到。她窘迫地回头看了眼，想喊范阳或蒋寒衣帮忙，却见他们一个睡得死沉，另一个戴着耳机玩游戏。

　　"没找到？"江一一抬头见夏梨神情怪异，拧拧眉道，"又怎么了？"
　　"没有。"夏梨忙摇头，再次踮起脚伸手去找书包。窘迫感越发强烈，她动作慌乱起来。
　　这时身后传来窸窣的声音："你要拿哪个？"

　　弋戈抬腿跨过朱潇潇的膝盖走到过道上，微微仰头便扫到行李架上的东西，问："你要哪个？粉色的还是黄色的？"
　　"……粉色。"
　　弋戈也踮了踮脚，才够到被挤到行李架最里面的那只粉色书包，拿下来递给夏梨。
　　"谢谢。"
　　弋戈摆摆手，把朱潇潇推到靠窗的座位，自己顺势就在过道边坐下了。
　　她看了眼夏梨粉白色外套里的短T恤，笑了笑说："你这个外套好好看。"
　　这话一说出口，她自己都起了一身鸡皮疙瘩，"好好看"这种叠词是绝不该从她嘴里冒出来的。倒要感谢朱潇潇，让她在耳濡目染中也多少记住了这种话该用什么语气说出来。
　　夏梨见了鬼似的瞪圆了眼，半分钟后才回过神来，客套地笑了笑，说："谢谢。"
　　"你这是个什么图案？"弋戈指了指，好奇地问，"蝴蝶？拉开了好像看不太出来。"
　　"嗯，蝴蝶。"夏梨低头扫了眼，顺势把外套拉链拉上了，抚了抚平展示给她看，"两边是翅膀。"

弋戈由衷地笑道:"真的挺好看的。"

夏梨从小是被人夸大的,"好看""漂亮"这种词对她来说几乎已经失去了其本义。但这次她却尤为不适应,一个僵硬的笑容后两人双双陷入尴尬,不约而同地转了回去,再不多话。

弋戈却忍不住往左前方的叶怀棠那边扫了眼,对方正襟危坐,连露出椅背的半颗脑袋都显出惯有的儒雅和正经来。

她轻轻皱了皱眉,难道是自己看错了?

原本不到两个小时的车程,大家最终花了三个多小时才回到学校。刘国庆见众人哈欠连天满脸倦意,又想到这些长身体的孩子们还没吃中饭,摆摆手让学生先回家,自己去保安室借了拖把和抹布帮司机师傅洗车。

江一一被江爸爸接走,夏梨杵在车边一脸歉意,可又不敢留下来——叶怀棠还没走,她害怕。

刘国庆拎着拖把上车,见她杵着,笑道:"行啦,小事儿,不用你操心。赶紧回去好好休息,明天还要上课!"

夏梨挪了挪脚尖,还是不好意思就这么离开。

"回家注意安全!"刘国庆也懒得和她再多说,撂了句嘱咐就开始擦车,头也不抬。

叶怀棠从行李厢里拿了自己的小箱子,走到夏梨身边,却并不和她说话,而是抬头看着车里的刘国庆,问道:"刘老师,需要帮忙吗?"

疏朗的嗓音,与从前毫无差别,夏梨却打了个寒战。她猛地扭头搜寻同学的身影,看见蒋寒衣离开的背影,仿佛见到救命稻草,忙追上去问:"蒋寒衣!"

蒋寒衣回头,有些莫名地看着她:"怎么了?"

"你现在回家吗?"停在他面前的那一刻,夏梨忽然又后悔了。他和弋戈走在一起,还有范阳和朱潇潇,他们有说有笑,看起来已经有了安排。

"对啊。"

只是刚刚跑了两步,夏梨还是胸口起伏地喘着气。她沉默了两秒,笑了笑说:"哦。"

蒋寒衣摸不着头脑,只觉得她今天奇奇怪怪的。范阳则大刺刺地问:"梨儿,一起走呗。"

夏梨抿抿嘴唇,摇了摇头:"我还要去帮老刘洗车,你们先回吧。"

说着，她挥挥手转身往回走。

"……你想吃烤红薯吗？"弋戈忽然叫住她。

夏梨脚步顿住，转身不确定地道："你是在……问我？"

"嗯。"弋戈点了点头，然后没等回答，对蒋寒衣道，"我不想吃肯德基了，吃烤红薯怎么样？你不是说之前'小黑屋'的爷爷奶奶现在在师大附中那边卖烤红薯吗，我们一起去吧。人多，给爷爷奶奶捧捧场。"

蒋寒衣虽然觉得莫名，但对她向来有求必应，点了点头，道："我无所谓啊，都行。"

范阳则是"遇事激动体质"，一拍手附和道："好主意！我好久没见爷爷奶奶了。走，咱们去把他们店买空！"

朱潇潇已经拿起手机搜索路线："师大附中还有点远呢，我们坐公交还是打车……"

得到一致同意，弋戈笑着看向夏梨，问道："和我们一起去吗？"

夏梨攥着腰边的书包带子，她不明白弋戈为什么突然这样主动地释放友好的信号。可她知道，身后的叶怀棠一定没有走。

她只能点头笑道："好啊，正好我也好久没看见爷爷奶奶了。"

"走走走！"范阳兴奋得快跳起来，"我听说师大附中那边还新开了个游戏城，我们待会儿顺路也去看看！"

"打车吧，我请客！"夏梨心里仍有不安，于是主动提议，"这次露营我爸爸多给了我零花钱的。"

范阳推着她的背往前走，闻言便笑道："开玩笑，这种事怎么能让你们女生出手？寒衣，上！"

蒋寒衣请客都已经成习惯了，淡淡地点了点头，"走吧。"

"AA。"弋戈却冷不丁说，然后没给范阳反驳的机会，看着他道，"要么就你全请了。"

蒋寒衣虽然不知道这一出是为什么，但已经自觉地脑补完毕——都会心疼我的钱了。啧啧，胜利在望。

"请就请呗，多大点儿事。"范阳悻悻地嘀咕，转身时看见叶怀棠朝他们这边看，还主动挥手打了个招呼，"叶帅！拜拜！"

弋戈抬腿一脚踹在范阳的膝窝上，踹得他当场对蒋寒衣行了个大礼。

"哟哟哟,客气了,乖儿子!"蒋寒衣捡起好大个便宜,哈哈大笑起来。

范阳十分屈辱地站起来,回头怒道:"你干吗?我又招你了?"

弋戈云淡风轻地拉着夏梨和朱潇潇擦过他,目不斜视地留下一句:"不干吗,单纯看你不爽。"

几个人挤进出租车里,热热闹闹地往师大附中去。范阳的嘴一刻也不停着,跑火车地说些"副驾驶就是为朱潇潇量身定做的"之类的废话,挨了蒋寒衣和弋戈一左一右好几肘子才勉强消停下来。

下车时正好是下课时间,师大附中小门边围了许多摊贩和学生。范阳这时总算发挥了"猴子"的特长,灵活地挤进人群中,没一会儿拎了一大袋烧饼和另一大袋烤红薯出来。

"先吃!待会儿人少了再去和爷爷奶奶聊会儿天。"他把两个大塑料袋往马路牙子上一放,挑出个最大的红薯,一边吹气一边龇牙咧嘴地剥开一块皮,拿出小勺递给夏梨,"给,梨儿,你挖着吃。"

弋戈翻了翻那两大袋子的东西,又看了看范阳和蒋寒衣大刺刺坐在马路边的模样,觉得他们五个看起来活像逃荒。

"你是打算吃完这顿就去投江?"她冷笑一声对范阳道,"那可不太明智,吃多了浮不起来。"

"不是你说让我请客吗?你们俩这饭量深不见底的,我不得一次性多买点做好准备啊!"范阳反唇相讥,他现在和弋戈斗嘴像家常便饭,反应都练快了,"慢慢吃啊,不急,不够我再买!"

搁在平时弋戈也就骂回去了,可这时他这么一说,她紧张地看了眼朱潇潇,生怕她多想。可还好,朱潇潇的表情没什么变化,看起来波澜不惊,但也没像以前那样凑一副假笑了。

蒋寒衣适时地递给她一只大红薯,中止了两人的争端。他在袋子里翻来翻去,没找到勺子,问范阳道:"你就拿了一个勺?"

"没啊,我拿了两个。喏,朱潇潇,这个给你。"范阳说着给朱潇潇递了个塑料小勺,又扫了眼弋戈,笑嘻嘻地道,"您一向气吞山河的,就不用勺子这么矫情的玩意儿了吧!"

弋戈微笑道:"确实不用。不过我忽然觉得光吃烤红薯不够,要不待会儿你顺便请我们也吃顿夜宵吧,我突然特别想吃铁板烧。"

弋戈咬了口红薯,面不改色地说道:"我饭量确实不小,而且就爱吃龙虾、鳕鱼、青口贝,你做好准备。"

"大哥!"范阳脸色一变,立马抱拳求饶。

蒋寒衣辛苦地憋着笑,十分狗腿地给胜利的弋戈又递了个烧饼。

晚秋的天色并不好,天很快全阴下来,黑得十分均匀,一片云也瞧不见。风一吹,路上行人都打哆嗦。

学生们又行色匆匆地从走回校内开始晚自习,他们五个排排坐着,一人啃一个烤红薯,悠闲得过分。

弋戈在车上没睡着,这会儿被烤红薯的香气催眠,眼皮上下打了两回架,脑袋左右晃悠了几下,便往朱潇潇肩上一歪,安稳地睡了。

可怜蒋寒衣耸着肩膀此地无银地准备了半分多钟,最后还是看着那颗脑袋倒向了另一边。他满怀怨念地看了朱潇潇一眼,对方津津有味地啃着红薯,冲他微微一笑,看起来相当云淡风轻。

夏梨吃了两口便失去食欲,捧着个红薯发呆,两手冻得冰凉,红薯也渐渐地冷下去,变得硬邦邦的。

她目光不聚焦地扫过眼前的车水马龙,脑子放空,什么也不想。身边范阳啃烧饼发出的酥脆声音穿进耳朵里,神经一阵酥麻。烤红薯的香气不断飘进鼻子里,让人没由来地觉得温暖。手中的红薯虽然冰凉,却很好地起到了装饰作用,让她看起来并不是无事可做。对面街道上有家面馆,靠门边坐着一对情侣,你侬我侬地互相喂面条。

夏梨觉得很冷,却很自在。

难以相信,这一年多来,她感到最轻松最惬意的时刻,居然会是现在。现在,她被弋戈叫来吃烤红薯,然后也不聊天,也不说笑,就这么在冬天的大马路上干坐着。

真好。

如果可以,她愿意一直这么坐着。

"这丫头怎么还睡着了!"摊前人少了,一直忙活的奶奶得了空闲,一边就着腰前的围巾擦手,一边走过来同他们说话。看见弋戈睡着,她拧起眉,"这么冷的天,肯定要感冒了!"

她说着径直上前拍了拍弋戈的背:"快快快,把她叫起来!"

可弋戈睡得正沉，恼火地皱了皱眉，往朱潇潇颈窝里又挤了挤，一点没有要醒的迹象。

"这孩子！"奶奶叹了句，锲而不舍地又要叫。

朱潇潇伸出胳膊揽住弋戈，搓了搓，回头道："奶奶，没事，我给她搓搓就不冷了。"

"胡说！"老年人对于保暖的坚持异乎寻常，"这大冷天的，你搓两下有什么用？"

蒋寒衣笑着咳了声，站起来把自己的羽绒服脱了，披在弋戈的身上，笑道："奶奶，这总行了吧？"

老太太见他身上就剩一件卫衣，更急了，跺着脚道："怎么行？你就这一件不得冻死？"

蒋寒衣扫扫鼻子，不再同她争辩，两手揣进卫衣前兜里笑着走到爷爷的摊前，笑道："爷爷，您这儿还有几个红薯啊，我都买了吧！"

老太太见他孺子不可教，严肃起来："不要你们买那么多，浪费！你赶紧的，把那姑娘给我叫起来，把你自己衣服穿回去！"

蒋寒衣笑得一脸灿烂："我可不是浪费，我买来抱着，暖暖手。您不是怕我冷吗？而且我们家里都有宠物，拿回去给它们吃，肯定不浪费，您放心！"

说着，他已经掏出钱包："爷爷，您赶快给数数，不然我可就估摸着给了啊，两百，亏了您可别怪我。"

奶奶忙上前打他的手："哪里要两百！就那么几个了，你们这些年轻人，净乱花钱！"

蒋寒衣嬉皮笑脸地拎过爷爷递来的袋子，回头恭敬地冲奶奶俯了俯身："哎，您教训得是！"好一副得了便宜还卖乖的模样。

范阳啃完烧饼，也站起身来加入。两个男生和两个老年人聊着天，从"师大附中的男生没我们帅"到"爷爷手艺好到哪儿做生意都受欢迎"，没一句话落在地上，热闹得像是哪年除夕的发压岁钱现场。

朱潇潇看得叹为观止，头一次觉得范阳那张贱兮兮的嘴居然也是有点用处的，同时心里又默默为蒋寒衣惋惜——这么挣好感的时刻，弋戈居然没看到。

她扭头时又看见夏梨，忽然觉得哪里不对劲。愣了一会儿，她才想到这不对劲就在，班长今天似乎太沉默了，居然和她一起当观众。她的印象里，夏梨无论在哪都是众人的目光焦点。

正纳闷着，那边被逗得合不拢嘴的奶奶忽然这边一指："嘿，是这个丫头！你怎么不吃呀，今天奶奶家烤的红薯不好吃了？"

朱潇潇见奶奶的目光和手指都落在夏梨的身上，一口气顺了——这才对嘛。

夏梨冷不丁地被点名，忙笑着解释道："不是！我吃得太慢了，有点冷了……"

"拿来！奶奶给你放这炉里再热热，反正今天也不卖了。"奶奶二话不说便走上前把她手里的红薯拿走了，夏梨还来不及推辞。

范阳奇道："咦，奶奶，您刚刚说……她以前来过？"

"来过好几次哟！"老人家看夏梨一张小脸巴掌大、眼睛水灵灵的，甜美可人，喜欢得不得了，"每次都买好多照顾我们的生意，我说她那么小一个人吃不了那么多吧她还不答应！"

夏梨被说得有些不好意思，抿嘴笑笑便低下了头。她的确来过好几次，都是趁周末，拿攒下来的伙食费，拎两大袋子红薯回家。虽然每次都吃不了，可她还是来买，而且也没告诉过任何人。她老想着"小黑屋"被拆的那会儿，她畏手畏脚没替爷爷奶奶出头，心里总觉得有所亏欠。

蒋寒衣笑道："那您可真够偏心的，我每回买您都不让，说我浪费，人家买就行？"

一向话少的爷爷也被他逗乐了，摇头道："人家小姑娘一看就懂事儿，不会浪费粮食！你自己说，你每次买回去的那些，是不是都放坏了？"

蒋寒衣指天誓日，瞪圆了眼道："天地良心！我每次可都吃得干干净净！就算我吃不了，还有我们家猫儿狗儿，还让阿姨做进菜里，可从没浪费过！"

爷爷见他说得认真，也没怀疑，低声笑道："那还算你小子懂事。"

蒋寒衣这时偏又谦虚起来，摆手道："那还是她懂事些。"他指了指夏梨，冲她笑笑。

夏梨轻轻地弯了弯嘴角，心里却开心不起来。

"懂事"，又是懂事。

所有人都说她"懂事"，好像她脸上就写着这两个字。

那边两个男生又开始天南海北地扯起来,她看着爷爷奶奶被他们逗得连皱纹都显出喜气,心里也不知在想什么,冷不丁就开口了:"其实我每次都浪费了。"

众人都没反应过来,几乎异口同声地"啊"了一句。

夏梨定定地看着爷爷奶奶:"其实我每次买回去的红薯都吃不完……"

她不知道自己为什么要说这个,说出来之后似乎也并没有觉得好受,可她还是说了。她心底有股冲动,控制不住地向上翻涌,命令她、逼迫她说出来——说出来,告诉他们你不懂事,也不想懂事。

买你们的红薯是为了让你们多挣钱,和我吃没吃完有什么关系?难道要我为了"不浪费"把自己撑死吗?

几个人愣了一下,爷爷笑出满脸的皱纹来,很得意地看了奶奶一眼,说道:"我就说吧?她这么瘦一个女娃娃,胃跟小猫儿似的,怎么可能吃得完?"

奶奶撇撇嘴道:"吃不完也正常,有什么关系?反正都是地里长出来的东西,当垃圾也埋回地里去,不算浪费!"

蒋寒衣听得惊掉下巴——您对我可不是这么说的啊!

朱潇潇见他表情精彩,"扑哧"笑出来,范阳则更放肆,笑得肚子疼。

夏梨有些不解地看着他们笑,看着看着,说不清为什么,自己也笑了。

蒋寒衣拎着一大袋烤红薯走在弋戈的身后,她补了一觉后精神抖擞,难得让他看见一回欢快跳脱的样子,手长脚长的,蹦跶起来像雪地里的北极兔。

但他心里却还留着疑虑——早上看见她三妈和那个陌生男人,她居然一点反应都没有吗?

蒋寒衣知道弋戈不喜欢和人分享感受,生怕她是有情绪了就憋在心里,所以一直欲言又止,想问又怕问了惹她不快。

谁知弋戈往中心花园的长凳上一坐,直勾勾看向他,开门见山地道:"有话直说。"

这下反倒是蒋寒衣愣了,他下意识地否认:"说什么?"

弋戈狡黠一笑:"你都憋一路了,不是有话要问我?过了这村没这店,你今天不问我以后就都不回答了。"

蒋寒衣忙点头："问！"

他在她身旁坐下，手指无意识地摩挲了两下，才开口道："早上，你三妈和那个……你不难过吗？"

弋戈摇头："不难过。"

"不生气吗？"

"不生气。"

"为什么？"蒋寒衣不解地追问。他把同样的情景代入到他自己身上，怎么也想不通弋戈为什么如此平静。事实上，他甚至不用代入，他爸当年干的不就是这种事儿吗？虽然他如今面上和蒋志强还算和气，可他小时候为此哭过鼻子撒过泼，现在长大了，也仍然觉得蒋志强不是个东西。

弋戈也确实被问住了，她也不知道为什么。按理说，这应当是一件很值得生气或难过的事，可她确实没有。

她想了想，问："蒋寒衣，你觉得我三妈做错了吗？"

蒋寒衣拧眉，他知道弋戈和三妈感情好，于是很保守地回答道："如果没有误会，那她就是……呃，出轨了，对吧？出轨当然是错的。"

弋戈点了点头，又摇摇头，似乎很纠结，继续问道："如果是和一个植物人做了十几年的夫妻呢？十几年，所谓的'丈夫'只是躺在床上一动不动等她伺候的人，然后她现在有了新的感情，也叫出轨吗？"

这回轮到蒋寒衣被问住了。

"出轨"，这个词在此之前对他们来说只是邻居八卦中声音忽然变小的一部分，电视剧里又臭又长的裹脚布，和言情小说里频繁出现的重要情节。

十几岁的高中生都喜欢不懂装懂，听过几桩情感纠纷、看过几部小说电视剧就对成年人这点纠缠复杂的感情见怪不怪，好像已经勘破世情。可这些说起来不太"正确"或"光彩"的事情真正发生在眼前，发生在自己的家庭里，又叫人理不清头绪。

弋戈见蒋寒衣答不上来，也并不执着于他的回答，而是很轻松地落下了自己的答案："反正我觉得不算。我还挺为我三妈高兴的。"

弋戈又想到今天陈春杏穿的红裙子，扬起嘴角笑了："其实我一直觉

.339.

得我三妈长得挺好看的，但她一直不打扮自己，也不爱笑。你不觉得她今天穿了裙子特别好看吗？"

蒋寒衣仍旧没从这微妙的辨析题中理出一条思路，但听她这么说，倒也表示赞同，轻轻地"嗯"了声。

"所以，你要替我三妈保密！"弋戈又强调道，"她肯定不想让别人发现这事，所以我们就装作没看到！"

说着她又有些惋惜，叹了口气道："可惜了，要是她愿意让我知道的话，我还想去见见那个叔叔呢。"

从小到大弋戈都对"人"缺乏好奇心，她宁愿坐在树下观察一整天的雀子也没兴趣知道每天上学路上都能碰见的那个小男生叫什么名字。这是破天荒头一遭，她想主动去了解一个陌生人，看看他长什么样子、做什么工作、多大年纪、对三妈好不好。

蒋寒衣笑了，说："没关系，她以后肯定会让你见的。现在……估计是还不知道怎么跟你们说吧，况且你还在高三，她肯定怕影响你学习。"

弋戈点点头："有道理，那我就等等吧。"

第二天，叶怀棠没来学校上课。

"叶老师身体不太舒服，请了几天假，这节课先上数学！"讲台上，刘国庆简略地交代了一句，便从腋下夹着的书里掏出张试卷，"把前天布置的试卷拿出来，我们讲一下，先对答案。"

有几个同学担心地"啊"了一声，小声问着叶老师的情况。

刘国庆似乎不太耐烦，简单地说了句"风寒"，便不再回应，催大家赶紧把试卷拿出来对答案。

夏梨怔怔地望了一眼窗外，刚刚一瞬间的心惊变成了如释重负，又很快变成担忧——叶老师生病了吗？风寒，很严重吗？都请假了，应该很严重吧？

会和那天晚上她砸的那一下有关吗……

她发了很久的呆，直到刘国庆忍无可忍地点出她的名字，叫她站起来报大题答案。

六道大题，总共十五个小问，她错了四个。解析几何那道题，她连椭圆方程都算错了，一塌糊涂。

刘国庆的怒意写在脸上，她无所适从地站在原位，默默地埋下了头，余光却不受控制地看了一眼弋戈——弋戈把试卷垫在最底下,在刷一本新的习题,似乎全然没关注身边发生的事。

夏梨的睫毛微微颤动,她应当是不希望弋戈看到她的窘迫的,可当弋戈真的漠不关心的时候,她似乎也并没有得到安慰。

"坐下,好好听讲!"刘国庆最终也没当着全班人的面严厉斥责夏梨,只是语气不豫,又点了弋戈起来,"弋戈,报你的答案!"

弋戈被点了名,有点迷茫地抬头看了刘国庆一眼。身后蒋寒衣小声提醒了一句"椭圆大题",她才反应过来,把压在最底下的试卷抽出来,不紧不慢地报出自己的答案。

毫不意外地,全对。

夏梨麻木地随着全班人鼓起两秒敷衍的掌。

世界毁灭吧,让我消失吧,就这一刻,求求你了。

窗外北风呼啸,没人听见她的祈祷。

叶怀棠请假的第三天,夏梨的手机短信发件箱攒了数十条没有回音的信息。

起先她发去问候,关心叶老师的病情,可叶老师没有回复。后来她发的都是学习上的问题,比如语文作业该怎么布置,先前交上去的试卷要不要发回来让同学们自己对答案,但叶老师还是没有回复。

夏梨坐不住了。

她忽然觉得自己在失去一些东西,风光的掌声、隐秘的懂得、独一无二的赏识……

她不想失去这些。

鼻子冻得通红,手脚和大脑一样失去知觉,夏梨也不知道自己什么时候站在了教师宿舍楼下。

她只知道叶老师住在这一栋,并不知道具体是哪一层、哪一户。手机仍然安静,她发了好几条短信,告诉叶老师她在他家楼下,他都没有回复。

她低头反复检查自己每一条短信的措辞,怎么也看不出到底错在哪里。大拇指在绿色拨号键上徘徊,纤细秀丽的少女站在一片萧索的冬色里,像落在一幅拙劣寡淡的泼墨画上、被墨水粘住的蝴蝶。

而楼上，叶怀棠静静地坐着，闲闲翻书。

他在等待。

他有预感，他等的人就快来了。

忽然，房门被猛烈地敲击。

叶怀棠心头一紧。

他从猫眼里望出去，脸色登时煞白，脑海中一阵眩晕，双腿无力，撑着墙才勉强站稳。

门外，站着四个月前进了疗养院的妻子。

惨白的天阴沉沉地压在头顶，像一堵掉漆多次后又被反复粉刷的旧墙。地面上是灰突突的，连硕果仅存的几片叶子的绿里都透着灰。每天早晨冬风从后操场的方向刮来，流窜在几栋教学楼之间，再在前广场处汇聚成一股更为强劲的力量，为每个昏昏欲睡的学生送去一天里的第一声问候——"给你头拧掉！"

早操时几个女生把手缩进袖子里，有气无力地糊弄着摆动作，像没充上发条的木偶。刘国庆看见，也不管是不是自己班上的，唾沫带口气，赐给她们一通"红油牛肉味"的教训。

刘国庆最近脾气很大，连弋戈这样迟钝的人都发现了。

"能不大嘛，你看哪届尖子班连着换两次语文老师的？这还是高三。"范阳用一摞书把门缝堵得严严实实，幸灾乐祸地说，仿佛高三临阵换帅这事儿和他半毛钱关系都没有。

蒋寒衣拿笔划着阅读理解里的关键句，留着一耳朵听，嗤声笑道："你还真是'事不关己高高挂起'啊，叶老师不是你老师啊？你不是一向挺喜欢他的？"

"反正换不换我语文也就考那点分啊，不如多刷两套理综卷子。"一轮复习临近尾声，高考的紧迫感一天强过一天，连范阳这么吊儿郎当的主都开始自觉刷题了。他笔不停，嘴也不停地道，"再说了，我觉得叶帅也就是刚来的时候瞧着新鲜，接触久了，也没那么稀罕了，我又不像她们那群女的那么花痴。"

"那可真看不出来，你不是每次都上赶着当狗腿嘛。"

"屁！"范阳撂下笔，移过去一张草稿纸，"这题我到底错哪儿了啊？怎么算都不对，快点给我看看！"

"等会儿，我这做阅读呢。"蒋寒衣一抬肘把人往回赶。

"你教不教？不教我去问一哥！"范阳说着就要去戳前排弋戈的背。

蒋寒衣忙把人抓回来："别去烦她。"

范阳得意地耸耸肩，弋戈这两天忙着准备校长实名推荐的报名材料，蒋寒衣生怕范阳去打扰她，紧张得要命。范阳只要一使出这招，蒋寒衣就什么都照干。他吸了吸鼻子，耀武扬威地催促道："赶紧讲！给爷讲清楚啊，不满意爷要去告状的！"

蒋寒衣忍着想撕了他的心，从画电路图开始，一步一步地讲解起来。

正是十二月，气温一天低过一天。而比气温还低的，是整个班的气氛——这也是刘国庆脾气变差的主要原因，之一。

上个月叶怀棠忽然因为家事和老校长请假，正处关键时期的尖子班就这么没了语文老师，刘国庆不得不从文科班借调一位和大家都不熟悉的老师过来，这是其一。其二，最近两次月考，被他寄予厚望的弋戈和夏梨都发挥不佳。弋戈还好，堪堪守住第一，可是被次优班的姚子奇追得很紧，人家还是在拿了奥赛一等奖、落了两个月正课之后拨冗考了个第二；夏梨也不知出了什么问题，生了场大病，回来刚好参加月考，直接跌到年级五十开外，吓得刘国庆连思想工作都不知道该怎么做了。其三，则是这该死的流感，一个班接连病倒了六个，加上老师变动、成绩打击，整个班都死气沉沉的，毫无活力。

原本燕大校长实名推荐制的名额算是件喜事，可上周正式文件下来，刘国庆又是一阵头疼——去年和前年树人都有三个名额，理科班两个、文科班一个。他原本算得好好的，一个给夏梨，一个给高杨，弋戈嘛，他相信她的状态，打算留着冲状元。结果，今年名额缩紧，树人只分到两个，文理尖子班各一个，这就让刘国庆发愁了。

该给谁，夏梨还是高杨？如果按过去两年多的成绩综排，肯定该给夏梨，可她最近的表现实在令人担心，刘国庆怕她连面试都过不了。可如果直接给高杨，又显得偏颇，没法给全班同学交代。更何况，高杨的状态也并没有好到哪里去，这两次考试他都在年级第五六名徘徊。

刘国庆一个头两个大，本就不可观的发量更加"岌岌可危"，来回掂酌了一个礼拜，稳妥起见，最终他还是把弋戈的名字报了给了学校——目前，也只有弋戈能让他相信这个名额不会被浪费了。

校长实名推荐制听起来"一劳永逸"，只要被校长推荐后就能免去笔试直接进去面试，面试通过后，高考分数超过一本线就即可被燕大录取。但事实上，这道程序漫长烦琐，从提交报名材料开始就是一场耗时耗力的硬仗。

弋戈从小在桃舟长大，除了每学期进货似的拿回一张"三好学生"奖状和几张高分试卷，几乎没参加过任何集体活动、社会实践、综合比赛。桃舟的学校不兴这些玩意儿，分数是唯一的硬通货。但自主招生又最讲究"综合素质"，没办法，她把自己过去十一年的学生生涯从里到外扒得渣也不剩，勉强淘出了两张证书。

一张是小学时候参加桃舟市数学竞赛，她被老师推荐参加，拿了特等奖；另一张是市里的"蒲公英杯"成语大赛。她都记不清是小学还是初中的时候，只记得那是周末，三妈照例带她去市区逛街，刚好碰到商场里比赛招募，奖品是十二袋旺旺大礼包和一套阿加莎全集，她没禁住诱惑，再加上三妈殷切的鼓励，就那么上台了。

除此之外，弋戈还得写申请书，有理有据、不卑不亢但又情感充沛地证明自己是个"综合素质全面、学科成绩突出、志向远大、具备发展潜能、社会责任感强"的优秀青年。

为了这，作文苦手弋戈已经郁闷了好几天了。

临时被调来的语文老师是文科班的班主任，对他们班不太上心，每回都是上完课就走，弋戈就没好意思拿自己挤出来的那两张纸给人添堵。初稿写完后，她只给刘国庆看过一回。对方的抬头纹快皱到天灵盖上去了，捏着眉心表示："再改改，这样肯定不行。"

没办法，弋戈只好回家继续挤牙膏。

Word文档里的所有标点都被弋戈逐一排查，删了又打、打了又删，就这么磨了一个多小时的洋工，她一个字也没写出来。

文档左下角的字数岿然不变，弋戈盯着不断跳动的光标却快吐了。

正好这时，窗外传来一声猫叫。

她腾地起身往窗外一看，果然是蒋寒衣，还有窝在他怀里的星星。

弋戈如蒙大赦，果断地关了电脑，没搭理弋维山的殷切关怀，跑到院子里把银河牵上就出了门。

"真麻烦……早知道就不要这破名额了。"弋戈坐在中心花园的长凳上，两条长腿伸开，两手反撑着凳子，身体后仰，望着浓重如墨的夜空，久违地感到放松，叹了声，呵出一团白气。

蒋寒衣好笑道："你这话可够招打的。"

弋戈满不在乎地道："我又不会跟别人说。"

蒋寒衣勾起嘴角，点了点头："你说得对。"

弋戈闭着眼睛放松了会儿，而后才看见星星今天穿了衣服，红白条纹的小毛线。此刻大小姐正倨傲地坐在银河的一只胖爪子上，满脸嫌弃地挠着自己的新衣服。

"哎哎，看着点，那衣服快被它折腾没了。"弋戈懒散地伸出条腿踢了踢蒋寒衣。

蒋寒衣无奈地摇头，起身帮星星把那件小毛衣脱了："它一直不愿意穿，我怕她冷，硬给套上的。"

弋戈懒得说话，囫囵点了个头。

蒋寒衣见她看起来疲惫极了，又是心疼又是好笑地说："其实我一开始还真以为你不会要这个名额。"

弋戈眼睛亮了一下，似乎对他的话很有兴趣："为什么？"

"不知道。"蒋寒衣摇摇头，笑道，"可能是感觉你……比较淡泊？也可能是单纯相信你的实力吧，你也不需要这些机会。"

弋戈嗤声道："你能不能别给我戴这些高帽，我凭什么就不需要这些机会了？"

蒋寒衣笑着点头："也是，当仁不让的事也没必要推辞。"

弋戈不禁笑了，心说蒋寒衣怎么越来越会夸人，夸得她简直神清气爽。

她望着没有月亮的天轻轻叹了一句，坦诚道："其实我就是觉得……如果能拿到降分录取的资格，等于多了半年假期，也挺好的。"

蒋寒衣笑而不语，欣然接受了她这"多了半年假期"的陈述里毫不掩饰的自信与傲气。

"我可以带我三妈去旅游，还可以带银河出去兜风，回桃舟也方便多了。或者先自学一点新东西，找找兴趣，看看大学到底要选什么专业。"弋戈开始畅享未来的种种可能性，眼里亮晶晶的，"哦，对了！最重要的是，我可以提前知道和我三妈在一起的那个叔叔到底是谁了！如果我已经通过自招的话，我三妈就不会顾虑我读高三而什么都不肯告诉我了吧？"

蒋寒衣鲜见她这样雀跃，看着她的眼睛肯定地道："肯定不会了。"

"对！所以我就觉得这个名额也挺好的。"弋戈心里美滋滋，连脚尖也忍不住活跃地跷起来，"虽然准备的过程有点磨人，但想想它的回报率，还是很合算的！"

蒋寒衣应和她。两人相视而笑，气氛忽然变得很静。

弋戈撞在蒋寒衣慌乱而赤诚的目光里，渐渐觉得有些不自在，目光也不知该往哪儿放了。笑着应和她，也不知怎么，想到她刚刚列举的通过自主招生之后要做的种种事项，鬼使神差地就开口问——

"那你有没有考虑过……以后……我们能不能关系比现在更进一步？"

弋戈雀跃的动作霎时顿住了，身体一瞬间变成了僵硬的机器，缓慢地扭头看向蒋寒衣，撞进一道慌乱而赤诚的目光里去。

蒋寒衣也不知道自己怎么回事，嘴比脑子快，竟然就这么把心里话说了出来。现在面对弋戈错愕的表情，他心里虽然慌得直打鼓，却又忍不住要期待。

说不定呢，对吧？

万一呢，对吧？

她应该也有点感觉的……对吧？

因此他没有第一时间弥补自己的嘴快，没有用玩笑的方式把这个尴尬的缝隙填补过去，他心跳加速地期待着弋戈的反应。

可弋戈没反应，她只是惊愕、僵硬地看了他一眼，然后就不说话了。

最终还是银河和星星闹出的动静打破了这尴尬的寂静。弋戈忙看过去，发现星星一直在伸爪子玩银河脖子上挂的金牌。起先银河还逗它玩，故意挺胸抬头地坐着，或时不时往上眺一下，让它够不着。

这么玩了没几个回合，银河自己先累趴下了，大冬天的，伸长舌头呼呼喘气。

蒋寒衣知道弋戈不会回答他了，也不再自讨没趣，走过去揉了揉银河的脑袋，笑道："怎么回事，玩这会儿就累成这样。"

弋戈顺着他递来的台阶走下去，说道："它都十岁了，体力肯定比不上星星了。"

"也是。"蒋寒衣笑着应声。

弋戈在心里松了一口气。还好，还好他没有说更多，一切都能和以前一样，不会变。

蒋寒衣逗了会儿猫，又坐回来，同弋戈闲聊，笑道："也是不巧，要是叶老师在的话，他说不定还能帮你改改申请材料。"

弋戈忙摇头："可别，听他讲作文我能掉一地鸡皮疙瘩，还是别让我俩再互相折磨了。"

蒋寒衣啧声："也是。那要不……让夏梨帮你看看？"

听到这儿，弋戈略顿了下。

她本想骂蒋寒衣缺心眼，在自主招生名额的事情上她和夏梨分明是竞争对手。现在她乘人之危拿到了名额，这已经够走狗屎运的了，还拿着自己的材料去请别人修改？得是多欠打的人才干得出来这事儿。

但她转念又想，大概在蒋寒衣眼里，夏梨从来善良而周到，绝不会为这种事情生气。

可是……可是夏梨最近的状态看起来非常糟糕。她病了半个多月才回学校，一来就被月考成绩打击；她这段时间上课总是犯困，已经被好几个老师忍无可忍地当堂批评过，昨天邹胜更是很不留情面地朝她丢粉笔头；她也不再热衷于组织和参与班级事务，连带早操都缺席了好几次。

弋戈忍不住转身，很认真地问："你觉不觉得……"

话刚开了个头她又倏地闭了嘴，看着蒋寒衣闲适的表情，暗道自己天真，这种事问他有什么用？

他是个男生，他们习惯性地把一切"幽微"的情绪归结为"小事儿"，就该和这潇洒的儿化音一起被小事化了的那种，否则就是矫情，就是敏感。即使他和范阳是夏梨最好的朋友，以他们俩一向吊儿郎当笑对风云的个性，估计也只会觉得这是"生病而已""高三状态起伏很正常""下次就好了""又没出什么大事儿",他们怎么可能真正了解？

弋戈默默咽下了自己那些怀疑和担忧。

蒋寒衣却把弋戈想问的话径直说了出来,他轻轻笑了声:"你是不是担心夏梨？"

弋戈犹豫了一下,没承认,只是问:"你们没去问问吗？你和范阳。如果是你们俩去问的话,她应该愿意说吧。"

"愿意说什么？"蒋寒衣反问。

"就……她最近为什么这么……"弋戈被问住了,有些说不上来。虽然担心,却又觉得自己并没有资格断言夏梨"状态反常"——怎么样算"正常"呢？夏梨不过是考砸了一次、情绪低落了一点、待人接物没以前那么热情而已,这就"反常"了吗？

蒋寒衣看着她分明关心却又不敢"多管闲事"的纠结表情,了然地笑了。

他沉吟了一会儿,说:"范阳问过,夏梨什么都不说。我们仨虽然是一起长大的,但她毕竟是女孩子,而且脸皮那么薄,其实初中的时候她就怕别人说闲话,不怎么单独跟我们俩玩了。女孩子的心事,我们也不好问。"

弋戈没说话。

"而且我觉得……可能是大家给她的期待和压力太大了,说到底就是考差了一次而已嘛,没必要那么如临大敌的。这事儿放在别人身上也没那么值得关注,就是因为她是夏梨,所有人都觉得她应该永远当个模范生。"蒋寒衣洒脱地说,"但谁规定她要一直优秀了？就算以后都考不了第一又怎么样呢？她也是把自己逼得太紧了吧,说不定像现在这样松绑一段时间反而更好。"

弋戈听他这一席潇洒发言,并不觉得受触动,而是低下头,小声说了句:"你不懂。"

她和夏梨坐了一年多的同桌,仍然没有成为交心的朋友,甚至连熟稔都算不上。可这一刻弋戈却很笃定,她是懂得夏梨的。

不是所有人都能像蒋寒衣一样从容洒脱,这也不是一句简单的"压力太大""期待太高"就能解释的事情。

可弋戈脑海里回放着那天在巴士上叶怀棠盯着夏梨的眼神,心里想着朱潇潇私下说的"夏梨生病是因为在叶老师家楼下站了一晚上",又不知道到底该怎么解释……她自己也只是捕风捉影、胡乱猜测。

蒋寒衣见弋戈沉默,有些莫名,不知道气氛怎么忽然就冷下来了。

他顿了下,转移了话题,笑道:"对了,你跨年打算怎么过?"

十二月就快过半,新年眨眼就要来了。

弋戈:"不知道,上课吧。有假放就写几张卷子。"以刘国庆的风格,元旦当天能让他们少上个晚自习就算他大发慈悲了,还敢奢望别的?

蒋寒衣气笑了:"会不会有点太努力了?我都不着急……"

弋戈幽幽回他一句:"是啊,我都这么努力了,你居然还不着急。"

蒋寒衣毫无还嘴之力,只好耍赖道:"喂,给自己放个假嘛。我带你出去玩半天怎么样?"

弋戈问:"去哪儿?"

"没想好,不过肯定是好地方!"蒋寒衣信誓旦旦道,又指着银河给自己加筹码,"你还可以把银河带去,我约车,保证你玩得开开心心!"

弋戈有点动心了,但仍然犹豫。蒋寒衣刚刚才说了那种胡话,她生怕他脑子一热又闹出什么幺蛾子来。

"给点面子嘛!"蒋寒衣使出最后一道撒手锏,"你可别忘了啊,之前说好了要答应我一件事的!"

弋戈拧眉:"什么时候?"

"那天在叶老师办公室写作文之后啊!"蒋寒衣言之凿凿。

弋戈模糊的记忆里似乎确实有这么一桩事情,见蒋寒衣这样坚持,她也懒得再推托,点点头松了口:"行呗。"

蒋寒衣的笑容"不值钱"极了:"那说好了啊,到时候你可别忘了!"

弋戈勉强点点头,兴致却并不高,尤其看着蒋寒衣摩拳擦掌的样子,总觉得心里发毛。她有些坐不住了,打了个哈欠,牵起银河的狗绳,摆摆手回家了。

弋戈最终还是生掰硬扯凑出了一篇申请书,勉强得到刘国庆的同意后,用教师办公室里的电脑把所有的申请材料提交了出去。

鼠标点击"发送邮件"那一刻,她和刘国庆同时松了口气。

弋戈活动了一下僵硬的脖子,目光投向窗外,走廊对面的教室里难得空旷。今天正好是两周一次的休息日,放半天假,方便住宿的学生回家拿

·349·

换洗衣物。

"行了,回家休息会儿吧!"刘国庆拍拍她的肩,笑道,"这段时间辛苦了。放心,老师对你有信心,肯定没问题的!"

"嗯,谢谢老师。"

弋戈走出学校,见时间还早,便拐了个弯,改变方向去了公交站。她想去医院看看三伯。

当然,其实她主要是想去看三妈。她已经快半个月没见陈春杏了,高三学业繁重,她自己每天都起早贪黑的,在家的时间不足八小时;陈春杏那边,虽然不知道她到底是忙着在医院还是在什么别的地方,反正也是不着家。

公交车上,弋戈给陈春杏发了条短信,确认她在医院后,难得悠闲地撑着下巴看外头缓慢更新的街景。

冬日里晴天难得,此刻连满街落叶好像都泛着光泽。车窗上方有一小块来由不明的油渍,经阳光一照,形成一道小小的彩虹。

弋戈的心情没由来地好起来,想着待会儿一定要耍赖求三妈回家给她做碗清汤面,好好安慰一下她受了许久委屈的五脏庙;还要告诉三妈自主招生的消息,让三妈知道她几乎已经迈进了燕大的校门;如果可以的话,她也想试探一下三妈的口风,看看到底能不能提前知道那位叔叔究竟是何方神圣……

弋戈到了医院,却没想到弋维山也在。他西装革履、正襟危坐在弋维金的床边,一脸严肃,也不知道究竟在和他那不能听不能言的三哥交流什么兄弟密语。陈春杏弯腰在饮水机边给弋维山倒水,冷热掺好后又用小木夹子加了两朵菊花,才把水杯双手递给弋维山。

弋维山看也没看她一眼,伸手接了,抿了一小口,又放回床头柜上。

弋戈推门便见这样的场景,心里不大舒服,默默地走了进去,也没叫人。

倒是弋维山看见她,宽和地笑了:"小戈也来啦?刚好,和爸爸一起。"

"嗯。"

"今天是不是提交那个自主招生的资料了?"弋维山又问。也算是日理万机的人,难得还记得这么个小日子。

"嗯。"弋戈又点头。

"好，爸爸相信你肯定没问题。这样，你先出去玩会儿，让爸爸和三伯说会儿话。"他说完顿了一下，看了眼陈春杏，语气减淡，"三嫂也出去吧。"

陈春杏点点头："好。"

弋戈忍着白眼，挽着陈春杏的胳膊走出了病房。

"装模作样……"弋戈在走廊长椅上坐下，忍不住嘀咕了一句，顺便把刚刚忍着的那个白眼翻了。

陈春杏"啪"地打在她手背上："哪有这么说爸爸的！"

弋戈撇嘴："他就是装模作样，虚伪！"

陈春杏轻轻叹气，很是无奈的样子。

弋戈不是爱撒娇的小孩，从小也不跟陈春杏腻歪，但最近也不知道是怎么回事，也许是因为总见不到三妈，也可能是对三妈的秘密恋爱充满好奇，她反而变得黏人起来。这会儿挽着陈春杏的胳膊，她把脑袋往陈春杏肩上一靠，娇气地问："三妈，你今天回家的吧？"

陈春杏唔叹着拍了拍她的手，却说："回不去哦，你三伯这里，哪离得开人。"

以前弋戈只会心疼三妈辛苦，现在听到这理由，却觉得三妈肯定是晚上有约了。她眼睛滴流一转，故意叹气道："唉，三伯这病……他真的能醒过来吗？"

陈春杏神情一滞，露出一个凄苦的笑容："希望吧。"

弋戈问："那他要是一直不醒，你要一辈子都待在医院照顾他吗？"

陈春杏没说话。

弋戈继续道："其实，三伯这个情况，你在不在床边照顾，区别都不大的吧……有护工就行了。"

陈春杏想说什么，然而刚张开嘴，忽然被空气呛住了喉咙似的，猛烈地咳嗽起来。

弋戈原本是想试探她，却没想到她反应这么强烈，忙直起身替她拍背。

陈春杏咳得满脸通红，额角青筋暴起，还一直捂着自己的肚子。弋戈吓坏了，一下又一下略微加重力度抚着陈春杏的背。

陈春杏摆摆手，又重重地咳了好几声才缓过来："没事，风灌着喉咙了。"

她一手抚着自己的胸口顺了顺气，一手捂紧外套搁在肚子上，哑着嗓子说:"你去对面药店给我买瓶止咳糖浆吧。"

弋戈不放心地问:"没什么事吧,突然咳得这么厉害。"

陈春杏笑道:"能有什么事,天冷了感冒呗。"

弋戈见她平缓下来没有大碍,点点头:"那我去给你买那瓶糖浆。"

"拉链拉上,高三了更不能生病。"陈春杏直起腰,伸手把她羽绒服的拉链从膝盖处径直拉到了顶。

弋戈配合地叉开腿站低了点,不过还像小时候似的,生怕被夹到自己的下巴肉,拉链还没到呢,就把下巴扬得老高。

陈春杏看她这表情便笑了,嗔怪道:"这么大的人了,还怕?三妈什么时候真夹到过你?"

弋戈回想了一下:"对哦,好像一次都没有!"

医院对面开药房,这老板还真是够"剑走偏锋"的。弋戈走进空无一人的药店,拿了两瓶止咳糖浆,又在感冒药的区域里徘徊了会儿,拿了两样最常见的,再加一盒板蓝根,一股脑抱去结账。

老板也是懒散惯了,眼睛半睁不睁地扫描商品,动作奇慢无比。弋戈百无聊赖地往店外一瞥,却在医院门口看见了夏梨。

冬天灰扑扑的街道上,夏梨的容貌、身段和衣着都很突出,清丽得像画中的人物。

她穿白色的羽绒服,又厚又长,直拖到脚踝,却丝毫不显得臃肿拖沓。身边还有一对中年男女,看起来应该是她的父母。

搁在以前,大街上碰到这种不算熟稔的同学,弋戈一定是视线躲避装没看到的那个——就算在学校走廊里,迎面碰见同班同学,扭头去看墙面上的名人名言已经是她最礼貌的表现了。

可现在,即使隔着一条街,即使夏梨压根就没看到自己,弋戈也不知道自己究竟是抽了哪门子风,总之,她撂下张五十元的纸币,没等找零,就把塑料袋往兜里一揣,跑出去了。

夏梨看着忽然出现在眼前的弋戈,明显有一丝惊慌,但很快又压下去,惊慌变成了疑惑。

弋戈这副着急的样子,还真是少见。她急什么?夏梨礼貌地笑了笑,并没有把自己的疑惑表现出来。

　　弋戈也是跑到夏梨面前才意识到自己的行为突兀，愣了两秒，笑着说了句："好巧！"

　　话说出口她就想骂自己了，在医院门口说好巧？巧个屁！都怪蒋寒衣，害她也变得这么二百五！

　　"你……你也来医院啊？"她强行开启一段不尴不尬的对话，"我，我来看我三伯！"

　　夏梨看着她这难得一见的莽撞模样，似乎明白了她的来意。夏梨扯扯嘴角笑了下，转身对父母说："你们先走吧，我待会儿自己回家。"

　　夏父显然十分不放心，面露犹豫。

　　夏梨指指弋戈："这是我同桌，弋戈。"

　　夏梨的父母都听过弋戈的名字，知道这是新转来的那个极优秀的女孩，于是放心了点。弋戈却是现在才想起来给他们打个招呼，忙鞠了一躬道："叔叔阿姨好！"

　　夏梨的父母笑容宽和，点头道，"哎，你好，你好！那你跟小梨好好玩，叔叔阿姨先回家了。"

　　弋戈一愣一愣的："好的，叔叔阿姨再见！"

　　夏梨看着父母离开前仍不太放心地频频回头，索性转了身，拉住弋戈的胳膊问："喝奶茶吗？"

　　"啊？"弋戈没反应过来。

　　夏梨拉着她径直右拐："这附近有家奶茶店很好喝。"

　　"草莓奶茶，加珍珠，谢谢。"夏梨轻车熟路地点了单，回头问弋戈，"你喝什么？"

　　弋戈愣愣的，抬头看一眼菜单，"冰咖啡"先跳进眼里，便说："冰咖啡吧。"

　　"好。"夏梨利落地付好了两个人的单。等了半分钟，拿着两杯饮品，熟门熟路地绕过柜台往角落里走。

　　弋戈跟着她，发现角落里有两张小圆桌，临窗。

　　夏梨笑着说了句"这里安静，也能看到外面的风景"，便径自坐下了。

她把吸管从纸包装里剥出来，手高高抬起，用力往奶茶的塑封膜上一插，"嘭"的一声，洒出来一点，她连忙凑过去吸了一大口，两颊像小金鱼一样鼓起来。

弋戈默默看着，总觉得夏梨有些不一样了。但她一直对自己看人的感觉不太自信，而且也说不出究竟是哪里不一样，于是沉默地喝了口咖啡。苦得她舌尖发颤，眉毛发抖。

夏梨抿嘴笑起来："都说了这家店是奶茶好喝。"

弋戈也笑："我下次肯定点奶茶。"

夏梨没再说话，扭头去看窗外，眉目舒展，神情闲适。

"你……你来医院，是看亲戚？"弋戈终于开口。她试图委婉，但好像怎么都并不得其法，说话十分不自然。

夏梨看她一眼，坦诚地说："看病。"

"……什么病？"

夏梨顿了下，她在纠结。她发现自己不知从什么时候开始进入了一种说不清是绝望还是释然的状态。比如现在，她一会儿觉得"都这样了，还遮掩什么"，下一秒却又咬着牙，想要守住最后那点骄傲。

她又吸了一口奶茶，一口里面有很多珍珠，把它们一颗一颗地嚼烂吞进肚子里。她专注于咀嚼，这样能忘记脑子里正打架的两股力量，然后从羽绒服口袋里拿出一张叠成小长方形的纸。

直觉地，弋戈有些不敢看。

她简直是唯唯诺诺地接过那张纸，展开一次，顿了半秒，又展开一次，"中度抑郁"四个字一下跳进眼眶。

她的心脏猛地下坠了一下，还没回过神来，夏梨又淡淡地说："我打算转学了。"

两个意外的消息连着砸过来，弋戈不知该说什么好。

夏梨却似乎很轻松，她看着弋戈诧异的表情，反而笑了，笑得特别真诚和开怀，以前也很少见她这样大笑。

"为什么？转去哪儿？"弋戈回过神来，连着问了两个问题，刚问完又觉得自己多话，显得咄咄逼人。

"外国语。有保送。"可夏梨简单明了地回答了她的问题。

弋戈却好像听不明白似的。

这时候夏梨终于收敛笑意,握着奶茶杯子,低头抿了抿嘴才说:"我妈是江外的老师,她能把我转去外国语学校。"

她说完轻轻笑了一声,看着弋戈呆滞的表情,自嘲地道:"其实就是走后门。"

弋戈愣了两秒才接上,也不知道该说什么,下意识地选择了安慰:"肯定不是,你的成绩这么好,哪个学校都抢着要。"

夏梨静静地看着弋戈,弋戈忽然觉得一阵心虚,又补充道:"你要是这么说,其实我觉得我那个校长推荐的名额说不定也是我爸认识什么人走的后门,我连高一的成绩都没有怎么可能选得上……"

这当然是胡言乱语,在开口一秒之前弋戈压根没想过这个问题。这些扯东扯西的话,好像只是为了安慰夏梨,应急地出现在她脑海里的。

但是这安慰显然很烂,弋戈心想要是谁这样安慰她,她恐怕会直接翻白眼走人吧。到底还是夏梨有教养,只是笑了笑,什么也没说。

周末的奶茶店热闹极了,不过大部分的热闹都被隔绝在柜台之外,弋戈和夏梨坐在小小的角落里,相对沉默了很久。

弋戈心里仍然有很多疑惑和担忧,可又好像没有什么可以问的了。夏梨的话简单,却已经足够坦诚。她只消自己再想一想便能完全理解夏梨的决定。

在江城,每年除了奥赛外,唯一的保送机会都在各外国语学校。而以夏梨的外语水平、过往成绩和综合素质,为外国语学校多拿一个保送名额并不是什么难事。换位思考,如果她是夏梨,在失去树人自主招生名额、且高考时的状态无法保证的情况下,她也会选择保送。

也许在这个时间点上转学会招来非议,也许这看起来不那么风光,可既然实力允许选择一条更稳妥的路,又为什么要被虚无缥缈的东西阻碍?这不过是漫长道路上的一则小插曲,而远方没有变,它仍然在那里,只要她愿意再迈出脚步。弋戈理解、赞同,甚至钦佩夏梨的决定。

那张诊断单又被折回了小方块放在桌上,谁都没有去动它。弋戈不得不想到,上一次这么近地接触到"抑郁症"这个词,还是叶怀棠的家事被广为流传的时候……

叶怀棠……

· 355 ·

夏梨的病，和叶怀棠有关吗？

"你是桃舟人？"看了很久窗外风景的夏梨忽然转过脸来问。
弋戈被那温柔的笑容感染，忍不住也笑了一下，点头道："嗯。"
"桃舟是不是离随城很近？"夏梨又问。
弋戈顿了一下，仍然保持着微笑："挺近的，但开车也要半个多小时。"
"你去过随城吗？"她继续问。
弋戈僵硬地摇了摇头。
"我去过。"夏梨抿嘴一笑，晃了晃杯底的珍珠，拿吸管搅动几下，又低头喝了一口，"比我们这里冷一点。"

夏梨是在上个月的最后一个周末去的随城，在教师宿舍楼下站了一整个下午之后。她在学校官网上查叶老师的籍贯所在地，网络地图上查长途汽车时刻表，省气象台官网上查随城的天气，准备厚羽绒服和面包，留了字条告诉爸爸妈妈她是去图书馆。她做事一向周全仔细。

她也不知道自己这样做是为什么、是要见谁，但在随城，她见到了那个她以为得了失心疯的"师母"，还有一个看起来和她差不多大的女生。

师母看起来并不疯，反而和"袭击案"发生之前他们所有人想象中一样，温婉和善、知书达理。得知她是叶老师的学生后，师母很周到地给她倒了一杯茶，和她一起坐在沙发上，但不怎么说话，只是噙着礼貌的笑容看她。

那个女生染着蓝色的渐变头发，发顶是深蓝，颜色渐渐变浅，到发尾变成了干枯的近乎白色的颜色，不怎么好看。大冬天的，她也穿着短裤，腿上有大块文身。

蓝发女生趁师母进厨房的时候坐到夏梨身边，笑着对她骂了一句极难听的脏话。

夏梨瞳孔瞪大，露出惊惧的神色。

那个女生不屑地嗤笑了一声，又问："你是来要人的还是来要说法的？哦，还是要钱？"

夏梨心惊，当即起身离开了。准确地说，是逃跑。

蓝发女生在背后叫骂。夏梨摔下楼梯，那时候却出奇地好运，不仅没有受伤，甚至连痛都没感觉到，飞快地逃跑了。

然后她又坐查好线路的长途大巴回家，在车上啃完带的两个面包，一个是奶油毛毛虫，另一个是鸡腿包。回家后她烧到39.8℃，她爸妈急成了热锅上的蚂蚁，背着她去医院。住院第三天医生发现她偷偷地把药吐掉、拔自己针管，冷静而果断地建议爸妈带她去看心理医生。

心理医生建议她一边上课一边接受治疗，不要和正常的生活脱节。

夏梨觉得医生说得挺对，除了那个药总是让她想睡觉之外，一切似乎都在变好。

转学也是她前几天主动和爸妈提的，在综合医生的建议并分析了自己近几个月的成绩波动曲线之后。外国语学校那边倒是谈得很顺利，毕竟她中考时就是市状元，也算出过名。倒是刘国庆那边不太愿意松口放人，一直在做她父母的思想工作。但夏梨已经做了决定，不打算再变。

"桃舟是不是暖和？"夏梨没等弋戈反应过来，紧接着又问。

弋戈很想说是，但没法睁着眼睛说瞎话，只好道："跟江城差不多吧。"

夏梨点了点头："等明年高考结束，我要是和你一样上了燕大或清大，找机会去你那儿玩。"

弋戈只会说："你肯定可以的。"尽管她很真诚，但这话怎么听都像敷衍。

夏梨把奶茶喝完了，起身道："我先回家了。"自从确诊之后，爸妈一没看见她就担心她自杀，哪怕医生和她自己都反复强调"没有那么严重"。

弋戈忽然说："我不会告诉别人的！"

夏梨把诊断单放回口袋里，听她这么说，笑了笑。

"生病，还有转学……我都不会告诉任何一个人。"弋戈很认真地保证。

"我知道。"夏梨说，"但还是谢谢。"

第十三章
忽如远行客

弋戈回到病房的时候,弋维山已经走了。陈春杏正在衣柜旁收拾包,听到她的关门声,立刻把衣柜门一拉,仓促地回头笑道:"怎么这么久?"

弋戈没戳穿陈春杏,憋着笑道:"遇到一个同学。"

如果是在以前,出于对她人际关系的关心和对一个普通同学的关怀,陈春杏一定会追问是哪个同学、和你关系怎么样、怎么会来医院等诸多问题。但现在,大概是忙着去约会,她只点点头,催促道:"马上就天黑了,快回家吧,别让你爸妈担心。"

弋戈正要说什么,手机忽然响了声,进来一条短信。

发件人弋维山:和你三伯说几句话,看望一下就行。早点回家。

弋戈满脑袋问号,还有那么一丝丝不耐烦——弋维山什么时候关心过她几点回家?还真是装模作样过了头,多管闲事。

她翻了个白眼,本不想回去,但又不想耽误陈春杏约会,只好叹了口气道:"好吧,那我就先回家了。你什么时候回家啊,我想吃油面筋塞肉了。"

陈春杏眼神里闪过一丝慌张,弋戈十分善解人意地当作没看到,心里还觉得有些好笑,三妈这个演技可真是不适合骗人哟。

"等你三伯情况好点。"陈春杏搪塞道,看见她不知什么时候又把羽绒服敞开了，嗔怪地白了她一眼，又不胜其烦地给她再拉上，"怎么就是教不乖呢……天气这么冷，你一个高三的学生，要注意保暖……"

弋戈又配合地岔开腿，享受着她的絮絮叨叨。

"三妈，我自主招生的材料已经交了，不出意外的话，马上我就能拿到燕大降分录取的资格了！"临走前，她想起来最重要的一件事忘了说。

弋戈难得俏皮地冲三妈眨了眨眼，试图暗示一些什么——等我拿到降分资格，你就不用担心影响我高考了吧？就该告诉我你的秘密了吧？

我知道你可能觉得这不光彩、这不对，但至少我会支持你。我觉得你没有错，我希望你有自己的幸福。

陈春杏欣慰地笑了，她的笑容中有些如释重负的意味，然后说："三妈晓得，你肯定没问题的。你从小就聪明，像你爸……"

前半句听着舒心，后半句弋戈就不那么想听了。怎么她聪明勤奋成绩好这事儿的功劳也要算到弋维山的头上去？

她连忙打断："我也知道，我肯定没问题！你就等着我到时候拿录取通知书回来吧！"

她带上门，裹着厚厚的羽绒服，下巴搁在那枚硬而冰的拉链上，脚步轻快地离开了病房。

12月眨眼就到了尾声，新的月考成绩公布，弋戈仍是年级第一，且这次终于和姚子奇拉开了比较可观的差距。夏梨是年级第九，虽然和她前两年的名次相比有差距，但也终于让刘国庆放下心来——并且更舍不得松口放人了。

弋戈这段时间一边忙着复习，一边准备着自主招生的面试，被"井盖为什么是圆的""非物质文化遗产多年后依然会消失，那么保护还有没有意义"之类天南海北的题目绕得脑子里一团糨糊，差点忘了答应过蒋寒衣元旦要和他一起出去玩。

跨年夜的晚上他们仍旧被关在教室里上晚自习，谁知第一节课下课铃刚响，整个教室就陷入一片漆黑中。

弋戈握着笔反应了两秒，还以为是自己用脑过度出现了幻觉，旋即听到教室里一阵骚动，然后是范阳大叫一声——

"停电了！"

停个电,大家比过年了还高兴。

有几个胆大的亮起手机屏幕照明,还没嘚瑟半分钟,一束强光从教室门口射过来。

"我看谁带手机了!"刘国庆拿个巨无霸手电筒往教室里一扫,刚刚还满脸兴奋的几个人躲避不及,拿手机的模样被抓了个现行。

"看在新年的份上我不没收你们的东西了,刚刚手上亮光的,每个人元旦假期自觉给我加两张数学试卷!"刘国庆无奈而严厉地教训了一句,"行了,停电了,今天就先回家吧!下楼的时候注意安全,慢慢走,看着点路!"

众人又是一阵欢呼,教室里响起窸窸窣窣收拾书包的声音。

弋戈抓紧刘国庆手电筒的光,想快速写一下明天的 to do list,却被身后蒋寒衣揪了下辫子。她的齐肩短发现在长得很长了,几乎到了腰际,可以梳成一条又粗又长的马尾。

"还写?明天出去玩!"

弋戈这才想起来,恍然"哦"了声,只好放下笔。

蒋寒衣不满地嘟囔道:"就知道你会忘。"

"这不是没忘。"

"走吧,跟你一起下楼,我给你照着路。"蒋寒衣撇撇嘴,又笑道。

"我自己也有手机的好吗?"

"那不一样!"蒋寒衣一本正经地胡扯,"你太高了,重心不稳。"

2013年的第一天,弋戈难得睡了个懒觉。她八点钟才起床,站在窗边伸了个懒腰,发了会儿呆,盘算着待会儿去文东街上借蒋寒衣的面子蹭个大烧卖吃。

一个呵欠还没收回去,余光瞥见窗下飘出个身影,蒋寒衣穿着一身利落的白色冲锋衣,黑色工装裤,骑着他那辆自行车停在她家楼下。

弋戈看了眼时间,才八点十二,比他们昨天晚上约好的早了四十多分钟。虽然他没催,但她也不好意思让人干等,于是匆匆忙忙地冲进卫生间洗漱,套了件最方便的抓绒冲锋衣就出了门。

她风风火火地冲下楼,却发现弋维山和王鹤玲都一本正经地端坐在餐厅,慢条斯理地吃着早饭——这在这个家里并不是常见现象,王鹤玲要睡美容觉，不到日上三竿是不起床的；而弋维山每天忙得脚不沾地，即便是假期，他也总是早早出门。

正纳闷，门口的智能锁忽然响起来，一串解锁铃声之后，陈春杏拎着个纸袋走进家门。

弋戈眉梢一扬，十分惊喜，忙迎上去："三妈！"

陈春杏把手里的袋子递给她，另一只手揉了揉眼睛，看起来有些疲倦，大概是早上刚从医院赶过来。

"油面筋塞肉。我借护士的锅简单烧的，看给你馋的！"

弋戈乐了，饭盒还没揭开就深深闻了一口，满足地喟叹道："香！就是这个味！"

陈春杏嗔怪："啧啧，这么大了还这么馋！我看小蒋在外面，等你的？"

"哦哦，对！"弋戈想起来正事，把饭盒往怀里一揣，"那三妈我先走了，这个我带过去吃！"

"嗯，记得也给人家分点。"

"知道啦！"

弋戈揣着宝贝的饭盒出了家门，背影欢脱，全然没想到要跟弋维山和王鹤玲道个别。

弋维山刚想问女儿和谁出去玩，以及这个听起来有点耳熟的"小蒋"是谁，然而一个字还没吐出口，门已经"嘭"地关上了。他只得尴尬地落下目光，看向仍杵在门口的陈春杏，敛起原本和悦的脸色，淡淡地说了句："三嫂来了。"

如果弋戈在，听见这话，一定又要腹诽——弋维山其人，真是热衷说废话，且这废话一定要以陈述的、貌似深沉的语气说出来。实在是……拿腔作势、装模作样。

陈春杏看着华丽吊灯下对坐用餐的夫妻两个，大理石面的餐桌上摆着烤到焦黄的白面包、看起来半生不熟的煎蛋、滋滋冒油的火腿片和水果拌酸奶。弋维山显然对一桌子西餐没什么兴趣，吃得兴致缺缺。而王鹤玲，她享受着最喜欢的早餐和丈夫无条件的认同与陪伴，愉悦而缓慢地进食，见她进门，目光也懒得偏移一下。

王鹤玲穿着灰色真丝睡衣，外罩一件米色开衫，背薄得像张纸，即使吃饭的时候,长长的颈脖子也像天鹅一样优雅。她似乎一点没有老,二十年前长什么样,现在还是什么样,只是更瘦了。

她是很好命的。陈春杏一直知道。

陈春杏顿了一下,平静地走过去,从口袋里掏出一张皱巴巴但被叠得齐整的纸放到餐桌上:"这个你看一下,我和金哥当年商量好了离婚的。字都签了。"

弋戈没想到,蒋寒衣会带她来滑雪。

直到抵达随城汽车站,她还是有点蒙。一来,这完全是一趟说走就走的旅行;二来,她不得不想到前几天夏梨同她说"我去过随城"。

这地方……就是叶怀棠的老家。果然很冷。

蒋寒衣倒是一脸兴奋,大大咧咧地把手往她肩上一搭,搂着了,另只手一挥:"let's go!"

不知道为什么,这次弋戈没像之前一样不客气地把他的手甩开,她好像瞬间就被蒋寒衣的笑容调动了热情,心里也有小火苗雀跃起来。

"你会滑雪吗?"

"不会。"

"我教你!"这答案简直正中蒋寒衣下怀。

弋戈睨他:"那你可要抓紧时间,我学东西很快的。"

"为师尽力!"蒋寒衣笑道,接着又说起这一天的安排,"我们上午先滑一会儿初级赛道,练练基本的,中午去吃个烤肉,听说这里有家烤肉特别好吃,你不是喜欢吃牛肉吗。我估摸着下午你至少能滑到中级赛道了,可以试试S弯什么的,肯定特别爽……"

弋戈听他把行程排得满满当当,絮絮叨叨的语气好像在往她的心里扇风,那束小火苗越燃越旺,她的心跳好像都更快了。

这是离江城很远的地方。

这是新年的第一天。

她包里装着三妈亲手做的油面筋塞肉。

而身边这个人,虽然笑起来有点傻,但确实挺帅的。

这时候如果都不开心,那未免太对不起老天爷了。

蒋寒衣在柜台取了他一直存着的装备，还有一早给她订好的滑雪服。

"先把衣服换了，出来选板。"

他和柜台后的员工聊了几句，今天天气不错、场子怎么样之类的，看起来轻车熟路，整个人都莫名变得靠谱起来，很值得信赖的样子。

于是弋戈乖乖点头，毫无异议地抱着他给的衣服进了更衣室。

至少从挑滑雪服的眼光来看，蒋寒衣的确很靠谱。白色和灰蓝色的撞色设计，利落干净，尺码也刚刚好。弋戈看着镜子里的自己，不免自恋了一番——她会不会滑雪暂且不论，这身行头看下来很就专业的样子。

她戴上米色的毛线帽，拿着手套出去找蒋寒衣。

蒋寒衣穿了套白色的滑雪服，搭配黑色裤子，整个人看起来都很打眼。不过弋戈还没来得及就他这扎眼的行头发表意见，他倒先惊喜地扬了扬眉："我眼光真好！"

弋戈翻个白眼，笑道："现在可以选板了吗？"她好像有些迫不及待了。

蒋寒衣点点头："跟我来。"

蒋寒衣在一排单板中溜了一眼便选中倒数第三个，立起来和她的身高比了比，点点头道："这个行。"

弋戈好奇地问："这是在比什么？"

蒋寒衣云淡风轻地说："没什么，穿鞋吧。"

弋戈对他这种藏着掖着不肯知识共享的行为十分不满，咕哝了句"故弄玄虚"，坐下来穿靴子。蒋寒衣却似乎对她的这种控诉很受用，得意地笑了笑，半蹲下来问："会穿吗？"

"会！"弋戈信誓旦旦地道。

可打脸来得很快。滑雪靴太重，她穿得又厚，好不容易把脚蹬进去了，弯着腰用了半天的力却总觉得鞋带绑不紧。

蒋寒衣笑叹了声，往她身边挪了半步，半蹲下来，伸手抓住她的鞋带。

"唉，还是为师来帮你吧。"

弋戈见他三下五除二就把她两只靴子都绑得紧紧的，便很有良心地没再和他吵。

·363·

鞋带系好了蒋寒衣却仍没站起来，他保持半蹲的姿势，从书包里拿出几只"小乌龟"，直接绑在了弋戈的膝盖上。

对新装备的好奇使弋戈忘记了他们靠得有多近，她勾下脑袋，额头几乎抵在了蒋寒衣的额头上，好奇地问："这个有什么用？"

"能让你少摔点。"

"……哦。"

她的白眼还没翻起来，蒋寒衣忽然面露尴尬，后退半步，别扭地说："你……站起来一下。"

"怎么了？"弋戈疑惑，但也还是依言站起来。

蒋寒衣手里拿着最大的那只"小乌龟"，不太自然地道："这个……绑屁股后面，你自己能绑吗？"

弋戈后知后觉，也有些尴尬："……能。"

说着，她将"小乌龟"接过，绕到自己身后，迅速地绑紧了。她生硬地转移话题："能走了吗？"

蒋寒衣又从包里掏出块花哨的布："把这个戴上。"

弋戈疑惑地盯着那疑似口水巾的玩意儿："这什么？"

"防风面罩，像我这样。"蒋寒衣把自己的围在脖子上，给她示范，"我帮你系？"

"不用！"弋戈忙侧身一闪，边系边往外走，"赶紧走吧！"

蒋寒衣无奈地笑笑，自觉地扛上两块单板跟在她身后。

事实证明，弋戈的运动天赋的确很强。在初级赛道里，蒋寒衣只简单演示了两遍怎么站起来、如何保持平衡、怎样刹车，不出一刻钟，弋戈已经能自己张开双臂滑一小段并且稳稳停下来了。

第四次试滑的时候，弋戈贪心而大胆地试着加了点速，想要滑得更快更远一点。

然后，她就如愿以偿地滑出了一道华丽的长线，同时也华丽地摔倒了。

蒋寒衣被她自作主张的大胆操作惊得目瞪口呆，忙跟下去看她的情况。

还没等他滑到，弋戈已经麻利地爬起来，踩着单板翻了个身。她摔得帽子都掉了，被脱落的夹子挂在长发上，脸上也沾了雪，却丝毫不在意似的，坐在雪地里哈哈大笑起来。

"滑下来好爽啊！"她笑得简直豪迈，"你这个护具真的很有用哎，

· 364 ·

一点都不痛！"

　　蒋寒衣拍干净她身上的雪，哭笑不得，一边细心地拆着她头发上的夹子和帽子，一边说道："你真的是我见过最虎的初学者，这才踩上板滑几分钟啊，就想一口气下坡了？"

　　弋戈不以为意："这种东西不放大胆子怎么学得会。"

　　她抓着蒋寒衣的胳膊一借力，麻溜地爬了起来："继续！"说着，她熟练地解开了鞋扣，把单板一揣，等也不等，雄赳赳气昂昂地走上坡要再来一次。

　　蒋寒衣看着她果断的背影惊奇而无奈地叹了口气，这劲头也太足了……亏他还担心了好久万一她摔疼了或是学得不顺利的话要怎么安慰她呢，他兜里甚至都备好糖了。

　　上午的时间过得快，弋戈还是没能完成"一小时进阶中级赛道"的目标，等到蒋大教练点头同意她可以上中级的时候，午饭时间就到了。

　　蒋寒衣强行摁下弋戈熊熊燃烧的胜负欲，拽着她去吃了烤肉。

　　弋戈这人，在雪场的时候赖着不走说不累，在餐厅里一坐下却又说困了，把菜单推给蒋寒衣："你点吧，我什么都吃，很好打发的。"

　　蒋寒衣端着菜单却有点犯难——第一页的各种牛肉，最便宜的那个雪花牛肉一份也要 198 元。他当然不缺这钱，也希望请弋戈吃最好的，但根据他做的功课，和女生一起吃饭的时候，是否要点最贵的菜，这也是一个值得谨慎思考的议题。其中涉及诸多问题，比如，如果弋戈要和他 AA，那这个价格是不是就太贵了？再比如，如果弋戈觉得他铺张浪费怎么办？毕竟他们只是学生，花的都是父母的钱。

　　虽然网上那些建议看起来很不靠谱，蒋寒衣也数次对这些东西嗤之以鼻，但他还是非常诚实地全看完了，现在也非常诚实地陷入了纠结之中。

　　弋戈撑着脑袋休息了一会儿，注意到蒋寒衣的犹豫，问："怎么了？"

　　"不知道点什么，还是你来吧。"蒋寒衣终于找到机会把菜单递给她。

　　弋戈疑惑地看了他一眼，接过菜单浏览起来。她看得很认真，全部翻了一遍忽然笑道："要不我请你吧！"

　　"哈？"第一次约会就被请客，这蒋寒衣万万没想到。

· 365 ·

"当付学费了,虽然我是个特别聪明特别好教的学生。"弋戈一点不害臊地自夸,手指划过菜单,"我们吃点贵的吧?这个澳洲和牛小排,还有这什么……水果坛子牛排,看起来也不错。"

蒋寒衣心说自己提前做功课的行为果然很多余,弋戈每次的表现都完全超纲。他只好玩笑道:"点贵的,你不肉疼?"

"反正也不是我的钱。"弋戈满不在乎地耸耸肩,"我爸的钱看起来好像真的是风刮来的,不太值得肉疼。"

吃饭的时候弋戈拿出陈春杏做的油面筋塞肉和蒋寒衣分享,并表示按这家餐厅的价位,她三妈这个手艺怎么也得定价188元。

不知是运动还是美食激发了她的表达欲,一顿饭下来,居然一直是她在说,从三妈的恋爱猜测说到即将到来的一模。蒋寒衣反而话变少了,一边听她说话,一边忙着给她剪肉。

酒足饭饱,弋戈又有点发饭晕,结果还是让蒋寒衣抢先结了账。

"说好的付学费呢?"弋戈没好气地问。

"你已经付了。"蒋寒衣看见弋戈的头发被雪场上的风吹开,毛茸茸的发际摩挲、跳动着,看起来让人觉得心也痒痒的。

"嗯?"

"你今天和我说了很多话。"

"什么意思?"

"没什么。"蒋寒衣从身后拿出被弋戈忘在椅子上的帽子,走近一步给她戴上,用发卡卡住,"我希望你永远愿意和我说这么多话。"

弋戈清楚地听见自己的心里塌下去一块,发出就像刚刚她在厚而松软的积雪上,轻轻踩了一脚,那样的声音。

"你说的话很珍贵的,弋戈同学。"蒋寒衣见她鼻尖通红,伸手将她脖子上的面罩往上扯了扯,覆在她脸上,笑道。

弋戈本以为自己多少有点滑雪天赋在身上,没想到一到中级赛道,她就开始不停地摔跤,侧摔、仰翻、屁股墩、头朝地,几乎每种姿势她都摔了一遍,而且摔得一次比一次狠,一次比一次更狼狈。

可越是这样,她的好胜心就越是被激发,好不容易学会了向后滑,又要挑战S弯。蒋寒衣被她的好胜心感染,风格随之变得严厉,不再劝导和鼓励，而是一次次要求她"站起来""重新来"。

有几次，蒋寒衣都快被弋戈倔强的眼神吓着了，心有戚戚地想，我是不是太严厉了？弋戈会不会生气？于是他提议道："要不算了？几小时能滑成这样挺好了。"

弋戈累得单脚卸了板，以一个悲壮的姿势单膝跪在雪地里，缓了好几秒才艰难地撑着膝盖爬了起来，摆摆手道："不，你这样特别可恨，特别能激发我的战斗欲。"

"呃……"不，这不是他理想中的画面。

于是，蒋寒衣眼睁睁看着弋戈急躁莽撞地冲下了坡，然后提前闭上了眼睛。

果然，一声闷响，弋戈又摔了。

蒋寒衣"嘶"了声，几乎不忍心看了。他抬手将护目镜戴好，屈膝向下，瞬间就滑到了她身边。

"怎么样，摔疼了没？"他把弋戈掉进雪里的帽子捡起来，终于心疼地念叨道，"休息会儿吧，你这就是钻牛角尖了，越滑越不行……"

也不知道是他这话太灭她志气，还是他刚刚瞬间滑下来的样子太帅气衬托得她过于废柴，又或者是他戴上护目镜更像高手了实在是有点刺激她。总之，弋戈白眼一翻，十分不讲道理地把情绪全丢到了他身上，她没好气地道："你是不是偷藏了什么东西没教我？"

蒋寒衣一愣，几乎气笑了，夸张地往后退了一步："哇，你这样说就很没良心了啊。我教得尽心尽力好不好！"

弋戈撇嘴，盖棺定论："你肯定是怕我学得太快超过你。"

蒋寒衣笑得无奈："那按你这么说，我成绩上不来，是不是也因为你藏着掖着没教好？怕我超过你？"

"不，因为你笨。"弋戈双标得理直气壮。

蒋寒衣摇头，轻轻从牙间漏出几个字："……不讲道理。"听起来咬牙切齿的，却又不像控诉，相反，他眼里盈满笑意，任谁看一眼都瞧得出来，他这会儿爽翻了。

从斗志上来说，弋戈是很想一刻不停地继续滑的。她就不信，世上总没有哪个牛角尖是无底洞吧，凿她也能凿开另一扇门来。可客观条件却实在不允许了——她现在手疼腿疼脑袋疼屁股疼，连翻身都翻不动了，只能保持跪姿静静地待在及膝的雪里和蒋寒衣大眼瞪小眼。

她摔得帽子掉了，头发乱蓬蓬像个鸟窝，发稍还夹着几个七扭八歪的黑夹子，面罩也全落下来，整个人在风中凌乱，隔着随风飞舞的雪粒和头发，静静地看着蒋寒衣，时不时凄凉地抽一下鼻子。

蒋寒衣也不知道自己是有什么毛病，看她这副狼狈又可怜兮兮的模样，一面觉得心疼，一面又觉得好笑；一会儿想赶紧把帽子给她戴上，一会儿又再想这么多看一会儿。

"傻坐着干吗，不冷？"他终于问，语气里仍是忍不住的笑意。

"麻了。"弋戈面无表情地说。

蒋寒衣艰难地抿了下嘴唇，辛苦地把笑憋了回去："赶紧起来，待会儿更动不了了。"

"不想起，坐会儿先。"弋戈摇摇头。

蒋寒衣终于忍不住笑出了声，"难得见您这么没有斗志的时候啊。"

弋戈白他一眼，反正都冷得无知无觉了，干脆往雪地里一趴，彻底躺平。

见弋戈真的没劲了，他灵机一动，狡黠道："给你看个高级的啊？"

"什么？"

弋戈刚直起身，扭头便迎来了一波雪花。

蒋寒衣居然站在单板上原地蹦起来，用板前边缘踢起雪来，全溅在她身上。不过他倒是很懂适可而止，蹦跶了两下，耍够宝了便停下来。

"你有病啊。"

"怎么样，想不想学这个？"蒋寒衣故意问。

弋戈没回答，但还是缓慢地撑着手坐起来了。说实话，蒋寒衣这个原地蹦跶的动作看起来非常傻，但她就确实还……挺想试试的。

"这样吧！今天之内，你要是能蹦起来，我就帮你实现一个愿望。"蒋寒衣得意扬扬地开始"下饵"。

"不好。"弋戈抓住他胳膊站起来，"你能实现的愿望，我自己来应该更快。"

"呃……"

"但是技多不压身，学就学。"弋戈知道蒋寒衣是在给她鼓气，也没那么不懂好赖，笑着接过蒋寒衣手里的帽子，"开始吧！"

可惜，直到黄昏降临，弋戈勉强学会了S弯，但怎么都没独立蹦起来。

滑雪场已经亮起了路灯，眼看着就要天黑，蒋寒衣只好说："算了，愿望照常帮你实现，这个我们下次再来！"

弋戈也想趁陈春杏好不容易在家早点回去，于是不无遗憾地点了点头。不过她很有原则地说："愿望的话……我帮你实现一个吧！愿赌服输。"

蒋寒衣意外地扬了扬眉："这可不是我们提前说好的啊。"

弋戈："礼尚往来嘛，你又教我滑雪又请我吃饭的，我总得等价付出点什么吧。要不……我还是把作业给你抄？元旦那些卷子我都写完了。"

"喊，我自己也会写好嘛。"蒋寒衣对她这动不动就要给自己抄作业的行为略显不满，明明这一个多学期以来他态度端正了那么多，"回去的路上我想一会儿，待会儿再告诉你。"

弋戈点点头："随你，什么时候都行。"

刚坐上大巴，弋戈就给陈春杏发了条短信，问她还在不在家。可还没见到回复，弋戈就迷迷瞪瞪地睡着了。

这一整天，实在是有些伤筋动骨。

蒋寒衣见她睡着，屏息观察了会儿，轻轻地伸出手，想把她"东倒西歪"的脑袋扶到自己肩膀上来。

他紧张得心脏狂跳，生怕用力过猛掰着弋戈的脖子，又怕把她吵醒，好不容易扶住了她的脑袋，正要往自己肩上揽，大巴车忽然拐了个弯，他顺势往弋戈身上一倒。

"嘭"的一声，弋戈的脑袋贴着帽子，帽子贴着蒋寒衣的手，全靠在了车窗上。

蒋寒衣的手被车窗玻璃冰得一激灵，忙垂眼去看弋戈，却见弋戈不仅没醒，反而舒舒服服地蹭了一下，抵在车窗上，睡得更香了。

啊，这……

虽然腰酸、手冰、心情也因为前座几人的围观而有些尴尬，但他哪敢动？

蒋寒衣垂眼便看见弋戈安静舒展的睡颜，心道认命："行吧，至少她睡得舒服。"

蒋寒衣保持着这个诡异的姿势，足有二十多分钟，终于在某一次大巴车拐弯、弋戈无知觉地调整姿势的时候，收回了手。

他略显心酸地扶着扭成了麻花的腰,下一秒就感觉到弋戈的脑袋轻轻地、慢悠悠地靠在了他肩上。

蒋寒衣的呼吸停了好几秒,提着气动也没敢动,好一会儿才缓过神来,想低头看一看弋戈,却又怕动作太大吵醒她,于是只能看着前座大叔锃亮的脑袋,缓慢地、傻里傻气地咧嘴笑起来。

汽车到站,弋戈正好醒来。她没意识到自己是从谁的肩膀上起来的,一派自然地揉了揉眼睛:"到了?"

"嗯。"

蒋寒衣攥了攥手心,直接伸手拉住她:"走吧,回家,太晚了。"

弋戈还迷糊着,异常乖巧地由他拉,也异常乖巧地坐在他自行车后座上、扶着他的腰准备回家。

少年身形宽阔,挡住了绝大部分的风,以至于弋戈在后座上慢悠悠放空了好几分钟,才想起来看一眼手机。

陈春杏没有回信。

弋戈心里沉了一边,心知陈春杏肯定又不在家了。

是回医院了吗?还是去找那个叔叔了?弋戈心里这么想着,手指又无意识地点开了日历,算着距离自主招生的面试还有多久。

一月、二月、三月……倒也快了。她把手机收回兜里,朗声问蒋寒衣道:"哎,你的愿望想好了没?"

她另一只手不知什么时候伸进了他的口袋里,特别暖和。

"想好了。"蒋寒衣说。

"是什么?"

"高考完……你把你的志愿表给我看看吧。"

"我的志愿表有什么好看的……谁都能猜到。"弋戈不解地问。她还能填什么志愿?没有意外的话不就是北城那两所嘛,就算是有意外,只要不是车祸重病烧坏了脑子这种级别的,应该也不会影响她的去向。

蒋寒衣笑了两声:"这么自信?"

"这是根据过往数据推断出来的可靠事实。"弋戈貌似客观、实则臭屁地说。

"行行行……反正你给不给看?我就这么个愿望。"

"看就看呗，又不是什么大事。"弋戈大方地说，"不过你不觉得你有点亏吗？我可不随便答应愿望的。"

"嗯……"蒋寒衣似乎是在斟酌，可沉吟几秒后他又朗声笑起来，"不亏，就这个！"

他当然还有更多、更大的愿望，但是他想，那些应该都不着急吧。他们还有很多很多时间，以后可以一一实现。

弋戈把揣在他口袋里的手握成拳，轻轻在他腰上碰了一下，算是击掌定约了。蒋寒衣故意把车头一摆，像是要摔倒的样子，吓得她连忙把另一只手也抓上来。

"哈哈哈哈哈，你不是胆子大么，吓成这样？"蒋寒衣得逞大笑起来。

"啧……"

"哎，你是不是轻了？我带起来都没什么感觉了。"他又说。

"没有。闭嘴。骑车。"

元旦假期之后，弋戈同桌的位置空了。

大家都纳闷夏梨为什么没来上课，连桌洞和桌面都空空如也。只有弋戈波澜不惊，看了眼自己桌洞里多出来的一沓《萌芽》杂志，把手机放在桌子底下偷偷向那个赠书人发去短信：谢谢。九月北城见。

讲台上，刘国庆简单提了夏梨转学的事，说是因为她父母的工作变动，客观原因不得不转学，同时强调大家多年同学，毕业典礼和聚餐什么的都要记得叫上她。

大家惋惜了几句，也没再多说什么。

弋戈却忽然觉得讲台上的刘国庆有点帅。

蒋寒衣还像个反应不过来的局外人，拉着范阳，问："什么情况，怎么突然转学了，我都不知道？夏叔叔换工作了？李阿姨不是一直在外国语学校的吗？"

范阳很不耐烦地白他一眼："你这种重色轻友的人活该什么都不知道，别问了，等暑假多请我们吃几顿饭吧。"

蒋寒衣一头雾水，表示自己相当无辜。

范阳懒得理他，伸手戳了戳前座的弋戈，熟稔道："一哥，梨儿说考完一起吃火锅啊。"

弋戈回头笑道:"好啊。"

蒋寒衣再次一头雾水,你们俩什么时候这么和谐友好有商有量的了?怎么就我什么都不知道?

月末,自主招生的材料审核结果公布,弋戈顺利进入面试。收到通知后的那个周末,弋戈给陈春杏发了条短信,问她在不在医院,有好消息要告诉她。

又忙了大半个月不见人影的陈春杏这次回复倒是很快,直接回了电话过来。

弋戈有些惊讶,忙接起来:"喂,三妈?"

陈春杏在电话那头笑道:"三妈就晓得你肯定没问题。"

"嘿嘿,我觉得到时候面试应该问题也不大!"弋戈难得夸了次口,对没发生的事打包票。其实她没参加过这类面试,心里还是很紧张的,但也说不清为什么,这次就是想让陈春杏更放心点。

"你作业多不多,晚上有空的吧?"陈春杏忽然问。

弋戈心下一动,感觉要有好事来临,笑道:"不多不多,我早就写完了!"

"那行,晚上三妈请你吃饭!"陈春杏顿了一下,语气松快地说,"就在你们学校边上那个东方城酒店,你晓得的吧?"

弋戈纳闷,陈春杏从来都不是爱下馆子的人,一嫌贵二嫌菜烧得也没多好,但转念一想,说不定真有什么惊喜等着她呢。今年她生日的时候,陈春杏都不在,她被迫和弋维山王鹤玲吃了顿食不知味的高级西餐,至今想起来都觉得头皮发麻。

难道是要给自己补过生日?这么想着,弋戈也没多问,乐呵呵地应道:"好,我要吃烤羊排!"

作为高三生,弋戈的周末仅仅只有周六下午和晚上的几个小时而已。她争分夺秒地把给朱潇潇的物理错题集整理完,天色已经沉下去了,连忙抓了羽绒服套上,风风火火地跑下楼。

"要出去?"王鹤玲又坐在小茶几边喝咖啡。一到冬天,她在家的话都会坐在那个毛茸茸的躺椅上,慢悠悠喝一杯咖啡,一坐就是一下午。弋维山不忙的时候也会陪她一起,聊聊天或看部电影,而弋戈对于这种小资的生活方式最多只能保持理解，是绝不会加入的。

"嗯，三妈叫我去吃饭。"弋戈简单地交代了一句。

王鹤玲端马克杯的动作顿了一下，旋即点点头，淡淡地叮嘱道："去吧，穿暖和点，现在外面冷。"

"知道。"弋戈边说边往外走，话音刚落，门就"嘭"地关上了。

院子里，银河窝在它的小木屋里一动不动。它的小窝背风，入冬后弋戈还给多垫了两层毛绒毯，又温软又暖和，它每天都待得不愿意出来。它似乎是今年入冬后就变得不爱动了，每天都懒洋洋的，连早上都不愿意出去散步了。

闻见熟悉的气味，银河一激灵，四肢往空中蹬了一下，不算迅速地站起来，凑到弋戈面前摇尾巴。以前它还喜欢跳起来扒在人身上，现在大约是没这个力气了，只能用摇成了螺旋桨的尾巴表达自己的激动。

弋戈揉了揉它的脑袋，语气轻快地说："乖乖的，回来给你带好吃的！"说完她就出门了。

银河习惯性地跟着她走到院子门口，见她出门，以为她又要去上学，便没再跟上。它扭头又慢吞吞地踱回了它的小屋旁，懒散一躺，打了个哈欠，闭上眼睛睡觉了。

半路上，陈春杏短信发来包厢号码，这让弋戈更好奇了——还订了个包厢，这阵仗可是够大的。她一再加快脚步，迫不及待地想知道三妈究竟有什么惊喜等着她。

走到包厢门口，还没进去，先听见房间内传来一个男人的爽朗笑声。弋戈动作一顿，旋即反应过来——难道是那个神秘的叔叔？三妈见她自主招生十拿九稳，终于肯提前把这事告诉她了？

她的心激动得猛跳了一下，十分莽撞地一下推开了门。

果然，偌大包厢里只有两个人，陈春杏，和一个瘦瘦的中年男人。她忽然推门而入，把这两人都吓一跳。

"这孩子，吓我一跳！"陈春杏先回过神来，拍了拍胸口，起身冲她伸出手，"来，给你介绍一下，这是你陈叔叔，是我……朋友。"

姓陈的男人看起来还很拘谨，手掌在膝盖上摩挲了两下才站起来，两手彷徨着，干笑了两声。

倒是弋戈，迅速摆出了副谁也没见过的乖巧模样，懂事地冲男人笑起来，声音堪称嘹亮："陈叔叔好！"

她一面笑，一面打量面前这个男人——嗯，个子不高，但也有一米七五左右，够用；长得挺好的，看起来脾气很好的样子，可惜发际线有点高，不过这大概是中年男人的通病，没秃就行；很瘦，眼睛很亮，但看起来很有精神；穿得挺正式，白衬衫、黑西裤，但是没打领带也没系皮带，这点弋戈最满意。

弋戈快速但全面地把这个终于露出了庐山真面目的男人考察了一遍，在心里打了初步印象分——7分，还行。

可惜，她自以为"考察"得不动声色，实际上，陈进已经被她打量得心里直发毛。不过，他还是很宽和地笑道："你好你好，小戈，对吧？你三妈提过你好多次，说你特别厉害，在树人都是第一名。"

哟，提过我好多次，这不就说明你们经常在一起？弋戈无师自通地学会了"抓重点"。她这时终于理解了朱潇潇为什么热衷八卦——如果八卦对象是三妈和三妈的男朋友的话，那她也挺好奇的。

"谢谢叔叔。"她礼貌地回答，同时给三妈丢去个讨赏的表情，颇具内涵地表示——"我懂的。"

陈春杏好像什么也没看到似的，一本正经地拉她坐下："好了，快坐下吧！平时安安静静的小姑娘，今天哪么那么皮？"

弋戈耸耸肩，特地绕到圆桌另一边，非常自在地在陈春杏和陈叔叔对面坐下了。隔着张圆桌，她默默打量坐在一起的两个大人，笑容简直阳光灿烂，把陈春杏看得及疑惑又害怕——这孩子从小到大这么多年，哪见她这么笑过？怎么见到陈进这么热情？

陈春杏心下叹息一声。

她把菜单转到弋戈那边："傻笑什么，点菜吧。"

"对对对，快点菜！饿了吧？想吃什么点什么，今天叔叔请客！"陈进也忙搭腔，殷勤地转着圆盘。

弋戈没客气，接过了菜单，礼貌地对陈进说了谢谢。不过点菜的时候她刻意算了价格，没点特别贵的。

一顿饭吃得不算热闹，陈进看上去是个很木讷的男人，除了最开始招呼弋戈多吃菜，问了几句高三学习辛不辛苦之类不痛不痒的话，就再也找不到话题了，低头默默吃着饭。

弋戈从来不是热情多话的人，虽然有心多了解陈进一些，态度也摆得谦逊开放，但她拿不准初次见面就盘问太多是否礼貌，于是也没有多说什么。

包厢里渐渐安静下来，三人各自埋头吃着饭。

就这么不尴不尬地吃了二十几分钟，陈进忽然又笑着问："哎呀，忘了点饮料！小戈，你有什么想喝的饮料吗，这里是不是有那个什么榨……鲜榨果汁的？"他说着望向服务员，"或者你们小姑娘爱吃的，饭后甜品、甜点？"

服务员闻言走近两步倾身道："有的，先生。我们的果汁都是现点现榨的，甜品也有很多种，可以去楼下面包房选。"

陈进搓搓手："对对对，快，小戈快去选！选你喜欢吃的！"

虽然已经饱了，但看着陈进对这酒店那么生疏却还热情地招呼她点东西，弋戈露出了个看起来很惊喜的笑容，说："好，那我下楼看看。三妈，陈叔叔，你们要吃什么吗？"

陈进忙摇头："我们就不用了，这都是你小孩子爱吃的东西。"

陈春杏忽然说："你不是爱吃金银馒头吗，这家酒店好像也有，去看看吧。"

弋戈点点头，跟着服务员走出了包厢。

陈进如释重负地松了口气，拍了拍陈春杏的手背，叹道："之前被你说得吓都要吓死来，这小丫头不是挺乖的吗？一直笑眯眯的，哪有你说的那么不听话！"

陈春杏苦笑："她以前过年见到自己爹妈都不晓得笑一下的，脾气硬得很……谁晓得今天为什么这么好。"她叹息一声，"其实她心里是最乖最懂事的，就是不太会做人，今天……她应该是看出来了。"

陈进点点头："读书人就是聪明啊，一句话不用说就什么都晓得了。本来你说今天要见她，我还担心了好久，好几天没睡着！"

陈春杏说："是聪明哦，什么补习班都没上过，年年考第一名。从小写作业就快，回家饭都没做好她就什么都写完了，人家小孩子都还在写作业，她天天一个人领着那条狗到山上去野。"不知想到什么，她的目光骤然黯淡下来，"像她爸妈，好脑筋都是遗传的，一家子都是那么好的命。"

.375.

陈进见她伤感，安抚地搂住了她的肩膀，并没多说什么。

陈春杏扫了眼满桌五六个菜，吃得都还干净，抿嘴笑了声，语气悠闲地道："她吃相有福气吧？从小吃饭就乖，不要人催的。"

陈进跟着笑道："长身体的年纪，能吃也是应该的。"

"上小学就每天早上这么一大碗红薯粥，还要再吃两个鸡蛋一个包子，"陈春杏两手比出一个碗的大小，"就这么吃得又高又壮，她妈来过过两次年，每次都问我是给她吃了什么。"

陈进知道她替别人养了十几年孩子不容易，于是拣好话说："她还不是要谢谢你，把她女儿养得这么好。"

"她哪是要谢我！"陈春杏却反应激烈，似是嘲讽又有些悲凉地嗤了声，"她那是在点我呢！让我注意别把她们家大小姐养成了猪八戒……你要是见到她妈妈就晓得了，一辈子好命，金贵得很，跟电视剧里的少奶奶似的。"

陈进不屑地嗤声："都是穷讲究……小孩子长身体要吃，你还能不让吃？不让吃他们又要说你亏待了！"

陈春杏摇摇头，忽然笑起来："那还真说不好，这要是我自己的亲女儿，我肯定也不让她吃那么多……小姑娘嘛，长那么高也就算了，壮得跟头牛一样像什么样子。"

不知这话究竟哪里有趣，她居然笑得有些停不下来，还不自觉地吐出方言来和陈进玩笑了几句，捂着嘴笑得满脸通红。

以至于没有看到站在了门口的弋戈。

"三妈。"弋戈端着金银馒头走进包厢，身后的服务员手里还有一盘奶油拿破仑。

陈春杏忙地止住了笑，有些心虚，笑着问："怎么点了这么多？"

"听说这个是他们家的招牌。"弋戈把摆盘精致的拿破仑端到桌上。

弋戈神色平静，其实看不出来究竟有没有听到陈春杏刚刚说的那些话。但陈春杏心里却心虚地打起鼓来，她知道，弋戈恐怕是听到了。

十几年的养育带来无法撤回和消除的默契与了解，陈春杏只用看一眼弋戈的眼睛，就知道她什么时候是心情好，什么时候在闹脾气。

"多吃点，你不是喜欢这个金色的嘛。"陈春杏给她夹了块金馒头，沾上炼乳。

"嗯。"弋戈接了，分两口全吃完。

陈春杏和陈进无奈地交换了一下眼神，都没再说话。他们谁也不打算说点什么安抚一下弋戈，尽管她是如此明显地表现出了不开心、闹着小孩子的脾气。

弋戈拎着打包的金银馒头和奶油拿破仑站在酒店门口，目送陈春杏挽着陈进走向相反的方向。晚上八点多，正是小巷里夜市热闹的时候，他们的背影渐渐融入一片暖黄色的烟火气中，看起来像一对平凡的夫妻。

她想到刚刚下楼点甜品时，服务员很殷勤地介绍新品，说："我们家这个拿破仑卖得很火的，可以和爸爸妈妈一起尝尝呀。"

很俗气的是，弋戈在听到她说"爸爸妈妈"的时候，不仅没纠正，心里还美滋滋的，并且二话不说跳入了消费的陷阱——买下了那块死贵死贵但并不怎么好吃的拿破仑。她也不知道为什么，陈进不过是她才刚见一面的陌生叔叔而已，可看着他和陈春杏坐在一块、接受他们一起夹过来的菜，她就好像被揉了脑袋的小狗一样，全身的毛都顺了，就差没露出肚皮打滚撒娇了。

弋戈独自从酒店走回家，忍不住想，拿破仑不好吃，究竟是因为它的味道确实不好，还是因为她听见了陈春杏说的那些话呢？

她想不出来，只知道现在自己有点想哭。这该死的冬风，又冷又硬，好像不从她眼睛里撬出两滴泪来就不罢休似的。

范阳阴阳怪气地拿她的身材开涮她只觉得无聊，王鹤玲貌似委婉地劝她减肥她也只是厌烦，可为什么，陈春杏这样开几句玩笑，她就觉得委屈得要死了呢？

在弋戈过去十几年的人生中，"委屈"是一种很罕见的情绪，几乎没有出现过。"委屈"这种感情太婉转含蓄了，而她一向是直来直去的，熟悉的人便愿意亲近，陌生的人便远离；开心的时候笑，不开心就冷着脸。可"委屈"的意思是，尽管不开心了，却仍然不愿远离，仍然等着被人哄回来继续笑。

"委屈"的滋味不好受，莫名而漫长，就像此刻干在弋戈脸上的两行眼泪，像要裂开她的皮肤一样。

"喂，看路啊！"

弋戈还没回过神来，忽然被猛地一拉，面前出现蒋寒衣焦急的脸，还有他怀里一脸嫌弃的星星——"愚蠢的人类啊，居然连路都不会走"。

她往周边看了看，才发现自己不知不觉已经走到小区门口了。

"想什么呢，你差点又撞树了！"蒋寒衣拽着她手腕急道，话说完才发现她眼睛红红的，脸上还挂着泪痕，顿时慌了，"这……怎么了，哭了？"

他这么问一句，弋戈居然又有点鼻酸。她心里骂了自己一句，这莫名其妙的情绪泛滥究竟是怎么回事……然后淡淡地摇了摇头，扯开话题："你怎么在外面？这么冷的天。"

蒋寒衣说："本来想带星星去找你和银河的，但看你房间灯没亮，就出来溜达溜达。"

弋戈点头："哦。"

"你……真没事儿？"蒋寒衣不放心，又追问，"从哪儿回来？"

弋戈没答话，勾起手指上挂着的两盒点心："你吃这个吗？味道还行。"

蒋寒衣讷讷地接过袋子："你不吃？"

"饱了。"为了不浪费陈进的钱，她不断地往嘴里塞东西，现在撑得连话都不想说。

蒋寒衣执着地想问她到底怎么了："你……"

"困了，先回去睡觉了。"弋戈压根没给他开口的机会，随手撸了把猫猫脑袋，转身走了，背对着他懒散地挥了挥手。

临近年关，弋维山和王鹤玲忙得脚不沾地，已经一周多没回过家了，过于独立的女儿甚至连个询问短信也没发来过。

腊八这天上午，弋维山却抽了宝贵的两个小时见了个人。

他亲自给陈春杏砌了杯茶，请她坐在办公桌对面的皮椅上，等了一会儿才问："三嫂来，应该是事情已经处理完了？"

陈春杏从帆布包里拿出一个牛皮纸袋，又一圈一圈地拆开封口，再拿出一份文件，平静地说："金哥出事后，监护人一直是你。我问了民政局，这个文件要你来签。"

弋维山倏地瞪圆了眼，接过那文件一看，居然是离婚协议书。

"三嫂，这是什么意思？"他只惊讶了一瞬，便又恢复平静的样子靠回椅子上。

"上次说了的,我要离婚。我跟金哥早就商量好了离婚的,要不是他……"陈春杏说到这儿顿住,算了,现在说这些也没意义。

弋维山这时候终于露出意外的表情,他没有想到,陈春杏居然是想彻底离开的。他原本认为这事大不到哪里去,中年人出轨而已,哪里新鲜呢?更何况陈春杏文化水平不高,自我约束力不强,这没什么好意外的。他只需要敲打敲打,让她别太过分,免得被亲戚朋友知道了,说弋家人的闲话。至于其他的,他没时间也没兴趣操心。

"我晓得你忙,所以这些东西全都准备好了,你签一次就可以,以后就不来麻烦你了。"陈春杏又说,语气平淡谦和,却莫名地带有压迫和催促感。

弋维山皱了皱眉,沉默了一会儿问:"老师那边呢?"陈思友毕竟还在桃舟,虽然老人家年纪大了脾气差些,对亲女儿也向来不待见,但毕竟是亲生父女,陈春杏就这么走了?为了她那个男朋友,连给亲爹养老送终都不顾了?

陈春杏漠然的脸上终于出现了一丝表情,她苦涩地笑了一下,说:"我上个礼拜回了趟桃舟,和他谈过了。"

"谈了什么?"弋维山紧接着追问,话音刚落却又尴尬地咳了声。人家父女之间的谈话,他这么紧张地追问,倒显得过于在意,不体面了。

"我晓得,你孝顺他,还有小戈……以后也都麻烦你们了。"陈春杏又拿出一张银行卡,"这是我这几年攒的钱,五万多没到六万,我知道这点钱对你来说不算什么,但也是我的一份心意。万一以后我爸有用钱的地方,就……先用这个吧。"

弋维山没说话。他紧锁着眉,但这并不是因为愤怒,而是意外和困惑。陈春杏的决绝令他始料未及。主观上他当然不想让陈春杏离开,一来弋维金在医院那边总要有个知根知底的人看顾;二来,虽然他不愿意承认,但弋戈对陈春杏的依赖是显而易见的,高三这么关键的时期,他也不太希望女儿的情绪受到影响。

但他是不可能拉下脸来请求陈春杏留下来的,这太荒谬了。因此弋维山最终只是沉吟了一声,略显轻蔑地笑道:"当然,我会照顾好老师,你不用担心。"

陈春杏点头:"我晓得。"

话又这样落到地上,这种氛围让弋维山十分不快。他喝了口茶,放松地往座椅后靠,两手搭在皮椅把手上,松松地交叉着,状似随意地问:"都办好了?以后打算去哪里发展?"

他顿了一下,又补充道:"你毕竟帮我们照顾小戈那么多年,如果有经济上的困难,可以来找我。"

陈春杏笑了笑:"没有的。以前你也没少给钱,金哥看病、家里过日子也都是你出的钱。"说完,她又将目光落在桌上那几份文件上,无声地催促着。

弋维山不再说话,拔出钢笔快速地把几份文件签完。

简单道谢后,陈春杏转身走了。她这辈子头一次表现出这么天大的主见,短短几分钟就迅速地切割了和弋家之间的种种关系,干脆得不可思议。

她甚至没有提起弋戈。

弋维金是丈夫,陈思友是父亲,她想要离开,这两个人是不得不安顿和交代的。可弋戈,这十几年来和她最亲近的小姑娘,实际上却是别人的女儿,即便只字不提,也什么都不影响。

陈春杏站在写字楼楼下发了会儿呆,才长长舒出一口气,把紧紧捏在手里的文件放回帆布袋里,打算离开。

"你等一下。"

身后忽然传来高跟鞋的声音,王鹤玲裹着件毛呢大衣走出来。

陈春杏回头冲她淡淡笑了一下,问:"怎么了?"

"你……和小戈说过没?"王鹤玲问这话时显得犹豫。

"没有。"陈春杏却果断,"没什么好特意说的,她慢慢就晓得了。"

"你应该和她说一声。"王鹤玲说,"以后去哪里、住哪里,最好也告诉她,她会去看你。你放心,我保证弋维山不会干涉。"

陈春杏微微仰头才能和她对视,看着她瘦削的脸庞,有些人连皱纹都是美丽的。

陈春杏垂下眼,笑说:"没什么好看的,我现在也没工夫管那么多事……"她又抬起头来和王鹤玲对视着,顿了一下,忽然笑容放大了点,"我怀孕了,年纪大了胎不稳,医生说不要想那么多事情。"

王鹤玲眼里的惊愕迟迟收不回去。

陈春杏又说："弋戈是个特别懂事的女孩子，以前在桃舟人家都跟我说没见过这么省心的小孩……你好福气，她以后肯定会孝顺你的。"

王鹤玲没有说话，似乎迟迟无法从震惊中缓过神来。良久，她才说了一句："……是你教得好。谢谢。"

陈春杏却淡淡地笑着摇了摇头："我哪里教了什么，你们的女儿。"

是你们的女儿，不是我自己的女儿。

所以这么多年她都只是悉心照顾着弋戈，弋戈要吃什么都给做，想去哪里玩就带去哪里玩，衣服裤子全部买最好最贵的，抱回条又丑又脏还总是摔坏东西的狗也二话不说笑脸相迎。从来不敢催弋戈写作业，不会叫弋戈帮忙干活，即使觉得弋戈胖了、孤僻了、朋友太少了、脾气太差了，也绝不多说一句不好。

因为弋戈是别人的小孩，不是她自己的。她自己也曾满心期待一个孩子，却只等来一个与人打架闹事后永远地躺在了病床上的丈夫。

王鹤玲的表情渐渐平静下来，她明白了陈春杏的意思。她从口袋里拿出一张银行卡："这个你收着。和弋维山没关系，是我自己想给你的，谢谢你把小戈带得这么好。"

陈春杏没接。

王鹤玲不多拉扯，干脆地说："我打到你卡上。"

她还想说什么，却又无话可说，于是只干巴巴地道："你也不容易……保重。"

陈春杏看她一眼，什么也没说，转身走了。

大年二十八的晚上，树人中学里各处都静悄悄的，只有高三教学楼顶层两个班亮着灯。刘国庆披了件军大衣，无惧寒风攻击在走廊上来来回回地转悠，盯着这群早已蠢蠢欲动的学生。

范阳在椅子上挪了半天屁股，怎么也坐不住。四十八小时后就除夕了，他们居然还在自习，这还有没有天理了？

他趁刘国庆转身，凑到蒋寒衣身边没话找话聊："哎，你觉不觉得……一哥这几天有点不太对劲？"

原本专注的蒋寒衣笔尖一顿，抬头看了眼弋戈。

虽然她期末刚考出了"718"的逆天高分,虽然她已经连着四次周练数学物理全满分,虽然她最近表现如常甚至每天都有说有笑地和朱潇潇一起去学校外面吃晚饭……

但是,范阳说得没错,弋戈这几天很反常。

反常在她过于平静、过于刻苦,每天除了和朱潇潇出去吃饭的那一个小时,几乎一直坐在书桌前刷卷子、刷卷子、刷卷子。虽然高三学习紧张,但对于弋戈来说,到这个阶段,刷三十张卷子和刷三张卷子的效果恐怕并没有什么区别。而即使弋戈一直都很勤奋,但也从来没有到这么"痴狂"的地步。

蒋寒衣能感觉到,弋戈似乎在压抑一些情绪,又像是在等待着什么。他猜测和那天晚上的事有关,却不清楚究竟发生了什么事,弋戈甚至不给他问的机会。

蒋寒衣轻轻叹了口气,刚要说什么,范阳忽然兴奋地拍了拍他的手臂,往窗外一指:"你看,是不是下雪了!"

蒋寒衣扭头向窗外望去,教学楼外的壁灯照亮一方黑夜,轻盈的雪花纷纷落下。

范阳的声音不小,其他同学听了,纷纷看向窗外,发出惊呼。

"哇,下雪了!"

"今年居然有雪哎!"

"这是初雪吧。"

一时间教室里窸窸窣窣起来,刘国庆在走廊外听见了动静,却没厉声喝止,只是有些无奈地笑看着。

只有弋戈,好像什么也没听到似的,埋头算着自己的题。

这已经是弋戈今天晚上写的第二套数学试卷了。她熟练得几乎不用过脑子,快速写完选择填空,机械地写完三角函数、立体几何和统计大题,终于来到解析几何,终于有一组比较复杂的、需要她算久一点的参数。

忽然,背后有谁拍了拍她。

转头,蒋寒衣的笑容很近,盈满她的视线。他轻轻地、几乎只是用口型对她说:"下雪了。"

他用笔指了指窗外。

弋戈恍然扭头看过去，雪已经很大了，鹅毛般地、一片接一片地旋转着落下。

弋戈也不知道这有什么好看的，她和从小在江城长大的这些同学不一样，桃舟每年都会下这样大的雪，并不稀奇。可她还是看呆了，在蒋寒衣含着笑意的目光的注视下，她愣愣地看着窗外大雪纷纷，发了好久好久的呆。

下雪真好看啊。

不用写数学题也能什么都不想地发一会儿呆，真好啊。

十点二十分，晚自习结束，苦哈哈的高三生终于迎来了新年长假——长达十天。

弋戈收拾好书包，回头看了蒋寒衣一眼。

本就一直关注着她的蒋寒衣迅速回应她的眼神，尽管她什么也没表露，他还是主动笑着问："回家？"

他们虽然住在同一个小区，但之前几乎没有一起回家过。弋戈习惯一个人戴着耳机边听歌边骑车。

"我没骑车。"弋戈说。

蒋寒衣笑了："那慢慢走回去吧。"虽然他其实是骑了车来的。

说完，他起身把书包往肩上一挂，站在桌边等着弋戈。

看着刚刚还和他说好今晚通宵打游戏的某人瞬间倒戈，范阳只觉得牙酸，但并没多嘴，潇洒地摆摆手先走了。

弋戈走得很慢，也很沉默。但蒋寒衣知道，她是想和他说些什么的，于是也放慢步子走在她身边，静静地等着。

走到第二个红绿灯口停下的时候，弋戈忽然开口："我和我三妈吵架了。"

蒋寒衣瞬间明白了她的反常是为什么，同时又莫名有种松了口气的感觉。这几天弋戈反常得有点让他不安，他总怕是出了更大的事。如果只是和父母吵架的话，那应该不算严重，家人之间嘛，即使吵架也是窝心的，更何况弋戈和她三妈那么亲。

"为什么？"他问。

弋戈没直接回答，而是说："前几天，她带我去见了那个叔叔。可能是因为我跟她说自主招生十拿九稳了吧,她不担心会影响我学习,就提前跟我说了。"

蒋寒衣认真聆听着,没有多说话。

"本来我们吃饭吃得挺开心的,但后来听到我三妈和那个叔叔聊天,聊得很开心,她说……"

说到这儿,弋戈忽然顿住了。

这几天她一闲下来就会反复想到三妈当时和陈叔叔说的玩笑话,可想得越多,就越发现,其实三妈也没说什么。

不过就是说,王鹤玲大小姐脾气,似乎不太满意她对弋戈的教育方式。

不过就是说,弋戈从小吃饭就让她省心,长得略壮了些。

三妈甚至连个称得上是贬义的词都没用过,就连说弋戈小时候能吃,用的都是"有福气"这样的词。细究起来,倒更像是在炫耀自家小孩一样。

因此弋戈又在想,是她太矫情了吗?她从小与三妈和小外公生活,几乎没有同其他亲戚朋友打过交道,连每年过年都只需要给两个人拜年、只和银河一起守岁。是否就是因为这样,她才不知道,其实三妈在其他长辈面前这样说她是很正常的?

可不开心是真的,委屈也是真的,弋戈即使自认矫情,也还是在想,任性就任性吧,等三妈来哄哄她。反正她都生气得那么明显了,三妈肯定会来哄哄她的。小时候就算是她自己贪玩踢到铁门尖尖伤到脚,三妈都会自责道歉说自己没看好她呢。

可这几天三妈都没在家,也没给她发短信打电话。看来那位陈叔叔的确很让三妈牵挂……每次想到这儿,弋戈又觉得,自己的任性还可以再等一等。

刚开了个头的话这么顿了两秒,忽然又不好意思说了,总不能跟蒋寒衣说——"我三妈说我胖,所以我生气了"吧?弋戈于是话锋一转,问:"蒋寒衣,你妈会嫌弃你吗?"

"哈?"蒋寒衣显然没跟上她这一百八十度急转弯的思路。

"我问,你妈有没有嫌弃过你?"弋戈也不知为什么,明明什么还都没说出来,只是和蒋寒衣走了一小段路,吹了吹冷风,就好像完成了自我说服,甚至有空给自己找一个参考物以进一步完善这种自我说服。

"就是你的一些缺点什么的,比如话多、嘚瑟、二百五之类的?"

弋戈问得很认真，蒋寒衣的表情却快要扭曲得不成样子了。

他分明以为这会是一段直击心灵、洗涤灵魂、增进彼此了解的深度对话，可现在，为什么变成弋戈数落他的缺点了？还话多、唠瑟、二百五？这都什么跟什么？蒋小爷明明觉得他七尺身躯里没有一寸是缺点！

他嘴角抽搐了一下，没说出话来。

"嗯？"弋戈还非常认真地催促了一遍，眼里闪烁着饱满的求知欲。

"……当然有。"蒋寒衣勉强顺了顺气，算得上严肃地回答起来，"我妈从小就觉得我除了这张脸之外一无是处，而且这脸还多半是遗传我爸的，所以在她看来也算不上什么优点，她隔三岔五就恨不得把我塞回娘胎呢。"

他说得十分唠瑟，眼一眯，似乎发现了问题的症结："怎么，你三妈嫌弃你了？"

弋戈："……也不算。"

"你是不是从小成绩太好了没怎么被骂过啊？"蒋寒衣笑嘻嘻的，以一副"过来人"的样子叹息道，"要习惯啊弋戈同学，亲妈要是不嫌弃你那就不是亲妈了。"

弋戈隐约觉得她理解的"嫌弃"和蒋寒衣说的"嫌弃"不是一个意思，但她没深究，因为蒋寒衣后半句话似乎更有道理——亲妈要是不嫌弃你那就不是亲妈了。

嗯，非常合理。

弋戈于是笑起来，郑重地点点头："你说得很对。"

蒋寒衣被她这反应逗笑了，摸摸鼻子道："你这几天就因为这事儿闷闷不乐啊？"

弋戈想了一会儿，说："也不全是吧，可能是被那个面试烦的。准备起来没什么头绪，有点焦虑。"

蒋寒衣揶揄地笑道："你不是都十拿九稳了吗？"

弋戈说："十拿九稳和焦虑又不冲突。"

蒋寒衣失笑，伸手揉了揉她的脑袋："行，您还真是不谦虚。"

现在被蒋寒衣揉脑袋，弋戈仍然有点不习惯，那只大手伸过来的时候她还是僵硬了一瞬。但今天……她决定纵容他一次，毕竟，他今晚说的话特别有道理。

她特别喜欢听。

.385.

除夕夜,弋戈原本以为弋维山会保持土豪作风去订五星级酒店那种一桌好几千块但中看不中吃的年夜饭,可等她下午写完试卷下楼来,却看见她的亲爹亲妈两人都围着围裙,在厨房里忙得不可开交。

她愣了愣,心里同时升起两种情绪——感动的同时又有些为难。酒店的菜虽然中看不中吃,但至少会比王鹤玲做的那些"创意"料理好些吧……

她为自己这种过于现实和不知好歹的考量羞愧了一秒,然后走进厨房笑着问:"在做年夜饭吗?"

好吧,这是一句废话。但……笑着说这句废话对她来说也不容易。

弋维山在剁肉,两把大刀双管齐下,很是像模像样。他点点头笑道:"嗯,都是你爱吃的菜!看爸爸给你露一手!"

弋戈点点头,有一句"谢谢"不知当不当说。

她最终没说,转身离开前忽然顿了一下,问:"我……能把银河带进来吗?"

弋维山剁肉的动作顿了一下,这事他并没有决定权,于是僵硬地扭头看了眼自己的老婆。

王鹤玲没说话,戴上手套从蒸箱里端出一盆蒸蛋肉饼:"带进来吧,这是给它准备的。"

弋戈惊讶得忘了伸手去接。

"戴个手套,烫。"王鹤玲说。

弋戈这才如梦方醒地转身套上手套,有些受宠若惊地接过王鹤玲手里的蒸蛋肉饼,又确认地问:"……给银河的?"

"嗯,狗应该不太计较味道吧?勉强能吃。"王鹤玲淡淡地说,看起来对自己的厨艺认知十分清晰。

弋戈看着手里这份从分量到肉质显然都是上佳的高级狗粮,乐了,笑道:"不计较!它本来也不能吃人吃的调料。"

说完,她笑盈盈地端着盆出去找银河了。

电视里开始预热春晚,主持人坐在演播厅里伴着喜庆的背景音乐侃侃而谈。家里开了地暖,弋戈席地坐在电视机前,拿着银河最喜欢的小恐龙逗它玩。

抛出去又叼回来,再抛出去再叼回来,从前银河能这么玩一下午也不觉得累,现在却只跑了两个来回就气喘吁吁了。

它撒娇似的哼哼了一声，便筋疲力尽地趴下来，脑袋搭在弋戈的腿上。

弋戈有些心酸地捏了捏它的耳朵，耳朵的温度总是比其他地方更高一些。入冬后她明显感觉到银河老了，却总是不愿意这么想，因此笑着回头往厨房看了眼，给自己找另一个理由："你是不是也被香味吸引了？"

银河眼巴巴地望着那不断散发出极具诱惑力的香味的厨房，可因为对弋维山和王鹤玲都不熟悉，因此只敢看，不敢上前。

弋戈笑他："刚刚那盆蒸肉都吃不完呢，还想着别的。"

她和银河一起看着厨房，王鹤玲似乎是感觉到两道灼灼的目光，也回头冲他们微微笑了一笑。

弋维山余光瞥见，也笑道："饿了？快了快了！"

银河居然像听懂了似的，满意地又哼了一声，甚至咧开嘴露出笑来。

弋戈忽然有些怔。银河撒娇的回应好像瞬间打开了她的感观，电视里喜庆的背景音乐、厨房里热油浇在鱼头上的刺啦声、王鹤玲淡淡的笑声，终于真正地，汩汩流进了她的耳朵里。

她由此发现，这情景里他们居然真的像是其乐融融的一家人了。

所以大家总说新年会发生好事吗？看来是真的。

弋戈坐上桌后，着实被一桌子琳琅满目的菜肴吓了一跳。弋维山和王鹤玲两个看起来十指不沾阳春水的人忙活了两个多小时，居然变着花做出了九道菜来，而且个个都是硬菜，看起来一点不输酒店定制的那种。

"怎么样，爸爸没吹牛吧？"弋维山得意地摘下围裙，"我从小也是学了你奶奶不少手艺的！"

弋戈不得不承认，她这位一向装腔作势的亲爹，此刻的模样终于有那么一丢丢可爱了。于是她真诚地点点头，竖起大拇指肯定道："厉害！"

弋维山满足地大笑起来，也不忘赞赏妻子："你妈妈也是进步了好多的。看这个苹果派，还有这道海带汤，都是她的杰作！"

弋戈的目光被那香喷喷的苹果派吸引，口水已经不争气地分泌出来了："看起来很好吃。"

"吃吧！"银河在桌边晃悠，王鹤玲其实有些害怕，但她极力忽略，语气轻快地说。

弋戈中午只吃了两片吐司应付，早已饿得前胸贴后肚，拿起筷子后先夹了只葱油鸡腿，碗里也被弋维山和王鹤玲夹来的各种排骨鱼虾堆成了小山，把银河馋得直流口水。

吃了几口弋戈忽然发现，这九道菜里，有五道都是陈春杏的拿手菜，干豆角烧排骨、油面筋塞肉、蚂蚁上树、剁椒鱼头和油焖大虾，即使在桃舟时她也很难一次性全部吃到，而且味道也毫不逊色。

她心里忽然觉得有些异样，看了弋维山一眼，他正在给王鹤玲夹菜，并自得地嘚吧着虽然很久没做但他的厨艺丝毫没有退步云云。她转念一想，弋维山和三妈都是在桃舟长大的，拿手菜差不多也很正常，于是她并没深究，把菜和米饭吃完，又接过了王鹤玲切好递来的苹果派。

饭后，弋戈主动揽了洗碗的活，银河趴在厨房陪她。她一边刷碗一边想着，弋维山刚刚在饭桌上都没提到三伯，那么三妈今晚会在哪儿过年呢？和陈叔叔一起吗，还是在医院照顾三伯？

她这时才后知后觉地对三伯感到些许的愧疚，她似乎太顺理成章地支持三妈了，甚至一直没想起过三伯。现在想到他正一动不动地躺在病床上度过这阖家团圆的节日，心里才产生一丝同情和愧疚。虽然这愧疚很快又被淹没了——三妈已经伺候他十几年了，够了。再说了，植物人可能也没意识，过不过年区别不大。

弋维山全程陪伴家人吃完一顿年夜饭也不容易，刚下桌他的手机就响个不停，也不知他怎么想的，好好的书房不去，非要站在冷飕飕的阳台上打了一个又一个电话，还时不时隔着玻璃门冲弋戈露出一个慈祥而诡异的微笑。王鹤玲一向不爱搭理这些客套的年节问候，因此弋戈只看见她手机亮了又灭、灭了又亮，而王女士本人看也懒得看一眼，撑着脑袋边听相声边用按摩捶敲打着自己的小腿。

弋戈见这情形，毫无心理负担地和银河一起溜上了楼，拿出手机打算给陈春杏和陈思友拜年。

她先拨的是三妈的电话，响了十几秒，没人接。

弋戈纳闷了一会儿，心想这说明三妈在陈叔叔家？可能在忙，于是她又拨通了小外公的号码。

电话刚拨通就被接起，弋戈有些心酸。小外公一个人在桃舟，肯定是一直在守着电话等她打来。

"外公新年好!"弋戈亮着嗓子笑道。

陈思友在电话那头哼了声:"老头子耳朵都要被你叫聋来。"

弋戈笑了声,知道老头这是口是心非,其实她声音越大他越高兴的。

"今年又不回来过年,外公的红包你又领不到了咯!"陈思友语气里满不在乎,但听起来却酸酸的。

"别,您给我留着嘛,我明天就搭车去看您!"弋戈发觉自己对于撒娇这事真是越来越熟练了,脸皮也不知为何日渐变厚,"而且去年也不怪我,是我爸突然说要去琼岛玩的,您要骂骂他!"

"我骂了他十几年了,他改了吗?"

弋戈笑了笑:"不过他今天晚上做菜了呢,九个菜,还都挺好吃!"

"穷人的孩子早当家,他没到十岁就站板凳上做饭了,能不好吃嘛。"陈思友说这话时语气柔和了许多,但嘴上还是不饶人,"他也就做菜这点本事没丢,其他的,忘本忘得一干二净!"

弋戈嘻嘻笑着,没反驳也没煽风点火。

她陪小外公聊了快一个小时,又让银河冲着手机叫了两声算是也给外公拜过年,才挂断电话,说要给三妈打。

"我刚刚打她没接,可能是做饭去了,我现在试试。"她笑说。

陈思友那边忽然沉默了一会儿,弋戈还以为是他挂了电话:"喂,外公?"

"在呢。你这个……新的一年,记得休息好,那个什么自主招生的,可以认真准备,但不要苛求,我孙女嘛,就是没有加分那也一样是清大燕大的料!"陈思友语气稳健地叮嘱道。

"知道啦。您也要注意身体哦,我六月份就拿录取通知书给您看。"弋戈笑着挂了电话。

弋戈又拨了一次陈春杏的电话,笑容还挂在脸上,却听见电话里传来机械提示音——

"您拨打的电话已关机。"

她的心忽然往下坠了一下,不祥的预感瞬间淹没了这一晚上心里积攒的暖意,排山倒海而来。

无措感像电流一样袭击全身,她慌乱地摸了摸银河的背毛,自言自语地说:"走吧,下楼过年去。"

她有些迷迷楞楞地跑下楼,被王鹤玲探询的眼光一扫,又强行镇定下来。

王鹤玲还在看电视,弋维山还在阳台上讲电话,一切看起来都很正常。

弋戈坐到沙发上,看了几分钟小品,看着电视里郝建掉了拖鞋,笑出声来,又不甚自然地瞟了王鹤玲一眼,想同她搭话,可对方刷着手机,似乎没注意到电视里的热闹。

弋戈心里仍然不安,看着没动静的手机,有些坐不住了。

"看看这件羽绒服,喜欢吗?挑个颜色。"王鹤玲忽然把手机递过来,"这个黄色挺不错的,你皮肤白,穿得起。小姑娘嘛,多试试亮丽些的衣服也好。"

弋戈看了眼屏幕,是件工装风的鹅绒羽绒服,有黑、白、冰裂纹和姜黄四种颜色。这一年来王鹤玲给她买了不少衣服,尺码再没错过,且都挑的是黑白灰的素色,大概是去年在海边弋戈的话太刺耳,她不得不记得清楚。

这倒是她第一次,又建议弋戈穿得"亮丽""小姑娘"些。

弋戈把手机递回去,笑道:"我也觉得这个黄色的最好看。"

王鹤玲有些意外地扫了她一眼,也露出笑来:"那我让她留着了。"

弋戈点点头,低头的瞬间忽然扫到图片退出后那聊天框里对方输入的价钱,9999元。饶是知道王鹤玲一贯奢侈,但花一万块买件羽绒服?她还是觉得过了,她的衣服一向穿不长久的,不是蹿个子后穿不了了就是被划破了蹧坏了。

她怕自己看错,问了句:"这个羽绒服多少钱啊?"

王鹤玲笑着看她一眼,知道她在想什么,没回答,笑道:"小孩子别操心这个了,你爸妈还缺这点钱?"

弋戈:"谢谢妈。"

正好弋维山打完电话进屋来,冷得直跺脚,弋戈的注意力迅速被吸引过去,不算迂回地"关心"道:"爸,今天三伯也是在医院过年吗?"

弋维山愣了一下,回答:"是啊,你三伯那个情况,也不方便挪出医院了。放心,病房里有护士组织除夕活动的。"

"那就好。"弋戈敷衍地应了一句,又问,"……那三妈呢?也在医院陪三伯过年吗？"

王鹤玲滑着手机屏幕的手一顿，与弋维山交换了个眼神。

弋维山干笑两声，坐到妻子和女儿中间，拍了拍弋戈的膝盖，温声道："小戈，有件事呢，爸爸一直没和你说。"

弋戈心里"咯噔"一声，那潜藏了一夜的不安彻底爆发，她脸色一僵，问得急促："什么事？"

弋维山被她的语气吓着，斟酌了一下才说："你应该不知道吧？其实，你三伯和三妈，是早就离婚了的。"

弋戈诧异："早就……多早？"

"你出生不久后。"这当然不是实话，陈春杏和弋维金当时只是签了离婚协议而已，可还没领离婚证弋维金就出了事。若不是陈春杏上次主动说出来，谁也不会知道。但弋维山与王鹤玲商量了很多次，最终还是决定以这个版本告诉弋戈。

"那她为什么……"弋戈有些理不清这故事了。如果早就离了婚，陈春杏为什么不离开？为什么要过这十几年的辛苦日子？

"因为爸爸拜托她照顾你。"弋维山说。

弋戈怔了。是啊，还能是因为什么？

可她听到回答的一瞬间就在抗拒这个答案，她是在三妈身边长大的，是三妈把她养大的，怎么能说……是因为弋维山的"拜托"呢？

她沉默了好一会儿，才问："那三妈现在在哪里？"

弋维山笑得很谨慎，嘴角每上扬一个弧度都在观察弋戈的反应，他尽量把这话说得温馨平常，哪怕他心底认为这是不堪的背德："她碰到自己的爱人，已经结婚，跟他回老家了。"

"老家？在哪儿？"弋戈心里的石头彻底从悬崖边掉下去了。

"好像是丰城，还是哪儿的，我也不清楚。"弋维山作势想了一下，又摇摇头，"她也没说。"

弋戈捋了捋脑子里的信息，拼命保持冷静，又问："是因为过年吗？刚结婚，所以过年的时候要回老家？过完年就会回来的吧？"

弋维山看着她急切的目光，既是心痛又充满不忍。他停顿了好一会儿，没有回答她这无望的问题，而是抓着弋戈的手，沉声道："爸爸知道，你跟三妈感情深。但是小戈，你要明白，我们才是你的爸爸妈妈，你三妈她再用心、对你再好，都不可能像爸爸妈妈一样爱你，也不可能永远留在你身边。三妈暂时照顾你,是因为你是爸爸的女儿,是爸爸这样拜托她的,你明白吗?"

弋维山感觉到女儿的手的僵硬,也看到她眼里的情绪从无助、悲痛,渐渐变为冷漠和愤怒。

弋戈看着弋维山,又或者变成了瞪。银河好像觉察到她的愤怒,也从地上站起来,走到弋戈腿边,渐渐弓起了背,警惕地盯着弋维山。

弋戈最终什么都没有说,她挣开爸爸的手,攥着手机,带着银河独自上了楼。

弋戈一回房间就又拨了电话,摔门的声音把银河都吓了一跳。

还是关机。

弋戈渐渐反应过来。这一晚上的异样、惴惴不安、不祥的预感,像她心底有个雪球,越滚越大,终于被推到悬崖边,又猛地砸在冰面上。

落实了,却也砸得她生疼。

银河不知小主人为什么忽然发脾气,明明十几分钟前还好好的。它凑到弋戈腿边讨好地蹭了蹭,又坐下,咧嘴笑开来,露出长着巨大胎记的舌头。

它舌头上的胎记已经变得很淡了。

她伸过去的手就这么顿在空中,脑袋里忽地想起她七岁那年把银河抱回家,陈春杏见到第一眼便惊叫起来——"天哦,别的狗是舌头上长胎记,它是胎记上长了条舌头!"

记忆的细枝末节隐身了这许多年,此刻却无比清晰地重现在她脑海里。弋戈莫名地敏锐起来,回溯到十年前的那一天,想起来,陈春杏见到银河的第一眼,很为难地皱了皱眉。

原来,她并不欢迎银河的。

弋戈鼻子一酸,看着银河讨好的笑,再也无法控制地号啕大哭起来。

这么多年,她像个孤勇出租车兵一样给自己划了一小块领地,以为这就是自己的王国。她在这小小王国里加冕登基,严防死守,只有银河和三妈是她特许进入的国民。

现在才知道,她从未有过一寸领土,也不是什么国王。她就是个多余的质子,被发配到边疆,陈春杏并不是她孤独王国里唯一的亲人,而是老国王派来盯着她的使者。

弋戈终于明白，原来她画地为牢为自己摇旗呐喊的这些年，她在日记本里写着"要好好念书报答三妈"的少年岁月，在三妈眼里也许不过是她笑着和陈进说的那一句——"如果是我自己的亲女儿"。

对三妈来说，自己始终不是她的亲女儿。

弋戈小时候看新闻栏目里的留守儿童，被悲情的背景音乐一渲染，也不可避免地矫情过几回，心说自己没有妈妈，妈妈不要她。

可她其实从来没真的这么想过，王鹤玲对她来说只是个模糊的美丽身影，是一个很嫌弃桃舟路难走的挑剔女人。她有三妈。

现在她确切地知道，自己没有妈妈了。

原来真的没有了妈妈，是一件这么难过的事情。

弋戈哭了很久，从号啕变为啜泣，银河急得一直伸出爪子扒她的背，后来也没了力气。房间门口传来过踱步声、敲门声，和弋维山欲言又止的担心问询，弋戈都没有回答。

手机忽然振动了一下，弋戈猛地把缺氧的脑袋从枕头里抬起来，点开一看，是陈春杏的短信。

陈春杏：小戈，三妈刚刚在做饭，没接到你的电话。太晚了，就不打扰你了，新年快乐。你是三妈见过的最聪明的孩子。三妈祝你高考顺利，前程似锦。

短短三行字，扫一眼便看完。

银河见她似乎终于安静下来，又使劲站起来了一回，两只爪子扒在她身上，好像要制止她再倒下去一样。

弋戈红着眼睛冲它笑了一下，轻轻起身陪它坐在了地上。银河立马反应过来，贴着墙配合地一躺，弋戈笑了一笑，躺下来把头靠在他软乎乎的肚皮边。小时候每次不高兴了，她都会这样，睡一觉就什么都好了。

房间里的地暖不强，她躺在地板上仍然觉得冷。她眼睛很疼，但仍盯着天花板，祈祷着这一次也像小时候一样，睡一觉就什么都好了。

弋戈是在凌晨两点半被冷醒的。她睁开眼发现自己紧紧抱着银河，揉眼睛的时候又发觉，脸上烫得吓人。

她起身的时候脚步飘忽，意识还算清醒，走到卫生间拿了体温计夹到腋下，量好后却看不准到底是 38.8℃ 还是 39.8℃，眼前总有重影。

总之烧得不低。

家里静悄悄的，想来弋维山和王鹤玲应该早就睡了。弋戈没力气理智思考，几乎只是依照直觉，背上书包，慢悠悠地下了楼，把银河牵到院子里安顿好，自己出了门。

她想，她应该去趟医院。

小区里有股淡淡的硝烟味，江城前几年开始禁止除夕夜燃放烟花爆竹，但管得不严，小孩子们玩玩仙女棒和小型烟花之类的没人管。

这个点，连路灯都灰暗，弋戈越走越觉得冷，两手缩在羽绒服口袋里，明明走在平地上却感觉自己一脚深一脚浅，踩不到实处。

累得眼皮快要睁不开的时候，前方忽然驶来一辆开着远光灯的轿车，把弋戈晃得睁不开眼。

她登时清醒了，却仍然没有力气，勉强掀起眼帘。

那车主倒是很有素质的样子，见晃到了人，连忙换成了近光灯，车速也放缓，慢慢地驶过来。

"这么晚还有人……"蒋胜男打着哈欠嘀咕了句。她还以为全江城只有她这么一个倒霉蛋开会开到大年三十下午六点还碰上飞机延误一直搞到过了零点才落地，正在心里苦恼怎么安慰儿子，眼神一扫，忽然觉得路边这人有点眼熟。

"弋……戈？"她猛地踩了脚刹车，迟疑了一下想起这女孩子的名字。

对的，就是那个女孩子。

蒋胜男对弋戈有印象，一是因为那次被叫家长，这小姑娘的发言实在叫人很难忘；二是因为曾在他们家暂住了几天的那条狗，和她儿子总是不自觉从嘴里蹦出来的那个名字。

可蒋胜男上回见她，还觉得这姑娘长得人高马大，很是健壮的样子；现在不知是不是夜里光线的原因，她看起来怎么这么瘦弱，站都站不直了似的？

弋戈好像听见有人叫她，反应了一会儿才发现有辆车停在自己身边，车窗摇下来，露出一个有些面熟的阿姨。

"弋戈？"蒋胜男又喊了声。

弋戈实在想不起来这位是谁，脚上也没力气走不动，就那么杵在原地。

"这大过年的，你怎么一个人在外面？"蒋胜男皱眉问了句，见她表情疑惑，了然地补充道，"我是蒋寒衣的妈妈。"

弋戈这会儿十分迟钝，又呆了半分钟才反应过来，叫了句："阿姨好。"

蒋胜男听她嗓子哑得吓人，眉毛一拧："你怎么回事？"

弋戈现在思维迟缓，反而因此直白了很多，没想着要弯弯绕绕，哑着嗓子继续解释："我发烧了，要去医院。"

蒋胜男急了，打开车门走出来，伸手往弋戈额头上贴，烫得手背一缩："烧成这样！你爸妈呢？"

弋戈说："在睡觉。"

蒋胜男顾不得翻白眼，拉着小姑娘的手肘把她往后座塞："走走走，我送你去医院！"

弋戈坐下后就再也没力气了，脑袋重得要命，可眼睛半睁半闭的时候却看见蒋胜男在打电话。

她迟钝得好像生了锈的脑袋里忽然"嘣"的一声，像两片齿轮相撞蹦出火星，给她提了个醒。

"阿姨……"她开口叫了句，"你是要打电话给蒋寒衣吗？"

蒋胜男动作一顿，心说这姑娘到底吃什么长大的，明明是一副烧得要死过去的样子，现在不仅能条理清晰地跟她说话，还有空思考她是要给谁打电话。

但她确实是打算叫蒋寒衣下楼来的，一来有个帮手，二来……她想她儿子应该比她更关心这姑娘。于是她点头应道："嗯，我叫他来帮忙。"

"能不能不叫？"弋戈声音小而沙哑，主意听起来却大，不容反驳。

蒋胜男不解地往后看了一眼，只见弋戈已经烧得满脸涨红，却仍恳切地望着她，像是在请求。

蒋胜男搞不懂她是什么情况，但也只好尊重她的意愿，点点头放下手机，快速掉了个头，一脚油门飞快地往医院开去。

弋戈在车里歇了十几分钟，到医院的时候好像又有点力气了，愣是在蒋胜男见了鬼似的目光下自己下车、挂号、排队，最后稳稳地坐在了医生面前。

·395·

蒋胜男倒不是不想上前帮手,只是这姑娘刚下车就一脸淡定地对她说"谢谢阿姨,您快回去过年吧",这话不知怎的把她吓得不太敢轻举妄动了,只得跟在弋戈后面看着。

医生拿测温枪往弋戈额头上一扫,"39.6℃"的声音一报出来便皱了皱眉;再用压舌板看了看弋戈的喉咙,当即飞了个眼刀扎中蒋胜男;再戴上听诊器一听,彻底来火了,没忍住教训了蒋胜男一句:"烧成这样才来医院?你家孩子也是身体好扛得住,换一个说不定就烧傻了!"

蒋胜男哑口无言。

这大过年的,她乐于助人一下而已,怎么就多了个女儿。她不想多惹事,一面笑着虚心接受医生的批评,一面在心里把弋戈那个油头粉面拿腔拿调的爹骂了个狗血满头。

弋戈好像这时候才意识到她还在,诧异地回头看了眼,顶着一张烧红了的脸问:"阿姨,您怎么还不走?"

蒋胜男内心:这到底是谁养大的倒霉孩子。

她没搭理,笑着对医生说:"这孩子生病了也不吱声的……您看看,是不是得赶紧输个液什么的?"

医生哼了声撕下诊疗单:"赶紧去输液室!"

弋戈打上针后就又睡着了,蒋胜男借了毛毯来给她披上,看着她头顶三大瓶药,疲惫地捏了捏眉心。

虽然蒋女士自认还算是个有社会责任感的善良市民,但大年三十踩着高跟鞋开了一整天的会,本来是赶红眼航班回来给儿子赔罪现在却站在医院输液室里陪个连好话都不会说的姑娘打针……

这都是什么事儿。

手机里上一通电话还是在三个小时前,那会儿她刚下飞机,跟蒋寒衣说会尽快到家,让他先睡觉别熬夜。她儿子平时看起来没心没肺皮得要上天,其实是个很宽容也很有耐心的人,问过一遍之后就不会再一直催了,但他会自己一直等。

蒋胜男既欣慰又有点愧疚,看了眼长椅上歪脖子睡过去的小姑娘,心里又对那位"弋总"骂骂咧咧起来。

她在小区业主电话册里找到弋维山的联系方式,耐着性子从座机到手机号码各拨了三遍,才终于听见一句睡意蒙眬且极不耐烦的"喂?"

蒋胜男顿时就压不住火了，吼了句："喂你大爷！"

电话那头的人好像被她这一嗓子骂清醒了，噤着声反应不过来。

"你女儿在仁和医院，是当爹的就赶紧滚过来！"蒋胜男又骂了句，这才撂了电话。

她把手机放回大衣兜里，心想现在就走应该问题不大，她也算仁至义尽，并不想和弋维山打照面，扭头却看见长椅上的弋戈不知什么时候醒了，大概是被她刚刚的大嗓门惊醒的。

蒋胜男和她对视一眼，就狠不下心走了。

如果说刚刚的弋戈镇定到让她觉得冷漠的话，现在蒋胜男才终于看明白，这姑娘眼里的情绪究竟是什么。

不是镇定，也不是冷漠，而是茫然。

是一种，好像根本不知道自己身处何地、身边是谁的茫然。

蒋胜男看见这姑娘的眼睛渐渐红了，然后眼泪便不受控制地滚下来。

弋维山和王鹤玲匆匆忙忙赶到医院，就看见弋戈埋在蒋胜男怀里号啕大哭。

弋维山记忆力绝佳，扫一眼便想起来这就是当时他被刘国庆请去办公室时，那个很无礼的女人。他心下登时有些尴尬，他对这个人当然是没什么好感的，更何况半个小时前她还莫名其妙地在电话里骂了他一通。可他又一向礼数周全，人家毕竟照顾了弋戈那么久，按理说他应该道谢才对。

王鹤玲也顿住了脚步，但她的心理活动却和丈夫截然不同。她看着被一个陌生的中年女人搂在怀里安慰的自己的女儿，心中渐渐升起一种无望的心酸——她原本以为她在女儿心中只是比不上陈春杏，毕竟十几年陪伴的分量在那儿。可现在事实证明，她女儿能跟小区里的一个邻居亲近，却不愿意告诉亲妈她发烧了，需要帮助和照顾。

王鹤玲很早就知道自己并不适合当母亲，也并不是第一次后悔生了孩子，但此刻她还是忍不住鼻酸。

蒋胜男把弋戈的情绪安抚稳定，搓了搓她的肩膀，没说什么，也没多看弋维山和王鹤玲一眼，起身就走了，高跟鞋踩得"噔噔"响。

弋戈抬头看了眼父母。

弋维山心里卡着股难言的情绪，说不上来，既有心疼，又有愤怒，还有些不上不下的难堪和尴尬，最终也只好干笑了一声，问："怎么发烧了还自己跑出来？应该叫醒爸爸的，爸爸送你来医院。"

弋戈没有回答，只是安慰地笑着看他。

看了一会儿，她抿抿唇，问："爸，我能问你一个问题吗？"

"……你问。"

"你们当年，为什么不想照顾我？"弋戈的目光在弋维山和王鹤玲脸上各停留了一下，看起来平静而真诚。

"不是不想……"弋维山下意识反驳，却发现自己论据不足，难堪地住了嘴。

"那为什么不拜托另外一个人呢？"弋戈紧接着问。

"什么？"弋维山好像没听明白她的意思。

弋戈的目光退缩了一下，垂下眼帘，好像是在自言自语："如果要找人照顾我的话，为什么不找一个不会抛弃我的人呢……"

既然你们已经抛弃我了。

既然你们宁愿花很多钱给别人也不愿意亲自照顾我。

为什么不再好心一点，再多花点时间或者钱，去找一个不会抛弃我的人呢。

我可以不要爸爸妈妈的，可是哪怕是托付，是交易，为什么不能是一个不会离开的人呢。

天还没亮，弋戈就退烧了。刚刚那个忍不住发火的医生看了都觉得好笑，颇有兴致地和弋维山玩笑道："你家这个小姑娘身体底子真好啊，男孩子我都没见过退烧那么快的。"

弋维山似乎对这话很受用，连连点头笑道："是啊，从小吃饭就乖，爱运动！"

"没什么问题的话可以回去了哈，记得按时吃药，不放心的话住一天院也行。"医生又看了看她的喉咙。

"那我们再住一天吧，这个事情可马虎不得！"弋维山扭头对弋戈笑道，"小戈，爸爸给你安排个单人病房。"

弋戈没说话。

王鹤玲在一旁沉默了很久，终于蹲下身拍着弋戈的手背柔声问："想

· 398 ·

吃什么,我回家给你做。"

弋戈沉默。她很少生病,仅有的几次都是小时候在桃舟,三妈每次都会给她煮红糖蛋酒。这种东西虽然简单,但换个人做味道完全不一样,更何况王鹤玲的手艺……

她顿了下随口道:"想吃文东街的油饼包烧卖。"

王鹤玲犹豫了一下,商量道:"生病了不能吃太油腻的,而且那个地摊上的东西都不干净的……妈妈给你订御鼎轩的美龄粥好不好,清淡的,养胃。"

弋戈笑笑,点了头。

病房和弋维金的病房在同一楼,弋戈趁弋维山去阳台抽烟,偷偷溜了过去。

快两年了,这个病房里好像什么都没有变,连弋维金躺着的位置、姿势甚至表情,都和刚来这里时一模一样。

"他有可能醒过来吗?"弋戈问护士。

护士被她突兀的问题吓了一跳,又想到似乎是自己曾经说过病人恢复得好有可能醒过来,为难地笑笑:"说不准,植物人的意思你也知道……"

弋戈看着同样陪伴她十余年,却好似陌生人的三伯。她这会儿才恍然意识到,其实她从来没听过三伯的声音,不知道他笑起来是什么样子,也不知道他究竟是什么性格脾气的人。可事实上,她能在桃舟长大、度过她觉得最好的那些年,并不是因为陈春杏,而是因为三伯。

因为那个看不见摸不着,但对他们来说无比重要的所谓"血缘"。

三妈走了,你知道吗?

你真的早就和她离婚了吗?

如果你能醒过来,她是不是就不会走了?

弋戈沉浸在混乱的情绪中,甚至根本不知道自己在想什么,忽然听见有人叫她。

"小戈。"弋维山找了过来。

弋戈冲他笑了笑:"我顺便来看下三伯。"

弋维山也笑,笑得尴尬。他走到弋戈身边,站了半分钟,才生硬地开口:"爸爸晓得你舍不得……"

.399.

"我知道。"弋戈打断他,"三伯才是我的亲人,既然他们俩离婚了,那三妈就不算是我的亲人了。"

弋维山一时语塞,支吾几秒才说:"话也不能这么说,你三妈对你很好,你舍不得也是正常的。你还是小孩嘛,面对离别,可以舍不得。"

说到这里,他好像才找到一点头绪,缓缓道:"但你要知道,长大的过程就是不断面对离别的过程,你要慢慢学着去习惯和接受,爸爸妈妈有一天也会离开你的。你应该背过那首诗的吧,'人生天地间,忽如远行客',你现在还小,以后会懂的。"

弋戈沉默下来。

弋维山一直是个好为人师的中年人,像所有中年男人一样。可这是头一次,弋戈觉得他说的话没那么难以忍受,甚至很有道理。

离别是很正常的,舍不得也是很正常的,重要的是她总会习惯和接受。

弋戈点了点头:"嗯,我知道。"

第十四章
总有人为你而来

　　蒋寒衣是在开学快两个月后才知道陈春杏离开了的。因为弋戈的要求，蒋胜男并没有把除夕夜那晚的事情告诉他。直到弋戈通过校长推荐制的面试，草长莺飞的三月，蒋寒衣以庆祝之名拉着她坐在奶茶店里吃冰激凌，才听见弋戈淡淡地说了一句："我三妈走了。"

　　蒋寒衣半晌没反应过来"走了"是什么意思，又绝不敢贸然理解成那个大部分人会理解的意思，呆了半天。

　　"她和我三伯离婚了，不住我家了。"弋戈又解释了一句。

　　"那她现在在哪儿？"

　　"不知道。"弋戈冲他笑了一下，舀了勺冰激凌送进嘴里，被初春的草莓酸得直皱眉，"她没跟我说。"

　　"怎么会没……"蒋寒衣下意识地接话，忽地又意识到不对，止住了话头，换了种方式问，"你……没问吗？"

　　弋戈抬头看了他一眼，然后干脆地回答："没有。"

　　蒋寒衣忽然不知道该说什么了。

　　他注视着面前一派平静的弋戈，忽然有一种熟悉的感觉。现在的弋戈太像一年半以前刚刚转学来的她了，尽管他们俩现在能这样亲密地坐在一起吃冰激凌，尽管弋戈不可能再像当时那样对他爱搭不理，但他心里还是生出一种熟悉的无力感，那种，不知道该说什么她才会开心、不知道怎么做才能对到她的频道的无力感。

这一年多,他就像守着台老旧顽固的收音机一样,锲而不舍地尝试每一种频率、切换每一个频道,厚脸皮地试了一次又一次,才终于听到仿佛来自遥远太空的几声微弱应答。

弋戈把自己的频道置于遥远太空,他靠着厚脸皮听到一些回声,现在却好像连这微弱的声音都要被切断了。

蒋寒衣手里的巧克力圣代快化了,弋戈瞥见,还自然地提醒了他一句。

蒋寒衣回过神,囫囵吃了一口,试着说:"你有没有想过,问一下……"

"想过。"弋戈快速回答,并且打断了他,"我有张卡,卡里有十万多块钱呢,就是我爸之前给的生活费多出来的。我想把这些钱给她。"

蒋寒衣:"那为什么不问?"

弋戈思考了几秒,苦笑一声说:"我觉得她可能会生气。"

"怎么会?"蒋寒衣拧眉不解。

"是真的。"弋戈较真地点点头,强调道,"我认真想过。"

"我感觉有很多以前的事情……是我这段时间才想起来的。"弋戈说,"我以前一直觉得我三妈虽然有点辛苦,但她生活得是开心的,至少在桃舟是。她愿意照顾我三伯,是因为爱他;也愿意抚养我,是因为喜欢我;愿意让着我爸我妈,是因为她一向都不计较,她人好。

"可是我现在才发现,可能并不是那样的。她不爱我三伯,也没那么喜欢我,更不是心甘情愿地听我爸妈的话。对她来说,这些可能只是……"

弋戈说到这里顿住了,似乎想不到一个合适的词:"只是……责任或者交易而已吧。"

蒋寒衣急于否定她这悲观的看法,插嘴道:"你不能这么想……"

弋戈却摇摇头:"我就觉得我挺没良心的,这么久才发现。不过你也知道嘛,我在这方面一向都很笨。"她自嘲地笑笑,"所以她现在和陈叔叔结婚,去过自己的生活,也挺好的。我就别去打扰她了。"

"不,你不能这么想!"蒋寒衣笃定而强硬地否认她的观点,"也许,我只是说也许,你三妈现在确实觉得有更幸福的生活和更重要的人了,所以她离开了,但这并不代表她以前不爱你,你明白吗?"

弋戈愣了一下,轻轻地笑,点头说:"我知道。"

蒋寒衣看她这云淡风轻的模样，只觉得心痛无比，可更多的话还没有说出来，弋戈忽然话锋一转，问他："你这个巧克力味的怎么样？"

"还……还行。"

弋戈点点头，起身去柜台又买了一杯巧克力味的，递给他："待会儿晚自习你帮我带给潇潇吧，她喜欢巧克力的。"

蒋寒衣一愣："你不去？"

弋戈摇摇头，笑道："不去，困了，回家睡觉。喂，我可是拿到了降分优惠的人，翘一天晚自习怎么了？"

说着，她单肩背上书包，潇洒地挥挥手，转身离开。

"那个……"蒋寒衣叫住她。

弋戈狐疑地回过头来。

"周末去吃火锅吧，和夏梨还有范阳一起。"蒋寒衣顿了下才扯出个由头来，"夏梨不是也保送了嘛，给你们俩庆祝。"

弋戈想了想，点点头，笑道："你俩别嫉妒我们就成。"

"那还确实有点。"蒋寒衣笑着，"所以到时候你俩请客吧。"

弋戈爽快地比了个"OK"，手揣回校服兜里，转身大步流星地走了。

弋戈牵着银河到烧烤摊的时候，另外三人坐在店外的露天塑料桌边，已经点好一桌子串了。

这时节小龙虾还没上市，但江城的烧烤桌上从来不缺热闹，各种烤肉串、烤豆皮、烤苕皮、烤面筋，热气腾腾摆满一整张方桌，边上搁着两扎果汁，地上还有半打啤酒。

"耍大牌啊一哥，来这么晚！"范阳貌似不满地吆喝道。

弋戈看了眼银河，淡淡道："照顾照顾老年狗，走得慢。"

方桌四边四个座位，她在夏梨对面坐下，把银河拴在离夏梨最远的那根桌子腿上，以免夏梨被吓到。

弋戈看了眼夏梨，笑了一下，算是打过招呼。算起来她已经很久没见过夏梨了，也没联系过，说到底她和夏梨一直不太熟。但今天一看，夏梨还是恬静优雅的模样，好像一点也没变。

"你就别甩锅给狗了，知道你最近排场大！"范阳大刺刺地笑着，"不过我说你也是有点太大胆了吧，虽然您是降分到一本线就录取，但毕竟还

.403.

是要高考的吧,这就开始隔三岔五旷课了?我看再旷下去老刘要被你搞得脑溢血了!我们梨儿拿了保送不用高考都还天天去上课呢,是吧,梨儿?"范阳说着给夏梨递了根辣粉最少的牛肉串。

夏梨没接茬,打量了弋戈一眼。几月不见,她总觉得弋戈哪里变了,好像是瘦了,但又好像不只是瘦了。

弋戈轻飘飘瞥了范阳一眼,说:"我一模 678 分。"虽然不算很高,也没拿到年级第一,但比一本线还是超出了十万八千里的。

刚上 500 分的范某人立刻不说话了。

没见过这么嚣张的人!

"怎么带银河来了?"一直没说话的蒋寒衣给弋戈倒了一杯玉米汁,轻声问。

"它最近食欲不太好,打算拿烧烤诱惑它一下。"弋戈说着往店里看了眼,"这里应该也能烤不加调料的肉吧?"

"可以,待会儿我去跟老板说下,你先喝口果汁。"蒋寒衣见她嘴唇上没什么血色,把玉米汁往她面前又推了推。

弋戈直接伸手拿了听啤酒:"我喝这个。"

"嚯,不愧是你,威武啊!"范阳被她这一举动点燃了热情,立刻拿出下一秒就要跟对瓶吹的架势,"你确定你能喝吧,别到时候不省人事了还要我们寒衣背你回去。你加你的狗,啧啧啧,都是重量级的啊。"

弋戈以前都懒得理他,今天却忽然有兴趣和他较劲了,轻蔑地笑道:"那我们来比看看?你要是能喝过我,我帮你写作业写到高考结束。"

"来!"范阳斗志昂扬,仰头便干了半听,打了个又长又大声的嗝。

蒋寒衣嫌弃地瞪他一眼,伸手把弋戈的酒没收了,一本正经地道:"未成年人不能喝酒。"

范阳:"你假正经什么呢。"

弋戈也"扑哧"一笑,伸手要去抢。可蒋寒衣此刻却十分强硬,摇了摇头:"不给。"又给她开了一听可乐,"你喝这个。"

弋戈知道自己其实抢不过他,撇撇嘴,作罢了。

范阳见状,也蔫蔫地放下只喝了一口的啤酒,"咕嘟咕嘟"灌起可乐来。

也不知他今晚什么毛病,可乐也喝得上头,独自一人从夏梨的保送吆喝到自己还没写完的物理试卷,越说越眼神迷离,最后"咚"的一声倒在桌上，嘴里还念叨着："梨儿保送了，一哥肯定也是稳的，寒衣都能考六百多分了，你们都前途光明啊……"

其实几人都看得出来，今天范阳有点不对劲，表面上仍像平时一样咋呼，吆五喝六的，一人能盘活一桌的气氛，可话说得密，却不是少年人那种昂扬的闹腾劲，倒像隔壁那两桌高谈阔论油光满面的中年人一样，充满一种"社会人"的热闹的苍凉。

夏梨听蒋寒衣说了，范阳最近挺郁闷的，明明努力了，分数却上不去；晚上熬夜写了作业第二天上课就打瞌睡，被老刘当堂训了好几次；平时的狐朋狗友们也都感受到高考的紧张开始抱最后的佛脚，他连一起喊出去玩的人都少了。

但说起来，成绩差、被老师骂，这些对范阳来说早就是家常便饭了，他如今才感到郁闷，实在有些后知后觉。大概是因为，以前不管成绩好坏、老师骂还是夸，大家都是坐在一个教室里的同学，而现在，大家都隐隐看见了前头的分岔路，他真正后知后觉的是，原来他们天差地别，总要分开。

而他，好像是要被落在原地的那个人了。

十七八岁，生活的巴掌不会真正落在谁的身上，然而仅仅只是一点掌风，对少年人来说，就已经像飓风过境，会把他们连根拔起，吹去不知何处了。

范阳瘫在桌上，嘴里还咕哝着什么，看得夏梨和蒋寒衣心生叹息。

弋戈却好像全无这同理心，她看了看满脸通红的范阳，又看了看隔壁那两桌轮流喷唾沫的中年男人，嗤了声嘲讽道："他可以无缝加入那群男的。"

范阳睡着了，张着嘴呼吸，弋戈又嫌弃地把自己的烤串挪远了点，继续毒舌："带气的饮料还本来酒量就不怎么样还喝得这么快，够笨的。"

她语气太冷，看上去全然不似朋友的调侃，而是货真价实的嫌弃和贬损。夏梨似乎看不过去，抿抿唇说："他也是最近太郁闷了，你要理解一下。"

弋戈抬眼和她对视一秒，眼神里毫无波澜。

"听说这两个月他一直熬夜刷题，但分数没上去，还被老刘当堂骂了好几次。你别看他表面上皮糙肉厚禁得住骂，其实分数低了心里也会着急，被骂了肯定也会难过的。"夏梨把刚烤上桌的串搁远了，免得热气吹到范阳脸上让他难受，轻言细语地说。

弋戈听了，心想，他也会难过，那么他口无遮拦地笑朱潇潇是胖子的时候，怎么不想想别人会不会难过？她没因夏梨的话产生一丝一毫的理解，面上却笑了笑，说："哦，是吗，那对不起。"

道歉道得干脆，但毫不真诚，傻子也看得出来。

弋戈说完便拿起新上的烤串弯腰去喂银河。夏梨盯着她笑盈盈的侧脸，心里既有点气又有疑惑——她又吃错了什么药？

夏梨又把目光移向蒋寒衣，希望自己的疑惑能得到一些解答，却见蒋寒衣也紧锁着眉，眼神"钉"在弋戈身上。

不同的是，她看弋戈，只有疑惑和不满；可蒋寒衣的眼神里，有些她看不懂的内容，好像有些心疼，又有些不安。

"连牛肉串也不吃了？"弋戈喂了银河半天，这位祖宗愣是不肯张口，对一向最爱的牛肉也嗤之以鼻。

弋戈烦躁地把牛肉往蒋寒衣面前一递，告状似的："它连这个都不吃！"

蒋寒衣立刻变了表情，温和地笑了笑，接过牛肉串起身绕到银河身边，蹲下把牛肉掰了一小块下来，慢慢喂给了银河。

弋戈无语地摆了摆手，气愤道："你这条双标狗，别跟我回家了今晚！"

蒋寒衣哄了银河，又来哄她，轻声道："可能就是不会撸串，得扒下来直接给它吃才行。"

弋戈哼了声："给它惯的。"说着再不管银河，继续自顾吃起来，还友好地招呼了夏梨一句，"吃啊，串都是我一个人吃的。"

夏梨内心：这到底是发生了什么？

等弋戈慢条斯理地几乎以一己之力把整桌烤串都吃完，范阳到点了倒自觉醒过来，很听夏梨的话，乖乖坐进出租车里。

弋戈看起来像没事人一样，眼神清明，牵上银河，淡定地问蒋寒衣："一起回去？"

蒋寒衣："走。"说着上前，一手牵了银河的绳子，一手牵住弋戈的手腕，不容分说。

也不知为什么，弋戈没甩开他。

烧烤店离家不远，两人选择走回去。

路上，弋戈很安静，步子也平稳。

蒋寒衣一直牵着她的手腕，总觉得她腕子比之前细了至少得有一圈，犹豫了一会儿，开口问："你这段时间老不来上课，都干吗去了？"

弋戈说："没干吗啊，就在家。"语气坦然，还有些莫名的反问意味，好像是他的问题很奇怪。

"在家干吗？"蒋寒衣又问。

"睡觉，吃饭，跟狗玩。"弋戈老老实实地回答。这一个多月她都快把小区附近的外卖全尝过一遍了。

蒋寒衣却还是有点不信，继续问："就这些？那为什么不去上课？"

弋戈奇怪地看了他一眼："不想去呗，六点起床太早了，能睡觉为什么不睡？而且去了也就是做卷子讲卷子再做卷子，我在家一样做。"

"那也……"

"你不会也像范阳一样，觉得我不去上课就考不上一本了吧？"弋戈惊奇地问，"不是吧，你对我这么没信心吗？我拿到的高考优惠不是降十几二十分这种哦，是直接降到一本线哎！除非我出门车祸脑子被撞傻了或者高考那天发烧到40℃，不然我怎么也不至于上不了一本线吧！"

蒋寒衣忙否认："当然不是，我知道你没问题。你别瞎说，不怕晦气？"

弋戈撇撇嘴："那你还问。"

蒋寒衣张了张嘴又闭上，把她牵得更紧了点，没再说话。

又沉默地走了十多分钟，路过文东街，老蒋的修车铺关了门。弋戈忽然晃了晃他的手，笑了声说："刚刚夏梨是不是想骂我来着。"

蒋寒衣很快否认："没有。"

"有的。"弋戈声音小小的，但很坚持，"她肯定觉得我又发神经，那么暴躁还刻薄，就跟以前一样。"

蒋寒衣一听觉得不对，刚要停下来好好和她说说，却先听见她带哭腔叫他一声："蒋寒衣。"

蒋寒衣停下脚步侧头看过去，却只见弋戈鼻头一抖，眼眶竟瞬间就红了，委委屈屈的。

他心里一慌，忙走近半步，低头看着她的眼睛问："怎么了？"

"你说，为什么……为什么我总是没人要啊？"弋戈的情绪爆发得突然而猛烈，刚开口就流眼泪，脸颊也后知后觉地泛上红晕，不知是因为喝

·407·

了酒还是因为情绪激动。

"我除了高了点……"弋戈哭得大声,说话也一顿一顿,"高了点、胖了点、吃饭稍微多一点,哪里不好了嘛!我成绩那么好,还能干活,还不爱花钱,养我很难吗?

"我觉得我以后肯定很优秀的,能赚很多钱,还会特别孝顺,养我难道不是投资回报比特别高的一件事吗?"

蒋寒衣不知道她的情绪为什么这时忽然崩溃,还没反应过来,已经被她这两句话戳得心里生疼。

他没有任何精力去思考怎样的话才能最有效地安慰到她、解决她的困惑,而是凭直觉,握紧了牵她的手,开口道:"你看着我,弋戈。

"你看着我。"

他把手掌下移,从她的手腕牵到手掌,很用力。

"我永远在这里。"他说,"你回头就能看到我,永远。"

弋戈的脸通红,泪痕杂乱,春夜的风一吹,像刀疤一样刻在脸上。可她的眼神仍然清明,她抬头,很清醒、认真地看着蒋寒衣。

她听懂他说的话了,每一个字,都听得很清楚,听进了心里。

蒋寒衣在直觉支配下将心里话两句便剖了个干净,被她这么清明直白的眼神一看,却忽然有点慌。他说的……和她所痛苦着的,好像并无半点联系,也可能毫无安慰作用。

他的眼神忽地躲闪一下,准备重新措辞,想想更周全的安慰。

弋戈却忽然垂下头,将自己的脑袋抵在他肩窝,生涩而缱绻地蹭了蹭。蒋寒衣浑身僵直,她却靠得更近了,两手环住他的腰,抱得很紧。

"弋戈……"蒋寒衣开口,叫出她的名字时才找回自己的声音,"你现在头脑清醒的,对吧?"

弋戈仍然抱着他,回答得很肯定:"嗯……"

"你现在,靠着我,对吧?"

"你现在,抱了我……对吧?"蒋寒衣一字一顿地问。

"对。"

"明天早上不能赖账的,你知道吧?"

弋戈这时停顿了,蒋寒衣的心瞬间提到嗓子眼,却又讯速递、仿佛条件反射一般地做好了心理准备:她可能会赖账,这也可以理解,没关系的,反正他们来日方长。等到高考后、等到大学、等到以后,都可以。他可以等。

弋戈放开他她，退后一步，目光清澈，看着他轻笑了一声，轻轻点了点头，然后说："等高考结束吧。"

蒋寒衣反应了两秒，眼睛亮起来："你的意思是……"

"别影响你考试了，要是你考不上北城，我会嫌弃你的。"弋戈说着又笑，"我本来就有点嫌弃，你成绩太差了。"

蒋寒衣不可置信地瞪圆了眼，为自己分辩："我这次一模考了602分！"

他的眼睛瞪得老圆，脸也凑近了，简直用尽全身力气在为自己"挽尊"。弋戈的视线被他占满，忽然觉得，这天地间只有这么一隅、只有这么一个人在她面前了。

只有这么一个，生动的、鲜活的、会永远在她身后的蒋寒衣。

她笑眯眯的，出口却很冷酷："我用脚都能考602分。"

"啧……"

"所以你加油吧，看你高考的表现。"弋戈看起来是在给他提要求，心里却有一种给自己画出了期盼的感觉，"考太差不行，我会觉得你很笨，我不喜欢笨的。"

"……行。"蒋寒衣终于也笑起来。

那晚之后，谁都没有再提那晚的拥抱和那个约定。但蒋寒衣无比确定，弋戈和他都记得，并且都在期待。

弋戈偶尔犯懒的时候仍然会翘一两节上午的课，馋了的话也会在晚自习自个溜出去吃东西，但频率很低，刘国庆也都睁一只眼闭一只眼了。毕竟，失误的确常有、高考中大跌眼镜也不是什么新鲜事，但没人会觉得弋戈有上不了一本线的可能。

范阳似乎是觉得那天丢人，醒来之后就变得老实多了，每天勤勤恳恳夹着尾巴做人，分数也真有了可观的提升。

眨眼便到了五月。

天气很热，周末半天假期宝贵，弋戈带着银河溜去蒋寒衣家蹭空调——她家装的是中央空间，一开就得整层全开，太浪费。

星星仍然很高冷，对一进门的弋戈毫无兴趣，灵活一闪又跃到了银河的背上，变成一摊液体。

·409·

弋戈没忍住翻了个白眼："你女儿为什么这么没礼貌？"

蒋寒衣给她递了杯水，笑道："它对它亲爹也这么没礼貌。"

"你那些卷子怎么样，需不需要我给你开个小灶？"弋戈看见他的试卷直接摊在客厅茶几上，径直走过去拿起来，还嘀咕了一句，"在茶几上写作业，你的习惯果然不太好……"

蒋寒衣没想到她一来就这么正经地盯他学习，哑然失笑，随口解释道："家里这么大就我一个人，想在哪儿写在哪儿写。"

弋戈拈起右手边的一本练习册，封面上印着两道醒目的猫抓痕："这就是想在哪儿写在哪儿写的后果？"

蒋寒衣轻咳一声："那本不是学校发的，没事。"

弋戈白眼一翻，继续低头检查他还没写完的物理题。

蒋寒衣忽然有点心慌，试探性地问了句："你那个……没考好就不行的规矩，是认真的啊？"

"当然。"弋戈皱眉，看向他，"你该不会一直觉得我在开玩笑？"

"没有没有！"蒋寒衣忙摆手，"我就是没想到会这么严格……"

弋戈冷笑："很严格。"

"那是……多少分算好啊？"

弋戈似乎早想好了这个问题，脱口便道："六百吧。"

蒋寒衣沉沉叹了口气，抬头看天花板。

六百。

老天爷呀，他一模考602分是高三到现在唯一一次上600分的，可以说是祖坟冒青烟的程度。二模他才580分呢，这就剩一个月了，要他怎么保证高考一定上600分？

他试图讨价还价，两眼一扫，在餐柜边抓了包薯片，坐到弋戈身边，殷勤地撕开了包装直接递她嘴边："这个这个，你看啊，我现在的平均水平呢，是580分左右。离高考就剩一个月了，你要我在一个月里把标准线提高20分，这是不是稍微有那么一点点苛刻？你觉得这样怎么样，高考这事儿呢，就先定580分的标准，等以后上了大学，考四六级什么的，你说考多少我就考多少，绝不讨价还价！"

弋戈睨他一眼，不知是嫌弃他的讨价还价还是嫌弃他过分亲昵的喂食举动，先是自己拿了片薯片吃，慢条斯理嚼完，才点点头道："有道理。"

"对嘛！那我们就……"

蒋寒衣话还没说完就被打断，弋戈拍拍手微笑道："那这样吧，不定死，但你和我的分差必须小于 70 分，怎么样？"

蒋寒衣脸上的笑容立刻消失了。

怎么样？

当然不怎么样！

弋戈要是随便发挥只考个 650 分左右还好说，但谁知道她会不会又飙上 700 分？

蒋寒衣早已勘破一切，这姑娘可什么都干得出来。

于是他果断摇头，把薯片往弋戈怀里一塞，抓起笔埋头苦干起来："不用了，600 分就 600 分，'600'多吉利啊！"

弋戈舒服地往沙发上一靠，看着某人急红的耳郭，露出得逞的笑容。

蒋寒衣一直奋笔疾书到饭点，期间弋戈看了会儿书、听了会儿歌、撸了会儿猫、睡了会儿觉。她醒来的时候躺在沙发上，蒋寒衣仍然保持刚刚的姿势，伏在茶几边，从她的角度，能隐约看到他紧绷的肩胛骨。

他后脑勺上还有两根不安分的杂毛嚣张地立着，肩膀却已经平而宽，显出成熟的模样。握笔的手背上有青筋凸起，一直向下蔓延至手腕处。弋戈就这么看了会儿，也说不清到底在看什么。

起身才发现，她腰间盖了条毯子。银河和星星也窝在空调柜下睡着了。

"醒了？喝口水。"蒋寒衣听见动静，忙着算题，没抬头，笔尖指了指茶几边上刚倒好的水。

弋戈没喝，先把皮筋拆了，压乱的头发重新扎，刚扎到第二圈，玄关处传来输密码的声音，她脑袋还迷糊着，往门口一看，正对上风尘仆仆的蒋胜男女士。

蒋胜男习惯性地先低头放包，换好拖鞋后再抬头，便看见弋戈睡眼惺忪地坐在沙发上，头发乱糟糟，而她儿子，坐在沙发边，一脸温柔地给她递水。

蒋胜男当即倒吸一口凉气。

这这这……

"你们、你们……"蒋胜男不受控制地脑补了一些青少年法制教育片里的场景，惊慌地伸手指向两人。

蒋寒衣一脸莫名，看了眼手机："你怎么这时候回来了？"

·411·

蒋胜男又倒吸一口凉气,这还嫌弃她回来得不是时候了?她虽然自认开明,也支持儿子追求喜欢的女孩,但这……这也太早熟了吧!

她羞愤不已,黑了脸,对蒋寒衣道:"你,跟我进书房!"

蒋寒衣丈二的和尚摸不着头脑,也有些不满他老妈进门就像没看见弋戈一样忽视人家:"什么事啊?我这题还没写完呢。"

蒋胜男脚步一顿,这才注意到蒋寒衣面前一堆试卷,空调柜下面,一猫一狗还躺得很安逸。

她忽然反应过来大概是自己想多了。

眼神移向弋戈,女孩子一如既往淡定地和她打了声招呼:"阿姨好,我来帮蒋寒衣看几道题。"

蒋胜男反应了一会儿,长松了一口气,条件反射地热情笑起来:"哦,欢迎啊!我说呢,他什么时候这么认真学习过,原来是你来了!"

弋戈坦然地接受了她对自己的夸奖:"嗯。"

蒋胜男仍然不太习惯这姑娘永远不分场合岿然不动的淡定,着实是被她这干巴巴的"嗯"噎了一下,加上心情大起大落,走到餐柜边给自己倒了杯水,一饮而尽。

蒋寒衣觉得他妈这阴晴不定的脸色有点反常,这大中午的就回家了更反常,拧眉问:"出什么事了吗?"

蒋胜男平静下来,摆出慈祥的微笑,摇头道:"没啊,公司难得没事我就回来了呗。"

蒋胜男和大部分家长不太一样,从蒋寒衣很小的时候开始,蒋胜男就会把生活或工作中发生的事情告诉他,有大有小,哪怕是不太好的。比如和蒋志强离婚,比如早年条件不太好的时候为什么不能给他买期待了很久的限量玩具,比如生意遇到困难需要她出差很长一段时间,蒋胜男都会让他表达想法或参与决策。

因此一般蒋胜男说没事,那就是确实没什么事。

蒋寒衣点点头,看了眼身后的弋戈。她在沙发上坐着,已经把毛毯叠好,礼貌得体,表情平静,看不出来有没有因为蒋胜男的到来而不自在。

蒋寒衣心里却有点尴尬,头一次觉得他妈早回家也不是什么好事,这好不容易有个独处的时间,谁能想到被亲妈搅和了呢……

他搜肠刮肚想了半天该怎么不动声色地把亲妈支开,还没开口,蒋胜

·412·

男先发话了,她佯装看手机,然后煞有介事地说:"啊呀,有人约我去做护理!"说着眼疾手快地抓上包就要出门,边换鞋边道,"儿子,妈先走了哈,你带弋同学去吃顿好的,放开了点,妈给报销!"

蒋寒衣感动得眼泪都快流出来了,他真是,何德何能啊,有这么个英明神武的妈!

可蒋胜男还没来得及逃离小年轻约会现场,弋戈忽然喊她:"那个……蒋阿姨!"

蒋胜男一惊,只见弋戈泰山崩于前不改颜色的面容上居然出现了些犹豫,然后是一道勉强的、甚至略带一丝讨好意味的微笑。

"您有空吗,两分钟,我想和您说件事儿。"弋戈走到她面前,手搭在鞋柜上,无意识抠动的手指暴露了她的紧张。

蒋胜男内心:这是什么情况?要跟我说事儿?还是单独的?

蒋胜男忙,没看过什么肥皂剧,但这一刻她脑子里已经飞进了无数狗血剧本——难道,蒋寒衣这小畜生真做了什么对不起人家小姑娘的事儿?

可另一边,蒋寒衣分明也是满脸问号:这诡异的故事发展是怎么回事?弋戈为什么要单独找我妈?难道我妈真欺负过弋戈——"给五百万离开我儿子的那种"?

母子两个心里都慌得不行,蒋胜男以阅历优势强行保持了镇定,雍容地点了个头,微笑道:"当然。"

哪知弋戈把她拉进楼道,严肃地开口,说的竟然是——

"对不起。"

要不是她表情真诚,蒋胜男真要怀疑这是什么年轻人的整蛊游戏了。

"除夕那天我烧得有点严重,脑子不太清醒,可能言行不礼貌有冒犯您的地方,请您谅解。"弋戈诚恳地说,"说实话我也不太记得我说过什么,但是如果有不礼貌的,我想向您道个歉。

"还有,我要跟您正式说声谢谢。"

弋戈有点紧张,和陌生人打交道这件事她本来就不太擅长,更何况蒋胜男不是严格意义上的陌生人,她是蒋寒衣的妈,这关系,不可谓不微妙。

"其实早就应该和您说的,但我不知道您的联系方式,也不好直接跟蒋寒衣说,所以晚了这么久……请您谅解。"

蒋胜男吊着颗心，听她紧张却仍然得体的措辞，最后的反应是哭笑不得。

这姑娘还真是不太一样，也说不上不礼貌，但就是和普通小姑娘不一样，说她外向大方显然不太对，但要说她内向羞涩，又好像也不是那么回事。但这莫名其妙的脾气，还……怪对蒋胜男胃口的。

蒋胜男爽朗一笑："你道过谢啦，烧糊涂了也没忘记，说了好几句谢谢呢。"虽然说得冷冰冰一点人情味都没有。

弋戈脸微微有点红，轻轻点了点头。

"但阿姨要多嘴叮嘱一句啊，下次万一发烧生病，千万不能自己一个人扛着！那天晚上要不是我刚好碰到，你多危险啊！"蒋胜男没忍住，伸手轻轻拍了拍弋戈的脑袋——可惜就是这姑娘太高，她还得抻脖子，也是独一份儿的体验了。

弋戈笑了，这次语气不再那么生分："知道了，谢谢阿姨！"

两人话说完，还没进门，弋戈兜里的手机忽然响起来，一看来电显示，陈思友。她给蒋胜男递了个眼神，走远了两步接电话。

听筒那头传来的，却是个陌生男人的焦急声音。

"是陈思友的家属吗？"

蒋寒衣扒在门口听了半天，什么也没听着，只怪这门隔音太好。

等弋戈和蒋胜男开门回来，他还没反应过来，就见两人面色严峻，弋戈步履匆匆地到沙发边拿上了自己的书包："我回趟桃舟。"

蒋胜男紧跟着："正好我没事，开车送她回去。"

蒋寒衣什么也不知道，下意识地跟着："我也去！"

弋戈拒绝："你别了，银河和星星还在这儿呢。"她想了想，拿出自家钥匙塞他手里，"我可能没那么快回来，你到了下午饭点带银河回我家吃点东西吧，有空的话带它遛一圈。"

"哎……"

蒋寒衣还没说什么，蒋胜男已经一边安慰着"别急"一边牵着她出了门，顺便"嘭"的一声利落关了门，完全没有在意门后她云里雾里求知若渴的亲儿子。

江城到桃舟有些距离，弋戈急得快把手机给攥碎了。刚刚电话那头的人是派出所的民警，说陈思友上镇上买东西，晕在街上了。他晕的地方离派出所不远，刚好被民警同志看见，结果刚把人背起来要送医院陈思远又醒了，说什么也不肯去医院，民警又不敢放人，现在就那么僵着呢。

弋戈心里急，却不好出声催促，蒋胜男主动送她已经够热心了。但蒋胜男看得出来，小姑娘急得脸都憋红了，一点不像她之前认识的那么冷清淡漠，但也没开口拿那些没用的空话安慰她，只是握紧方向盘，将车开得飞快。

两个半小时的车程，蒋胜男硬是两个小时不到就开到了。弋戈的道谢声被夹在风风火火的关门声里，只拉个手刹的工夫，女孩已经飞快消失在派出所门里。

蒋胜男看了眼车外，朴素而不乏热闹的小镇还留着点当年的影子，看起来既陌生又熟悉，但是绝对比当年她结婚的时候干净多了。

她还记得当年她跟着蒋志强回村办酒，雪白的婚纱在地上拖了一路，进婚房的时候已经是一片脏污。她忍着恶心拿湿巾勉强擦干净，废了十几包湿巾。又听见"咣"的一声，蒋志强歪歪扭扭地走进来，满身酒气在她脸上"啵"了一口便倒头大睡，鼾声如雷。新婚之夜，蒋胜男在丈夫的鼾声中生了一晚上气，次日蒋志强又是跪搓衣板又是给她揉肩捶腿，蒋胜男才勉强消气，却也打定主意，去他的嫁鸡随鸡孝顺公爹，她这辈子都不会再来这个鬼地方。

谁能想到快二十年后她还是来了，还是因为一个暂时和她没有半毛钱关系的小姑娘。蒋胜男无奈地笑了笑，摇头叹了口气。

弋戈按着电话里说的直奔二楼办公室，见到了坐在椅子上梗着个脖子和民警较劲的陈思友。

这表情，她实在太熟悉了。

她小外公大部分时候都是个仙风道骨慈眉善目的君子，可一旦倔起来，那也是十足一个老顽固，谁都不放在眼里的。每年弋维山回来看望，偶尔陈春杏也上门送些吃的，他都是这副嗤之以鼻的样子。

但也恰恰是陈思友这副模样，让弋戈心里悄悄松了口气——有劲儿生气，至少说明他身体上没有大碍。

和好心的民警同志对峙了三个多小时也没见下风的陈老先生，余光一瞥见弋戈来，登时就泄了气，原本如炬的目光居然开始躲闪，看得民警都愣了两秒才抓住机会继续进行教育："你看看你孙女都来了咯，老爷子，就算你不顾自己的身体，也要考虑家人的感受嘛！家里老人家平平安安的，小姑娘才好安心读书撒！"

　　如果弋戈不在，陈思友火气上来了，能蛮不讲理地说人家民警咒他。可现在弋戈来了，老头一句话也不敢说，原本跷着的二郎腿也不知什么时候放下了，乖乖并在一起，一副老实认错的模样。

　　民警看他这副老小孩的尿样，不知是气是笑，不过大概也是见多了这样的，没再多说什么，冲弋戈点了点头，就去打印文件了："签个字就可以走了哈。"

　　弋戈对民警说了声谢谢，走到陈思友面前，言简意赅："去医院。"

　　"不去不去！"陈思友却有一份理不直气也壮，站起身来绕过弋戈身边，摆着手表达十分的抗拒，"我好得很，去什么医院？这个小伙子也是多事，你一个要高考的小姑娘，叫你来干什么！"

　　被称作"小伙子"的民警一脸冤枉，明明是您老人家自己手机里通讯录空空如也不说，连几个月的通话记录都只有这一个人的号码！

　　弋戈直接摆筹码："你不去，我就不回学校，到高考也不回，不考拉倒。"

　　陈思友："你敢！我打电话让你爸来绑人！"

　　"你晓得他绑不住我。"弋戈八风不动。

　　"你！"陈思友气得吹胡子瞪眼。

　　弋戈适时又退一步，服个软："至少去一趟诊所。"

　　陈思友瞪她，哼了声，背手走出房间。弋戈知道他这就是松口了，忙转身匆匆在文件上签了名跟出去。

　　弋戈把陈思友扶上车，简单和蒋胜男介绍了句，既是感激又是愧疚地请蒋胜男再耽误几分钟，送他们爷孙俩回趟村。

　　蒋胜男其实对这地方有一种近乎本能的反感，并不想多待，然而弋戈都开口求她了，她便知道弋戈多着急，也没犹豫，爽快地答应了。倒是那老爷子看起来瘦却挺拔，精神矍铄还颇有一番风骨的样子，惹得她心里感叹了句，这小姑娘家里的还真都不是一般人。

诊所里的大夫是弋戈从小就认得的，他都说陈思友身体没毛病，只是中暑，弋戈也就不再担心。她认真记了几条注意事项，又向大夫要了几样适合常备在家里的药，才搀着陈思友回家。

出诊所的时候没看见蒋胜男的车，弋戈顺理成章地认为她已经走了，也没多想。

倒是陈思友问了句："刚刚那是你爸派来送你的？"

"不是，是我同学的妈妈，刚好碰到了，看我着急就送我过来了。"

"我就说嘛，看着那么爽利讨人喜欢的人，怎么会给你爸做事情。"陈思友哼了声。

弋戈心说，在挤对我爸这件事上，您和人家倒还真能结成忘年交。

"你怎么过来了？这马上就高考，不上课？"陈思友熟络完弋维山，也没忘了数落她。

"放假。"弋戈说。

"待会儿把药放下，赶紧给我回去！"陈思友不容分说地命令道。

弋戈听着，心中不禁好笑，这点药才多重？陈思友要是真不想她陪着，现在赶她走就是了，偏要加一句"待会儿把药放下"，说白了，还是舍不得孙女的。又想到刚刚年轻警察委屈又没说出来的那一句，肯定是陈思友手机里好几个月都只和她打过电话，警察才只能找到她。

好笑没两秒，又涌上一阵心酸。老头早年丧妻，中年时和女儿闹僵，和最亲近的学生撕破了脸，到现在一个人住在村子里，手机里能打电话的人、晕倒了能联系的人，居然只剩她这么个远在天边、没钱也没什么处事能力，连来看他都得搭别人顺风车的"外孙女"。

这时候，弋戈又想到三妈不告而别前说的话——"她如果是我的亲女儿"。这一刻，她似乎越来越能理解三妈的离开了。是不是人到了一定的时候，真正可能靠得住的，就是她从前最不屑一顾的"血缘"二字？

譬如今天，如果陈思友不是晕倒在街上而是家里呢？如果下一次还会发生这样的事呢？他能依靠的是谁，一个礼拜才给他打一次电话的她吗？

弋戈想着想着，心沉下来，感觉自己陷进了死胡同里。她并不想承认一些事情，却又找不到反驳的证据。

"嗯，好。"她异常乖巧地点了点头，答应陈思友把药放下就"滚"。

陈思友被弋戈的反应也拖得心里一沉，祖孙俩之间隐隐的隔阂又显出影子来，叫两人沉默了。

除夕之后，弋戈大概只给陈思友打了四五通电话，频率大概是一个月一次，和以前比，少得可怜。每次电话祖孙俩也都不尴不尬的，说不了几句都挂了，和之前是截然相反的光景。

其实祖孙俩心里都清楚，一切都是因为陈春杏的离开。

弋戈不傻，她稍稍回想就知道，除夕夜的拜年电话里陈思友吞吞吐吐，说明他肯定早就知道陈春杏打算离开。甚至他会知道得很清楚，陈春杏为什么离开、去了哪里、以后是什么打算。弋戈不理解的、想知道的一切，陈思友大概都知道。但她不不问。

陈思友也比谁都清楚，弋戈从小到大拿陈春杏当亲妈，陈春杏这一走，弋戈绝不应该是表面这样平静。他想关心，却觉得自己没资格关心，毕竟，是他亲口鼓励陈春杏想走就走的，在她尚且犹豫不定的时候——他是为人父母的，那个时候，"亲爹"的身份终于还是胜过了"小外公"。

弋戈搀着陈思友回了家，给他倒了水、泡了清热的菊花茶，便乖乖地要走，说等高考完了再来看他。

陈思友踌躇再三，终于还是叫住她，不满地问出了憋了一路的一句话："你怎么搞得这么瘦来了？"

弋戈差点没反应过来，两秒后才哑然失笑。她其实也没瘦多少，大概五六斤而已——老人家就是喜欢小题大做。但小外公这熟悉的语气到底让她一路凄惶的心里熨帖了点，笑眯眯地跟老人家唱反调："瘦了不是更好看吗？"

"好看个屁，跟鬼一样！"老头怒目圆睁，"赶紧回家多吃点，下回我见你要还这么瘦，看我怎么收拾你！"

"知道啦。"弋戈点点头。

陈思友看她站在那老旧门框里，已经是快顶着门的高个子，却不知怎的叫他想起她小时候，也是这样趴着、坐着、蹲着、站着，在他这门框上，有时候看书，有时候拿白粉笔在门上画画，有时候和银河一块玩。

十几年悠悠的，就这么长大了。

他摆摆手，说："赶紧回吧，好好考试啊，外公等着给你办酒。"

"这个您放心，天塌了我都会给您这个办酒的机会！"弋戈找回熟悉的感觉，熟练地耍了个宝，转身走了。

弋戈边走边拿手机查长途班车时刻表，忽然听见一声车喇叭。

她抬头一看，蒋胜男的车居然停在对面池塘边上，驾驶座的车窗上还趴着个身形瘦削、略有些驼背的老头。

弋戈打眼一看，觉得这老头有点眼熟。

蒋胜男摇下车窗朝她招手，脸色不太好："赶紧！"

弋戈忙跑过去，这才看清那老头是蒋连胜——蒋寒衣的爷爷，也是之前陈思友屡次抱怨的，打牌总欠他钱的，住电厂边的那老家伙。

蒋连胜满脸堆笑，在和蒋胜男说着"强子这么多年也不容易"之类的，弋戈听不明白，但这两年缓慢长进的眼力见让她勉强能看出来，蒋胜男很不耐烦，且很不喜欢这老头。

弋戈并不探究其中原因，但出于报答心理，她还是决定出手帮个小忙。

"蒋爷爷好。"弋戈上前叫人。

蒋连胜说得正起劲，唾沫星子飞溅，猛一回头才发现来了个人高马大的姑娘，他也不太认识，便敷衍地点了点头。

"蒋爷爷，您是来还我外公钱的吗？"弋戈微笑着问。

蒋连胜表情一僵，回头问："你外公……是哪个？"

"陈校长，就是住这儿的呀。"弋戈往后一指，"我看您在这儿，还以为您是来还钱的呢，我小外公说过好多次了。难道不是吗？"她笑得像小学升旗仪式上的大队长，就差把"我们是共产主义接班人"唱出来了。

蒋连胜脸上白了一阵，余光瞟了眼蒋胜男的脸色，打哈哈笑起来："哦，是，是！就是为这个来的！你说你外公也真是的，就这几个烟钱还跟你小孩子讲！我这就去了！"说着又和蒋胜男套着近乎告了个别，步子要迈不迈地走了。

弋戈这辈子头一次这么演戏唬人，觉得自己跟着蒋寒衣真是半点好的都没学到，尽学着满嘴跑火车了。蒋连胜刚转身，她脸上的笑就垮了，一言不发地绕到副驾驶位坐进去，也没注意到蒋胜男一脸激赏、忍俊不禁的笑意。

·419·

她坐回车里，安静的空气在身边一堆，便又想起刚刚和陈思友走在路上，祖孙之间从未有过的沉默，和那沉默背后，似乎再也无法消除的隔阂。

蒋胜男刚想夸赞几句弋戈刚刚那天衣无缝、看起来还颇得自家那倒霉儿子真传的缺德表演，就发现这姑娘情绪不太对。

她刚在车里大概扫了眼情况，知道陈思友的问题应该不严重，便也没多问，找了个停车的地儿就这么等着了，要不然小姑娘处理完事情还得自己挤长途车回家，想想就可怜。

刚刚还看弋戈唬蒋连胜，更以为事情不严重，心里还一派轻松愉悦，却没想到她是这个状态，紧绷着，连一贯挺拔的肩膀都显出一些瘦弱颓废来。

蒋胜男心里一"咯噔"，问："你外公……怎么了？"

弋戈摇摇头："挺好的，只是中暑。"

"那……"

蒋胜男刚问出口，弋戈忽然抬头看她，眼里很亮，却看不见中心在哪儿。

"蒋阿姨，我能问您一个问题吗？"

"当然。"

"对人来说，是不是除了血缘，就没有什么东西是命中注定的？"

蒋胜男被这个听起来很玄还有点中二的问题砸了一脑袋，还没明白是什么意思，又见弋戈收回了眼神，自顾自地说——

"我一直都知道，世界上100%的事都是努力了才可能有结果，其中还有70%是努力了没有结果，而不努力就有结果的事，发生概率为零。"弋戈说，"所以，没有什么好事是注定会发生的，也没有什么东西天生就属于谁。"

蒋胜男又被她这一通概率和听上去与概率并没有什么关系的哲理砸蒙了第二次，但年岁不是白长的，阅历也不是白多的，她很快反应过来不对劲——这姑娘怎么这么悲观？

如果这是蒋寒衣，她肯定一巴掌直接呼他后脑勺上去然后骂一通把人给打醒，让他别给老娘来青春期矫情中二这一套。可这姑娘，第一，不是她的孩子，第二，从第一面看起来就和一般小孩不太一样。

于是她想了想，笑了声说："你这么机灵的小姑娘，怎么看世界这么冷酷呢？比我这种'黑心资本家'还绝对。"

倒是也不必这么说自己。

蒋胜男见她表情略松快了些，这才换了副正经点的表情，侧了侧身，尽量和她正面面对着。

"阿姨不知道你为什么会有这样的想法，寒衣说你成绩特别好，可能这是强者天生的信念吧，你们都对自己要求比较严格。但你愿不愿意听听阿姨是怎么想的？"

弋戈迟疑了一下，点了点头。

"我觉得啊，你不妨先放松些，试着用更柔和开放的态度去看看这个世界。"蒋胜男说，"反正你还这么年轻，怕什么，真受伤了再冷酷也不迟。

"这个世界上就是有些东西、有些人是从来就在那里的，他们就是为你而来的，不会动摇、不会改变、不会离开，永远如此。也许是血缘，也许不是，这个我不知道。但我很确定，就是有这样的人、这样的事。如果什么都要靠谋求和表现才能得到的话，那也太丛林法则了。"蒋胜男说到这里笑了一下，"反正我是这么相信的，希望你也能相信。"

不知道为什么，其实弋戈还没有时间仔细思量她这长长的几句话，但她好像已经被打动了——或许是被"他们就是为你而来"这样笃定的论断，或许是被蒋胜男温和而坚定的语气，或许只是因为那个笑容，那个露出皱纹，眼神却仍然明亮温暖、好看得要命的笑容。

她来不及细思，就在感动的支配下亮起了眼睛，问："真的？"

语调上扬，嘴角也是。

蒋胜男肯定地点头："当然。就算我倚老卖老你也得信，毕竟我吃过的盐比你吃过的饭都多。"

弋戈笑起来，点点头："有道理。"

蒋胜男看着女孩子天真又充满朝气的笑，不知怎的心里生出一种这多年教育儿子后从未有过的感动，同时又有点懊悔——她怎么就生的是个儿子？还是个除了帅也没啥其他优点的小二百五？

以后高低得帮这小二百五把这姑娘拐回家来！蒋胜男暗暗下了个决心。

两人心情愉悦地开在回江城的路上，又惊奇地发现彼此的音乐口味惊人的相似——蒋胜男感动得想要谢谢祖宗,她眼瞅着奔五十、公司里没眼力见的小伙子都要喊她"阿姨"的年纪了,居然能碰到个跟她一样同时喜欢 Beyond、伍佰和许美静的十七岁小姑娘!

弋戈也解放天性,非常不见外地让蒋胜男把天窗给她开了,长胳膊伸出去,摇摆着唱"是缘是情是童真,还是意外",简直像在开大巴乡间巡回演唱会。

刚下高速路口,弋戈的手机又响动起来,打开一看,蒋寒衣。

蒋胜男瞥见:"啧啧啧,儿大不由娘啊。我平时出差个把礼拜也没见他来个电话,这才几个小时?"

弋戈这两个多小时已经唱嗨了,甚至没想起来害羞,笑了声接起电话,声音是自己活这么大都没听过的甜美:"喂?"

电话那头却很安静,蒋寒衣的声音有些抖——

"弋戈……我在宠物医院。"

宠物医院门口没有停车位,蒋胜男看着弋戈撂下车门,这一次她急得连谢谢也没说,飞掠出去,和一辆疾驰的电动车惊险地擦肩而过。

电动车车主冲着小姑娘的背影大骂一句,另外有个交警指着车里的蒋胜男走过来。

蒋胜男忽然有种不祥的预感,心里烦躁起来,有点想骂娘——老天爷该不会这么不给面子,她刚给人小姑娘灌输了一通"世界多美好",还没到半小时就打她脸?

弋戈没见到银河。

走廊里回荡着星星愤怒而凄厉的叫声,蒋寒衣焦头烂额地试图把它摁在怀里不让它乱跑,那位一直帮银河洗澡的护士小姐姐红着眼睛站在一边,看见弋戈的时候,憋回去的眼泪又滚下来。

蒋寒衣一直背对着弋戈,直到失控的星星抓伤他的手背往外跑,他回头想拦,正撞上弋戈茫然的目光。

弋戈在心里羡慕过蒋寒衣很多次,羡慕他在生活里的从容、笃定、游刃有余,好像哪怕今天是世界末日,他也能在末日里逍遥最后一天,和世界约定好下次继续交手再不慌不忙地离去。

·422·

这是弋戈第一次在蒋寒衣眼睛里看见躲闪。

"弋戈，我……"他支吾了很久没说话。

弋戈却在这漫长的沉默对峙后轻轻开口："猫跑了，去看看吧。"她又指了一下他手背上淌血的抓痕，"包扎一下。"

"我……"

弋戈直接掠过他走向那位护士，用动作打断了他的话。

"带我进去看看吧。"她说。

护士小姐姐和他们很熟，也是少数几个第一次见银河时没对它的样貌露出惊讶的人。她很用力地拧眉毛，好像在忍眼泪，然后说："我们可以帮你联系宠物殡葬师，他们会帮银河清洁好，到时候你再看吧……是车祸，银河的腿有点……"

她没有把话说完。

弋戈又花了很久消化这个消息，然后她做出决定，摇摇头说："我想先看看。"

护士很不忍地看了她良久，最终松口点头："你跟我来。"

"弋戈！"蒋寒衣叫住她。

弋戈回头，蒋寒衣的眼睛还是刚刚那样，充满慌乱和躲闪。可她已经够不知所措了，没有办法承担另一个人的不知所措。她的声音在不知不觉中变冷，问："你怎么还不走？星星跑丢了怎么办？"

话音刚落楼梯间传来高跟鞋"噔噔"的声音，蒋胜男抱着星星走上来。

"阿姨，您赶紧带他去打个疫苗吧。"弋戈淡淡地看了她一眼，"今天麻烦了，浪费您一天的时间。谢谢。"

说完，她跟着护士进了手术室。

之前她和蒋寒衣带星星来做绝育的时候进过手术室，那时候银河看见它的忘年交被绑在手术台上，很是不满，一直在闹。弋戈当时逗它玩，说再闹就把它也绑上去。

现在，银河就躺在那个手术台上，身上盖着蓝色的布。

弋戈站在原地没有上前，用手指着问："我能掀开吗？"

护士没有回答，但上前替她掀开了那块布。

银河以平稳的姿势躺在手术台上，像睡着了一样。它的毛很厚，因此不仔细看，甚至不会发现它嘴角的血迹。唯一扎眼的是一只后腿，以诡异的姿势向内折，戳向肚皮，爪子被压碎了。

可银河的表情是平静的，好像并不痛苦。它只是安静地、安静地睡着了。弋戈想起银河以前生病、受伤的时候，都是这样，不会哼哼，不会撒娇，也不闹腾，只是安静地睡在笼子里，并不让人发现它不舒服。

她的狗狗从头到尾都这么懂事，连痛苦都不叫她看出来。

弋戈的目光移到它的鼻子，原本黑的那半边早已渐渐褪了色，和天生灰白的另外半边融为一体，看不分明了，只是现在沾上褐色的血迹，格外扎眼，比天生的丑陋胎记扎眼得多。

弋戈忽然像被什么东西砸弯了肩膀，身体脱力地向前一倾，撑在手术台上。

她耳朵里分明还回响着刚刚在车上，她和蒋胜男一起听的歌。手术室静谧空洞，她耳朵里的那些旋律又打回她的心上，轻快的、疯狂的，让她忍不住晃动身体与蒋胜男合唱的那些旋律。

不过一个小时而已。

是谁说世界上总有人为你而来，总有事情永远不变？

她以为不会走的人已经走了，她以为永远在她身边的朋友也忽然就不在了。

果然啊，没有什么是属于她的，也没有什么岿然不变。

到头来，还是弋维山说的那句最有道理——"你要习惯离别"，哪怕离别总是猝不及防、毫无道理。

手术室的门像一堵墙，隔绝了蒋寒衣所有推门而入的勇气。

从小到大他闯过很多祸，有无伤大雅的，譬如因为爱护动物把校门口看起来很可怜的小鸡仔们全买回家，结果把家里搞得又脏又臭不说，小鸡仔们还不出两天就全死了，辛苦杜阿姨戴着口罩消杀了一整天；也有触及一些底线的，比如为了让蒋胜男留在家陪他玩把她皮包里的重要文件藏起来，害得她没赶上会议，差点丢掉一个重要订单。

但无论是哪一种，他都不曾推卸、勇敢面对了。他把小鸡们一只一只装进鞋盒里仔细地埋在小区楼下，即使帮不上大忙也戴着口罩在杜阿姨身边擦了一整天的地板；差点耽误生意，那他就和蒋胜男签合同，每个月零花钱减半,直到蒋胜男认为足够弥补损失。

可这一次,他却不敢面对弋戈,不敢和她解释究竟发生了什么。甚至,此刻他自己心乱如麻,他都扫不出一块空地来为自己分辩一下——是我的错吗?是我闯的祸吗?

"怎么回事?"蒋胜男去楼下要了个猫包,把星星装进去,勉强控制住了它的情绪。她看着儿子失魂落魄的样子,严肃地问。

"银河,被车撞了。"

"怎么会?"小区里又没有车,一般遛狗也不会往街上走,蒋胜男追问,"你没牵绳?"

"牵了。"蒋寒衣摇摇头。

"那为什么?"

蒋胜男话音刚落,弋戈从手术室里走出来。抬头看见他们,倒不意外,顿了一下,似乎做了什么决定,径直走到蒋寒衣面前,直视他的眼睛,问:"为什么会被车撞?"

蒋胜男见她语气不善,似乎想说什么,被蒋寒衣抢先一步。

"我……本来是带它出去遛弯,但没拉住绳,它就跑出去了。"蒋寒衣说,"对不起,是我的错。"

蒋胜男拧拧眉——她不是看不下去儿子这么卑微地低头认错,只是直觉事情有哪里不对。而且弋戈这神情看起来平静冷淡,实则充满压迫感,这不是好的沟通状态。

可她还没开口,弋戈先道:"你不用对不起,我知道不是你的错。"

母子两人俱是一愣。

弋戈却仍是一副毫无生气的表情,语气笃定地说:"银河不会乱跑,小区里也没有车。到底是因为什么?"

"弋戈……"蒋寒衣并不想告诉她。

"蒋寒衣,你不要糊弄我。"弋戈的语气平板无波。

蒋寒衣想了想,伸手轻轻地握住了她的手,把她的拳头包进自己的手掌里,拇指在她手背上摩挲了一下,再开口的时候声音变哑了:"经过小区门口的时候,外面好像走过了一个阿姨,背影有点像陈阿姨……"

蒋寒衣明显感觉到弋戈的手猛地攥紧了。

弋戈看了他很久,睫毛颤抖了一下,点头说:"知道了。"

其实隐约也猜到了。银河性格沉稳,从来不会乱跑,如果不是出现了什么特别刺激它的人或事,它怎么会跑到车来车往的马路上?

银河陪伴她近十年了,所有人都觉得弋戈已经走过阴霾的时候,哪怕蒋寒衣也因为那晚她主动伸出的手而放下忧虑的时候,只有银河知道小主人一直不开心。

因为只有银河会和她一样怀念不告而别的老主人。

"撞它的那个车主呢?"弋戈垂下眼,微微张开嘴呼吸新的空气,静止着缓了一会儿,抬头又问。

"开走了,车都没停。"蒋寒衣说到这里更显懊悔,"我当时急着抱它来医院,没有看清车牌号……"

弋戈这时候才注意到他除了手背上,脖子上也有抓痕,胸前的灰色T恤上有一片深而杂乱的血迹。

她点点头:"没关系,谢了。"又指他身上,"你回去收拾一下吧,还有手上这个伤,虽然星星打了疫苗,但最好还是去看一下。"

说完,她又看向蒋胜男:"阿姨,您带他回去吧,今天谢谢了。"

她转身推开手术室的门,问里面的护士:"那些人什么时候来?"

"我陪你吧!"蒋寒衣脱口而出。

"陪我干什么?"弋戈回过头来极快地反问他,眼里带着一种天真的疏离,好像她按理来说就不需要陪伴。

弋戈的手机又响动起来,蒋寒衣的回答她没听。

弋维山听起来心情大好:"小戈呀,怎么不在家?出去遛狗了吗?爸爸妈妈回来啦,给你带了文昌鸡,我看上回你去琼岛挺喜欢吃的!"

这几天他和王鹤玲去了趟琼岛出差,弋戈一直不过问这些事,因此也不知道他们什么时候回来。

弋戈顿了一下,她另一只手扶着门,眼前是躺在手术台上的银河,护士姐姐正很细心地替它擦拭嘴角的血迹;身后是蒋寒衣,她知道他仍然在看着她。

她抿了抿唇,对电话里的人说:"爸爸,你现在有空吗?"

"你能开车带我回一趟桃舟吗?明天再回来,可以吗?"

电话那头的人不知说了什么,蒋寒衣只看见弋戈攥着门把的手指用力至发白，然后声音微微颤抖地说："我在宠物医院，小区边上的那个。"

接着，弋戈回头对他微笑道："我爸妈会来陪我，你和阿姨先走吧，谢谢了。"

这是她今天的第三声谢谢。

蒋寒衣没有动。

弋戈也不再管他，再次走进手术室，对护士说："不用叫殡葬了，我自己带它回家。"

再次回到桃舟的时候，天已经很黑。

银河被梳洗干净，装进大号航空箱里，弋戈一个人抱不动，和弋维山一人抬着一边，王鹤玲在身边给他们俩打着手电。

弋戈听见弋维山粗重的喘气声，还有王鹤玲那时不时就卡一下的惊心动魄的高跟鞋声，心里知道他们俩刚出差回家就被她突然的要求叫来桃舟，实属不易。

"谢谢。"弋戈小声说了一句。

弋维山愣了一下，喘了口气想说什么，被王鹤玲抢了先。王鹤玲声音一如既往的冷淡而笃定："跟爸爸妈妈不说谢谢。"

王鹤玲又轻声问："银河，你打算怎么处理？需要爸爸妈妈做什么？"

弋戈看着眼前熟悉的却没有亮灯的房子，说："我想一个人在院子里待会儿，你们先进去休息可以吗？"

王鹤玲迟疑了一下，最终还是点头。

弋戈听她的话，没有再说谢谢。

院子里有一棵柚子树，是陈思友当年种的，每年都结很酸很酸的柚子，狗都不吃。

弋戈从厨房角落里翻到一把早生了锈的铁锹，把银河葬在柚子树下。

她其实力气很大，但从前陈春杏从不让她帮忙干农活，所以她不太会使铁锹。她费劲地挖出个大坑又填上，用去快两个小时。

弋戈做完这一切，盯着那微微隆起的小土堆，心想，以前银河出门，十回里有八回能碰到路人或感叹或惊吓"这么大的狗"，怎么现在看就只有这么一个小小的土堆了？

她手里还有块长木板，也是刚刚从厨房里翻出来的，形状不算规整，还有好几处霉点。弋戈本想写"全世界最可爱的小狗",但拿着粉笔,对着这块充满霉味的木板,又下不去手。

想了想,她还是把木板丢了,什么也没写。

全世界最可爱的,她的小狗,银河。

她漫长童年里唯一的朋友,就这样离开了。

它没有吃到今晚那根每日仅限一份的奶酪条,没有像每年生日时在弋戈自拟的"霸王条款"上摁下爪印时约定过的那样活到二十岁,就这样死在了飞驰的车轮下,在她没看见的时候。

无瑕的月亮高高挂在天上,弋戈蹲在院子里看了会儿,进屋了。

第十五章
暴雨凶猛

这天晚上弋戈做了一个梦。

梦里是夏天，一礼拜有三四天都在下雨，泥鳅和小稻花鱼被暴雨冲进院子里，吓得银河节节败退。她那时候似乎还小，因为捉天牛被院子里的铁门角扎到了脚底板，三妈心疼又自责，直扇自己巴掌。她却很开心，拿捉来的天牛骗银河说是好吃的，可银河被她惯得很娇气，不吃。天好不容易晴了，她带着银河去祠堂后面找了个草垛躺着，抬眼看四四方方的蓝天也觉得足够大。她睡着了，迷迷糊糊又被舔脚底板的动静吵醒，一睁眼，脚上缠的纱布早被银河叼在嘴里，她气得大骂傻狗，膏药也吃！银河被她凶得躲起来，她也懒得找，傍晚的时候从井里捞出镇了半天的西瓜开了，刚吮干净手指上甘甜的汁水，余光便瞥见院子门口缓缓探出一颗狗头。她哈哈大笑，丢过去一块红色的果肉，银河以为是西瓜，跳起来张嘴接个正着，下一秒又被酸得直咧舌头——原来不是西瓜，是她下午在路边随手摘的野草莓。夏天的草莓嘛，都很酸的。她又笑得直不起腰，银河这回倒不生气了，蹭着她的膝盖来讨西瓜吃。

弋戈当下就知道那是个梦，可她没醒。她翻了个身，像抱紧银河一样抱住了被子。

她和银河蹲在院子里吃西瓜的时候，树上忽然砸了个柚子下来——奇怪，分明是盛夏，哪有柚子？弋戈以为自己终究还是要醒了，却看见银河忽然兴奋地摇着尾巴抬起头。

　　她循着视线看过去，蒋寒衣又坐在她家的围墙上，却分明已经是长大了的模样。少年屈起一条腿，稳稳坐在墙头，抱着个柚子笑着问她："弋戈，你家的柚子怎么真的这么酸啊？"

　　弋戈忽地睁开了眼睛。
　　这梦半真半假，前半段分明是她和银河的童年，后半段却忽然出现一个少年模样的蒋寒衣。
　　不应该出现在她的童年里的蒋寒衣。
　　该算好梦还是噩梦？

　　弋戈搓了把脸，摸出手机看时间，还不到凌晨两点。她也习惯性地注意到了日期，5月11日，距离高考不足一个月。
　　QQ上，一个多小时前朱潇潇问了她一道数学题，她点开图片看了一眼，起身写下答题步骤发过去。
　　不过半分钟，朱潇潇又发消息过来：你就是我的救星！
　　弋戈没来得及回复，她又发来第二条：你要睡了吗？如果没睡的话，能不能再帮我看两道题？就只占用你五分钟！
　　后面跟了两个可怜的表情符号。
　　弋戈回复：可以。

　　最终朱潇潇"占用"了弋戈半个多小时，弋戈对此其实很感激，因为她睡不着。要不是担心朱潇潇熬到太晚明天上课肯定会打瞌睡，她可以一直给朱潇潇讲下去。
　　朱潇潇发来个晚安的表情包———一个腿长到比例失调的男人以一个极其骚包的姿势蹲进被子里把自己埋了起来。弋戈居然被逗笑，僵了很久的面部神经久旱逢甘霖一般松动了一下。
　　手机再次安静下去，弋戈借着月光看着窗前的柚子树，又怔怔愣愣地发起呆来。

　　弋戈在回江城的第二晚发现自己睡不着。
　　原本打算休息一天就回学校的，可回江城的第一晚，她分明困得眼泪直流，但一闭眼，睡意又瞬间烟消云散。辗转反侧到三点多，她索性爬起来通宵刷了几张试卷。

第二天她顶着两个巨大的黑眼圈下楼，弋维山见了，二话不说帮她请了几天假，让她在家好好休息，不要有心理压力，也不要为高考的事担心。

弋戈这时候才突然发觉，弋维山对于她的学业似乎不仅是不关心，而是毫无要求。之前她一直以为是自己成绩太好，弋维山足够放心。现在看，离高考只差半个月还能大大方方给女儿请假让她好好休息，弋维山对她宽松得简直不可思议。

弋戈不需深想就知道这种宽松是因为什么——弋子辰还在的时候，弋维山对于他的教育非常上心，从奥数班到围棋课，周末两天排得满满当当，弋维山一有空就亲自陪学。

她后知后觉地意识到这一点，愣了会儿，直到弋维山笑容满面地问她好几遍："想吃什么，爸爸给你做？"

她笑了笑说："都行，您做饭挺好吃的。"

弋维山哈哈笑着挽袖子进了厨房，乐得甚至有了点肥皂剧里那"女儿奴"的模样。

第二天晚上，弋戈还是没睡着，躺在床上时而清醒时而迷糊，无论如何也睡不踏实，然后看着窗外渐渐漏进天光。

这种情况持续到第四天，弋戈确定是自己的身体出了问题。

手机里常常联系的那个人已经三天没有来"骚扰"她，不像以前那样什么废话都拿来讨她的骂。她其实有点不习惯，但也没有主动去找。

手指停在朱潇潇的QQ聊天界面很久，"潇潇，我睡不着"六个字在聊天框里停留了半分钟，又被她删掉。朱潇潇最近每天晚上都熬到两点多，临近高考，大家都在拼命，她不想影响朱潇潇。

弋戈上下划拉，最终点开了夏梨的头像。

现在这个时间点，大概也只有夏梨能被她骚扰了。

可她和夏梨实在说不上太熟，上次见面是吃烧烤，她还和人家夹枪带棒地阴阳怪气了几句。弋戈想了很久该怎么解释这突然的打扰，打了删删了打，最后想到夏梨和她说她去看过心理医生，回忆起当时在医院外她坦然的语气，索性开门见山地问：你知道失眠该怎么办吗？

不知夏梨是不是听谁说过了什么,她回复得也很直接:需要我陪你聊聊吗?

两人约在了上次医院边的奶茶店。弋戈提的,那里离学校远,遇到熟人的概率很小。

夏梨似乎比吃烧烤那天胖了点,但脸颊两枚小小的梨涡依然甜美,长发披肩,早早穿上了裙子,单肩背一只米白色的帆布包,站在马路对面满街的阳光里,已经隐约有了大学生的气象。

弋戈坐在马路这头,头顶浓密树荫将阳光挡得严严实实。她见夏梨笑盈盈地走过来,正想夸对方裙子好看,没想到夏梨坐下,开口比她直接得多:"瘦了这么多?再这么下去你高考怎么办?"

弋戈被夏梨这两句砸得半天回不过神,蒙了半分钟才捋出一些条理来——第一,她大概的确瘦了一点,但绝没有到夏梨语气中那么夸张的地步;第二,瘦和高考也没有什么联系;第三……夏梨的语气神情,实在不像她的风格。

搁以前,夏梨大概会细眉一蹙眼含忧虑轻言细语地关心她,绝不会像现在这么直接,关心里甚至带着挑剔和埋怨的意味。

弋戈莫名有些心虚,接不上话,干咳了声道:"……应该也没有瘦很多,我回去称称看。"

夏梨看着她叹了口气,问:"我能帮你什么吗?"

弋戈想了想,还是确定性地问:"你都知道了吗?"

"不知道。"夏梨很直接,"但我听范阳说,你好几天没去学校,可能是家里出了什么事。"

弋戈没接话。

"你放心,他也是从蒋寒衣那里猜来的,蒋寒衣肯定不会乱说你的事。"夏梨忽然又小心翼翼地解释了一句。

弋戈看夏梨解释得认真,忽然心里空茫茫的,摆了摆手。既然夏梨已经这样直接坦诚,她也开门见山地问:"我的狗出了点意外去世了,我这几天有点睡不着。所以想问问你,有没有治失眠的方法?我记得你上次和我说你也失眠过的。"

夏梨闻言沉默了一会儿,似在思考,两分钟后才抬头问:"你有没有考虑过去看看心理医生?"

弋戈顿了一下，摇摇头："我只是睡不着。"

"睡不着也是……"

弋戈打断夏梨，笑道："你放心好了，我没有什么心理问题需要纾解。我只是经历了意外，情绪上有点波动，这原理应该就像跳完伞蹦完极的人肾上腺素飙升太亢奋了一样吧，所以稍微有点失眠。"

夏梨显然不信她这套貌似有理实则狗屁不通的类比。

弋戈又说："真的，其实要不是快高考了，失眠这问题我也懒得解决，挨几天总会睡着的。现在就剩二十几天了，我怕耽误事。"

夏梨哂笑一声："原来你也会紧张。"

弋戈轻笑："谁也不愿意多读一年高三吧。"

弋戈姿态随和，看起来云淡风轻，好像真的只是在谈论一件无伤大雅的小事。夏梨其实准备了很多话，有她自己想说的，还有之前她的心理医生用来开导她的，现在都堵在胸口，毫无用武之地。

夏梨有一种笃定的直觉，哪怕说出来了，也只会是拳头打在棉花上，毫无意义。

夏梨忽然觉得她以前对弋戈的了解太单薄了。她对弋戈的羡慕、佩服和那一点难以抑制的不忿，都是因为她以为弋戈平静、安定、强大，像金庸小说里的绝世高手，外界的一切都无法对弋戈产生干扰，弋戈只修炼自己的功。

可现在的弋戈看起来并不是这样。弋戈没有想象的那么无所顾忌、无坚不摧，她只是有个壳。以前她的壳和她长在一起，就像她的皮肤，使她看起来游刃有余。现在，她似乎和她的壳也分离了，而那个真正的她被隔绝在不知何处。

"我吃过药，但是在看了医生、得到医嘱之后。"夏梨说，"你不去看医生的话，恐怕不能吃。"

弋戈愣了一下，很快又笑，不大在乎的样子："行吧，那我就再多挨几天，应该问题不大……"

"但我妈当时给我煲过汤，安神的，我感觉也挺管用。"夏梨打断了她，径直说，"我待会儿把那个做法发到你QQ上吧。"

弋戈看起来有些诧异，愣了一下才说谢谢。

"还有这个，"夏梨又从包里拿出一个U盘，"这是我生病的时候听的歌,我感觉都挺助眠的。"

安神汤或许是临时想到,但这个U盘却能说明,夏梨听说她失眠,早就准备了一切自己所知道的办法。弋戈想到自己刚刚还以为夏梨只是来说几句不痛不痒、冠冕堂皇让她去看心理医生的无用安慰,心里有些愧疚。

她把U盘攥在手心里,低声道:"谢谢。"

如果此刻对面坐着的是其他人,江一一、朱潇潇,或者是随便哪个同学,夏梨都会绞尽脑汁地想办法开导她们,就算是面面相觑也会一直陪她们这么坐着。可这个人是弋戈,夏梨看她稀松平常地拿起奶茶喝了一口,素来擅长的安慰、劝导和陪伴,就通通都不灵光了。

夏梨知道,自己也没有什么可以做的了。她把自己的柠檬水推到弋戈的奶茶边,轻轻与弋戈碰了碰杯:"我预约了图书馆的座位,马上就到时间了,先走了。如果你还有什么需要帮忙的,随时找我,不用客气,我现在很闲的。"

弋戈撇撇嘴,嘖声玩笑:"唉,不愧是保送生啊。"

她看着夏梨转身,背影窈窕,忽然叫住夏梨:"哦对了,好像一直没和你正式说过。"

夏梨不解:"什么?"

"恭喜保送,毕业快乐。"弋戈仰头看她,语气郑重而真诚。

奶茶店开在街角,午后太阳偏移,阳光折过屋檐,在白色圆桌上划下一道斜线。弋戈的手搭在桌上,脸上的笑容也被折叠进没有阳光的那半边。

她脸上有淡淡的雀斑,也隐在半明半暗的阳光下。

夏梨脚步顿住,握着帆布包带的一只手紧了紧,又坐回位置上。

"我突然想给你讲个故事。"

"我五年级的时候外婆去世了。我从小就特别喜欢我外婆,所以她走的时候我有点接受不了,在葬礼上就哭得很凶……不,不只是哭得凶,应该是说,撒泼、发飙、耍无赖。"

夏梨语气平淡地吐出三个词,弋戈一个也不信。撒泼、发飙、耍无赖?她怎么也想象不到夏梨做这些事。

"其实那个时候我已经十岁了,人死了是怎么回事、葬礼上应该怎做,我都晓得,但我就是接受不了。"夏梨说,"我差点把灵堂里的火盆踢翻了,还烧掉自己一截头发。"

弋戈惊诧于"烧自己头发"的夏梨,忘了接话。

"然后葬礼结束,我就被我爸妈狠狠骂了一顿。我从小到大,就挨过那一顿骂,我爸还差点拿皮带要抽我。"夏梨说到这里顿了一下,似在回忆,然后轻笑一声,"我以为他们是要批评我差点烧了灵堂闯大祸,结果他们提都没提那火盆的事,一直在说我'表现不好',不得体,没教养。"

弋戈还没太听明白她的意思,只觉得"表现不好"这四个字尤为刺耳。

"但我现在就特别庆幸,一是还好当时火盆没翻,二是我当时那么痛快、那么不得体地哭了一场。"夏梨自顾自把故事讲完了,没头没尾的,然后冲弋戈笑了笑,"你说在葬礼上,还要求一个十岁的小姑娘'好好表现',是不是就挺离谱的?"

弋戈看了夏梨一眼,默默把程度词加重,点头道:"是挺'脑残'的。"

夏梨哈哈大笑起来。

她的笑声爽朗得惊人,弋戈愣愣地看了好久,费力地分辨面前这人到底还是不是自己认识的那个夏梨。

夏梨把柠檬水喝完,冰块还在杯子里晃荡,"叮当"响。她摇了摇把杯子丢进垃圾桶里,起身道别:"真得走了,迟到十五分钟图书馆就得记我黑名单了。拜拜!"

弋戈讷讷地冲夏梨挥了挥手。

"别忘了,高考完我要去你们桃舟玩的。"夏梨轻轻叩了叩桌子,像在提醒她回神。

直到夏梨走远,弋戈才模糊想起来,上次她们俩在这里的时候,夏梨和她说:"我要是和你一样上了燕大,找机会去你那儿玩。"

——现在看,却是夏梨先拿到了门票。

而这个口头约定当时听起来太像是随口应付的客套话,上一次说的弋戈差点就忘了,这一次,她也没有来得及回答。

夏梨刚离开没多久就把安神汤的做法发给了弋戈,回家的时候弋戈顺道在文东街的各种副食品店、中药店和小菜摊买齐了所有食材。

她经过老蒋修车铺,看见那块脏兮兮的木板上多了行小字——

老板要送战友闺女出嫁,顺便去吃草原大烧卖,关门××天。

字写得歪歪扭扭,和这话一样,看起来不着调。

弋戈想起蒋寒衣老和她说他这位"人间奇男子"的舅舅。蒋晓声先生当兵很多年,但整个人就是一个大写的"无组织无纪律",喜欢飙车,年纪大飙不动了又改行修车。按理来说,他应该很穷,但又神奇地过得挺滋润,除了经常气得蒋胜男女士恨不得烧了他的破店,算是一个有趣且慈祥的中年大爷。

这位中年大爷还很喜欢银河,曾经高价请求弋戈把银河的大头照卖给他当店里的logo,还要贴在他爱车的车头上。弋戈此刻很庆幸当时自己婉拒了这不着四六的请求,要不然这会儿她大概会在这块破木板上看到银河的模样——那她要怎么办呢?

汤只喝了两天,加上每天在跑步机上大汗淋漓的两个小时,弋戈很快又重新获得了睡眠。她甚至不知道是该归功于夏梨的"灵丹妙药",还是她自己的身体。这时候,这副给她带来过许多异样眼光的身体显得尤为争气,它健康、强壮、敏于变化、迅速接受调整。在浩瀚题海和充分运动下她的大脑和躯干都高速运转,一到晚上,她就像全身力气都被抽干了一样疲倦,瘫在床上贪婪地攫取睡眠。

离高考还剩两周的时候,弋戈准备回学校。

因为不用遛狗,她多睡了半个小时,慢悠悠喝完了王鹤玲早起煮的美龄粥,吃了两个虾饺,精神很足地出了门。

中心花园里停着一辆她很眼熟的自行车,蒋寒衣站在车前,看见她的时候目光短暂停滞一瞬才笑了笑。

已是初夏,清晨暑气渐渐蒸腾起来。蒋寒衣看着弋戈,她的脸色在晨光下显得有点苍白,身上的校服看起来足足大了两码,裤子却有点短,露出一截骨感的脚踝。她的肩膀、手臂、大腿,全都结实有力,脚踝却是那么细长的一截,看起来不盈一握。

他等了半个多小时,已经出了一背的汗,却不知道该说什么,也没走近,只能尴尬地笑着。

反倒是弋戈，怔了半秒之后，冲他回笑，大大方方地走过来。

"等我？"

"嗯。"蒋寒衣这才握住车把朝她走去。

"你怎么知道我今天回学校？"弋戈自然地问。

"猜的，今天不是周一嘛。"

"还挺准。"弋戈边给自己的自行车开锁边笑着接话，"那一起去吧，我感觉我再不去老刘能把我活剥。"

见她弯腰开锁，蒋寒衣下意识地伸手拎起她背上巨大的书包，分掉些重量。弋戈察觉到他的动作，笑了下，直起身问："你看我是不是瘦了？"

蒋寒衣被她问得一愣，想了几秒才点头："是。"

"都这么说，不过我其实也没瘦很多，昨天刚称了，也有一百三十多斤呢。"弋戈把车锁挂在车把上，长腿一跨坐上自行车，"所以啊，就不用担心我连书包都背不住了。"

说着，她脚一蹬骑远了，头也没回催蒋寒衣道："快点跟上啊，我可不想迟到。"

蒋寒衣骑得很慢，磨磨蹭蹭的，弋戈也没催，跟他并排骑着，优哉游哉地吹初夏的风。

"那个……你知道，叶老师好像被抓了吗？"蒋寒衣忽然开口。

弋戈被这突然的消息震惊，怀疑自己没听清："谁？叶怀棠？"

"嗯。"蒋寒衣主动解释道，"应该是他，报纸上说的是随城中学老师叶某棠。"

"为什么？"

"报纸上写的是因为私自印发和倒卖盗版书籍，但……"蒋寒衣顿了一下，"但听说不止这个，有别的事，好像还在调查。"

弋戈忽然有了强烈的不祥预感："……什么事？"

蒋寒衣沉默了几秒："不太清楚。"吐出一个词，"诱奸。"

他语焉不详，弋戈皱了皱眉，竟第一个想到了夏梨，又不敢和蒋寒衣明说，只好拐弯抹角地问："你怎么知道的？班里传的？"

"嗯，这种事也很难不被知道吧。"蒋寒衣说，"他是我们学校的老师，还上过电视，估计学校里没人不知道。听说是他在随城中学的一个女学生

.437.

举报的，就是当时那个跳楼被他劝回来的女生。"

听到最后半句，弋戈略微放了心，猜想这事大约和夏梨没什么关系。又想到那年秋游的事大巴车上叶怀棠看夏梨的眼神，她脸色黑下来，恨恨地道："我就知道他不是什么好人。"

蒋寒衣叹道："我们都没看出来，范阳还一直拿他当偶像，他都快气死了。"

弋戈被这消息砸得有点蒙，但又无法真正去消化和思考。最近几天总是这样，她的身体好像形成一个闭环，再也无法接收新的消息和事物，身体里似乎有无数个自己，围成一个圈，头挨着头、脚跟着脚地打转。

见她不说话，蒋寒衣余光瞥了好几次她的表情，也没再说什么，两人沉默着骑到了学校。

到校门口弋戈才发现今年学校早早地就挂起喜报，红色横幅飘扬在校门上方——

热烈祝贺我校姚子奇同学获得全国奥林匹克物理竞赛金牌 保送清京大学

弋戈看着喜庆的横幅，想起姚子奇在她面前害羞却仍然自信地说"我应该没问题"。她当时还有些惊讶他一反常态的自信，现在看，原来是真的胸有成竹。

蒋寒衣见弋戈的目光停留，想了想，补充道："听说他是全国前二十拿的金牌，是树人近十年来奥赛的最好成绩。"

"嗯，他一直挺厉害的。"弋戈随口附和了一句。

话音刚落，身旁忽然擦过一个风风火火的人影，是邹胜。他穿着衬衫，整个背后都汗湿了，手机贴着耳朵，大声同电话那头的人说着什么。

"什么时候修好啊，早不坏晚不坏这个时候坏，今天下午周练就要用的撒！"他催了几句，"我先自己掏钱到对面打印店去打了几百张，实在不行就实验班和尖子班先考！"

挂了电话，他又扭头，像是在找什么人。看见弋戈，他愣了一下，笑得倒随和："病好了？"

弋戈点头。

"时间不多了，抓紧啊！"邹胜叮嘱了一句，没等弋戈回答，冲她身后招手，"来来来，快点，记得发到各个班的课代表那里去。待会儿第二节还有那个九班的自习课，你帮我去盯着点哈，我另外有事儿！"

说完，邹胜冲弋戈和蒋寒衣点了个头，坐上他停在校门口的小电驴，又风风火火地走了。

"弋戈。"

身后有人轻轻地喊了一声，弋戈回头看见姚子奇抱着一大摞十六开的试卷，半张脸都被遮住。

她很久没见过他，虽然上次的气早被后来更多的糟心事挤得没了踪影，但忽然碰上，她还是觉得有点尴尬。她打眼一扫，只觉得姚子奇似乎黑了很多。

她也忘了上前帮忙，就扯扯嘴角应了声，还是蒋寒衣上前，帮姚子奇卸了大半摞的分量。

"要帮忙吗，送到各个班去？"蒋寒衣问。

"哦哦，不，不用了。"姚子奇忙摇头，明明是在和蒋寒衣说话，目光却不住往弋戈身上看，"也不算重，我挨个发就行了。你们赶紧去班上吧，快打铃了。"

蒋寒衣看了他一眼，也没再客气，"嘭"地把那大半摞试卷给他压回去。姚子奇的胳膊上骤然被这么一压，承受不及，差点哼出声来，憋出硬伤。

弋戈像是没看到两人间这一出，目光无所谓地收回去，转身推着车去了自行车棚。

停好车往教学楼走的路上，蒋寒衣气喘吁吁地追上她，不自觉地拽住了她。

"等……等等我。"

"怎么这么慢？"弋戈随口问，同时轻轻扯自己的手腕，却没有扯开。

"我看他搬得够呛，帮他搬到一楼了。"蒋寒衣一边说，一边更强硬地攥着她，不肯松手，两人像在暗暗较劲一般。

弋戈和他拧了两秒，索性松了劲儿，像是气笑了，问："干吗呢？"

蒋寒衣这才把手松开，盯着她眼睛，顿了下，郑重地说："对不起。"

弋戈瞬间敛去了笑容。她知道蒋寒衣要说什么，可她真的一个字也不想听。

"我知道我这几天特别不负责任,我想跟你道歉,想问你怎么样了,又不敢,怕你真的生我气,永远都不原谅我了。"

这个时间段,高三生匆匆忙忙,叼着包子往教室赶。只有他们俩静止在人潮中,蒋寒衣声音小而坚定,除了弋戈没人在听。

"但我还是要跟你道歉的,如果我当时拽住了银河,它不会跑出去,我应该更仔细点的。"

"不是你的错,银河那么大,它要跑起来,换作是我,我也拽不住的。"弋戈淡淡地说,"按你这么说,我就不该去你家蹭空调,然后银河就不会那个时候出门,什么都不会发生。"

蒋寒衣看着她,摇了摇头:"不是一回事儿,是我不够仔细,我要跟你道歉的。"

弋戈不说话了。

蒋寒衣见她微微抿唇的表情,就知道她并不想提这件事。她不想要谁道歉,也不想面对,只要不提,就可以不面对。

但他还是下定决心,说道:"弋戈,我知道你难过,但是我们可以一起面对。以后,我们可以一起去桃舟看银河,也可以一起去做流浪狗救助,或者……或者,如果你还想养狗的话,我也陪你一起。"

他知道这话是在揭弋戈的伤疤,大概会触她的逆鳞,就像星星这几天一被他抱就伸爪子挠他一样。可他更明白,问题发生了就要面对,想要一起走下去的人必须坦诚相待。沉默这几天连短信都不敢给她发对蒋寒衣来说已经够懦弱了,他不能再粉饰太平,他要面对。

他紧张地等待着弋戈的回答,却没想到,她只是愣了一下,便笑开了,笑得那样轻松自然、心无芥蒂。

"你想得也太远了吧?"弋戈笑他,"以后要干什么可以慢慢选,现在是不是得把高考过了再说?"

蒋寒衣被她问得一怔,旋即反应过来,自然地将她的话理解成那个"高考之后"的约定,唇角扬起不敢确定的惊喜的弧度:"所以你,你不生我的气……"

"从来也没生过你的气。"弋戈说,"但你要是让我返校第一天就迟到的话,可能就会生气了。"说着,她已经迈开腿疾步往前走,"赶紧的,今天早读不是还得听写吗!"

蒋寒衣在她身后笑了两声,追着她走去。

返校第四天就是模拟考试，弋戈略有一丝忐忑，做完理综卷子才缓缓放下心来。成绩出来，她还是年级第一，看上去状态居然比前几个月还更好一些。

离高考没剩几天，大家都紧绷着一根弦，关于弋戈的缺席和回归，连范阳和朱潇潇都没拨出空来多问。范阳最近刻苦到了拼命的程度，一天下来甚至听不到他说一句闲话了，听说夏梨也隔三岔五地就去给他开小灶，虽然收效不算显著，但总算也在一点一点往上爬。朱潇潇也拿出了悬梁刺股的架势，唯一的闲情大概就是在食堂吃饭的时候和弋戈聊两句叶怀棠的事，很是受伤地说大人的世界真复杂江湖险恶，人不可貌相。

只有蒋寒衣，时不时会忧心忡忡地看弋戈一眼，好像在确认她到底是不是真的不生气了。每每这时，他的眼神就可怜巴巴的，弋戈看得烦了，作势要拿笔往他眼睛上戳，凶巴巴地说：“看题，别看我，这种简单的完形填空你要是再错就自裁谢罪吧，都讲多少遍了。”

蒋寒衣撇撇嘴，也还是认认真真地听她讲题。

物理自习课的时候，姚子奇来替邹胜盯过几次。尖子班的人傲惯了，这会儿临门一脚的关键时候，居然是个次优班的同学来给他们当老师，他们自然不服气，虽然面上不表露什么，但每次姚子奇往讲台上一坐，整个班就没有一个上去问问题的。

姚子奇每回来都是带着书安安静静看两节课，到第三次的时候弋戈才发现，原来每次放在她桌边窗台上的薄荷糖，是他拿来的。她一直以为是蒋寒衣顺手放的，偶然抬一次头才发现，姚子奇背对着她在窗外走廊上活动脖子，而刚刚还空空如也的窗台上，多了一颗绿色的薄荷糖。

姚子奇的背影好像比之前结实了一点。他穿着一件发黄的白T恤，大概是洗了太多次，衣领已经变了形，软软的皱出花边，花边上露出一截黝黑的后脖子。听范阳说，他保送后做了好几份兼职，除了在对面打印店给人打资料之外，每天中午还会去学校边那个小区做家教，顶着大太阳来来回回，想不晒黑都难。

弋戈在姚子奇转身之前又低下头去，眼前新发的物理试卷左上角上清晰地印着今天的日期——2013年6月3日。

盛夏将至。

高考如期而至，7号一大早弋维山被司机接去机场，赶去琼岛开个紧急会议，承诺母女俩会在明天考完之前赶回来。

弋戈一句"不用赶回来"都到了嘴边，又被她咽回去，改成："不着急，注意安全。"

弋维山笑得很欣慰，挤出一脸褶子坐进了车里。

王鹤玲倒是全程都陪着弋戈考试。

第一天太阳毒辣，弋戈考完语文出考场看见她矜贵的亲妈穿着一身白色的镂空刺绣连衣裙，镶着各种贝壳钻石美甲的手举着一把聊胜于无的小阳伞，气定神闲地站在焦急等待的人群后。

弋戈有点感动，也有点负担。她总觉得王鹤玲再这么站半天就要晕倒了，到时候岂不是更麻烦？

但她也不好说什么，只能加快脚步走到亲妈身边，跟亲妈一起上了车。

王鹤玲一直不问弋戈考得怎么样，甚至连场外父母们你一眼我一语的作文题是什么她也不关心，她左手递湿巾右手递果汁，末了轻轻跟一句："中午订的是你爱吃的菜，直接做好了送到家里来，不过还是少吃点，吃完睡会儿。下午也别紧张，随便考，不求结果。"

弋戈心里哭笑不得，只能点头。

弋维山和王鹤玲都对她的高考成绩不抱太大期待，就连刘国庆，开考前在场外都没敢和她说太多，只轻描淡写地说了句不要有压力，正常发挥就好。弋戈知道，他们都觉得她经历了打击，状态未必会好，这也是没办法的事，不必强求。

可她自己并不这么认为。

第二天下午考英语的时候，刚放完听力，雨点就"哗啦啦"地砸下来。听声音就知道，是场很大的雨。

弋戈提前了半个小时答完试卷，放下笔往外看了一眼，窗外已经形成雨幕，灰蒙蒙的，什么都看不清楚。

她把目光收回来，最后检查了一遍答题卡，放心地搁下了铅笔和橡皮擦。

甚至不需要等成绩公布，此刻她已然胸有成竹。

她做学生太久了，在桃舟的那十六年，现在回想起来就像山居修炼一样。生活简单，作息规律，身心愉悦，做什么都专注。

天赋和勤奋在一起磨合了十几年，早已配合得天衣无缝，在她快要沉沦下坠的时候，无论哪一个都足够拉住她。高考那点基础知识和应试技巧已经成为下意识，像长在她身体里的齿轮，让她考试时像精密的机器一样运转，结果分毫不差。

考试结束的铃声在暴雨凶猛里响起，考场里仍然静谧，弋戈却好像在雨点击打窗台的声音中，听到了阵阵叹息。

鸦雀无声的叹息。

考生大多没带伞，家长们又进不来，大家只能拿文件袋挡在头顶，快速地冲出去。

弋戈在朦胧的雨幕里看见弋维山穿着黑色衬衫奋力冲她挥手，动作滑稽，一点看不出平日里"弋总"的气派。王鹤玲则站在一旁替他撑伞，只是他动作太大，她的伞总也不能精准地遮住他，只能跟着他晃动的脑袋不停地挪位置，显得十分"彷徨"。

弋戈哑然失笑，忽然觉得她亲爹亲妈也还挺可爱的。

亲爹亲妈，和她脑子里那些坚固如下意识但不知过了今天还有没有用的应试知识一样，也许就是蒋胜男说的，那些不会离开的人、不会改变的事。

是她唯一不会再失去的。

弋戈忽然听见右边不远处一声喇叭，有些迷茫地看过去，白色轿车闪了闪灯，是蒋胜男。她看起来全无其他家长的焦灼或兴奋，懒懒地坐在车里，似乎冲她笑了一下。

"傻站在那儿干什么，这么大雨，快过来上车呀！"弋维山在几步远的地方奋臂高呼。

弋戈回神，也冲蒋胜男笑了笑，小跑着向前。

"弋戈！"

刚坐进车里，忽然被人叫住。她回头一看，是蒋寒衣踏着暴雨跑来。

他也拿文具袋挡着额头，但效果"杯水车薪"，人几乎被浇透了。

王鹤玲没看见蒋寒衣，坐在另一边兜头给弋戈罩了条浴巾，遮住了她的视线。

弋戈把浴巾掀下来，见他淋雨，有点急，问道："有事？"

"你，什么时候有空？"蒋寒衣的眼睛在灰蒙蒙的雨中亮得惊人，问完后却又躲闪了一下，带着些无措，"我……我感觉我考得挺好的。"

"我到时候给你发消息吧。"弋戈顿了一下，没有去想他话里的深意，只说，"有点累，这几天想先睡会儿觉。"

"好。"蒋寒衣答应得很快，没有丝毫迟疑。

"赶紧回去吧，雨好大，我刚刚看见蒋阿姨了，她在那边的车上。"弋戈往外一指。

"好，记得给我消息！"蒋寒衣又强调了一遍，才转身离开。

弋戈关上车门，打了个喷嚏，忽然想起来什么，忙又推开车门想叫住他，却只看见他湿透的背影。

声音堵在嗓子眼，她没有开口。

毕业快乐，蒋寒衣。

她在心里说。

说是想补几天觉，可弋戈回家当晚就发现，她又睡不着了，好像身体里紧绷着的某根弦"啪"地断了，再也接不上了。

半个月前还是灵丹妙药的安神汤也彻底失效，夏梨推荐的歌单在手机里循环播放了无数遍，弋戈每天在跑步机和划船机上待三个多小时，却只能感觉到累，瘫在沙发上动不了，眼睛干涩到止不住地流泪，一闭眼，却又无比清醒。

蒋寒衣每天都问她在干吗，弋戈拍下跑步机上的数据发过去，说：累死了，睡觉。

然后他把从朱潇潇那收来的各种晚安表情包丢过去。

算下来，她每天都和蒋寒衣说好几次晚安。

失眠一周后，弋戈在朱潇潇的揎掇下答应了和她去云南旅游。弋维山对此表示非常支持，二话不说给她卡里打了两万块钱，倒是王鹤玲有点担心她们两个女孩子单独旅游的安全问题。

弋维山大手一挥："没关系的,爸爸在云南有朋友,你们需要司机或者导游,还有订酒店什么的,直接找他安排就行了,安全也有保障!"

弋戈把这话告诉朱潇潇,朱潇潇直接给她发了个抱大腿的表情包:你爸妈还缺女儿吗?

弋戈盯着那个胖嘟嘟的卡通人物发笑,然后点击保存。她发现最近生活里唯一有意思的事就是收集朱潇潇的各种表情包。

两人从昆明到丽江大理,把著名的景点逛了个遍,朱潇潇吃菌子汤和腊排骨吃到上火,而弋戈的收获是——她在颠簸的飞机或车上,好像能睡着。

晚上朱潇潇在酒店卫生间里对着镜子哀叹她嘴角的燎泡和隐约出现第三层的下巴,苦恼于化妆和减肥该先学哪一样,哀怨地叹道:"我怎么长得这么丑啊……"

她敷着面膜出来,弋戈趴在床上,刚挂断视频电话,跟蒋寒衣说的最后一句话又是"晚安"。

早上八点在车上,她和蒋寒衣说晚安。

中午在餐厅吃泡鲁达,她和蒋寒衣说晚安。

晚上回酒店,她还是没聊几句就和蒋寒衣说晚安。

第二天弋戈被朱潇潇拉着上苍山,在寂照庵的长廊里排队等斋饭,蒋寒衣的电话打来,没聊几句,弋戈又打哈欠。

蒋寒衣在电话那头哭笑不得:"你这是旅游去了还是睡觉去了?"

弋戈笑笑不说话,心道如果真的能睡着就好了。

蒋寒衣又絮絮叨叨叮嘱:"困是一回事,在外面还是要注意安全,别一不留神被人给牵走了。"

弋戈笑:"我又不是三岁小孩。"

"十七岁小孩也一样。"蒋寒衣说,"就说了你该带上我吧,有我在随便你怎么打瞌睡我都牵着你,绝对不可能被别人拉走!"

弋戈听出他话里淡淡的酸意和不满——她来云南玩,落地第三天他才知道。

她岔开话题:"我和潇潇两个女生,你一个男生,凑什么热闹。"

"我可以拉上范阳啊,这不就平衡了嘛!"蒋寒衣话音刚落,一拍脑袋,

"哦,说到这个,范阳那小子失联好几天了,不知道干什么去了,连夏梨都联系不上他。你说他该不会是估分太差想不开吧,不行,我明天得去他家逮人。"

弋戈蹙眉:"他看起来不像是会为分数钻牛角尖的人。"

"以前不是,现在说不定。"蒋寒衣说,"他这几个月确实挺紧张的,估计是怕连我都跟着你去北城了,他自己一个人被留在后头吧。而且他之前和我说考完了要追夏梨来着,没考好的话也没脸追——这小子,肟了十多年好不容易长个胆。"

弋戈:"那你明天去看看。"

"嗯,你什么时候回来?"蒋寒衣又问,"航班信息发我,我接你去。"

弋戈想了想,说:"我爸来接我,你就别来了,我回家去找你。"

蒋寒衣沉叹一口气,有点委屈:"行吧,到家就给我打电话啊!"

"嗯。"

挂断电话,队伍刚好轮到她们。弋戈端着个碗跟着朱潇潇走到院子里,就在石板上坐下吃饭。斋饭全素,南瓜、花菜、地参、萝卜干,也算有滋有味。寂照庵有规矩,吃不完要去佛祖面前罚跪一炷香。

朱潇潇说:"吃完我们再去拜一下佛祖吧,马上出成绩了。"

弋戈笑说:"按流程现在卷子已经改完了,现在去拜,会不会有点晚?"

朱潇潇剜她,说:"你这种学霸是不会懂我们普通人的紧张的!你不去我去!"

弋戈没说话,看了眼院子里的花木,身后的树上还有小松鼠蹿来蹿去。寂照庵不烧香,只供花木和佛祖,没有烟雾缭绕,但有淡淡花香。

自己也确实没有什么要求的了,弋戈想。

她的愿望有两种,一种好像靠自己努力总能达到,另一种,却是佛祖也无能为力的事了。

弋戈和朱潇潇回到江城,刚好是高考出成绩的那天。

飞机上没网,朱潇潇盯着手机紧张了两个多小时,等行李的时候连上网,又不敢查了,攥着准考证的手直打哆嗦。

弋戈看不下去,把她的准考证拿过来,"唰唰"输入后直接点了"查询"。

朱潇潇倏地跳开两步远，两手紧捂着眼睛，静了几秒后又默默扒出两道缝，看着一个问："……多少分？上600、哦不，上580分了吗？"

弋戈一笑，把手机屏幕对着她："608分。"

"多少？"朱潇潇冲上来夺过手机，上下划拉了好几遍，把四门科目的分数加来加去，才敢确定——真的是608分，她高三一年从来没考过的608分！

"608分，弋戈！我考了608分！"她几乎难以置信，说着说着鼻子一酸，带了哭腔。

弋戈笑着看她，说："恭喜，我们一起去北城。"

"呜呜，608分！我可以跟你一起去北城了！"朱潇潇激动得抱住弋戈，又哭又笑的，好半天才反应过来，"哦，对了，你查了分数没，你多少分啊？"

弋戈摇摇头："我还没开机。"

"你可真行，赶紧查啊！"自己的心放下了，朱潇潇又来催弋戈，直接摁着她的手机开了机。

弋戈淡淡地说："但昨天老刘给我发了条短信，好像我的分数已经出来了。"

朱潇潇一愣："啥意思？"

"可能是状元之类的吧。"

弋戈低头看着手机屏幕亮起来，然后各种各样的消息、短信、未接电话一个接一个地跳出来，像诈尸一样。她的额角随着那些未读信息的推送不受控制地跳起来，她忽然觉得头疼。

她索性又将关机键一摁，清净了。

"你是说，省状元？"朱潇潇追问。

"不知道，应该是市的吧。"弋戈收起手机，从传送带上把两只行李箱拎下来，"打车回去吗？"

朱潇潇瞪圆了眼："市里的那也是状元啊，你这个表现会不会太淡定了一点？能不能对高考有点基本的尊重？你不要表现得像拿状元跟玩一样好嘛！"

弋戈失笑："我勤勤恳恳学了十几年，认认真真考了两天，这还不算尊重？"

出租车上，朱潇潇见弋戈闭眼假寐，手里的手机一片漆黑，安安静静，支吾了一会儿，还是问："你手机还不开机？"

弋戈有些不情愿地睁开眼，咕哝了一句："头疼。"又低头看手机，沉默良久，最终还是叹了口气，又把它开了机。

这次她有了防备，屏幕亮起之后把手机往座椅上一扔，又闭上眼睛仰头休息，直到它"嘟嘟嘟"响动了快半分钟后彻底安静，才拿起来。

她从QQ开始看，然后是邮箱和短信。其实消息内容都差不多，无非是爸妈的鼓励、老师同学的祝贺，还有一些招生老师的询问。

她手指飞快地划拉，看到一个陌生号码的时候，却忽然顿住。

陌生号码：小戈，三妈听说你考得很好，真为你高兴。我现在和陈叔叔在做水果生意，前几天陈叔叔回了桃舟一趟，我让他给你带了些水果。你回桃舟的时候，记得让小外公拿给你吃。三妈祝你毕业快乐，有个快乐的大学生活。

弋戈飞快地看完消息，心里想的是，她没提银河。回了桃舟，却不知道银河已经不在了？还是陈进没有告诉她？或者是根本就没回，寄箱水果回来说个客套话呢？

弋戈的手指停在短信界面，半分钟后，把短信连着陌生的发件号码一并删了。

她再没耐心去查看还有哪些未读消息，径直回到QQ界面找到蒋寒衣，问：下午有空吗，文东街上见？

蒋寒衣很快回复：好，我现在在师大附中这边，你有没有想吃的？爷爷奶奶这里在烙烧饼。

弋戈盯着他话尾那个贱兮兮的小表情顿了下，回复：没有。

她把手机扔回座椅上，长长地舒了一口气，再次闭上眼睛。

弋戈在小区门口下了车，朱潇潇见她一脸倦容，扒在窗户上催她赶紧回家休息，还问她要不要褪黑素。

弋戈摇头，笑道："你赶紧走吧，别啰唆了。"

"行行行，我到了给你消息！"

"嗯。"

弋戈看着出租车驶远，目光移向对面的文东街。她甚至没告诉朱潇潇要去见蒋寒衣了，事实上她自己也没准备好。

见到蒋寒衣，她能说什么呢？没了备战高考的压力，没了可以隔在他们俩中间的试卷，甚至连日常活跃气氛的范阳都不在，她该和蒋寒衣说什么？总不能当着面还跟他说"好困，晚安"。

该说起那个约定了吗？那个，"高考完了再说"的约定。

弋戈意识到自己已经没有期待了。她远远地看清了那个夜晚的自己，主动与蒋寒衣定下约定，其实是在给自己种下某种期待，栽培新的生活的勇气——你看，未来会发生更好的事。

可她现在明白了，没有什么更好的事。

是谁说过的，期望是一种微妙的暴力，因为这是要求别人顺从我们的意志。现在的她，正承受着三个月前的自己行使暴力的恶果。

本来就不该有什么期待的。

弋戈的手搭在行李箱拉杆上，六月的下午，天气燠热，手心里很快出了汗。她隔着一条街看见老蒋修车铺好像换了块新牌子，不再是那块脏兮兮沾满黑色车油的破木板了，上头似乎还写了新的字。

穿过马路走近了才看清，上头还是歪歪扭扭的粉笔字，写的是——

老板外甥高考顺利，本月修车一律八折，心情好还送橘子。

弋戈盯着新木板哑然失笑。

"这么快，我还以为你要晚点呢。"蒋寒衣从铺子里走出来，眼里跳出惊喜，上前接过她的箱子，"干吗不先放了行李再来。"

弋戈看见他，也有点愣。她和他约的时间没那么早，本以为他会晚到的。

"你怎么这么早？"她问。

"你给我发完消息我就直接过来了。"蒋寒衣一手牵着她一手拖着行李进了店，一点不避讳舅舅在场，又嘟哝道，"刚又去了范阳家一趟，他妈说他回老家了，这小子，不知道搞什么鬼。"

"你小子，出息了啊！分数刚出来就拐人家小姑娘来了！"穿着汗衫的老蒋拎着个钳子笑他。

.449.

蒋寒衣一点没见害臊,反而骄傲地哼了声。

老蒋纵容地摇摇头,毛巾往脖子上一搭,自觉让位:"得,你俩聊吧,我找人打牌去。帮我看着点店啊!"

蒋寒衣"嗯嗯嗯"地把人往门外推。

老蒋走了,蒋寒衣回头看弋戈安静地坐在铺面后头的厂房台阶上,反而害羞起来。脸皮厚得天赋异禀的蒋大少爷这会儿脸上破天荒地出现两抹淡淡的红晕,看着弋戈不知道该说什么,挠着后脑勺支吾了两秒,莫名"娇俏"地问:"你猜……我考了多少分?"

弋戈淡淡笑道:"那肯定是过 600 分了呗。"

蒋寒衣走到她面前,刻意稳重的声音里带着压不下去的雀跃:"比那还高点呢。"

"多少?"

"611 分。"蒋寒衣说,"你 681 分对吧,相差刚好 70 分,两个要求我都完成了!"

他的语气昂扬,好像雀跃的溪流撞在弋戈心里的暗礁上。

弋戈沉默了几秒,玩笑道:"可厉害死你了。"

蒋寒衣又羞赧又激动地看着她,脑子里忙得很,全在想要怎样自然地、顺利地、让她开心地把他们俩之间的关系转变过来。

他想,虽然两人心照不宣,但他还是应该表白才对,应该堂堂正正地、坦率直白地告诉她——我喜欢你,你愿意和我在一起吗?

"弋戈,我……"

"那个……"

两人异口同声,颤颤巍巍的话音撞在了一起。

搁平时蒋寒衣一定会让着她,但现在,他眼神灼灼,笑意里有些当仁不让的迫不及待:"我先说,行吗?"

弋戈点点头。

"弋戈,我……我不知道这样说是不是最好的,但你肯定早就知道了吧,我……喜欢你。很喜欢你,可能是小时候在桃舟就喜欢你了,也可能是你来了江城之后,但我很确定,我非常喜欢你,我想陪你过很久很久,做所有你喜欢做的事。"蒋寒衣一口气把心里话说出来,又顿了下,"我的分数应该可以和你一起去北城了,我会报离你最近的学校,我们大学都在一起。你、你愿意做我女朋友吗?"

他的话音落在燥热的夏日空气里，弋戈轻轻叹了一口气。

早知道，不该让他先说的。

"蒋寒衣，对不起。"叹息之后，她没有犹豫。

蒋寒衣脸上的笑意霎时就凝滞住了。

"我知道，你说的话都很真心，所以……我也要认真地拒绝你。"在这一刻之前弋戈一直很害怕，她始终不知道该如何面对蒋寒衣。可话说出口，她就明白，要说的话就在心里，她早就想好了。

"我想，我可能不喜欢你，或者有点喜欢，但没那么喜欢，没有喜欢到想永远和你在一起的地步。"弋戈说这话时看了看他，又将目光挪开，"蒋寒衣，我不想谈恋爱，我也不想和谁在一起很久很久。没有人能在一起很久很久的。"

蒋寒衣错愕的神情出现一丝松动，他蹲下身来，目光和弋戈平齐，温和地盯着她："你是不是还为银河的事伤心？不对，还有你三妈……你是不是一直很难过，所以你不想……"

"不是。"弋戈打断他，方才还平静的面容中裂出一道急切的缝隙，"我只是真的不想谈恋爱。"

蒋寒衣脸色渐渐变冷："你如果现在不想恋爱，我可以等。但你不能把什么事都憋在心里，你如果难过、如果想去找谁、想怎么发泄，你要说出来。"

弋戈沉默了几秒，忽然笑着摇了摇头，说："其实之前姚子奇就也跟我表白过，我拒绝了，然后他问过我是不是喜欢你，我说不是。那时候我三妈没有走，银河也没出事。蒋寒衣，我真的……"

"我知道。"蒋寒衣没有让她把后面的话说完，"那天我听到了，我知道。可那时候你和现在不一样，弋戈，你别想骗我。"

"我没骗你。"弋戈轻轻地说，"蒋寒衣，我确实和之前不一样了，我有更多朋友了、会和人相处了，这些都要感谢你和潇潇。但除了这个……你对我来说，和潇潇没什么不同，都只是朋友。"

弋戈没见过蒋寒衣真的发脾气，哪怕是为了"小黑屋"的爷爷奶奶跟校领导搞抗议，他眼里的不满都是昂扬的。

不像现在，他脸色阴沉，眼里充满讥讽，良久才咬着牙冷笑道："弋戈，你是不是真觉得我蠢？"

弋戈没说话。

"我最后说一遍,你现在可以不想谈恋爱,也可以不想和我在一起,但你不要给我说什么只是朋友的鬼话。你现在,要不要把你那些话收回去?"

弋戈从来不知道,蒋寒衣生起气来,会给人这样的压迫感。

然而她还是摇头了,然后说:"你的分数挺高的,报志愿的时候,不要光想着北城的学校,你能报的最好的不一定在北城。"

她的话没有回音。

蒋寒衣缓缓站起身,最后留在她视线里的,只有一只紧紧攥着的、像要掐进自己血肉里的拳头。

蒋寒衣不知走了多久,弋戈一直坐在空旷厂房内旧台阶上,空气里弥漫着铁器铜锈如血一般的味道。

手机忽然又响动了一下,她点开。

是刘国庆,催她有时间来趟学校见招生老师,还有记者来采访。

她木然地回复一个"好"字。

这是确凿无疑的夏天,天空晴朗,云朵辉煌,门外街道上嘈杂的人声都仿佛冒着热气。

这一年弋戈十七岁,身体健壮,思维敏捷,家境富裕,前途光明。她的每一寸皮肤上的每一个细胞都在奋力向外生长,贪婪地攫取更多养分,它们足够带她去任何她想去的地方。

可她心里却觉得有点空,说不清是什么感觉,既没有很开心,好像也并不失落,只是觉得空。她找不到原因,猜想大约是因为她知道她已经失去了一个朋友,又或者是陈春杏和银河的相继离开,也可能是因为她从小就没什么梦想,所以也没有"梦想成真"的兴奋感。然后她又告诉自己,没事的,人来人往而已,这很正常。

手机又连着响了几声,弋戈没再搭理。她手肘撑在膝盖上支着下巴,旧厂房宽敞的门框像个长焦镜头,将明亮浓烈的阳光捕捉进来。

她看见外面夏风浩荡,天茫地阔。

第十六章
泯然众社畜矣

弋戈觉得今年秋天来得有点早,她快晚上十一点的时候下了班,下楼等车,迎面被一阵妖风吹得打了个冷战。

这才十月初,刚放完国庆假期而已。

她裹紧身上的风衣,低头看手机,叫车软件里她排在第132位,预计等待两个小时又四十五分钟。

弋戈听着不远处路口传来此起彼伏的喇叭声,就知道这会儿外头肯定又堵得水泄不通。

她看着手机屏幕上那个叫人心烦意乱的大圆圈,心中斟酌是继续等着还是下地库开车回去。虽然两样都不会给她节省时间。

微信却忽然跳出语音电话,是姚子奇。

弋戈有些头疼,虽然已经共事一年多,但弋戈还是非常不习惯姚子奇这种一有事就直接打电话的风格——她很难理解高中的时候他连跟普通同学说句话都小心翼翼、唯唯诺诺,是经历了什么才能变得这么"粗放"。在这连收听语音条都考验友谊的年头,他还没被她删掉,纯粹是因为官大一级压死人。

但官再大,也不能让弋戈下班时间接他电话。

弋戈等着那电话被自动挂断,看了眼排队情况,现在她前面还有130位乘客。

"弋戈。"姚子奇却阴魂不散地出现在她身后,手机还贴在耳朵边。

弋戈勉强冲他笑一下。

姚子奇并不介意她的无礼,反而贴心地给她递台阶:"等车等烦了?"

弋戈不置可否。

"走吧,我送你。"姚子奇说着引她往地库走,"刚打电话就是想问你活干完没,我送你回去。"

"你送还不是一样堵。"弋戈面无表情地说大实话。

她早已不像中学时代那样冷淡漠然不善交际,但也没到长袖善舞的地步,有些秉性改不了——比如不爱说假话,不会假客套,尤其当这个人也算不得什么熟人的时候。

姚子奇愣了一下,无奈地笑:"也是。但总比在这儿干等着好,天冷。"

"不用,我自己有车。"弋戈摇头,"放地库好多天了懒得开,我自己开回去吧,拜拜。"

说着她一边从包里掏钥匙一边往电梯走,头也没回直接和姚子奇告了别,将他撂在身后。

刚开出地库两分钟弋戈就被堵在路口。这个点,正是科技园的下班高峰期,每天晚上私家车网约车出租车都要在这儿"纠缠"一个多小时,这也是弋戈把车停在公司这么多天都懒得开回去的原因。要不是每天下班太晚,她绝不会弃地铁而在坐车和开车两块"鸡肋"之间做选择。

弋戈的手指一下一下叩在方向盘上,心中百无聊赖地跟自己打赌,这路半小时后能不能通。

这时微信电话又响起来,这回是朱潇潇。

她点开接通,径直问:"什么时候回来?赶紧来把那猫领走,太难伺候了。"

对面安静半秒,传来一声悲恸的哭号:"我住院了!"

弋戈一惊,回过神来,见对方把语音通话切换成了视频,朱潇潇哭丧着脸,看背景是在酒店房间。

"怎么回事?"

"最近不是流感爆发吗,我估计是在飞机上被传染了。"朱潇潇哀号道,"我就参加了个婚礼,连家都还没回呢!"

朱潇潇这趟回江城是为了参加江一一的婚礼。作为她们高中班上第一个结婚的，江一一广发请帖几乎邀请了所有人。原本弋戈也在受邀之列，但她负责的产品正到了关键的大迭代，哪怕是国庆假期也走不开，只好封了红包拜托朱潇潇一并送去。

朱潇潇倒是很得空参加这类活动，她大学时候做吃播，如今也算小有名气——用她自己的话来说，她是个"比头不足，比腰有余"的网红。高中同学里，她如今算是过得最舒服的，至少，她赚得不比弋戈这样的精英阶层少，时间还比江一一这样留在小城做公务员的自由。

"要住院多久？"弋戈问。

"不知道，医生说要等痊愈才能出去，现在是流感季。"说到这儿，朱潇潇又长叹一口气，"烦死了！我本来还说去师大附中那个夜市探店录一期vlog呢，现在只能在酒店直播吃泡面了！"

人类的悲喜并不相通，弋戈听闻此噩耗，只能想到："所以，我还要照顾你那只猫十四天？"

"你有没有同情心啊！"

"每天晚上十一点下班，十二点到家，还要给你家猫铲屎、喂饭、赔笑脸，我觉得我比较需要同情。"弋戈平静而绝望地道。

朱潇潇这会儿才停止哀号，认真看了看视频里的弋戈。自从去年参加工作后，弋戈就以肉眼可见的速度消瘦下去，大学毕业时还有一百三十斤的人，如今的体重已经跌破一百一，并有贴近一百斤之势了。

一米七八的身高，体重一百一，朱潇潇光想想，都觉得她衣服下面恐怕只剩一具骷髅。

谁看了不骂一句"大厂误人"。

但朱潇潇知道劝弋戈辞职换工作弋戈也不会听，苦口婆心的话她说过太多了，于是出口只"不怀好意"地揶揄了一句："您看看您那黑眼圈都到哪儿了？你工资开得高有什么用，有命花吗？"

"啧……"

"——婚礼来了挺多同学的，照我看你是这些人里头混得最累的。"

弋戈听这话，没什么反应，反倒认同地点点头，笑一句："可不是嘛。"

朱潇潇白她一眼，细数道："一一当公务员，每天下班还有闲情学钢琴，婚礼上人家祝歌都是自弹自唱的——你看看你现在除了写代码还会什么？连只猫都搞不定。徐嘉树也回江城了，在周边哪个乡支教了两年，现在被咱们学校聘回去当老师了，虽然不算轻松，但树人的老师社会地位高啊，他昨天还说呢，他现在在相亲市场上比高杨可抢手多了。哦，高杨，他跟你是同行哎，不过同是程序员，怎么人家能准点下班睡饱觉你就连参加同学婚礼的假都请不到？还有夏梨，我都没想到这次她也来。你说说，人家学历不比你差吧，还读了博士，怎么人家干的是教柬埔寨贫困小孩说英语这种伟大事业，你就只会开发荼毒人的小软件？"

  这几年朱潇潇对她越发像个妈，每回来她家，不是嫌她瘦得像鬼就是骂她挑食，要不然就是说她如今是个"光鲜亮丽的废物"，除了写代码什么也不会，完全与社会脱节——弋戈虽然觉得冤枉，但每次也不顶嘴，随朱潇潇絮叨。

  不过这次，朱潇潇说起高中同学各种各样的现状，倒叫弋戈有些恍惚，在她絮絮叨叨的声音中，难得地追忆了一下往事。

  弋戈这人，向来没有往回看的习惯。现在想想，时间过得比她想象中快很多，眨眼就是七年。

  大学她顺其自然去了燕大，选专业的时候翻了翻贴吧，凭兴趣学的数学。本科过得中规中矩，倒也不能说不充实，绩点是高的，比赛成绩是好的，社团参加了几个，出国交换也去了一年，甚至连人际关系都处得妥妥帖帖、自然友好。硕士保研去了清大，学计算机，去年毕业进了某厂做开发，拿很高的工资，在业内很有名的团队。

  除了又和姚子奇成为同事这件事让她这个向来不喜欢巧合的人有些不快之外，弋戈的人生到现在，顺利光鲜，一直走在世俗意义中的康庄大道上。

  不过，听朱潇潇这么数落一顿，弋戈倒咂出一点别的意味来。她从来不是个自负的人，然而一路作为"第一名"长到二十啷当岁，多少会觉得自己是有点不同的，至少，脑瓜子要比其他人好用一点。但看看现在，不论学历几何、性格几何、脑瓜子几何，十六七的少年长到现在，泯然众"社畜"矣。

  她还是其中，最"畜"的那一个——谁让她是个连参加婚礼的空都没有的人。

  想到这儿，弋戈轻笑着摇了摇头，并没有什么"悲凉"或"感慨"的意味，只是觉得，这或许也是生活的一种意思。

  "喂，你自个儿笑什么呢那么诡异……"朱潇潇的声音把她扯回来，"有没有听到我刚刚说的啊?"

"啊,你说什么?"弋戈回过神来,抬头看了眼,前头依旧堵着。

"我说,你猜我在婚礼上还看见谁了?"朱潇潇忽然狡黠地眨了眨眼。

弋戈看她一眼,沉默了几秒,轻笑一声道:"蒋寒衣?"

朱潇潇完全没想到弋戈会吐出这个名字,还是以这样自然、顺理成章、事不关己的语气,足足愣了快两分钟,见她神色如常,才嗤笑着怼回去:"想什么呢你。"

弋戈撇撇嘴,又不是她主动要提蒋寒衣,只是朱潇潇这个语气,她还能想到谁?

"是范阳。"朱潇潇主动说出答案,匆匆揭过两人对话里那一点微不可察的尴尬。

"他怎么了?"

"没怎么,就是看起来还挺好的。之前大家都说他做生意不顺利,应该是以讹传讹吧。他火锅店都开了第三家了,还说过年回江城请我们吃饭呢。"朱潇潇有些感慨,"不过我以前就觉得他是适合做生意的那种人,他人缘好,混得开。"

"那不挺好。"弋戈不咸不淡地接话。

"是挺好的。我本来以为,他出来之后会过得很颓废呢……"朱潇潇叹道。

"哪有那么容易就颓废了,他出来的时候不也才十九。"十九岁,还那样年轻,还有那样长的路。

"也是。"朱潇潇点点头,"我也一直记得他是个挺扛造的人。"

弋戈"嗯"了声,见前方路通,提起手刹,说:"我开车了,先挂吧。"

朱潇潇临撂电话,还补了句:"到家给我看看猫啊,别忘了!我看看我家'爱德华'有没有被你虐待。"

结果弋戈刚停好车,还没上楼进家门,朱潇潇又迫不及待地发微信语音来,问道:"到了吗?"

弋戈看了眼时间,零点都过了,知道她等得着急,便打算趁等电梯的空当给她发两段监控录屏过去。

打开监控软件,目光落在屏幕上,弋戈心脏骤停,后背瞬间起了一层冷汗。

监控画面里，一个男人正站在她的茶几前，弯腰翻着东西。

无措间，电梯已经上行，"叮"的一声开了门。

弋戈紧盯自家房门，深吸一口气后，躲到消防通道门后，先拨了物业的电话。

居然没人接。

弋戈的手终于不受控地微微抖起来，反复捏紧几次拳头才稳住心神，转而拨了110。

消防通道里的声控灯很快就灭了，弋戈也不敢出声，只好躲在黑暗里，继续盯着房门。

她不可能直接进去与那人正面交锋，但又不得不着急，家里的财物还是次要，重要的是"爱德华"还在家里，可监控画面里一直没看见猫的影子。

她仔细地看过监控录像的每一角，试图判断这人到底只是踩点后破门的普通小偷，还是有什么别的身份。

时间一分一秒地流逝，弋戈既怕那人继续留在她家里，又怕他在警察到达之前离开。已经疲惫至极的精神此刻被强行集中起来，她的额角又开始突突地跳，脑袋疼得厉害。

好在，十分钟后，警察到了。

电梯"叮"的一声把弋戈吓得心脏又是一紧，透过门缝看见制服一角才敢走出来，然而还没开口说话，家门被打开，那男人和刚来的警察撞个正着。

"就是他！"

弋戈话音刚落，门内蹿出一道灰色影子，从那男人的腿边擦过。

"'爱德华'！"弋戈刚叫出声，就听见一声猫的惨叫，猫咪的尾巴被那男人踩住了。

三个警察反应迅速，弓步正要上前将那男人制伏，却见他惊慌中下意识地用力，把"爱德华"的尾巴死死踩在脚下。

猫咪惨叫凄厉，惊得弋戈大叫："别踩！"

"过来我就踩死这只猫！"男人看明白了局势，知道脚下的猫是他唯一的筹码。他一边抬着眼，一边弯腰把猫抱起来，死死扣在怀里，任凭"爱德华"如何挣扎,挠得他脖子上几道血痕,他也没松一下手。

"好,我们不动……"

弋戈话还没说完,只见为首的那个警察一个箭步冲上前,"爱德华"惨叫一声摔在地上,弋戈甚至没看清楚发生了什么,那男人已经被扣住。

那警察将男人死死摁在地上,似乎很气愤,爆了句粗口骂道:"拿猫威胁警察?以为我们陪你玩呢?"

弋戈忙上前抱起"爱德华",它的尾巴已经瘪了一段,无力地下垂,且它刚刚还被那么一摔,现在窝在弋戈怀里呻吟,眼睛都睁不太开了。

警察把那男人身后的书包卸下来,递给弋戈:"检查一下,看从你家偷了什么东西。"

弋戈暂时没心思管这些,看着怀里几乎疼晕过去的"爱德华",她心里忽然感到一股沉沉的钝痛。"爱德华",会死吗?它会死在她家里吗?那么她要怎么和朱潇潇交代?

她囫囵应了句"谢谢"便翻开手机看附近有没有宠物医院在营业。

"我姓韩,你叫我韩警官就行。"

弋戈看见小区对面那家宠物医院是二十四小时营业,抱着"爱德华"掉头就走。

韩林皱眉,心道这女的什么毛病?她家刚被偷,门都还开着,警察还在面前呢!他拉住她:"你现在还不能走,把东西点一下,得跟我们回去做个笔录。"

弋戈这才反应过来身旁还有四个人,愣了一下,急道:"行,但能让我先送猫去医院吗?就在小区对面,很快,我把他交给医生就跟你们去做笔录,给我二十分钟!"

韩林见她急得快哭,犹豫了一下,还是点点头,指了一个同事:"行,我们同事跟着你去。"

话音还没落地,弋戈已经抱着猫,连电梯都没坐,直接跑下楼梯了。

蒋寒衣站在陌生小区门口的便利店前等人。一个小时前他去派出所找韩林,本来两人说好的去射击馆玩两把再一起喝个酒,谁知道那孙子临下班要出任务。韩林说是普通入室盗窃案,应该花不了多长时间,蒋寒衣心想反正他现在闲人一个,也不急,索性就跟着来了,在这边等着。

.459.

晚上风大,他只穿了件薄薄的飞行员夹克,倒不觉得冷,但火总是被扑灭,一根烟点了两次都没着。

蒋寒衣转身,背着风拢起手,火苗蹿了几下终于将烟点着,他却忽然在微亮的余光看见一个人影一闪而过。

回头再看,是个穿风衣的女人,抱了只猫。她步子很急,已经穿过马路到了对面,靴跟一声一声急促地叩在地上,回荡在深夜空旷的街道。

那女人个子很高、很瘦,头发很短,看起来张皇无措。

蒋寒衣收回了目光。

烟已经燃了一大截,他挪动两步,把烟灰掸进角落垃圾桶里。

身后又一阵脚步声传来,这个蒋寒衣认得,是韩林身边的徒弟小周。

"哎,寒衣哥!"小周和他打了声招呼,看着那女人的背影感叹一声,"我去,一个女的,怎么跑得这么快!"

"怎么回事?"蒋寒衣问。

"哦,没啥,就一小偷。那姑娘家里养了猫,受了伤,急着送医院呢。"小周说着迈开步子,"不跟你说了寒衣哥,我得跟着她,待会儿还得带回队里呢!"

蒋寒衣点头:"去吧。"

没过十分钟,韩林又押着那小偷出来,嘴里骂骂咧咧的。

看见蒋寒衣杵在门口等着,他过意不去,道:"对不住了兄弟,今天晚上估计是喝不成酒了。"

蒋寒衣摇摇头,没在意,但有些好奇,问:"不是说就是普通的入室盗窃么,现在人也抓到了,怎么,还有麻烦?"

"情况不一样。"韩林摆摆手,"最近这附近几个区都出了好几个独居女性遇到尾随或者入室抢劫的案子了,搞得人心惶惶的,网上也好多人担心,队里有命令,得严审。"

蒋寒衣点点头,冲那女人刚刚跑的方向看了眼:"这个也是?"

"是啊。"韩林叉着腰,眯起眼睛,"而且我估计,这畜生不只是想偷东西。"

"怎么说?"

"这小子撬锁一点痕迹都没留,进小区还把脸捂得严严实实,一看就是个老手。"韩林咬牙道,"老手,会不踩点就进门偷东西?会算不准主人什么时候回来?我估计,八成就是在家等着人回来呢……等门一锁,就她一个小姑娘,到时候叫天天不应叫地地不灵。"

说着,韩林气不过,狠狠往那人腿上踹了一脚:"都是畜生!"

那小偷倒是很聪明,知道韩林说的罪名比盗窃严重得多,当即就叫起冤来:"我没有!我就想摸点东西!你们警察怎么能冤枉人!"

蒋寒衣知道韩林的猜测虽然八九不离十,但一切都是没有发生的事,到时候肯定定不了这畜生的罪,眼底不觉便覆上一层暗色。

"今晚我估计有得忙,要不你先回?"韩林见他神情不悦,"这回我对不住,下次请你喝酒。"

蒋寒衣摇摇头:"我前两天已经睡够了,反正休假没事,跟你去看看吧。也没几个小时就天亮了,我顺便去你们队边上那面馆吃早餐。"

韩林瞧他就不像是睡饱了两天的人,但也没说什么,由着他去了。

快半个小时后,小周才带着那女人回来。蒋寒衣已经坐进自己车里,仍旧只看见女人的背影。

她很高,站在男人堆里更显高,三个警察,除了韩林,竟都比她还矮些。

韩林的警车在前面开着,蒋寒衣远远地跟在后面。不知怎的,刚刚那女人抱着猫在街上慌张奔走的画面,总在他脑海里盘旋。她靴子叩响地面的声音,也一声跟着一声地敲击着他的耳膜。

警察的问询很常规,确认了身份信息后又问弋戈认不认识那个小偷,向她要了家里的监控。

了解完全部信息后,韩林让弋戈在记录上签字,叮嘱她以后小心,回家晚的话可以请小区保安送到家门口。

弋戈默默怼了句:"物业电话都打不通的小区,还指望保安有用吗?"

韩林竟就这么被她噎了一句,心里还莫名觉得挺对不住的,好脾气地补充道:"这个我们会让派出所去看一下,监督物业负责任的。你……你自己也可以换个智能锁密码锁之类的,安全点,女孩子一个人住,能注意的还是要多注意。"

"嗯,谢谢。"弋戈淡淡应一声。

韩林见她脸色苍白,以为是她那宝贝猫出了什么问题,想到自己刚刚不受那畜生的威胁,多少是有点没顾及到猫的安危,心下更有些歉疚,问:"你那猫……怎么样?"

"尾巴骨折,其他地方应该没大碍。"

韩林松了一口气,很快又觉得奇怪——没大碍你煞着一张脸干什么!这脸色苍白站都站不稳的模样,不知道的还以为受了什么大刺激!

弋戈却忽然开口起了另一茬:"韩警官,我觉得,这应该不是单纯的入室盗窃。"

韩林愣了一下:"怎么说?"

"这人明显是踩过点、知道我晚上十一点的时候不在家,才撬门进来的。这点我想不用我说你也知道。"弋戈的语气有点虚弱,但逻辑很清晰,"所以他不可能不知道我一般几点会下班回到家,可在我看到家里监控的时候,他还在不紧不慢地翻东西,这说明他根本就不怕我回家,甚至有可能,他就是在等着我回家。"

韩林一怔,他倒是没想到这姑娘一副慌里慌张眼里只有猫的样子,却能自己想到这么深。他有些为难地点点头,说:"你说的这些,其实我都想过,我也很认同你的推断。但推断只是推断,没有任何证据,所以……"

弋戈点点头:"我明白,肯定定不了他的罪。我就是想提出来,万一你们有别的线索或者办别的案子呢,可以留心一下。"

"好,谢谢你。"韩林冲她伸出手,"你放心,这个事我肯定放在心上,会尽力。"

弋戈回握:"嗯,谢谢。"

"你现在可以回去了,时间太晚……要不我让同事送送你?"韩林这时候才注意到,这姑娘高挑,但太瘦了,细胳膊细腿,握个手都觉得骨头嶙峋硌得慌。他有点不敢想,万一她没提前发现有人在家,万一她没报警直接进了屋……

"不用,我叫个车。"弋戈却很坚决地摇了摇头,甚至径直点破他担心的事,补充道,"不用担心,我打算去宠物医院的。"

说完,她已经走出警局。

弋戈走出门,微信里有宠物医生发来的消息,确定"爱德华"除了尾

.462.

巴骨折之外没有任何问题，才真正松了口气。

已经快到凌晨两点，警局里也没几个人，只有大厅亮着灯。弋戈站在院子里等车，忽然发现院子角落里的树下有个男人在抽烟。

他站在暗处，弋戈只看见一点火星，和一个高大的影子。

大约是某个值夜班无聊的警察。

弋戈收回目光，叫的车正好到了门口，她轻轻跺了跺脚——刚刚抱着"爱德华"跑得急，脚踝好像杵了一下，这会儿有点疼。

司机按喇叭催促，弋戈忙忍着疼走过去。

"弋戈。"

却忽然有人叫住她。

弋戈拉车门的动作滞住，回头看，最后一点火星被掐灭，抽烟的男人渐渐走到灯光明亮处，压着极熟悉的眉眼，淡淡冲她笑了笑。

说起来有点奇怪，没见过面的七年里，弋戈有很多次想起过蒋寒衣。但没有一次，她想象的是她们再次相见的样子。

起先是刚上大学那几个月，和朱潇潇聊天难免会说到他，于是弋戈会想他学的什么专业、过着怎样的生活。他那样招人喜欢的人，肯定到哪里都如鱼得水。独自一人的时候弋戈也会想到他，譬如吃火锅的时候、骑自行车的时候、冬天去滑雪的时候。记忆里场景和人物是同样重要的因素，只要人没失忆，必然会有一些场景让你想起特定的某个人。尽管随着时间推移弋戈想起他的频率已经越来越低，但总归是想过的，在各种各样的场景下。

唯独没有想过重逢的场景。

似乎在弋戈的潜意识里，他们俩是没有可能再次相遇的。

他们俩分别在微信与QQ交接的年代，似乎这两个主流通讯软件在交棒的时候，中间折叠了一小段，就是他们来不及互相建立新的、作为"普通同学"的连接的时间。

那个暑假大家都忙着加微信、留新的联系方式，可弋戈对这种事一向反应迟钝，后知后觉地加进班群里，还来不及把每个人备注上，手机就在一趟琼岛之旅中弄丢了，连带着以前的电话号码、QQ号，全都丢了。

她那会儿正是不想和任何人说话的时候，于是也没买新手机、也没申

· 463 ·

请新的手机号码，回桃舟陪陈思友待了一个多月，等要去北城报到了才又注册了新的微信号，重新被朱潇潇拉进班群里。

那个时候聊了一暑假的大家也都累了，加上范阳出了事，所有人都迫不及待奔向大学生活，群里已经很安静。蒋寒衣从频繁被提及的活跃者变成了群成员里一个安静的头像，弋戈想了想，还是没加。

明明只有七年，且毕业的时候已经是微信微博支付宝都发达的年代，蒋寒衣却遥远得像古典时代里仅有点头之交的那类朋友——就是系统自带的头像比本人的脸更让人熟悉的那种。弋戈不知道他游戏排位第几名，不知道他每天走多少步，不知道他养不养鸡、会不会偷人能量，也不知道他年度歌单 TOP3 是什么歌。

如今这年头，好像是得知道些此类消息才能谈"相识"的——甭管相识是情是怨，是有交情还是有仇。

弋戈甚至连当年在桃舟的初中同学是前年结的婚、去年生的娃、家里卖芒果、微信下单拍十斤送三斤都知道，却不知道蒋寒衣的任何近况。哪怕她回江城还是住在同样的小区，哪怕同学聚会只要朱潇潇去她就也去，哪怕她甚至和蒋胜男都还保持问候的关系，去年刚来杭城蒋胜男还请她吃了顿饭。

但弋戈相信这只是"不巧"，世界很大的，一个小区就够大了。如果不是有心联系，碰不到是再正常不过的事情，概率如此。算起来她也没回过几次江城，大部分时间还都在桃舟。同学聚会其实也就组了三次，人不太齐，大家慢慢地都倾向于小圈子重聚。蒋胜男待她如小友，两人的交情也的确和蒋寒衣没什么太大关系。

于是直到现在，她所知道的关于蒋寒衣的最新消息还停留在大一那年，朱潇潇说他去了南城，学的是飞行器设计。

一个连在互联网里都没有痕迹的老朋友忽然出现在面前，难免叫人恍惚。弋戈怔了挺久，才道："蒋寒衣。"

说"好巧"太熟太假，说"好久不见"太暧昧太缱绻，二十五岁的弋戈终于也学会斟词酌句，语气平平地叫他名字。好在这人几乎一点没变，除了穿衣成熟一点、刚刚抽了根烟之外，还是很英俊很挺拔，叫她一眼就能认出他。

还是蒋寒衣。

"寒光照铁衣"的寒衣。

"怎么在这儿?"蒋寒衣问。

"报案。"弋戈言简意赅,不太想跟他说家里进贼的事,于是紧接着也问,"你怎么在这儿?"

"等朋友。"蒋寒衣倒还真没问,

"哦。"弋戈说。

她看了眼网约车司机,对方不知是真等不及了还是有眼力见,不耐烦地催她:"走不走了还,警察局门口哪能一直停车?"

"走。"弋戈坐进车里扭头和蒋寒衣告别,"太晚了,我先回去了。"

她知道如果是普通老同学遇见,这时候该说句"改天请你吃饭",但她没有,蒋寒衣也没有。他淡淡点了点头,就转身走进警局大厅。

韩林叉着腰在走廊里走来走去,愁得挠头。刚刚档案一查,里头那个是个老手,八年进局子七次,有猥亵前科,老警察打眼一扫就知道有问题。可偏偏这次真还就只能算是个入户盗窃,想重判都判不了。

见蒋寒衣走过来,他问:"刚看见那姑娘出去没?"

蒋寒衣点头:"看过了,没什么问题,没人敢在警察局门口把人拉走犯事。"说着又把手机递给他,备忘录里一串字母和数字,"车牌号,你记下。"

韩林咧嘴一笑:"你心还挺细。"

蒋寒衣没说话。

韩林接着挠头,很是烦躁的样子,挠了会儿又和他聊:"你看见刚那姑娘了吗,感觉怎么样?"

蒋寒衣拧眉:"什么怎么样?"

"她还挺拽的,你说一般人碰到这事不得吓蒙一会儿啊,她看着一点事儿没有,讲话还挺冲。你说我一英明神武的人民警察莫名其妙我还挺怵她……"韩林懊恼地摇摇头。

蒋寒衣轻笑了一声,没说话,心道,因为有些人,江山易改,本性难移。

弋戈当然不是不害怕。

事实上,她越想越后怕,甚至坐在车里都觉得旁边那司机说不定有问

· 465 ·

题，于是一直在给朱潇潇发微信，除了拍司机信息车牌信息发过去，还实时播报到车开到了哪儿，顺便把晚上发生的事全说了一遍——虽然朱潇潇早睡沉了根本看不见，但她还是需要通过这种方式缓解自己的恐惧。

宠物医院只剩一个值班医生，弋戈看了眼笼子里的"爱德华"，见它睡得还算安稳，也放了心，倚在沙发上直接睡了。

现在是凌晨三点，明天晚点去上班，她还能睡六个小时。

第二天九点多弋戈被医生叫醒，又确认了一下"爱德华"的情况，脱下睡皱了的风衣拎在手里回了家。

进门前她还是有点怵，把家里监控每个角落都看了一遍，才推门进去。她速战速决洗了个澡、换身衣服，冲了杯咖啡又出了门。

她如常参加每天早上十一点半的晨会，带着组里人同步了一下开发进度，再坐回自己工位上，已经过了十二点。

她嘴刁，对食堂饭菜的嫌弃已经出了名，同事都不叫她一起去吃饭了，和她打了声招呼就下了楼。

弋戈把黑咖灌完，照例点了 wagas 的外卖——既然什么都不好吃，那还不如吃草。吃完，她去楼下健身房踩了一小时椭圆机，发了汗之后总算觉得神清气爽，干劲十足地把一天的活理了一遍，投入其中。

可下班的时候还是已经晚上十点多，她又陷入一轮等车还是开车的纠结之中。

事实上她还有点怕回家。其实昨晚那事，理智想想就知道不大可能会在一天之后又发生一次，但这事就是想不得，越想越后怕，老觉得点开手机监控就会有个人在客厅、打开家门就会有人捂住她口鼻。

她在考虑去年年末因为太忙被她放弃掉的拳击课是不是应该续上了。

这时微信跳出消息，朱潇潇问她下没下班，安全起见要不先找个酒店住两天，等自己回去陪她。

弋戈回复：你也不能一直陪我住吧。

朱潇潇：你愿意的话我没意见啊！

弋戈：我有意见。我嫌你直播吵，还嫌你的猫。

朱潇潇发过来一个巨大的白眼，和一个六十秒语音条，不停地絮叨要她如何如何注意安全。

弋戈听到十五秒就掐了，然后点进微信小程序，给拳击课的卡上又冲了两千块钱。

在这种问题上，她还是比较相信金钱和武力。

叫车排位到了八十几号，微信又跳出消息，这回是姚子奇：你下班了吗？介不介意等我两分钟，我送你回家。

不同以往的礼貌邀请，这次是肯定的句号。弋戈敏锐地意识到姚子奇肯定是知道了什么，于是等他到了楼下，她开门见山地问："你是知道我家进贼了吗？"

姚子奇愣了一秒，笑道："本来不确定的。我们组有个 pm 和你住一个小区，她今天说物业贴了公告提醒业主小心，我碰巧听见。"

鬼才相信他的"碰巧听见"。

这一年多来，姚子奇释放好感的信号并不强烈。他不再是高中时候卑怯又狂热的少年，不会再突然来一句自我剖白被拒绝后又恼羞成怒地揭弋戈的伤疤。他表现得体，留有余地，行为也基本局限在要送她回家、偶尔给她订外卖、逢年过节问她有没有订机票回江城而已。

弋戈其实挺为他的转变开心的，至少从世界和平社会稳定的角度，一个成熟温和的男人还是要比一个自卑又自负的狂热少年安全得多。

但她并不打算接受姚子奇温和的示好，以前不喜欢的人，现在还是不喜欢。不过当然也有所成长，她不会再直接问"我不想和你一起上大学，你刚刚是不是没听到"这样伤人的话了。

她稍微委婉了一点，皮笑肉不笑地说："要说有危险那也是在家里不是在路上，怎么，你还打算送我进家门？"

她的语气并不尖锐，只是在开玩笑，但任谁听都知道这不是调情式的邀请。姚子奇脸上的失落一闪而过，笑着回道："那还是算了，不太方便。你自己小心一点，可以找小区保安送你上楼，可以的话……到家了给我报个平安。"

可以个鬼。

弋戈微笑了一下，和他告别："那你先走吧，我等车。"

弋戈到宠物店看"爱德华"的时候，店里又只剩值班医生一个人了，对方看了眼时间就问她是不是在科技园上班。

弋戈失笑，点头道："是的，很明显。"

看上去四十多岁的女医生叹了句："辛苦是辛苦哦，不过这个事情是这样的，有得必有失嘛，是不啦？你要不是这个工作，这猫一袋粮就一千多，生个病又大几千，普通刚毕业的学生哪里养得起哟？"

弋戈心说这猫的亲妈接条广告就大几万，哪用得着她破费。但她面上还是笑着点头，连连称是。

弋戈还是不太想回家，于是把猫抱在膝上，有意无意撸个没完，故意拖着时间。

医生估计也是夜班无聊，又觉得小姑娘看起来漂亮又有范，不免多几分好感，便开启话头闲聊，从她的学历到情感状况聊了个遍。

搁平时，弋戈绝没有那么好的耐心回答这种查户口式的盘问，但这几天，她大概是非常需要有人和她说话，于是问一句答一句，连昨天家里进贼的事都说了。

医生惊得捂胸口，连着吐出好几个"天哦天哦"，关切道："你一个小姑娘，千万要注意安全哦！"

弋戈笑笑，说已经准备去上拳击课了。

医生煞有介事地摇头："学拳击有什么用？别说你学会得多久，就算会了，女的哪能拧过男的？你还是得多留个心眼，现在小姑娘在外面真的是不容易哦……"

她把换门锁加监控之类的措施全说了一遍，末了又想起什么，一拍脑袋："对啦，你还可以养条狗嘛！养条大点的，哈士奇也行啊！"

弋戈愣了一下，摇摇头轻声道："哪有时间陪。"

"时间嘛，挤挤就有的呀！实在不行一天遛一次咯，我听说你们这种互联网公司上班时间都好晚的，那么你至少早上遛一次就可以了嘛！"

弋戈一笑，摇头："养不来。"

精力旺盛的医生也忍不住连打了好几个哈欠，弋戈不好意思再待，将"爱德华"放回笼子后同医生告别，裹紧风衣走出了宠物医院。

已经过了十二点，街上空无一人。也不知是不是心理作用，从医院回小区不过几分钟路程，弋戈总觉得能听见两种脚步声，像是有人跟着自己，因此像惊弓之鸟似的，越走越快，差点又崴到脚。到了小区门口，她犹豫了几秒，还是没开那个口，请保安带她上楼。

倒不是脸皮薄，只是去年刚搬来的时候她因为借推车拿快递的事和这小区里几个保安都闹过口角，关系不睦。而且她现在回想起来仍然觉得不可理喻，她网购了多少东西干这些人什么事，借个推车而已，甚至没有麻烦他们帮忙搬，他们哪来的立场对当代单身女性的消费习惯评头论足？

"现在小姑娘也太能花钱了，这都第几天了，每天一车接一车的。"

"女的都这样，乱花钱。"

"搬个家而已，什么东西不能超市买？隔壁那么大个超市，走两步的事，现在的小姑娘，就是不踏实。"

…………

弋戈想到他们喋喋不休的样子都觉得反胃，更何况当时她是直接发了火撩了架的，现在又怎么可能开口请他们帮这个忙。

她提心吊胆地乘电梯，又像电视剧里特工潜入似的在自己家门口鬼鬼祟祟观察了半天，才终于进了家门，把灯全打开，彻底瘫在了沙发上，思忖着这周末确实该去拳击馆练一练了。

周六，弋戈在家补了一天的觉，从天黑睡到天黑，点了个 wagas 的外卖吃完，出门看了趟"爱德华"，回家又从天黑睡到天亮。

再醒来，一天已经悄无声息地过去，像这一年来她的每一个周六一样。

第二天早晨十点，她强迫自己起床，灌了杯黑咖啡，开车去了拳击馆。

"乐道"拳击馆还是去年暑假她刚来杭城，尚未正式入职时朱潇潇推荐给她的。朱潇潇自己办了卡，练了几次坚持不下去了，索性转给弋戈。那时候弋戈还没有瘦成纸片人，也还保留着较高的运动实力，因此不仅把朱潇潇办的卡练完了，还自己加办了新卡。

那两个多月弋戈在拳馆小有名气，常来的老顾客都知道馆里来了个猛女，"巾帼不让须眉"，打得特厉害。

可惜，仅仅一年多光景，该猛女就变成了手无缚鸡之力、晚上独自回家都害怕的"弱鸡"。

弋戈思及此，也难免怅然，有些怀念自己当年的"雄风"。

拳馆教练都换了好几个，以前带她的那个教练也走了。弋戈进门，举

.469.

目无亲,除了巧舌如簧的前台也没人搭理她,估计没有谁会觉得这薄得像纸片似的小姑娘是来打拳的。

就算是那个业务熟练、满脸标准微笑的前台小姐,在听到弋戈说"我报了私教课"之后,都愣了两秒,仔细核对了弋戈的预约信息之后才不疑有他,领着弋戈到了拳台下等教练。

弋戈这回选了个女教练,身材劲瘦,手臂上肌肉线条紧密流畅,扎一个高马尾,额头和颧骨都饱满,笑起来像在发光。光看着对方,弋戈觉得自己呼吸的空气都清新了两分。

教练姓韩,风格干练,自我介绍完寒暄的话一句没说,看见弋戈瘦得排骨都快勒出来的身材也没说什么,开门见山,从姿势开始一步一步教。

弋戈也没敢自吹自擂说自己老早就学过了,还是一步一步跟着教练来。不过她底子好,天赋也高,上手非常快。

一个小时后,韩教练喊了停,奇怪地看着她:"你这姿势和意识都很不错啊,真是初学者?"

弋戈摇头:"不是,去年来这儿练过。"

韩森质疑的目光在弋戈身上从头扫到了脚,皱眉问:"去年?"去年学过拳击,今年会是这副只长排骨的模样?她打的到底是沙袋还是棉花?

弋戈莫名有点心虚,解释道:"是去年,不过这一年工作比较忙,没有时间锻炼,瘦了点。"

韩森若有所思地点点头,叉腰扶着沙袋想了想,说:"我看你这条件挺好的,给你个建议。要想认真打的话,饮食上也得配合起来,高蛋白补充起来,不然你恐怕也撑不了多久。"

弋戈点点头,叹道:"知道。就是我嘴挑,所以……"

"你多吃点高热量的也没事。"韩森以为她的嘴挑是不爱吃健身食品的意思,径直摆手,"你用不着减肥,先多吃,把体重调上去。"

弋戈默默点头,没再解释——她的"嘴挑",并不是只挑剔那些难吃的健身食品……事实上,她已经很久没吃到合口味的东西了,真要让她每天都吃高蛋白低脂肪的鸡胸肉沙拉什么的,她的接受程度反倒比普通人高,因为现在所有食物常在她嘴里都是差不多的味道,能吃而已。

这种变化好像从大学起就开始发生了,她从一个"吃遍全江城"的饕客渐渐变成一个让人匪夷所思的挑食鬼,从肯德基常客变成wagas银色会员客户。弋戈很清楚,这大概是因为小时候三妈做饭太好吃,她的胃口被养刁了。其实在树人那两年她就隐有挑食之势，只不过那时候她还能在文东街的苍蝇小馆和夜市小摊上打牙祭，现在，她就只能在美食荒漠中点 wagas 了。

后半节课韩森话匣子打开了许多，边练边聊，又问到弋戈为什么重新回来练拳击。这几天大概是因为朱潇潇不在，没了说话的人，弋戈也没遮掩，把前几天遇到的事又同她说了一遍。

韩森一愣，说："我前两年也遇到过类似的事情。有个男的尾随我，差点就跟我着我进家门了。"

"那你是怎么办的？"弋戈忙问。

"还好我养了条狗，每天听见我脚步声他就开始叫了，把那人吓回去了。"韩森笑道。

弋戈微怔。

"你也可以养条狗啊，养条大的，应该能管点用。"韩森建议道。

弋戈苦笑，心说这是什么不太美丽的巧合？这已经是一周内第三个向她提议养条狗的人了，第二个是姚子奇。

"太累。"弋戈淡淡地应了声。

"姐！"

她话音刚落，忽然听见有人喊了声，紧跟着韩森朝她身后挥了挥手。

弋戈回头看过去，竟看见那晚警局的韩林警官，他身边站着的是……蒋寒衣。他穿了件黑色的飞行员夹克，黑色长裤，两手插在兜里，背着球拍。看见她，他也不太惊讶，略略点了个头就算打过招呼，目光收回，不在她身上做任何停留。

"哎，是你？"韩林率先凑上来，稀奇道，"你还打拳啊？"

弋戈点头致意，微笑道："韩警官。"

韩林是个活络的人，这会儿又不在警局，他便有什么说什么，嘿嘿一笑，打趣道："你今天还挺有礼貌！"

"胡说什么。"韩森上前教训他，又回头对弋戈说，"行了，今天课也上完了，就到这儿吧。"

弋戈还没应声，韩森又想到什么，问韩林："你们是不是吃饭去？去哪儿？"

"寒衣说请我喝汤，他们家乡菜。"韩林扭头看了蒋寒衣一眼，"是吧？"

蒋寒衣颔首。

"哦,那家啊,我也去。"韩森回头招呼弋戈,"哎,要不你也去?你不是嘴挑嘛,这家保证味道好,我带好多客户去吃过呢,没有说不好的。"

弋戈有些犹豫,不自觉地往蒋寒衣那边看了一眼。

哪知蒋寒衣径直走上前,看着她大方道:"一起吧,江城菜,挺正宗。"

韩林稀奇地问:"你俩认识?"

蒋寒衣:"高中同学。"

"老乡啊!"

蒋寒衣笑笑,话是对韩林说的,眼睛却看着弋戈:"也算不上,我江城的,她桃舟的,隔得远。"

第十七章
少年回头望

　　四个人,点了六菜一汤。弋戈看着桌上的小炒藕带、清蒸鱼、排骨汤、油面筋塞肉,恍惚间竟然真有种回到江城的错觉。菜色香气袭来,她久未动念的胃居然也渐渐苏醒过来似的,味蕾蠢蠢欲动。

　　对于食物,她一向很诚实,直勾勾的眼神把韩森逗笑了,韩森拍拍她的手说:"怎么样,这里的菜是不是不错?"

　　弋戈这才回神,一抬头与蒋寒衣的眼神撞上,莫名地有点心虚,点点头,拿起筷子,认真地问:"可以吃了吗?"

　　韩森"扑哧"一笑,觉得这姑娘简直太可爱了,重重点头:"当然!"

　　弋戈没多说话,把目光全放在菜上,埋头吃起来。

　　这顿饭算得上是弋戈近两年来吃得最多的一次。说起来很奇怪,只是江城口味的家常菜而已,味道也并没有好到"惊为天人"的地步,但她就是觉得熨帖。她的胃这几年像一个吹毛求疵、脾气古怪的老太太,这一次却没由来地被不知何物哄得眉开眼笑。

　　韩林似乎光看她吃就看得津津有味了,饶有兴致地问:"怎么样,是更偏江城味道还是更像你们桃舟?"

　　弋戈把一截藕带咬断,嚼进肚子里,认真思考后回答:"差不多吧。其实江城和桃舟离得不远的,口味也很近。"

她只是实话实说,可刚说完,便从韩林的眼神里觉出不对——蒋寒衣刚刚才一脸淡漠地说江城和桃舟离得很远,她这么说,倒像是故意较劲,抬杠似的。

弋戈愣了一下,眼神瞥向蒋寒衣,却见对方仿佛什么也没听见,一派平静地喝着汤。

韩林的目光在两人之间来回滴溜了几圈,忽然咂摸出什么来,意味深长地笑了笑,倒没多说什么。

弋戈盯着桌面空白处怔了两秒,也回过神来,继续埋头吃菜。

席间挺安静,韩林和蒋寒衣偶尔说几句话,弋戈一面吃一面听,这才知道蒋寒衣现在是飞行员,这几天休年假才得闲,今天是来找韩林打网球的。

她在听见蒋寒衣是飞行员时,忽然产生一种强烈的窥探欲,很想抬头看一看他,按图索骥地观察"飞行员蒋寒衣"如今该有什么不同了。可也是那一瞬,她也后知后觉地感到胆怯,仿佛这一抬眼就会被审视,多看一眼就会成为亏欠。

于是她只是拿勺子的手顿了一顿,几秒后才喝完一勺汤。

快吃完时,韩林又问起弋戈这几天下班有没有发现什么异常。弋戈摇头,自嘲道:"就算要再来也得隔段时间吧,干他们这行的都不蠢。"

韩林认真道:"你还是多注意,也别那么晚下班了。"

弋戈没作声,韩森接茬:"你说得轻松,人家不要工作?以为人人都跟你似的游手好闲?站着说话不腰疼!"

韩林一脸无辜:"你侮辱人民警察!"

韩森白他一眼,又对弋戈道:"说真的,可以考虑养条狗。你们小区条件那么好,周边又有配置,养狗最方便了。"

弋戈听她这么说,不自觉地看向蒋寒衣,对方已起身去结账,听见韩森的话也没有丝毫停留,只留下一个背影。

弋戈附和地笑笑,糊弄道:"我考虑考虑。"

弋戈加了韩森的微信,本想直接离开,让对方待会儿把账单发给她,韩森却说:"没事儿,每回来这家都是寒衣请。这家店是他舅妈开的,会给他打折，你别放心上。"

弋戈闻言一愣，舅妈？那么是……蒋晓声的妻子？她脑海里浮现老蒋穿着发黄汗背心修车的模样，实在很难想象他的婚后模样。还是说蒋寒衣不止一个舅舅？

"要是实在过意不去，你把钱给寒衣就行。"韩森见她犹疑，以为她是和蒋寒衣不熟不好意思占人便宜，又补充道，"你跟他要个微信。"

这话刚好让结账回来的蒋寒衣听见。他假淡定了一整天，听见韩森鼓励弋戈"要个微信"，终于还是没忍住情思起伏，脚步不受控制地放慢了，故意在弋戈身前停了几秒，想要看看她的反应。

可弋戈只是懵懂而探询地看了他两眼，仿佛在疑惑他为什么停在自己面前。

……八，九，十。

蒋寒衣等到第十秒，最终在心里狠狠地奚落自己一声。他把手里的名片递给弋戈，公事公办地说："这店刚开张没多久，味道还行的话多捧捧场，谢谢。可以点外卖，你是在科技园那片上班是吧？能送到。"

弋戈接过名片，这才注意到这家餐厅叫"黄粱梦"，老板叫黄莺。

"谢谢。"

她刚说了一半，蒋寒衣已擦着她肩走了，撂下语气极轻的两个字——

"客气。"

蒋寒衣年假休到第二周，亲妈蒋胜男女士才终于想起他这个儿子，一通电话召他过去觐见。

他大学毕业后，蒋胜男就回了杭城，理由是"奋斗半生，归来仍是少年"——她要归来当少年。好在蒋胜男早有回杭城的打算，所以近年来一直把生意往这边偏移，转不走的那些她也不心疼，谈到好价钱就盘出去了。如今虽然不如当年家大业大，但也算个富贵闲人，专注于开发自己的各项爱好，前年是泡茶，去年是爬山，今年又迷上了十字绣，秉持着"与天斗其乐无穷"的伟大精神折腾着自己逐渐老花的眼睛。

蒋寒衣进屋的时候看见好久没见的杜阿姨也在，正抱着星星老太太可劲儿宝贝，心里登时大叫不好，脚步一顿想闪人，却被蒋胜男一声叫住——

"来啦！"

回头对上蒋女士阴险的微笑，蒋寒衣绝望地认了命——他就知道，蒋

· 475 ·

胜男平时烦他还来不及，主动喊他过来准没好事。

蒋胜男搬到杭城后，杜丽娟就不再在家里做活了。不过这十几年的相处，主雇之间到底有感情，和家人无异，加上杜丽娟有个女儿嫁到了杭城，所以她隔几个月也会来看看蒋胜男。不过这两年，她把主要目光都放在了蒋寒衣身上。

蒋寒衣一米八几的高个，平时挺拔，这两年一见到杜丽娟就畏畏缩缩，恭敬地笑着叫了人，又弯腰把自己缩进客厅离得最远的那张小沙发上，一副"敬而远之"的自闭状。

可杜丽娟看着他，还是哪儿看哪儿满意。她退休回家后给两个女儿加一个外甥女都相中了很不错的丈夫，如今看每个适龄男青年都像看菜市场里待价而沽的萝卜，两道犀利目光如两只饱经风霜布满老茧然而麻利无双的手，利落地把蒋寒衣往心中那杆秤上一放——瞧瞧！这模样，这身高，这工作，这家底，还有蒋胜男这么洒脱大方的婆婆，多好一块大萝卜！

她摸着星星的脑袋，笑眯眯地问："寒衣呀，还没谈朋友吧？"

蒋寒衣清楚听见他亲妈幸灾乐祸地笑一声，麻木地摇摇头："没有。"

"阿姨给你介绍几个吧？"杜丽娟的风格一向单刀直入，毫无铺垫。

蒋寒衣告饶："我还年轻……不急。"

杜丽娟一撇嘴，严肃道："怎么不急！你不晓得吗，现在咱们国家，男的比女的多五千万啦！以后有五千万个男的要打光棍了！你条件是好，可是千万不能不上心，女孩子可以不着急慢慢挑，男孩子不行的呀！"

蒋寒衣被她这摆数据的阵势一吓，"呵呵"干笑了两声。

"喜欢什么样的呀？"杜丽娟话锋一转，又笑眯眯地问。

蒋寒衣原本想像往常一样糊弄过去，可这回不知为何居然细想了起来，沉思半晌，魔怔似的蹦出一串形容词："漂亮的，个高的，聪明的。"

一旁看好戏的蒋胜男却忽然回过神——杜丽娟拿相亲这事逗自家儿子的戏码她看了两年了，年年都觉得有趣，看不腻，却也没真正想撮合过，她就想看自家儿子负隅顽抗罢了。每年蒋寒衣都会花式打太极，把杜丽娟绕得筋疲力尽忘了来意，可今年，蒋寒衣居然认真回答了？

她敏锐地看了蒋寒衣一眼，见他也如梦方醒般回过神来，似乎懊悔于自己说了什么，心里不禁一声叹息。

杜丽娟说媒两年，今日可算有了突破性进展，得到了理想型标准，忙拿出手机来给他比对。

蒋寒衣满脸写着后悔，只好一边看照片一边打哈哈，模棱两可地说着"嗯""哦""好""不错"。

可一个多小时过去，杜丽娟热情不减反增，他只好拿出最后一招，坦白道："杜阿姨，您就别祸害这些小姑娘了。我这都快失业了还介绍什么？"

杜丽娟一惊，说媒的事也忘在后头，问："失业？你可别为了糊弄我瞎说！你这工作多好啊！"

蒋寒衣苦笑："没糊弄您，我这不差点出飞行事故嘛，停飞等结果呢，要不然我怎么会这么闲？"

杜丽娟听见"事故"和"停飞"两个词，心惊肉跳的，又不敢相信，慌忙往蒋胜男那儿看了一眼，却得到一个肯定的点头。

杜丽娟心里一凉："怎么回事，跟我说说。你不是你们学院最好的吗，怎么会出事故的呢？"

蒋寒衣打哈哈一笑："技术不行，确实失误了，该罚的。不过也没什么事，我这就算不能飞了不还有老可啃嘛，您放心。"

杜丽娟被他这大剌剌的玩笑话说得心里更难受，眼眶一红长吁短叹了好一通，又安慰他说肯定没事，说媒的事也忘到脑后，凄凄惨惨戚戚地回去了。

蒋寒衣送杜丽娟出门回来，终于长舒了一口气，把星星抱回自己怀里，略有不满地对蒋胜男道："您说您每回这么坑我，还不腻啊？"

蒋胜男却没和他吵嘴，眼神犀利地往他身上一钉，问："漂亮的？"

蒋寒衣蓦地一怔，见她眼神锁定，也没打算遮掩，只是声音黯然了几分："嗯，很漂亮。"

只是太瘦了。

蒋胜男笑了笑，倒欣赏他的不遮掩，又问："见到了？"

蒋寒衣又"嗯"一声："碰巧。"碰的还是她差点遭遇危险的这种巧，他怎么永远都这么不合时宜？

蒋胜男："需不需要老妈帮你一把？"

蒋寒衣略带讥讽地问："她不开口，您会主动帮我？"

蒋胜男没答话，反问他："你也没向我开过这个口，你怎么知道我不会？"

蒋寒衣被她问得一愣，片刻后沉默地移开眼神，不再言语。

蒋胜男也没再继续这话题，转而问："你那个调查怎么样了？真打算就这么等处分，不去申诉一下？"

蒋寒衣高考后选的专业其实是飞行器设计，比对着自己的分数和各大院校排名，选择了能力范围内最好的。当时他心里既因弋戈的话堵着一口气，又因为范阳的事而感到茫然无措，浑浑噩噩的，在专业选择上，有点"破罐子破摔"的功利，只考虑了分数、排名、前景和城市，全然没考虑自己的兴趣和能力所在。

结果就是大一大二两年，他每回都靠期末前一个礼拜睡在图书馆抱佛脚，勉强拿一张看得过眼的成绩单。大二寒假回江城时偶然看见树人的公众号推送弋戈回校演讲的新闻，一年多没见的人换了新发型，化着淡妆，以往的凌厉冷淡收敛了些，比高中时更神采飞扬，让人挪不开眼睛。再一看自己，长大了两岁，除了连同学聚会都不敢去的懦弱外一无所得，蒋寒衣登时便像被谁在脑后打了一棒子似的，幡然醒悟过来，回校后刚好碰上招飞，他默默报了名、改了专业。

后来在学院，他的各项考核一直是第一名，毕业后顺利进入业内最好的航空公司，飞行里程数在同届飞行员里也遥遥领先。

可他毕竟毕业才两年多，那架从杭城飞往乌市的航班上，他只是在坐副驾驶。这是公司最早的航线之一，当天执勤的机长也飞了十多年了。可那天机长从一开始就表现得十分异常，情绪低落，飞前的航班简报会他只是草率带过，广播时也吞音吐字，机组里与他合作十几年的乘务长都没听清他到底说了什么。

蒋寒衣因此多留了一个心眼，可飞机顺利起飞、平稳到达万米高空，机长除了比平时沉默疲惫，似乎没有其他异常，他也就慢慢放下戒备。

直到一小时后，蒋寒衣忽然发觉驾驶室内温度似乎在升高，组件不知道什么时候被关掉了。

"您把组件关了？"蒋寒衣皱眉。

可机长半合着眼，好像已经昏昏欲睡，根本没听见他在说什么。

"机长！"蒋寒衣叫了一声。

机长这才醒过来一般，神色惊慌，却迟迟没有做出反应和决策。

蒋寒衣当即把组件重新打开，可动作刚落下，座舱已经亮起高度告警，飞机开始急速下降。

蒋寒衣也被失重力拉回座位，后脑狠狠砸在座位上。

·478·

"客舱释压！"蒋寒衣果断地提醒机长。

对方似乎这才意识到发生了什么，两手彷徨了几秒，终于恢复理智，稳住了情况。

可那时飞机已经急速下降了一千多米，客舱里已有不少乘客发出恐慌的呼救。虽然最后飞机平稳降落，无人员伤亡，但他们整个机组还是接受了严格的审讯调查。

蒋寒衣原本做好了作为副驾驶一同受处罚的准备，却没有想到，接受调查时机长一口咬定是他这个新手临阵紧张操作失误关闭了空调组件导致客舱释压。而机组的其他成员，也十分默契地，谁都没有提机长在飞行前的异常表现。就连黑匣子里的录音，也只有他的两句提醒和机长模棱两可的回应。

莫名其妙地，变成了他百口莫辩的事情。

蒋寒衣不是没有找机长对质过，然而满脸疲态的中年男人闭口不言，用一双混浊而无奈的眼睛看着他，仿佛是在道歉或是祈求。可当着调查组的面，他的语气却无比笃定："年轻人失误，我作为机长，也应该承担主要责任。"

后来还是乘务长私下里找他，说机长家里出了事，儿子的病恶化，等着他挣钱救命。

平时温柔大气的乘务长劝解他时说话也大气极了："你还年轻，技术好、家里条件又好，而且好在你反应快，没有乘客受伤，网上也没什么讨论度，这个事说大不大说小不小。停一段时间就好了，没事的。"

明明都知道这次事故没有酿成大祸是多亏了他反应快。

明明都知道是机长情绪恍惚造成的事故。

可他们也都默契地选择了慷他人之慨，用蒋寒衣的名誉和职业生涯去接济家庭和事业都遭遇中年危机的机长。

就因为他"年轻、技术好、家里条件好"，所以背一次处分也没什么，所以停飞一年也没什么。

蒋寒衣迄今为止二十五岁的人生中，有两次觉得自己活得实在不明不白。一次是十八岁那年令他至今无法释怀的拒绝，另一次即是现在，所有人都默契地拿他这个所谓的"高个子"去顶未必会塌的天。

他是个乐天派，天生就觉得世界上总是亮处比暗处多，哪怕有暗处，他怎么也能长枪仗剑撕开一道光亮。可十六七岁时狂妄又果敢的少年，再怎么后知后觉，终于也意识到，生活的巴掌并不会因为你自信、乐天、勇往直前而被收回，它总会来的，会落到你脸上，甚至以你最无法面对的方式——就像现在，他这些年引以为傲的一切，无论是父母给的，还是他自己努力得来的，都成为别人背刺他的理由，变成了那记落在他脸上的巴掌。

"申诉过了，没人证，物证也不充足，没用。"蒋寒衣自嘲地笑了声。

蒋胜男拧起眉毛："机组里其他人，一个说实话的也没有？"

"他们都是十几年的老同事，就我一个新人，不替我说话也正常。"蒋寒衣平静地说，"更何况这是发生在驾驶室里的事，除了观察员，他们谁也没亲眼看见，所以对他们来说这都不算撒谎，反而是乐于助人保护同事。这话该怎么说，太好选了。"

蒋胜男听完，盯着手里那块绣了一半的"年年有鱼"沉默了一会儿。蒋寒衣飞行事故这事儿她也是上周才知道的，当时他态度消极，含混地通知她一声"我以后不飞了"就撂电话。过了几天他自己冷静下来，才打电话给蒋胜男道歉，告知她事故全程。

这事其实说大不大，说小不小，停飞一年也不算很严重的处罚。真正的问题在于，蒋寒衣被定性成那个飞行中失误的人。

蒋寒衣从小到大都对成绩没什么追求，除了运动会从来没得过第一名，他乐得中庸，十分豁达。可对开飞机这事却有莫名一种"相逢恨晚"的热爱，从入学到毕业，一直都是最好的，从来没当过第二。叫他接受莫须有的指责，在职业生涯刚刚开始时就背上一个"紧张之下按错了组件"的名声，这简直是个笑话，恐怕比吊销执照都更让他难受。

蒋胜男把绣布放到一边，问蒋寒衣："你自己是怎么想的？"

"申诉没办法的话，只能等调查结果，大概率是停飞一年吧，倒不至于吊销执照。"蒋寒衣挠了挠眉心，又轻笑一声，"不过停完我还想不想飞还不一定呢，我看看要不去哪个基地做教练吧。再不济，您不是租出去好几间铺子么，我给您收租去。"

"出息！"蒋胜男盯着他，冷哼一声，面露愠色。

见他神情微变，她又不忍心，叹了口气，软着声道："要不妈帮你想想办法？这种事情，总有路子走。"

蒋寒衣失笑摇头，又夸张地鬼扯："我去，您不至于这么小气吧？为了不让我啃这个老，居然舍得豁出老脸给替我走后门？妈，这可不是您风格啊！"

蒋胜男知道他话里意思，冷冷瞪了他一眼，不再言语。

蒋寒衣又坐回小沙发里，跷个二郎腿嬉皮笑脸地说："您放心吧，我说着玩的。我就随便找个基地当教练挣得也不少，绝对不啃您的老。"

弋戈后来又去练了两周拳，但再也没碰到过蒋寒衣，倒是和韩森关系更近了些，虽然对方总是建议她养条狗。

这周一，因为前一天练了拳，她起床时又是腰酸背痛，挣扎了十几分钟才摆脱床的"封印"，没来得及认真梳洗打扮，眼睛还半眯着就叫车出了门。

只不过晚了一刻钟，她就被完美地堵在了路上。

入职一年多，这是弋戈第一次迟到。其实其他时候迟到都没关系，可偏偏是在这个开部门例会的周一。

部门大例会一个月才开一次，这次还刚好碰到Q4总结和汇报OKR（目标与关键成果），弋戈急匆匆往会议室跑，从后门猫腰进去，隔着乌泱泱一片脑袋，大老板还是一眼就发现了她。

令弋戈毛骨悚然的是，这回他居然很慈眉善目地朝她笑了笑——这位大老板姓纪，半年前空降来的，在把弋戈招进来的那位女leader怀孕七个月不得不回家安胎之后。他大学里是学建筑的，但毕业就转行敲代码了，明明没在建筑行业待过一天，却爱让公司人都叫他"纪工"。

弋戈知道，这位纪工对自己一直不太满意，但她也从来没想过去改善一下，因为他不满的理由实在很没道理。纪工来公司半年，给弋戈下达过的直接明确的指令很少，对她说过最多的话是——"打扮得很漂亮嘛，看来工作还是不饱和呀。"

纪工偏爱隔壁那几个组每天油着头挂着眼屎穿灰色卫衣来上班的男同事，认为他们工作更"饱和"，所以连拾掇自己的时间都没有。

弋戈很快就知道纪工今天对她慈眉善目的理由是什么——在会议室投

. 481 .

屏上,她看见部门共享文档里自己填写的OKR被修改,明年的几项主要工作都被分出去,剩下一些边角料的数据维护、迭代支持等工作。

弋戈皱了皱眉,刚想说话,纪工直接拿上一季度的"最佳员工"奖打断了她——虽然这奖她刚入职时就拿过一次,而且早该再拿第二次。

"听说我们弋戈同学前几天回家差点遇到危险,我也跟行政和HR同学讨论了一下这个事情,确实咱们上个季度的大项目工作负担重了一点,以后公司会更加注意工作量的合理安排。"纪工笑眯眯地关心起弋戈的安全问题,"我们的女同学确实承担着更多的压力,不仅是通勤安全问题,还有个人身体健康也要更注意,不要为了工作把身体拖垮了,看看弋戈,漂亮姑娘又这么瘦,怎么放心让你加班?"

弋戈在周围同事附和的笑声中明白了纪工的意思——这项目做了快两年,她从实习的时候就开始跟,现在稳定下来了要开始挣钱了,就冠冕堂皇地拿她的安全问题架空她了。

以前说她工作不饱和,闲得都有时间打扮自己;现在说她为了工作把身体拖垮了,瘦得不扛造。

什么话都让他说了!

时光往回倒几年,高中时代被那些男生阴阳怪气喊"壮汉"和"大哥"的弋戈怎么也想不到,现在的她会因为"太瘦了""太漂亮了"而被这样"特殊关照"。

可她以前明明也因为"太高了""太壮了"受到过无数的偏见和嘲弄。

那么标准是什么呢?

为什么总有一些标准把她框在圈外,成为她新的、被伤害的理由?

弋戈看着大屏幕上显示的那个logo,那是产品即将改版的新logo,她和设计师反反复复熬了一个月才敲定下来的。她咬着牙收下了最佳员工的水晶奖杯,盯着纪工锃亮的脑袋打定主意——她高低得在组里再赖两个月,等拿到年终和项目奖金就跑路!

这天弋戈头一回五点钟就下了班,坐着空荡荡的地铁回家,又开车带上"爱德华"去接朱潇潇。这人出院后又在家赖了一周,这时候才回来。

朱潇潇一上车就抱着"爱德华"痛号住院之苦,号了半晌,才发觉弋戈异常沉默。

"怎么了你？"

"我要跑路。"弋戈握着方向盘愤愤地道。

"可算想通了！"朱潇潇差点蹦起来，"早该跑了！你说你爸妈那么有钱，你这学历随便干点啥都行，干吗累死累活地给资本家打黑工？"

弋戈"嗯"了声，言简意赅地表示赞同。

"什么时候辞？接下来打算干吗？"朱潇潇忙不迭问。

"不知道。"弋戈脑子里有个念头一闪而过，但她没说，转而笑着问，"喝酒去吗？现在。"

弋戈有天生的好酒量，朱潇潇已经喝得不省人事了，她还头脑清醒，只是脸上稍微有点红。

不到晚上八点，酒吧还没到热闹的时候，弋戈看着对面醉得东倒西歪的朱潇潇，忽然漫不经心地问："你觉得，我养条狗怎么样？"

这话如惊雷，震得朱潇潇都强行清醒了两秒。

"养狗？"朱潇潇满脸诧异。自从银河死后，弋戈就不太愿意提起养狗甚至任何和狗狗相关的事了，就连在咖啡厅里看见有人牵着狗，她都会挪开眼神。朱潇潇起先不太理解，养了"爱德华"之后便能够感同身受了，更何况银河对于弋戈的意义，恐怕比"爱德华"对于自己还要重要得多。

"嗯。"弋戈笑了笑，"我想银河了。"

这是她多年来第一次和别人提起银河。好像也没有那么难，"银河"是个多好听的名字。

"那……养呗，养狗挺好的，而且你肯定能养好。"朱潇潇克制地回复着，一面观察弋戈的表情。

弋戈的笑容放大了些，听到肯定的回答似乎很开心，笃定地点点头："你说狗狗投胎要多久啊？我现在再养狗，是不是就是银河回来了？"

"来到你身边的那条，肯定就是银河。"朱潇潇碰碰她的酒杯，轻轻地说。

朱潇潇这人，属于典型的"越不能喝越要喝"。弋戈费尽九牛二虎之力把她从酒吧拖出来，她刚吐空了肚子，又嚷着饿了，要去吃饭醒酒。

"给爷整点清粥小菜来！"朱潇潇踮脚才勾得到弋戈的下巴，醉醺醺地说。

弋戈扶额："姐妹，我不会做饭。"

"找家店找家店！"朱潇潇大手一挥。

弋戈蓦地想到蒋寒衣给她的名片，那天之后，她点过好几顿"黄粱梦"的外卖，每次都吃得很舒服，食欲直线上升。

她想了想，问："江城菜，吃吗？"

"好吃吗？"这人醉了都不忘挑嘴。

"很好吃。"弋戈说。

"走！"

晚上十点多，这个时间，对酒吧来说是刚刚开张，对一家普通餐厅来说，却是快打烊了。

服务员提醒弋戈他们还有半个小时就关门，弋戈扶着朱潇潇犹豫了几秒，还是进了门："没事，我们随便喝点汤。"

说是只喝汤，但弋戈可不敢怠慢了朱潇潇这位美食博主，捧着菜单挑来拣去，最终还是多点了三道菜，且都是她这几天还没尝过的菜式。

朱潇潇靠着墙壁打盹，倒没耽误她品鉴美味，闭着眼睛也耸了耸鼻子，满意地叹道："好香啊……"

弋戈点头："嗯，这家店真的不错，我前几天刚来吃过。"

"前几天？跟谁？"朱潇潇敏锐地发觉不对。弋戈这两年对食物可谓是无欲无求，一年里能点三百多顿一模一样的外卖，怎么会有兴致下馆子？

弋戈怔了一下，说："教练。"

"你又重新练拳了？"朱潇潇问。

"嗯。"弋戈点头，"强身健体。"

"你是该健健体。"

正说着，服务员端菜上桌。是一道莲藕排骨汤，盛在一只砂锅里，散发淡淡的柴火香。

朱潇潇被勾得食指大动，眼睛还没睁开，先伸手抓住了勺子，等着弋戈添好汤呈到她面前。

第一口，被烫得龇牙咧嘴，但也尝出了味，朱潇潇惊喜地睁开眼睛比大拇指："嗯嗯，这比我妈做的还好吃！"

弋戈笑笑，心里居然生出一股"与有荣焉"的得意感。

这时候其他几个菜也陆续上来，朱潇潇彻底清醒过来，肚子也饿得"咕咕"响，一筷子接着一筷子，吃得停不下来，两眼放光地对弋戈说："你这眼光不错啊！这家店叫啥啊，我待会儿找他们老板问问，看能不能让我来探个店。"

弋戈原本没什么胃口，但也不知是这菜太美味，还是朱潇潇这人的吃相非常调动食欲，她忍不住尝了两口，最后竟也放不下筷子了。

朱潇潇没尽兴，扬手喊服务员加菜，对方却一脸为难地笑说："不好意思，咱们这儿已经打烊了。"

弋戈这才打开手机看时间，原来早过了十一点。这服务员一脸为难，看来是已经迁就她们许久，才没有直接赶人。她正要结账走人，朱潇潇却问："你们老板在吗？这样的，我其实是个美食博主，想问问你们店愿不愿意跟我合作拍探店视频呀？"

服务员只是兼职学生，这个点连厨房师傅都下班了，老板怎么可能在？她正要开口拒绝，身后忽然传来一道淡淡的声音——

"在。"

第十八章
银河诗集

　　蒋寒衣走到餐桌边,稳重地开口问:"怎么合作?"
　　朱潇潇第一眼看见他,没反应过来,两秒后才觉得这帅哥十分眼熟,直愣愣地盯着他看,又过了两秒,才想起来面前这位是谁——
　　"蒋……寒衣?"
　　她说"蒋"字的时候还是看着正主本人,说到"寒衣"时,声音陡然爬高,将见了鬼似的惊恐眼神投向弋戈。
　　弋戈原本只是有点惊讶,被她这么一看,反而尴尬起来,咧开嘴角露出一个假笑。

　　蒋寒衣露出随和的微笑:"哦,原来是你们。我看过你的视频。"
　　朱潇潇从震惊中回过神来,不太明白这 drama 的偶遇戏码里为什么两位真正的主角看起来那么淡定,反而她像被雷劈了的那个?她干笑一声:"好……好巧啊。"
　　余光里,弋戈默默喝汤,仿佛一切与她无关。
　　"不巧,这家店是我舅妈开的。"蒋寒衣好像并不愿意和她们寒暄,径直切入正题,"你刚刚说想来探店?"
　　"嗯。"听他语气冷淡,朱潇潇对这人的印象忽然就不太好了。虽然此人经年未见,看起来更帅了。

"挺好的，这家店刚刚开张，我舅妈正想找一些本地红人做推广。"蒋寒衣点点头，"这样，你探店需要我们怎么配合，直接跟她说，我把她微信给你。"

他一副公事公办的语气，积极地推进着合作，好像压根看不见旁边还有弋戈这人。朱潇潇心里忽然蹿起一股无名火，拿起乔来："我这边合作没那么简单，得先谈好待遇和条件，签了合同付了定金我再带团队来。而且我不给老同学打折哦，你可别有什么期待。"

她做了几年博主，经过无数恶评的洗礼，早修炼了一身阴阳怪气的本领。现在这普普通通几句话，她也说得十分尖刻，就是奔着给人添堵去的。

蒋寒衣拿手机的动作顿了一下，很快又笑道："没关系，我给。这顿算我请你们的，谢谢你们来捧场。"说着他又调出张二维码，"是我们俩先加好友，还是我直接把她号码写给你？"

"还是写号码吧。"朱潇潇轻描淡写，语气里却给人一种"我很嫌弃，莫挨老子"的感觉。

蒋寒衣分明听出她话里的不善，却仍然风雨不动，扭头问服务生要了纸笔，谦卑地站在餐桌边弯下腰来，写下黄莺的微信号。

弋戈一小碗汤喝了半天也没把这人喝走，此刻低着头，目光扫过他撑在桌上的左手，"沙沙"的写字声汩汩流进她耳朵里，像一道细密的电流。

她把目光往另一边瞥，捏勺子的手握得很紧。

"你现在方便吗？借一步说话。"

弋戈低头很久，才反应过来蒋寒衣是在和她说话。

她猛地抬起头来，看见蒋寒衣已经直起身，拧了拧眉，好像是等烦了。

"哦，不好意思，我没听见。"她忙说，"你有事？"

"嗯，有事。"

"好。"弋戈放下勺子，抽纸巾擦了擦嘴，站起身。

弋戈跟着他走到吧台边。

蒋寒衣把手里的笔摁回原状，扬手丢回笔筒里。笔筒在收银台后，离他们站的位置有些距离，但他扔得很准，扬手的时候露出一小截腕骨，贴着黑色衬衫的袖扣。

弋戈挪开眼，没等他开口，先说："要不今天这顿我们还是自己付吧，你连续请两次客了,老同学也没有这么优惠的。"

她说完才觉得消弭了尴尬,自然地看着他。

蒋寒衣默了两秒,却像什么也没听见的,径直问:"你在考虑养狗?"

弋戈被他问得一怔,想来他那天听到了韩森的提议。她点点头,坦率地承认:"嗯,想养。"

蒋寒衣似乎有点意外,又问:"出于安全考虑?"

弋戈心里权衡了一瞬,最终还是诚实地摇头:"不,就是想养。"

蒋寒衣怔了几秒,像在调查户口似的又继续问:"大狗还是小狗?"

"都行。"弋戈渐渐找回自己的心跳,她发现面对这个几小时前才冲动做下的决定,蒋寒衣的提问正帮她一点一点厘清自己的心。或许,哪怕在她独自一人的时候,她都不敢问自己这些问题。

——你还敢养狗吗?

——你还是很想念银河吗?

——你想要的是一条银河一样的狗狗吗?

——可再养一条,它也不会是银河,它最终也仍然会离开的,你知道吗?

"想养什么样的?漂亮的,有血统的?"不知是不是弋戈的错觉,她总觉得蒋寒衣的声音不再那么平静,他看起来,也不像之前两次见面那样波澜不惊。

他好像很期待她的答案。

她摇了摇头,如实道:"都行,没有标准。"

蒋寒衣把插在裤袋里的手拿出来,自然地垂下。他点点头:"好。"

弋戈不太明白这个"好"是什么意思,但也不知为什么,她没再提自己买单的事情,"嗯"了声转身要走。

"开车来的?"蒋寒衣忽然又问。

"嗯。"

"是先送她回家再自己回?"蒋寒衣朝朱潇潇看了一眼。

"她应该会住我家。"

蒋寒衣点点头,他转身靠在吧台上,好像有点百无聊赖地拿起一本菜单在翻，然后才随口一提似的说了句："注意安全。"

被边缘化之后，弋戈并没有反抗的打算，她乐得一身轻松地等年终奖和项目奖金。对于这份职业她始终没有太强的得失心，起初当然是有追求的，她在一众 offer 中选择接受这个，就是希望能做出有价值的东西。客观来说，她觉得自己已经做到了。她并不在意以后自己能不能在业内留下姓名，只要她自己知道，这两年来她未曾浪费过自己的时间和才能，这就够了。

可项目里其他同事还是时不时地会来找她帮忙。工作量不大的，她都会顺手做了；但如果工作量太大、需要付出的精力太多太深，她也没兴趣发扬精神。她已经不是产品的 owner 了，这事不该归她管。而这些同事在姓纪的针对她时没有一个出来为她说话，她虽然并不记仇，但也不至于以德报怨。

她这几天的主要精力都用在"云养狗"上。

前几年她但凡在短视频软件里刷到宠物相关的，都会条件反射地迅速划走，现在却出于一些说不清道不明的原因，像变了一个人似的，每天恨不得钻进屏幕里吸狗。这几个周末她也拉着朱潇潇走遍了全杭城的犬舍和宠物商店，想找一条合自己眼缘的狗狗，可惜乱花迷人眼，她看到每一条都觉得可爱，反而挑不出来了。

这天，弋戈不到晚上八点就下了班，优哉游哉地下楼等车。

刚匹配到司机，微信忽然跳出一则好友申请，备注里孤零零三个字"蒋寒衣"。

弋戈手指僵了一下，悬在屏幕上两秒，然后点了通过。

蒋寒衣开门见山地问：下班了吗？

她也一问一答：刚下。

蒋寒衣：有空吗？

弋戈看着这三个字，想了想，先取消了网约车，然后才切回聊天界面，回复：有。

蒋寒衣很快回复：去接你，有点事。

他又发来第二条，紧接着问：科技园哪一栋？

弋戈很快把公司名连带地址发了过去，打完字才后知后觉地想，她回复得是不是太爽快了？

可半秒后蒋寒衣也利落回复：等二十分钟。

天越来越凉，弋戈今天穿了件淡黄色休闲西装，内搭白色针织连衣裙，光着一截小腿，站在门口觉得有点冷，便往回走，打算在楼下要杯咖啡边喝边等。

刚进门便看见姚子奇西装革履地从刷卡处走出来，步履如风，意气风发。弋戈想起上次部门大会，他的OKR复盘十分亮眼。虽然公司讲究扁平化、人事变动也都低调，但大家心里有数，年后姚子奇又要升title了。

他是本科毕业就直接工作，但如今也不到四年，这个升迁速度还是很令人印象深刻的。

"就回去了？"姚子奇笑着问。

"嗯。"

"看来最近纪工不压榨你们了。"

"只是不压榨我。"弋戈淡淡地将话挑明，"上次开会他那意思还不明显吗？"

姚子奇沉默了两秒，说："他确实不算是个好的leader，弋戈，如果你有意向的话，可以考虑我的组。虽然名义上也在他手下，但我们不向他汇报。"

弋戈倒没想到他会这么直接地讲大老板的不是，还明晃晃地撬人，原本心中的怀疑轻了两分，可想了想，仍然意有所指地问："其实我比较好奇，他为什么会知道我家进了小偷？你当时知道这事，说是因为你们组有个妹子跟我住同小区……你觉得，是你们组的小朋友和别人也到处说吗？"

姚子奇愣了一瞬，听明白她话里意思，眼神忽然变得十分黯淡，动了动唇，才问："你觉得……是我？"

他眼里快速积聚起的失望忽然让弋戈觉得没意思。她其实并没有指向性地怀疑谁，只是客观分析所有可能，一视同仁地怀疑所有人。可姚子奇的表现却好像她的怀疑是一种无情与辜负——可说到底，她有什么理由给予他无条件的信任？他们之间的情谊并没有到那个地步。

她顿了下，笑说："没有，随便问问。"

姚子奇也勉强扬起略显苍白的嘴唇，僵硬地转移话题："我送你回家吧，天气冷。"

弋戈说："不用，我在等人。"

她看出姚子奇犹疑地想问她在等谁，于是直接道："蒋寒衣。"这才是他们之间的情谊能到达的地步——她不可能无条件地相信他，但至少可以善意地斩断他的念想。

姚子奇脸上有一闪而过的诧异，和迅速调整过来的平和。弋戈知道他想问更多，然而她自己都无法回答那更多的可能性。她笑了笑，在他再次开口之前催他："快回去吧，好不容易这么早下班。"

电梯门缓缓合上姚子奇的笑容，弋戈知道那是一个代表告别的笑容。有些腼腆，不是公司里人人叫"姚大"时他露出的那种熟练亲和的微笑，而是有点像回到了高中时代，他偷偷低头、偶尔露出的羞涩笑容。

弋戈忽然觉得心里松快。

手机这时候响了一下，蒋寒衣说：到了。

一辆黑色大G停在路边，亮了几下双闪。弋戈没有纠结是要坐副驾驶还是后座，径直走过去拉开前排车门。

她今天背了只托特包，有点大，又是白色的，不好放地上，在腿上搁了两秒，蒋寒衣出声道："放后面吧。"

"行。"弋戈应声，刚要动手，蒋寒衣已经伸手过来，直接抓着皮包边沿，扭头便把包放在了后座上。

他今天穿了件飞行员夹克，紧袖的。手背有明显的长长的青筋，另一半被紧贴着皮肤的袖口遮住。

上一次是黑色衬衫，这次是紧袖夹克。

弋戈也说不清自己为什么那么爱看他的手腕。

"你找我是什么事？"她恍惚了一会儿才找回自己的声音，开口寒暄。

蒋寒衣似乎是这时候才真正看了她一眼，笑道："现在才问，会不会晚了点？"

弋戈顿了半秒，反击道："不晚。如果不是什么好事的话你送我到地铁站，我也省了段路，这么冷的天，我不亏。"

蒋寒衣闻言默了几秒，冷笑一声："我的意思是，我人都到了，你才问，万一你不想去了,我等于白跑一趟,这是不是不太厚道?"

弋戈觉得这实在是强盗逻辑,明明是他主动来加她找她,那么她当然应该有知情权和选择权,不管她决定什么时候行使。怎么现在就偷换概念,听起来变成她要是不愿意跟着他去就不厚道了呢?

而且这人本身就够奇怪的了,前几次见面冷淡得像她是个可有可无的人,现在怎么又忽然这么主动地来找她?

弋戈嘴边一串有理有据的反驳蓄势待发,可她看着蒋寒衣似怒非怒的样子,只淡淡说了句:"那你别告诉我了,直接走吧。我都坐进来了,还能跳车吗。"

她这么说,蒋寒衣似乎很意外,脸上的诧异没来得及经过修饰,扬着眉看了她一眼。被她拿眼神顶回去之后,他才敛去表情,二话不说地拉起手刹发动车子。

弋戈很少有机会真正看到杭城的夜景。

平时下班太晚,打车回家的话,别说街道上已万籁俱寂,就算有热闹可看,她也早睡着了。周末和朱潇潇约着出去玩,她也总是开车的那个,眼前只有路,没空欣赏夜景。

这次倒是难得,晚上八点多,正是人声鼎沸的时候,路也不算堵,她一路都扭头盯着窗外。

离开科技园后高楼变矮房,亮着单一白灯的玻璃幕墙也变成流光溢彩的步行街。有人遛狗,有人逛街,有人吃夜宵。经过一座商场时弋戈看见广场中央早早立起一棵圣诞树,和常见的红红绿绿挂满礼物的那种不一样,松绿冷杉上挂着光亮柔和的白色小灯,顶尖处也是一颗白色的五角星。白得柔和,像皎洁的月光。

街景令人放松,弋戈情不自禁地轻轻叹了声。

叹完才想起来驾驶座坐着蒋寒衣,一个和她隔着七年、关系微妙的人。她有些尴尬地扭头瞥了他一眼,只见他神色如常,目不斜视地继续开车,仿佛什么也没听到。

弋戈无意自扰,又把头扭回去,继续欣赏难得的夜景。

两分钟后,弋戈感觉车子大幅度地拐了个弯,好像是驶进了环岛。她抬眼一扫,见路段陌生,没太在意。

五分钟后，刚刚看见的圣诞树又重新出现在她眼前。

弋戈的心忽然重重跳了一拍，她猛地扭头，问："你是……调了个头吗？"

蒋寒衣目不斜视："嗯。"

"为什么？"

蒋寒衣这才扭头瞥她一眼，好似觉得她的问题弱智，不太耐烦地回答道："什么为什么，前面堵车，换条路。"

"哦……"

车子停在一个巷口，弋戈下了车才发现，这不是韩林工作的警局吗？

弋戈顿住脚步，问："怎么带我来警局？"

原本大步流星走在前头的蒋寒衣回头，好笑地看她，问道："干吗，还怕我送你进局子？做什么亏心事了？"

自从重逢后，这人和她说话，要么就是冷淡得像她不存在，要么就是像这样，总有点夹枪带棒挖苦她的意思。

尽管这枪这棒其实都轻飘飘的，毫无真正的杀伤力，只是时不时戳她一下，叫她听着不太舒服罢了。

弋戈朝他走过去，边走边说："正常人被非警察带到警察局都有这么一问。"

弋戈大概知道他这不算友好的态度是出于什么，可说不清为什么，她虽然心里觉得自己略略理亏，但嘴上却并不愿意逆来顺受占下风。他阴阳怪气，她就也总要淡淡地戳回去。

她擦着他的肩走到警局门口，又回头催他："走吧，现在我人已经到了，问一句到底什么事不算不厚道了吧？"

蒋寒衣自嘲似的笑了笑，抬腿跟上："走吧，后面那楼。"

弋戈跟着蒋寒衣绕过主楼，走到后院，听见了两声狗叫，声音不大，尖尖的，像是小狗崽子。

她忽然有了预感，脚步顿住，疑惑地看向蒋寒衣。

蒋寒衣也没多解释，下巴往前面努了努，问："就这事。看看吗？不感兴趣我现在送你回家也行。"

弋戈继续往前走，坦诚地说："感兴趣。"

后院里只有一排低矮平房，弋戈走近了才发现韩林蹲在房门前，拿树枝逗着一条黄色的短毛小狗。

准确来说，它并不算是"小"狗。它的个头几乎快到蹲着的韩林的肩膀处，四肢强健，仰头盯着韩林手里的树枝，目光专注而坚毅。

可几秒后它又叫唤起来，"嗷嗷"两声，声音又尖又细，和结实的体型形成鲜明的对比。

韩林见他们来，招了招手："怎么才来！"

弋戈上前同他打招呼："韩警官。"眼神却不自觉地往那体型与声音不成正比的小狗身上瞥。

这是一条马犬，非常精瘦、矫健，但似乎并不好动，分明前一秒还围着韩林左蹦右跳，现在见韩林和人说话，便乖乖地坐在他脚边，挺胸抬头，姿态端正。

韩林也不多废话，微微弯腰伸手揉了揉狗头，笑着问弋戈道："寒衣说你想养条狗？"

这狗儿得到了主人的允许，便又活泼起来，但对作为陌生人的弋戈并不热络，只是稍微往前走了两步，轻轻地凑在弋戈腿边嗅闻着，谨慎地释放着好奇的信号。

弋戈不禁也往前挪了点儿，轻轻用小腿碰了碰狗儿的鼻子。

小狗得到回应，终于显出一些好动的天性，前肢雀跃地跳了两下，又冲着弋戈摇起尾巴来。

"嗯，打算养。"弋戈半弯下腰，摸摸小狗的脑袋，又不自觉地蹲下来，更亲近地同它玩耍。

"嘿，看来它挺喜欢你啊。"韩林的语气里透出两分稀奇，"它平时可是厌得要死，见到人动都不敢动。你第一回来，我和寒衣这两个熟人站这儿呢它居然先跟你玩！"

弋戈听他这么说，心里忽然就乐开了花，抬头粲然一笑道："可能它也觉得我最漂亮吧。"

韩林被她灿烂的笑容一晃，心说这人还真是一回一个样，前几天还目中无人冷酷无双今天又阳光灿烂的，到底是个什么狗脾气？

他悻悻地看了眼蒋寒衣，却见对方站在几步之外，沉默地凝视着弋戈的背影。

那目光深沉而悠远,就好像看的并不是弋戈,而是透过她看到了别的什么。

韩林摸摸下巴……这故事,看来不简单啊。

"既然这么有缘,考不考虑把它领回家?"韩林出声问。

弋戈并不意外,蒋寒衣煞有介事地把她带到这来,应该就是为了这个吧。上次他反复问她关于养狗的想法,大概也是这个原因。

才几分钟,她和这小狗就好像已经培养出了感情。她站起身,那狗儿还作势要往她身上扒,被韩林瞪了一眼才没敢。

"干吗凶它。"弋戈咕哝着瞪了他一眼,才正色问,"它是警犬?"

"不算,没考上。"韩林撇撇嘴,耐心解释道,"所以才要送走的嘛。这一批淘汰了十几条,就剩它还没人要呢。"

"没考上?"弋戈蹙眉,又紧接着问,"为什么就剩它一个?"

"喏,你不看见了嘛,它胆儿小,还爱撒娇,这哪靠得住?"说着他拿脚轻轻踢了踢狗儿的肚子。

弋戈又皱着眉瞪他一眼:"你别踢它!"

韩林彻底无语了,白了眼蒋寒衣:"你给我带来一祖宗?"

弋戈也跟着看了眼蒋寒衣,只见他远远站着,脸上半点表情也没有,不知在想什么。她又扭头看韩林,继续问:"还有呢,为什么就它一个被剩下了?"

"我舍不得呗。"韩林提了提裤管,蹲下身摸着狗儿的背,"那一批崽子里,它最没用,从小生病,娇气得很。而且当时配种没搞好,它爹髋关节有问题没筛掉,可能遗传到它以后髋关节也会有问题。我们拍卖淘汰警犬,这些问题都得跟人说清楚,人一听以后可能要做手术,也不会为它出价啊。"

说着不等弋戈搭话,他又煞有介事道:"哦对了,这个我先跟你说清楚,它可能有髋关节问题,要是以后要做手术,你可得舍得花钱啊!寒衣就是跟我说你养过狗还有钱,我才让他带你来看看的。"

弋戈扶额,她还没说要养呢。不过她心里已经做了决定,于是接着他的话茬说:"可以去做个筛查,如果有的话早做手术解决了。不然就算它现在看不出来有问题,其实也是会痛的。"

韩林被她说得一愣一愣,半晌才道:"那行,有你这句话我就放心了!"

接着起身，大手一挥道，"你确定要领养了吧？带证件没，跟我去办手续，还有，虽然不是强制性规定，但这狗我是要做定期回访的，这个你得答应，不然我不让你带它回家。"

"不用急着做决定，可以多想想。"

弋戈还没来得及回答韩林，蒋寒衣插了一道声音进来。

他幽幽地看了韩林一眼，然后走到弋戈身边，解释道："你还是再想想吧，养狗毕竟也不是什么简单的事情。而且你和它才认识几分钟，可以多来看几次再做决定。"

弋戈其实也不想这么快就带这狗儿回家，毕竟家里还什么都没准备呢，总不能空手抱了人家回家，回到家却狗笼狗粮狗玩具什么都没有，那小朋友得多失望。

更何况，她还连狗的名字都不知道，至少应该多陪它玩一个小时，给它做好了心理准备再去办手续呀。

可听蒋寒衣这么说，不知为什么，她少见地被激出一股冲动。

她和蒋寒衣对视一眼，然后二话不说，从包里拿出钱包："多少钱？需要什么证件？身份证、户口、房本？"

"嗯。租房的话就房屋合同，自己的房就房本。"

"电子版行吗？"

"行，留个复印件给我，之后有空拿原件给我来看一眼，反正咱们也算是熟人。"韩林看了眼被忽略的蒋寒衣，忽然有种幸灾乐祸的感觉，添油加醋道，"这事其实真没什么想的，寒衣之前跟我说你也许是合适的领养人，我就找我姐了解过好多你的情况了。你又有房又有钱还有养狗经验的，除了晚上下班晚点，再合适不过。更何况你看，它跟你多投缘，我还真是第一回见它这么主动亲一个陌生人。"

弋戈"嗯"了声，还补充："年后下班也不会晚了，打算辞职。所以完全没有不合适，不用想。"

她话的重音放在后头，意有所指地拿余光瞥了蒋寒衣一眼。

韩林憋着笑，一个劲儿地附和："可不是嘛。"

"对了，它叫什么名字？"弋戈问。

"中秋。"韩林说，"去年中秋生的，就叫中秋。才刚一岁多点儿呢。"

"中秋，中秋。"弋戈轻轻念了两声。

中秋就咧着嘴冲她笑，圆圆的眼睛亮晶晶，倒真像中秋的月亮。

弋戈和韩林进屋付钱办手续，蒋寒衣没跟着，蹲在院子里逗中秋玩。他肩膀本来就宽，蹲着的时候两只手肘撑在膝盖上，更加显得肩宽腰窄。

弋戈回头向外望，蒋寒衣的背影将中秋整个挡住，只能看见半截欢脱的尾巴晃来晃去。

韩林拿复印好的证件在她眼前一晃，说："看什么呢？"

弋戈回神，默默道："看狗。"

韩林跟着她的目光往外一扫，院子里除了个蒋寒衣，哪还看得到狗？他嗤声一笑："怎么还骂人呢。"

弋戈懒得理他，低头"唰唰"在文件上签了名。

"中秋跟寒衣很亲的，你把它领回家，它恐怕还有个适应期，可以多找寒衣来陪它玩玩。"韩林又说。

弋戈没思量这提议可不可行，问道："为什么中秋和他亲？它不是你们的警犬吗？"

"这谁说得清楚，你要论时间，寒衣认识它也就一个多月，来看了七八次吧，比我和它在一块待的时间少多了。但它就是喜欢他，一见他来尾巴都快摇断了，"韩林说着摇摇头，叹道，"不过也好说，这小子这张脸招小姑娘喜欢也不是什么奇怪的事。你俩不高中同学嘛，他应该高中的时候就挺招人吧？"

"七八次？"弋戈的关注点又偏了。

韩林却狡猾地一笑，好像就是守株待兔，等她问这个："是啊，这一个多月，来得可勤，每回跟来调查户口似的，把中秋的生辰八字、体格性格全了解清楚了，说是替朋友看的。我也是昨天才晓得，这朋友原来是你。我还以为是他哪个兄弟呢，因为一般警犬都是德牧、马犬这种，长得凶，很少有女孩子喜欢的。"

弋戈听了有点愣，又往院子里看了眼。

蒋寒衣弯着腰，和蹦跶的中秋击了个掌。他不知什么时候捡了根狗尾巴草，叼在嘴里，咧嘴笑着，看起来潇洒又肆意。

既然早替她看好了，干吗刚刚又拦着她不让她买？

不对……七年没见了，刚重逢，他干吗要替她操心这事？

弋戈抱着中秋上了车，虽然越看越喜欢，但这决定到底还是太仓促了一点，于是她扭头对蒋寒衣说："待会儿能把我放在街口那个宠物店吗，我去给中秋买点东西。"

蒋寒衣简略地"嗯"了声。

弋戈只看见他喉结上下滚动两下，忽然想把心中的疑惑一股脑全问了，但视线稍微往上一点儿，又看见他冷若冰霜的一张脸，想了想，还是没问。

到了宠物店，弋戈刚要道谢告别，余光却见蒋寒衣也解了安全带，跟着下车来。

"你……"弋戈停在车边，拧眉。

"家里猫罐头快吃完了，顺便买点回去。"蒋寒衣淡淡地说，绕过车头走到她身边，冲她伸出手，"我帮你抱吧，你这包本来就大。"

他指的是中秋。

中秋虽然瘦弱娇小，但毕竟是中型犬，怎么也有五十多斤。蒋寒衣刚刚在警局看到弋戈一把把中秋抱在怀里，手臂上还挂着个结实的托特包的时候，差点绷不住——明明瘦得就剩骨头了，还有这么大力气？

憋了一路，他现在实在是看不下去了，老感觉她再这么抱着胳膊得折。

可弋戈没动作，晃了一下神后问："星星？"

你问得可真及时。蒋寒衣淡淡扫她一眼，径直上手把中秋抱回自己怀里，一扬下巴："进去吧。"

"你是给星星买猫粮？"弋戈却边走边问，很执着。

"嗯。"蒋寒衣终于别别扭扭应了声。

"星星现在怎么样？"弋戈又问。

"挺好，能吃能睡心情好，在我妈那儿，宝贝着呢。"

"哦，那就好。"弋戈得到回答，轻轻应了声。

其实这些她都知道，蒋寒衣上大学后星星就一直跟着蒋胜男了，而她这么多年和蒋胜男交情不浅，去年她去看蒋胜男的时候还抱过星星了呢。星星对她也一点不陌生，敞着肚子任她踩躏。但她也不知道为什么，就是想多余地问蒋寒衣一句，听他懒懒散散的回答。

宠物店里值班的还是上次那位医生，一见弋戈带着条狗进来便惊喜地扬眉："哎呀，这就对了嘛！就该养条狗！"

蒋寒衣听这热烈的语气，又看见医生放光的眼睛，总觉得哪里不对劲。

明明进来的是两人一狗，这医生是只看见了弋戈和狗，但这话说得像他被自动划成了狗……

蒋寒衣顶着这张脸行走江湖多年，实在是很少遇到被忽略的情况，于是心里总觉得怪怪的。

可弋戈和那医生全然未觉，弋戈还笑着应声道："对啊，今天刚接回来，想着来您这儿买点日用的东西。"说着，还往身边指了指。

"刚被接回来"的蒋寒衣无语。

时间倒退五分钟，打死他也不替她抱狗。累死她拉倒！

医生这会儿终于注意到勤勤恳恳抱着狗的蒋寒衣，见小伙子长得帅气，也欢欢喜喜地问："弋小姐，这是你哥哥吧？"

蒋寒衣内心：没别的意思，就是想问一句，一般这种情况都会猜男的是男朋友，您为什么上来就猜我是他哥？我哪儿像她哥？

弋戈摇头："不是，同学。他养了猫，来买点猫罐头。"

那医生似乎天生就没八卦细胞，点点头，尽职尽责地给弋戈推荐起养狗必备好物来，说了几句，又想起蒋寒衣，回头摆摆手："帅哥，猫罐头全在那两排，你自己看看哈！"

负重五十斤的蒋寒衣再次无语。

最后弋戈从狗粮狗罐头狗零食到狗栅栏狗玩具到牵引绳饮水器买了全套，东西总共两大箱，医生给她拿了个推车装着，又顺理成章地把推车扶手往蒋寒衣手里一塞，带着满脸丰收的喜悦道："男同志，就帮个忙哈！"

中秋大概是知道自己即将走上锦衣玉食的狗生巅峰，也非常应景地、喜庆地叫了两声，边叫边对着蒋寒衣蹦跶——加油啊大兄弟！把我的家产都搬回去！

弋戈一手牵着狗绳，一边肩膀背着包，客气了一声问："你忙吗？这车我自己慢慢推回去也行。"

蒋寒衣上下打眼扫她一遍，心中冷笑，有些人真是长进了，连假客气占人便宜都学会了。说要自己推，你哪怕是象征性地上个手呢？一动不动地杵在原地，还装模作样地提了提包，哪里是要自己推的样子？

他把自己挑的一排罐头往箱子里一丢："我帮你搬回去，当谢谢你替我结账。"说着已经迈开步子往外走。

那医生倒是真的很热心，跟着出来帮忙扶了扶——虽然也是象征性的。她好像非常喜欢弋戈，想和弋戈多聊两句。
　　哪知那医生眼神往街上一扫，看见蒋寒衣的车，忽然"咦"了一声，咕哝道："弋小姐，这是你的车？"
　　"不是啊，怎么了？"弋戈怪道。
　　"好眼熟啊。"医生又"咦"了两声，"老感觉在这附近看到过好几次，就上个月吧，这车大、显眼，我印象深。"
　　蒋寒衣被她"咦"得太阳穴突突跳，心里七上八下。
　　可听到弋戈回了句"正常吧，这车这两年好像还挺火的"，他又莫名其妙有点不爽——火什么火，火个屁！这么帅的配置那是谁都有的吗？
　　不爽之后，他又觉得自己有病，撂下句"走不走？真当我是你家搬运工是吧"，臭着张脸先走了。

　　蒋寒衣进小区后，留心观察了一下这小区的安全配置。大概是因为差点出事，物业也警惕多了，刚刚他跟着弋戈进门都要登记个人信息。小区里的监控很密，每栋楼也都有门禁，蒋寒衣看了眼中秋进新家后快扭断了的尾巴，略略放心——好歹也是受过训练的，这小家伙多少能顶点用。

　　中秋像个炮仗似的蹿进了弋戈的家，蒋寒衣则停在了门口——一来，就从礼貌角度出发他也不该冒犯人家女孩子的私人空间，何况还是大晚上；二来，他也说不清为什么，他忽然有点胆怯。
　　他眼睛一扫，只觉得弋戈家里宽阔、亮堂，打开门同时听见好几道智能语音，扫地机的、冰箱的、智能电视的。黑白灰的现代风格装修，像她这个人一样简洁干练，和他预想中没什么不一样。
　　但再多的，他没敢看。他手搁在推车把手上，不太自然地垂下了眼。
　　弋戈本想给他找双新拖鞋，但刚把包放下，余光瞥见他站在门框之外，动作也就停住了。
　　"我给你……倒杯水？"她在脑海里搜罗正常的待客之道，"没烧热水，直饮水可以吗？净化过的。"
　　玄关处这盏灯是开门时就自动打开了的，不刺眼的白光打下来，映在她眼睛里，清清亮亮的。
　　蒋寒衣摇摇头："不用，车上有水。"

"那……"

"这推车你明天扔箱子的时候要不要用,"蒋寒衣用眼神示意那两个大箱子,"用的话我给你留这儿,不用我顺便带下去了。"

"不用。"弋戈摇头,"也没多重。"

蒋寒衣点点头,退后几步:"那我回去了,你关好门。"

他弯腰把自己买的猫罐头拿起来,另只手抄进裤袋里,动作和语气都利落,好像真就是乐于助人来帮个忙。

弋戈忽然觉得有点矛盾。

按理来说,这应当是蒋寒衣最正常不过的样子。乐于助人、利落坦荡、不拖泥带水,他一向是这样的。

可她就是不习惯,总觉得不该是这样的。

"蒋寒衣。"弋戈还是叫住他。

"嗯?"

"那个……韩林跟我说,你这一个多月去警局看了中秋好多次,说是给朋友看的。"弋戈问得直接,并不是不想委婉,只是她到现在也学不会这类"委婉","你是专门替我去看的吗?一个多月前,差不多就是上次我们和韩森吃饭,她劝我养狗的时候。"

"是。"蒋寒衣毫不忸怩地点点头。

这反而让弋戈感到意外,她本以为这话说得够自作多情了——什么叫"专门替我"?没想到蒋寒衣还直接承认。

"为什么?"

蒋寒衣拧了拧眉,好像又觉得她的问题多余,但片刻后似乎就猜到她的心理活动,勾唇一笑道:"别误会,也说不上是专门为了你,不过你确实是目标客户。中秋我早就知道,韩林一直跟我说他们队里有条娇气的狗,以后可能还要动手术。我听说他们这批出售淘汰警犬,只剩中秋没人要,就想到你了。刚好你想养狗,万一以后中秋真要动手术什么的,你又有这个能力,挺合适的。"

"专门替我",和"目标客户"。还真是,很难说有什么矛盾。

弋戈心里被刺了一下,点点头又回击:"哦,没什么。我也没多想,就是纳闷,你不是飞行员嘛,怎么会这么闲天天去看狗?"

蒋寒衣的手仍抄在兜里,说:"休年假。"

"不管怎样还是谢谢你,我挺喜欢中秋的。"弋戈也刺他一下,刺完

·501·

又觉得没意思，自己的反击力度很不够，像小学生。

她收敛笑意，认真提议道："中秋刚到家，需要一段时间适应期。你要是在休年假的话，有时间可以来陪它玩。带上星星也行，或者叫上韩林一起。"

"尽量。"蒋寒衣说，"假也快放完了，时间不多。"

"嗯。"弋戈应一句。

蒋寒衣没说什么，转身摁电梯。

弋戈也没关门。

电梯数字跳了两下，蒋寒衣忽然又回身说："哦，对了。"

弋戈抬头，看见他从夹克内的口袋里拿出一封红色请柬。

弋戈觉得自己确实是年纪大了思路狭窄了，看见那红彤彤的请柬，脑子里不受控制地跳进许多狗血剧情——订婚了？结婚了？来我面前炫耀来了？我还得随份子了？

下一秒，蒋寒衣说："范阳元旦结婚，让我顺便给你递个请柬。"

等等……范阳？

这并不比蒋寒衣要结婚了带给她的震撼少。

弋戈大学后就和范阳失去联络了，和班里大部分同学一样。那年夏天，大家在震惊中得知范阳入狱，原因是持刀伤人，而这背后究竟发生了什么，谁也不知道。

在凄惶中揣测了很多天的同学们只知道，叶怀棠离开了学校，而范阳进了监狱。因为未成年，被判了四年，最后争取到减刑，不到三年就出狱了。

他出狱的时候，熟悉的同学早已体验过一轮大学生活，有的甚至已经半只脚踏进社会的迷宫里，在实习、考研、出国的红尘庸碌中来回翻滚。大家对他，连好奇的问候都少了许多。他也没主动联系过谁，渐渐地，这人连在同学聚会的叹息声中都很少出现了——大家都长大了，值得叹息的事情多了很多。

范阳重新出现在大家的视野里是在大四那年的寒假，他来参加同学聚会，和夏梨牵着手来的。当时夏梨大大方方地挽着范阳说他俩在一起一年多了，桌上火锅沸腾叫嚣，大家震惊得愣是忘了下东西。

倒不是震惊于这两人有多不配，而是这个班里大多数人都曾经起过蒋寒衣和夏梨的哄，虽然后来大家渐渐都不开这个玩笑了，但乍一看到夏梨和绯闻里的男二号在一起了，多少都有点反应不过来。

那场同学聚会弋戈没去，当时她在国外做交换生。在朱潇潇的转述中，夏梨和范阳像互换了灵魂似的，后者话少了很多，前者反而见鬼似的泼辣起来。有个弋戈早就名字对不上脸的男同学瞎起哄要他俩亲一个，夏梨还真就抓着范阳的后脖子跟他亲了一分钟，那场面比牛油火锅还沸腾。

那辉煌的一分钟被载入他们班的史册，弋戈回国后参加同学聚会，又听见有人提起来。不过那次也有人小声说，他俩好像已经分了。弋戈记得当时江一一冷笑一声，咬着牙骂范阳："早该分，他就是天上掉馅饼还不知道珍惜。"

再来，就是上次江一一结婚。朱潇潇说，范阳摇身一变又变回了当年皮猴似的范阳，只不过如今多了些精明能干的小老板气质，笑嘻嘻地邀请大家去他店里吃火锅，吃多少次都免单。而那次那个"泼辣"的夏梨好像也是限定版，班长大人如今当国际志愿者，用朱潇潇的话说："还是很端庄，不过是很international的那种端庄，一看就见多识广有文化靠得住的那种人。"

弋戈这会儿才想到——所以江一一的婚礼上范阳和夏梨还同时出席了？所以那时候范阳还没有表露出任何要结婚甚至非单身的苗头？如果有的话，朱潇潇肯定会告诉她的。

她有些迷惑了，也就是说，范阳和夏梨如果真分手了的话，那最多不过分了两年半，距离江一一婚礼也才不到两个月。范阳就忽然要结婚了？

她有些算不过来这账了，真诚地问了句："……跟夏梨？"

蒋寒衣那一瞬间投过来的眼神直白地写着几个字：你脑子是什么时候坏的？

弋戈尴尬地咳了声，轻声问："他和夏梨不是才分没多久。"

"两年，够久了。"

弋戈心里莫名蹿起一股不痛快，捏着请柬一角冷冷地扫蒋寒衣一眼，讥讽道："也是，够他重新找个女朋友还走到结婚这步，那是挺久的。"

蒋寒衣沉默地看着她，看她清淡瘦削的脸上，露出他熟悉的那种对抗

·503·

的、憎恶的、不屑的焰火。

他没反驳，淡淡说："要是嫌麻烦的话也不用去。就摆顿酒，两边亲戚都不少，到时候肯定很吵，也没什么好看的。"

弋戈问："他让你邀请我？"所以范阳已经知道他们俩重新遇上了？

蒋寒衣避开她真正想问的，点头道："嗯，他说老同学都邀请一下。"

"知道了。"弋戈把请柬放到玄关鞋柜上，"有空我会去的。"

"好。"电梯到了楼层打开门，蒋寒衣应了声，走进去，没再回头。

弋戈发现中秋的到来正悄悄纠正她所有不好的习惯。

比如起床晚，现在因为要遛狗，她又恢复了工作前的健康作息，每天都争取在七点前起床，准时和中秋一起下楼运动；又因为运动量提升，她的食欲和食量也跟着提高，公司食堂仍然难吃，但她却有了兴致，一家一家去探索新的外卖。

这周五，弋戈叫了猪肚鸡到家里，和朱潇潇一起吃。

她舀了两大勺辣酱出来放碟子里，猪肚裹辣酱，一片接一片，吃得满脑袋汗，嘴唇快肿成香肠了也停不下来。

朱潇潇目瞪口呆地看着，趁她不注意还录了好几个视频。

"朱潇潇！"弋戈终于发现被偷拍，瞪了对方一眼，"你一天不拍我丑照能死是不是？"

"这怎么能是丑照呢，这看着多有生命力啊。"朱潇潇笑得直不起腰，"我说，你这吃相真的，太勾人食欲了，啧，我感觉你比我更适合做吃播。"

"没你那么大的胃。"弋戈白她一眼。

"谦虚了谦虚了，你看看这一锅，我就吃了两块鸡，其他全是你干掉的！"朱潇潇拿汤勺扫了一下锅底，还是叹为观止，"哎，我说，你最近是不是胖了点？总算看见点肉了。"

"好像是，上周在拳馆称了，刚好一百一。"弋戈说着，嘴里"嘶嘶"两下，也快辣得受不了了，指着冰箱指使朱潇潇道，"快快快，给我拿个可乐！"

"那你……这不到一个月长了五六斤？"朱潇潇震惊地瞪圆了眼，老不情愿地撑着茶几起身，"我看你这食欲也好了不少，怎么做到的？"

"不知道。"弋戈单手抠开易拉罐，"可能是那家店做菜太好吃吧。这两天那些软件的年终总结不是出来了嘛，我看了下，我在他们家点了快两千的外卖了。哦,这个辣酱,也是我上他们家后厨买来的。"

朱潇潇斜眼:"哟,上头有人就是不一样,都能直接进后厨了?"

弋戈不是听不出她意思,但还是笑笑混过去:"是啊是啊,我上头那人不就是你嘛,你可是要给他们家探店的大 V,报你名字特别好使。"

"少来!"朱潇潇一筷子打在她手背上,"老实交代,你跟蒋寒衣是不是又勾搭上了?他干吗这么好心带你去领狗?"

弋戈正好吃完最后一片猪肚,意犹未尽地咂了咂嘴,又慢悠悠喝了口可乐,才缓缓对上朱潇潇审视的目光。

她眼神清清白白的,与朱潇潇对视了一会儿又别开,招手呼唤在阳台看月亮的中秋——中秋这狗似乎有强烈的"返祖"倾向,像狼一样,特别爱看月亮,晚上总是往阳台一坐,一动不动地抬头望月。哪怕弋戈这儿有这么多好吃的,它也不为所动,深沉地思着故乡。

好在它还是黏人,一叫就摇尾巴往弋戈怀里蹭。

弋戈垂眼揉着狗脑袋,语气轻轻地说:"我好像还是喜欢蒋寒衣。"

朱潇潇哪能想到她轻描淡写地抛出来这么一个炸弹,惊得眼珠差点瞪出眼眶。

"什么玩意儿?"朱潇潇一嗓子吓得中秋一个激灵,"什么叫,你好像、还是、喜欢,蒋寒衣?"

弋戈来回抚着中秋的鼻梁,沉默地思考了一会儿,正色道:"不是'好像',就是吧,肯定句。

"'还是'的意思,就是我以前也喜欢他。

"'喜欢'的意思,就是更喜欢了,想跟他谈恋爱的那种。"

她逻辑严明、顺序清晰地回答完朱潇潇的问题,坦坦荡荡、面不改色。

"以前就喜欢你当年拒绝他干吗?"朱潇潇不解地问。

弋戈的眼神黯了一些,叹了口气:"没那么喜欢吧,反正当时没有喜欢到想跟他谈恋爱的地步。当时我就想谁都别来理我。"

朱潇潇试图表示理解,但看她的眼神还是一言难尽。

"其实我也不知道,我这几天也在想这个问题。"弋戈挠了挠中秋的下巴,有些纠结地说,"我在想,当时是不是等个几天,我就又好了,然后就和蒋寒衣在一起了。我觉得是有可能的,但更有可能在一起了又分了。十七八岁的时候不都这样嘛,一会儿想通了,一会儿又想不通了,今天觉得多大点事儿啊有什么大不了以后世界都是我的，明天就躺在床上心如刀割连门都迈不出去了。"

朱潇潇觉得膝盖中箭，幽幽说："……我现在也这样。"

现代社会，哪个年轻人不这样呢。

弋戈轻轻一笑，很认真地说："可我觉得我现在不这样了。"

"至少大部分时间都不会这样了，就算再遇到什么事情，我也觉得我能处理好了。"弋戈说完，很自豪地抿嘴笑了笑，好像在给自己肯定，又看着朱潇潇点头强调了一遍，"真的。"

朱潇潇一点都不怀疑这是假的。她和弋戈认识快十年了，这十年里，弋戈一直是她所知道的，最勇敢、最强大的人，一直都是。

可她还是要问一句："就算是这样，你怎么就突然确定你喜欢蒋寒衣了呢？这才不到两个月，你们才见了几面？"

"不知道，就是感觉。"这大概是弋戈生平第一次神神道道地相信起"感觉"，"没遇见的时候不觉得，重新遇到了才发现，就是舒坦。跟他有关的事情，都让我觉得舒坦。"

比如黄粱梦，比如中秋，比如掉头再看一次的圣诞树。

"我的多巴胺告诉我，我很喜欢他。"

"行，那我确定了，你还真的是喜欢他喜欢得要死。"朱潇潇无语地一摆手，盖棺定论。

弋戈倒不知道她为什么突然这么笃定。

"因为你要不是喜欢他，你这辈子都说不出这种骚话！"朱潇潇愤愤地搓胳膊，表示自己有被恶心到。

第十九章
我们的岛屿

圣诞节后,弋戈请了几天假,连着元旦假期一起,凑出了快一周的空闲。

因为舍不得把中秋放宠物店寄养,所以她咬咬牙,还是决定自己开车回江城。杭城回江城的车程至少八个小时,弋戈上一回自驾这么长的距离还是在美国,春假的时候从加州一路玩到了纽约,而且当时走走停停,还有同学一起。这回独自一人开这么久,她很谨慎,提前好几天就开始调整作息养精蓄锐,为此每天明目张胆地六点就下班,全当没看到同事敢怒不敢言的眼神。

出发那会儿下了点雨,弋戈开得小心,所以脚程比预计的慢得多。早上出发的,到中午,才走了三分之一。

她在高速休息区停下来,带中秋上了个厕所,又喂它吃了点东西。她自己倒是不太饿,也没什么胃口。这一上午开下来,她只感觉自己在杭城堵成筛子的车流里磨蹭了两年,车技倒退如跳崖,高速上脚搭在油门上,老觉得不踏实,碰上大货车心里也有点发憷。

歇了快半小时,准备再出发的时候,忽然接到王鹤玲的电话。

"妈?"弋戈有点意外,这几年她和父母的关系缓和许多,至少不是相对无言冷若冰霜的状态了,在国外时她甚至还能隔两周就心平气和地给他们打个视频聊聊日常。不过王鹤玲向来高冷，基本不会主动给弋戈打电话。

"到哪儿了？"电话那头很嘈杂，衬得王鹤玲声音空洞。

弋戈回江城，是提前跟父母说过的。当时弋维山坚决反对她自己开车回来，还说非要带上狗的话他可以派人开车去接。弋戈实在不好意思让某个可怜的打工人来回二十个小时就为了接她一趟，于是谎称自己最终决定不带狗、坐飞机回，这才糊弄了过去。

谁想到，王鹤玲开门见山就问"到哪儿了"——如果坐飞机的话，要么在杭城要么在江城，哪会有"到哪儿了"这一问？

怪不得她跟弋维山扯谎时王鹤玲一言不发呢，原来是看破不说破。

她心虚地笑了一声，然后坦白道："安城。"

"安城服务区？"王鹤玲又问。

"嗯。"

"等我一个小时。"

王鹤玲说完便挂了电话，弋戈懵懵懂懂反应不过来——等她一小时？

约莫四十分钟后，一辆灰色Taycan驶进服务区。云迷雾锁的阴天，王鹤玲女士戴着墨镜、勾着只棕色kelly，八厘米高跟鞋蹬出的气势让厚重的驼色羊绒大衣穿在她身上都显得轻盈利落。

回头一个眼神，Taycan驾驶座上的司机二话不说打转方向盘消失得干干净净。

弋戈有些怔愣，不太明白她亲妈这一出"从天而降"是什么意思。

"你开多久了，怎么才到这儿？"

弋戈轻咳一声："……三个小时。"

王鹤玲的眼神缓缓扫过她的脸，极轻地叹了口气："还好我给你打了个电话，不然你得开到明天去。"

弋戈小声地为自己的技术辩护了一下："这天气，开慢点安全，何况车上还有狗。"

王鹤玲倒没说什么，肯定道："嗯，安全最重要，开多了就好了。"

她又问："车上有备用平底鞋吧？"

弋戈点头："有。"

这车是弋戈刚到杭城工作时，王鹤玲当毕业礼物送给她的。当时王鹤玲就反复强调，车子要定期保养，车里要备着平底鞋、破窗锤、玻璃水、防身武器等等。弋戈觉得有理，所以购置得很齐全。

王鹤玲穿得一身贵气，换鞋的时候倒不见她挑剔，直接站在车尾扶着车身，"金鸡独立"着就换了。

弋戈觉得她亲妈不太对劲。

等王鹤玲主动坐进驾驶座，以审视的眼光环绕车内确定了后座的中秋十分老实不会扰人之后，弋戈终于忍不住问："妈，您怎么会在这儿？"

王鹤玲摘下墨镜，看了她一眼，云淡风轻地说："我打算跟你爸离婚。"

有足足半分钟，弋戈惊讶得忘了自己的声带在哪儿。

这消息对她来说有多离谱呢？在怀疑论者弋戈的心中，她亲爹亲妈的感情，坚固程度大概是仅次于进化论的程度。

她从小到大听了太多人讲她爸妈感情多么多么难能可贵，连陈思友这种一辈子也难得夸弋维山一句的人，都略显欣慰地说过好几次"你爸这个人，感情上还是很靠得住的"。更何况，她这几年也的确亲眼见证过不少令人不得不相信爱情的时刻。在她看来，弋维山大多数时候装腔作势热爱说教，唯有在王鹤玲面前会露出一种憨直的真诚，而王鹤玲常常冷淡傲慢得叫人窝火，可这傲慢在弋维山身边却显出刁蛮的可爱。

世界上来来往往那么多人，弋戈不太相信真的有什么天造地设、地久天长，可她愿意相信她爸妈是个例外——任何事情都该给例外留有余地。

"……为什么？"弋戈尽力掩饰自己的惊讶，故作平静地问。

王鹤玲沉默了一会儿，叹了口气，似下定决心，自言自语般说了句"这事你应该知道"后，转头看着弋戈道："你爸认了个干儿子，刚升公司副总。"

弋戈没听明白，这事和他俩要离婚有什么关系？她下意识地接话道："他不是早就认了？"

王鹤玲脸色微变："这事你知道？"

弋戈不明所以："知道啊。"

"你怎么知道的？"

弋戈皱皱眉，费了点劲回想："去年过年回桃舟的时候吧，听到谁说的，忘了，那宴席上人很多。反正差不多知道，有这么个事儿。"

"你知道也没点反应，还不跟我说？"王鹤玲似乎气极，但说完这句，又压下怒火敛平神色，只是冷笑一声，"要不是要给他升这个副总，我怕是现在还被蒙在鼓里！我还真以为公司里出了个青年才俊，三年跳五级！"

王鹤玲五官大气明艳，生气时不怒自威。弋戈觑了亲妈一眼，心中大概明白了前因后果——弋维山认干儿子这事，是背着王鹤玲的。所以王鹤玲现在气极，要跟弋维山离婚。

可是——为什么？

弋维山认干儿子为什么要避着王鹤玲？王鹤玲为什么就因为这么件事要跟弋维山离婚？这两边的动机，她都不是很明白。

忽地，一个狗血的想法划过弋戈的脑海——难道，这干儿子其实是亲儿子？私生子？

不对，如果是已经工作了三年的人，那么那干儿子至少该和弋戈一样大……弋维山还不至于缺德到这地步。

她看着亲妈快把自己牙关都咬碎了，终于咳了声，轻轻说："我以为你知道，而且我也就是听了一句而已，没放在心上。你今天要是不说，我都想不起来有这件事。"

"没放在心上？"王鹤玲却忽地拔高了音量，"你爸有你，还跑去认什么干儿子，这事你不放在心上？"

弋戈迷茫了，不明白"干儿子"这事为什么就触了王鹤玲的逆鳞。但她直觉说多错多，于是乖乖地闭了嘴。

王鹤玲见她迷茫，只以为是她不懂，怒气反而消了些，冷冷问道："你知道你爸认个儿子是什么意思？"

"继承家产？"弋戈约莫说个大概。

"知道你还不放在心上！"王鹤玲一个眼刀飞过来。

"我是觉得这和我没什么关系……"弋戈小声为自己辩驳，又问，"你就为这事要跟他离婚吗？"

"就？"王鹤玲犀利地抓住关键词，"这是小事？"

这事要是放在别人身上，也许算得上是件能把家里掀翻了天的大事；

可弋戈总觉得这对王鹤玲来说应该不算什么。

弋戈抿抿唇，真诚地把心里想法说出来："我爸想把公司给谁是一回事，但我觉得这不会影响他对你的感情，你在他心里，还是最重要的。而且……我以为你不会在乎这种事呢，你不是一向也不太在乎公司的事吗？"

弋戈这几年也才大概知道自己家的生意是怎么回事。弋维山是干模具出身的，后来业务扩展到智能家居。生意刚起步的时候，王鹤玲是和弋维山各顶半边天的，后来做大了，王鹤玲就懒得参与了，但几家公司都还是在两人共同的名下。如今王鹤玲基本不插手家里的主业，反倒是前几年投资朋友的那个旅行社，占去她大部分的时间和精力。

王鹤玲看了弋戈一眼，左手肘搁在车窗上，两根手指屈着按在太阳穴的位置，倨傲地摇了摇头。

"我想不想管是一回事，他主不主动跟我说是另一回事。"王鹤玲严肃地看着弋戈，"同样的，这公司，你稀不稀罕是一回事，他给不给是另一回事。我女儿好好地在这儿呢，没缺胳膊没少腿，又漂亮又聪明，他认个干儿子恶心谁？"

王鹤玲冷笑了一声："十几年了，当年以为他不一样，现在看，骨子里小家子气是改不掉的。再大也就是个公司而已，还真当是什么皇位要找个男丁来继承？"

弋戈被王鹤玲笑得心里发毛，同时理解了王鹤玲气的是什么，也知道这事大概非同小可。她亲妈平时看着只是个被娇惯坏了的大小姐富太太，容易让旁人觉得她是靠爸爸靠丈夫的金丝雀——可真正的大小姐哪里是能受一点委屈的？这回，弋维山恐怕不好过了。

她默默在心里为亲爹点了个蜡。

"我晓得你不在乎他那些生意，我也不在乎，不就是钱。真要算起账来我名下的东西比你爸多，分家我也能撕下他一大半肉来。"王鹤玲的语气不容置喙，"但这事，你得跟我在一边。

"钱你要不要到时候再说，但妈得护着属于你的东西。"这大概是王鹤玲第一回在她面前摆"妈"的架子，"而你，也得跟妈站在一边，行吗？"

.511.

对于给她当妈这件事,王鹤玲大概还是没那么有底气,最后仍旧征求似的问她一句——行吗?

弋戈其实一点也不愿意搭理这事,她毕业的时候弋维山送了房王鹤玲送了车,她觉得自己活得够轻松了。何况她有工资有股票,这辈子大概没有半点缺钱的可能。弋维山那所谓的"家产",他爱怎么分怎么分,爱认几个儿子就认几个,她懒得浪费眼神。

可她又无比理解王鹤玲的愤怒所在,甚至,有那么一点点感同身受。

于是,弋戈最终还是笃定地点了点头,莞尔道——
"当然,你是我妈,我不站你这边还能站哪儿。"

王鹤玲终于展颜:"那行,回家!"刚发动车子又想到什么,笑着问她,"要不去跟妈去安山玩两天?那边酒店还不错,泡泡温泉,放松放松,你那工作压力太大。"

安山就在安城边上,是这一带著名的度假区。著名在景色好、环境好,但地方小,酒店一个赛一个的贵。

弋戈问:"所以你这两天都在安山?"

"是啊,我看你爸那样就烦,索性来这边休息两天。"王鹤玲优哉游哉地说,"本来想去杭城看看你的,没想到你提前回家。"

怪不得有这一出"从天而降"。弋戈点了点头。

"怎么样,去就下高速。"王鹤玲说着已经打上转向灯变道,前头两公里就是下岔口。

"下次吧,我回去参加同学婚礼呢。"弋戈忙摇头。

王鹤玲诧异:"就结婚了?"

不等回答,她又自顾自道:"也是,你们同学差不多也都二十五六,早结的也有。"

说着,她又道:"这事儿妈不催你,但你心里得有数,遇到合适的可以留意,谈谈看,人不能一直单着。"

弋戈被她这一串头头是道砸得无力回击,只能讷讷点头。

"你心里有数吧?"王鹤玲絮叨着又猛地一问,"得有数!"

弋戈内心:我现在可太有数了。

母女俩交替着开车，脚程快了很多，但到江城时仍然已经入夜。开到江边，原本拐个弯就该到家了，弋戈眼睁睁看着王鹤玲方向盘一打上了桥，又看一眼自己手机里弋维山的微信消息不断跳出来。

弋维山：帮我劝劝妈妈。

弋维山：她把我拉黑了。

弋维山：这么晚了开车不安全。

弋维山：家里做好饭了。

…………

到最后，弋维山大概也是知道无望了，灰溜溜来了句：多照顾你妈的情绪，别让她喝酒。

弋戈在心里连连摇头，她亲爹这时候真是又可怜又可恨，惹谁不好，偏惹王鹤玲女士，这是有多想不开？

王鹤玲把弋戈带到自己名下的一处别墅，弋戈没说什么，乖乖地下车，一手牵狗、一手拿行李，跟在亲妈身后。

"那个……"见王鹤玲进门擦了手就要开酒，弋戈还是忍不住出声，但刚开口又一想，这在自己家喝点红酒好像也没什么事儿，于是话到嘴边又变成了，"你把爸爸拉黑了？"

王鹤玲浓眉淡淡一挑，像是在问——有何不妥？

"你不管是真要离婚还是不同意他认干儿子的事，都得跟他沟通吧。直接拉黑的话……也解决不了问题。"弋戈不怕王鹤玲，但今天不知道为什么，总觉得自己在这事上面对亲妈没什么发言权，于是说话也吞吞吐吐，气势矮一截。

"我已经让他选了。两个礼拜，要离婚还是要认他那个干儿子。离婚的话，直接两边律师谈；认错的话，他晓得怎么来找我。"王鹤玲一边说，一边不紧不慢地拧开一瓶新红酒，克制地倒了半杯。

说完，她两只细长手指捏着杯脚，施施然走到客厅的按摩椅里坐下，又吩咐弋戈一句："早点洗洗睡吧，你那狗可以进屋，但不能进我的卧室，掉了毛或者乱拉乱撒你记得清理。"

"知道。"弋戈点头就要牵着中秋进屋，末了还是不放心，叮嘱一句，"你少喝点……"

王鹤玲靠在按摩椅里，扬起嘴角一笑，道："放心，我有数。"

整面落地窗在她身后,映着城市璀璨的夜景,而她面庞优雅、姿态雍容,仿佛这只是再寻常不过的一个夜晚——这会儿她不紧不慢地喝半杯酒,再过一会儿弋维山会过来坐在她椅子扶手处,敛去一身的疲惫,牵着她的手摩挲着、和她讲几件轻松小事,两人一起笑一会儿。

即使现在没有弋维山,王鹤玲独自这样坐着,这画面也没有丝毫不对劲,仍然是一片娴静雍容。

可弋戈在进屋前回头看一眼,心里却总觉得有些不是滋味。

弋戈在家待了三天。

这三天里,王鹤玲分别去看了一次画展、打了一场网球、约了一次SPA,以及在家里做了一次普拉提。

她看起来一点不着急,完全不像是在和丈夫闹分家闹离婚,一派胸有成竹的样子。反倒是独守空房的弋维山,每天急躁得像热锅上的蚂蚁,平均两小时就要给弋戈发一条微信:你妈妈心情怎么样?

弋戈没法回,总不能说"我妈心情特别好"?她只好假装提议,实则给弋维山透露口风:要不,你来别墅这边哄哄她?

弋维山不会发表情包,发来一个十分抽象的:唉……

六个点表示喟叹。

看这个状态,弋戈心想王鹤玲果然是将弋维山吃得死死的,这事儿估计还是会顺着王鹤玲的心意来,只不过是时间长短的问题。

于是她没多忧心这个,每天最大的任务除了遛狗喂狗,就是登录各问答平台论坛网站,企图从形形色色的恋爱帖、吐槽帖、分手经中汲取一些可复制的经验。

第四天是跨年,也是范阳结婚的日子。弋戈出门前还听王鹤玲嘀咕,说现在年轻人怎么选跨年的日子结婚,真是有个性。

弋戈没接茬,把中秋留在房间里叮嘱它不准捣乱,才拎着包出了门。

弋戈先去机场接上了朱潇潇,这位大红人中午刚在黄粱梦探完店,踩着点往江城赶。红包都是在机场取的钱,蹭了弋戈新买的红包现塞。

"你给了多少啊?"朱潇潇数着钞票,拿不准这数额该怎么放。她俩和范阳的关系,说熟吧,高中有段时间确实还挺亲;说不熟吧,也确实很多年不联系了。

"一千。"弋戈边开车边说。

"这么多?"朱潇潇惊了,她这还在四百到六百之间犹豫了,怎么这人就撒出去一千了?

"多了?"弋戈皱眉,"我不太清楚这种事一般给多少,要不你帮我拿出来点。"

朱潇潇无奈地摇头,从她的红包里抽了四张钞票出来,忽地又想到什么,嘿嘿笑道:"哦,我知道了,你是不是想着他是蒋寒衣的好兄弟,想包个大点的红包显示自己人的身份啊?故意套近乎!"

弋戈无语地翻了个白眼,自从那天晚上她和朱潇潇交了句底,朱潇潇说话就三句不离蒋寒衣了,什么事都能被朱潇潇关联上。

弋戈冷笑一声:"那我应该再套近点,干脆不包,反正都是一家人,有一个包了就行了。"

朱潇潇叹为观止:"你怎么自从喜欢蒋寒衣就这么不要脸了呢!"

弋戈没说话。

谁知道,她和蒋寒衣重逢至今也就见了四面,可有些东西好像就是这么神奇,当年从他那学来的厚脸皮和嘴上功夫,全都自动回到她身上了。

找车位又浪费了不少时间,两人匆匆忙忙走进宴会厅的时候,婚礼都快开始了。

宴会厅里已经调暗了灯,粗粗一看只见一圈圈脑袋,大笑声、聊天声、小孩子的玩闹声,混着烟味、酒味、橘子味,一股浓重的热浪扑鼻而来。

朱潇潇走了两步,脚上就踩到好几片橘子皮,再一看,边上那桌脚下好几个小孩席地坐着,聚拢了一堆喜糖袋,把里头的砂糖橘全掏出来,也不吃,光剥着皮玩,比谁剥出来最完整最大,比完了又开始拿橘子皮当画片拍。

"嚯,热闹啊。"朱潇潇终于还是忍不住阴阳怪气起来,"这新娘子,挺有眼光。"

弋戈没说话,她小时候在桃舟,参加过村里的婚礼,那场面的混乱程度和现在也就差不多,也许更乱一点吧——可见范阳这婚礼,有多"热闹"。

"图个热闹吧。"她模棱两可地附和了句。

·515·

"哎，你说，范阳这新娘子到底何方神圣啊？"朱潇潇挽着弋戈，凑近了问，"你说他和夏梨分手也就两年吧，我还以为他会一直死心塌地等女神回心转意呢，结果这么快就结婚了……哼，男人！"

弋戈想了想，刚想说从客观角度来说她的情况假设不太全面，目光中就出现一张恬静的笑脸——不远处的一张圆桌上，夏梨冲她们摆了摆手。

她忙用手肘向后一捅示意朱潇潇别再瞎说，然后冲夏梨一笑，走了过去。

上次见面还是在北城，算下来也快两年了。弋戈在夏梨身边坐下，问："什么时候回来的？"

夏梨苦笑："从上次——结婚就没走。现在不是流感嘛，我妈不放心。"

弋戈点点头，想到夏梨工作的那个NGO在江城有办公室，于是她又说："没关系，在家里上班也挺不错的。"

夏梨不客气地笑道："那确实比你这种'996'的滋润一些。"

朱潇潇一听这话来了劲，恨不得和夏梨击掌："就是就是！也不知道她替资本家卖个命还那么拼是为了啥。"

这一桌都是高中同学，虽然弋戈都不太熟悉了，但大家还是这么你一眼我一语地聊起来。"身边坐着新郎前女友"的尴尬，也不知不觉消弭在热络的氛围中。

婚礼正式开始，先放了一段VCR，伴随着主持人的煽情讲述和同桌小伙伴的场外讲解，弋戈终于知道，今天的新娘是范阳相亲认识的。说起来，还有一段故事。

据说那姑娘原本是被家里安排，和另一个人相亲。她在西餐厅和男方吃了顿饭，被恶心得一口气堵在胸口怎么也下不去，于是转头就进了隔壁火锅店，一边涮毛肚一边打电话跟闺蜜大声吐槽——当然，就是范阳那家火锅店。

结果那姑娘太能骂，边吃边骂了三个多小时，把手机聊没电了不说，火锅店都要打烊了她也没见停，反而越说越饿，电话打不了了，还要继续吃，追加了一桌子菜。

店里伙计亲眼见识了她三个多小时不重样的"优美"的中国话，愣是没一个敢上去阻拦，只能乖乖地继续上菜。直到范阳照例来店里看一眼，发现还没关门,听伙计把情况一说,刚要亲自上前去送客,看见那姑娘拿起重新充好了电的手机,十几秒的语音条说来就来,一口四川话骂得那叫一个酣畅淋漓。

范阳一听,那男的确实猥琐,小姑娘不容易,于是就不好意思送客了。

结果那姑娘刚好抬头,看见他欲言又止,这才注意到时间,忙站起来说不好意思,扫码付钱就要走。

她一边扫一边还在骂微信那头的人,不过放小了声音,像是一个人在嘀嘀咕咕。

范阳何许人也?论话痨,当年他也是冠绝树人中学的人物。棋逢对手难得,他又不好意思赶客人走,于是最终也不知他怎么做到的,倒和那姑娘相对而坐,碰杯而饮,一块涮起毛肚喝起啤酒骂起渣男来。

一来二去,那姑娘看上了范阳,觉得他风趣幽默炒的火锅底料还香,没多久就将人拿下,谈了半年就决定结婚。

夏梨和她俩一起听男生们你一眼我一语地讲范阳的爱情故事,他们大概是默认夏梨和范阳分手实属正常,估计也没什么纠葛或伤疤,于是讲起来也毫无顾忌。

夏梨看起来倒真的没什么特别的反应,和弋戈一样,认真听,到好笑的地方也笑一笑。

听完,弋戈和夏梨都没说话,朱潇潇半真半假地附和了一句:"还挺浪漫,跟小说似的。"

"那可不嘛!"男生们百无禁忌,哈哈大笑,关于兄弟娶媳妇这事,他们总有一种"与有荣焉"的骄傲感——虽然范阳跟他们也算不上什么兄弟。

"现在就数范阳这小子日子最舒服了,火锅店那是躺着挣钱,现在还有个美女陪他躺,啧啧。哎你们还没见过吧,我跟你们说啊,范阳她老婆,长得可——"

徐嘉树羡慕的话音还未落下,一阵悠扬浪漫的交响乐奏起,宴会厅大门拉开,新娘子挽着范阳的手,从光的那头缓缓走来。

再嘈杂混乱的婚礼,在这一刻也是安静神圣的。再吵闹没教养的人,至少也会屏息一秒,观察新娘子的容颜。

.517.

弋戈只扫了一眼那白纱下的朦胧面庞，直觉是个美人坯子，而后的所有目光，都被站在新郎身后的蒋寒衣吸引。

这是她第一次看见蒋寒衣穿西服。

看起来不是多么高级的布料，但剪裁很合适。蒋寒衣身形挺拔，脸庞在灯光下显得更加英俊立体。不得不说，范阳请蒋寒衣当伴郎，实在不是什么明智的决定。

弋戈看见蒋寒衣手里拿着个小盒子，大概是戒指。那一小块好看的腕骨紧贴着白色衬衫的袖口，随着他的动作，时而缩进袖子里，时而又露出来。

弋戈不知道自己盯着他看了多久，但在他敏锐的目光不满地微皱着回看过来的时候，她没有丝毫躲闪，而是深深地、直白地凝住他的眼睛。

短暂安静了几分钟后，婚礼现场再次变得混乱嘈杂，除了他们同学这桌，其余十几桌上的人继续你一言我一语地喝酒吃菜、放声大笑，那边桌角的小孩子继续拿橘子皮当画片拍，暖气继续烘着，空气中说不清是汗臭酒臭多一点还是饭香菜香多一点。

而台上，新郎新娘已经进行到交换戒指的环节。

弋戈看见范阳从蒋寒衣手里接过戒指，笑得颧骨快戳到眉毛上去了。他还是很瘦，幸运地逃过了男人毕业即发胖的魔咒——哦不对，他没有毕业这一说。笑起来也还是贱兮兮的，像只尖嘴猴。

而新娘，如高杨他们所说，的确美得很出众——在这一场子的人里，也就比夏梨差那么一点吧。弋戈最终还是免不了在心里做了一秒俗套的对比。

朱潇潇的吐槽此时飘进耳朵："这姐们都长这样了，是怎么看上范阳的。"

弋戈刚想笑，又听见她自问自答："啧，这世道，多少美女配了野兽，这是干啥呢！"

旁边夏梨笑了声。

"别这样，范阳挺有钱的呢。"弋戈和夏梨对视一眼，不知怎的也一瞬间打通了刻薄的任督二脉。

"还搞笑。"夏梨补充。

"图搞笑不如多看几部沈腾的电影呢！"朱潇潇争辩，而后又摇头叹道,"唉,图啥啊。"

她话音刚落,台上话筒里传来一声啜泣,三人抬头一看,新娘给新郎戴戒指,还没戴进去,竟然自己先哭起来了。

"范阳,戴了我的戒指,就……就得给我炒一辈子火锅底料!"新娘子哭得梨花带雨,手拿着戒指卡在范阳指节上,抽抽噎噎地说这么一句。

台下一片哄笑,范阳也从错愕中笑开来,忍俊不禁地扶着新娘的手把戒指戴牢在自己指头上。

"好,还给你涮一辈子毛肚。"范阳笑嘻嘻地应。

"还要给我修一辈子手机!"新娘又笑又哭,语无伦次地补充,"我上次手机摔坏了被人坑了一千多块钱!"

台下笑成一团,他们同学这一桌却忽然都微变了脸色。炒菜和修手机应该都是范阳在里面学的,他们刚刚聊得那么火热,但谁都没敢提这个话题。范阳当年和大家都有不错的交情,可那桩至今都没有定论的案子把大家的路硬生生截成云泥两道。他们一个个奔赴大学享受青春,范阳却在牢里蹲了三年。少年人最早感受到的人生剧变莫过于此,哪怕见过了更荒唐、更可怕的事情,心里也始终为这事留着道淡淡的疤。

弋戈分明看见,整场婚礼一直轻松自在的夏梨,脸色也绷紧了。

可下一秒,范阳在众人笑嘻嘻的起哄中嬉皮笑脸地点头,说:"还给你打一辈子围巾手套!"

听他说完,新娘终于"扑哧"笑出声来,随后大胆地伸手搂住范阳的脖子,扬起下巴同他来了个法式热吻。

宴会厅里的氛围达到高潮,他们这一桌那一点外人不察的紧绷,也不知不觉地消散了。

弋戈余光看见夏梨也轻轻扬了扬嘴角。

"没想到,还挺感人。"吐槽了整顿饭的朱潇潇这时竟抹了把眼泪。

"本来就挺好的。"夏梨说了句。

"我也觉得。"弋戈也应声,拿起筷子夹了个茄盒,"至少这桌菜很不错,茄盒好好吃哦。"

台上的仪式结束,新郎新娘换了衣服向客人敬酒,伴郎伴娘陪着。

蒋寒衣跟在范阳身边走过来的时候，弋戈心里思考要不要和他说句话或者该用怎样的眼神看他，可还没思考出最优解，忽然听见朱潇潇吸了口气惊呼一声："喂！"

余光瞥见有个人影往自己身上撞，弋戈未经思索，条件反射下闪了个身。

"啪！"

"嘶——"

一道玻璃破碎的声音，一阵众人的惊呼。

弋戈站定回过神来，看见的是地上一摊还冒热气的玉米汁，一边站着个不知所措的小孩，另一边蒋寒衣半抬自己的胳膊，西装袖子上一片惨黄，半边手背被烫得血红。

弋戈还没敢相信发生了什么，下意识地上前一步想去扶蒋寒衣的胳膊。

"你……"

蒋寒衣打断她，对那闯祸的小孩笑了一下："没事，回去坐吧。但下回不能端着烫的东西到处跑了，会撞到其他人的。"

小孩也不知是被吓的还是真知错了，愣愣一点头，转身撒丫子就跑。

蒋寒衣甚至没看弋戈一眼，转身走了。那位伴娘反应极快，半秒也没犹豫，立刻跟了上去。

弋戈坐回自己的座位，朱潇潇幽幽抛来一句："你躲得还挺快。"

弋戈麻木地看她一眼，皮笑肉不笑。

夏梨也幽幽来一句："确实快，比飞行员都快。"

弋戈也麻木地看她一眼，继续皮笑肉不笑地说："夏梨，你以前不是这样的。别跟她学。"

夏梨松快地笑起来，一点不掩饰看好戏的愉悦。

"不是，我真的服了！"朱潇潇满脸写着"无可救药"四个大字，但碍着众多人在，还是压低了声音小声道，"这么套路的英雄救美剧本你都能演歪？人家毫不犹豫、跨那么两大步上来替你挡，你自己躲得倒挺快？你就不能像个正常人一样，没有反应过来、受到了惊吓，然后被他搂在怀里吗?"

弋戈张口想争辩几句,却发现没什么可说的。

她能说什么?

感谢韩森吧,把她练得如此敏捷。

这该死的反应速度和条件反射她有什么办法!

而且蒋寒衣离那么远,自己闪一下就能解决的事,等他来救多不划算!

但朱潇潇把场景描述得过于具体,弋戈听了,心里竟也有那么一丝丝惋惜,烦躁地抱起两臂,道:"那我下次努力。要不下回你往我身上泼热水?"

朱潇潇恨铁不成钢地瞪她一眼。

夏梨:"两百块,我来泼。"

敬了一圈酒下来,新娘子累得腰快断了,范阳殷勤地替她捏肩,又把人送回楼上房间,叮嘱她好好休息,不用再操心楼下的客人。

"放心吧,你老公我就是干这个的,我来搞定。"范阳弯腰替老婆把耳环取下来,心疼地揉了揉她被拉变形的耳垂。

新娘子仍有些担心:"新娘不在,是不是不太好?"

"有什么不好?我漂亮老婆哪能一直给他们看?"范阳大手一挥坚持道,"你呀,就赶紧好好歇会儿,等我把客人送走了就来陪你。"

"你别喝太多!"新娘也实在累得不行,被范阳往床上一按,下一秒闭上眼就能睡着了。

"放心吧,回来绝对熏不着你。"范阳替她掖好被子,又把房间空调温度调好,才轻轻关上门下了楼。

电梯刚开门,范阳看见蒋寒衣甩着胳膊从卫生间走出来。

"哟,英雄。"范阳幸灾乐祸地喊了声。

蒋寒衣闻声定住脚步,回头一看是他,没给好脸,压着烦躁"嗯"了声,问:"怎么在这儿?"

"刚送老婆上楼休息。"范阳重音强调"老婆",满是炫耀的意味。

蒋寒衣黑着脸,瞪他一眼转身要走。

"嘿,别走啊,聊会儿。"范阳说着从口袋里掏出烟盒,拉着蒋寒衣出了酒店大门。

"办着婚礼，新郎跑出来跟伴郎抽烟，不知道的以为你是被谁逼了婚。"蒋寒衣往花坛边一靠，支着长腿，烟还没点上就奚落了范阳一句。

范阳一点不生气，摇头"啧啧"发叹："有些人啊，自己玩英雄救美玩脱了，还嫉妒我，就把火发我身上。"说着，他倒是低头瞥了眼蒋寒衣的手背，还行，没鼓水泡，就是红肿得厉害，不太美观。

"我嫉妒你什么？"蒋寒衣像听了个笑话。

"嫉妒我有老婆啊！我老婆，又漂亮，又可爱，还很爱我！"范阳得意扬扬，老不要脸。

蒋寒衣冷笑一声："那我还是更关心你婚礼上碰到前女友连敬酒的时候都不敢看一眼是为什么。"

范阳的脸色僵了一瞬："不谈这个咱们还是朋友。"

蒋寒衣微微低头，用手拢着风，点着了烟，没再多问。其实他至今也不太清楚范阳和夏梨是为什么分了手，明明双方好像没什么矛盾，不然夏梨今天也不能这么平静大方地来参加婚礼。范阳这厮看着没心没肺，其实倔起来像头牛，这两年一碰这话题他就回避，怎么也不说，蒋寒衣于是也一直不问。

"那天我把请柬给她的时候，她好像不太高兴，差点又骂你两句。"吸了两口烟，蒋寒衣忽然起了话茬。

范阳反应了两秒这个"她"是谁，对蒋寒衣这种矫情的代称行为表示十分嫌弃，撇了撇嘴才道："那不挺正常，她以前就八棍子闷不出个屁，十句话里有八句是骂我。"

蒋寒衣被他说得一笑，然后道："她以为你和夏梨没分多久。"

"两年还不够久啊，阿sir！"范阳大剌剌地摆手。

"久吗？"蒋寒衣抓着他的话反问，"其实我也挺好奇的，你为什么突然就想结婚了。这才认识没半年吧，虽然感情好，但是怎么就确定能结婚了？"

"两年，再来一回我牢都快蹲完了，你说久不久啊？"范阳没心没肺地笑道，对上蒋寒衣沉沉的眼神，一摆手躲开，"我们普通人，到了适婚年纪、碰到了喜欢的人，就是要结婚的，懂？

"更何况，我老婆还那么漂亮！"

范阳言之凿凿，忠诚守护着自己老婆的颜值："这年头，漂亮、有钱、贴心，有一个就不错了，可以结啦！活得太挑是不行的兄弟！"

范阳一副"已婚人士"的模样给他上了一课，末了又煞有介事地摇头道："哦，不对，你这个情况另当别论，毕竟你这是个连热汤都能自己躲开的奇葩。"

蒋寒衣见范阳又把话题引回他和弋戈身上，于是继续默默吸烟，不搭理。

可范阳还在喋喋不休。

"一哥这身手真是不减当年啊，我还没看清呢，她就毫发无损地在旁边站着了，你当时真的像个傻子！

"不过她怎么瘦了那么多？瘦得我都害怕。

"听说她现在可牛了，年薪一百多万，这才毕业多久啊……天才就是天才，跟我们凡人不一样。

"我看她看你那眼神，好像也没啥特别的，你说你俩还有戏吗……"

蒋寒衣被范阳叨叨得心烦，一支烟抽完，掐灭了丢进垃圾桶里就要走，迎面却看见弋戈从酒店里走出来，径直对着他说——

"能单独跟你说几句话吗？"

酒店门口人来人往，蒋寒衣想到刚刚餐桌上那一出，还有那些老同学看热闹不嫌事大的眼神，点头后又说："去后面院子吧。"说着，径直迈开步子往后院走。

弋戈见他避嫌的态度，微怔了一下，但也没准自己多想，跟了上去。

经过范阳身边的时候，听见他用熟悉的贱兮兮的语气说："一哥，好久不见啊。"

弋戈跟紧了蒋寒衣，没空同他寒暄，匆匆应了句"好久不见，新婚快乐"。

范阳点头应下这祝福，下巴又往蒋寒衣疾步而去的方向一扬，"啧"了一声道："哄哄他，可委屈了。"

他的语气太熟稔，听上去，他自己不是历经沧桑的老同学，蒋寒衣也不是分别七年的旧友。

倒像是，她和蒋寒衣是一对同他相熟多年从未分开的老朋友，而他幸灾乐祸地看着两人闹别扭。

弋戈脚步微顿了一下，忽然觉得范阳这种贱兮兮的自来熟也挺好的，叫人怀念。

她本想停下来再寒暄几句，可蒋寒衣连背影都携风带雨，迅疾得就快消失在拐角，她只能笑了笑，然后赶紧跟上。

这酒店在江城算是豪华的，原以为后院会是个简陋荒置的地方，没想到还别有洞天，喷泉花坛、长椅圆桌，一样不少。

蒋寒衣又是往花坛边一靠，一条腿伸长，另一条微微屈起来，在院子里不太敞亮的灯光下，看起来格外落拓。习惯性地，他找到个安稳的姿势靠着就想掏烟出来抽，刚摸到烟盒，余光瞥见弋戈在几步远之外盯着他看，手又从兜里拿出来。

这人什么毛病？

今天都盯着他看多少回了。

以前也没见对他这么感兴趣啊！

今天的婚礼是范阳他妈、叱咤文东街菜市场十余年的刘红丽女士一手操办的，热闹得像同一间铺子里左边在杀猪右边在宰鸡中间还有个老板在跟人对骂，蒋寒衣在过去两个多小时里被十来个认识的不认识的大爷大妈喷喷盘问了好几遍户口，还包括伴娘在内的三个眼波流转的姑娘或腼腆或大胆地问他要微信，饶是如此，他也心平气和地保持着一百分微笑完美完成了伴郎任务。

可到弋戈这儿，她盯着他看几眼，他就受不了了。

好烦。

没兴趣看什么看！

蒋寒衣略重地咳了声，又扫弋戈一眼，暗暗地提醒她别盯了，然后换了只脚屈着，身体看起来不再是倾向她，接着才问："找我干吗？"

他的提示动作过于刻意，弋戈立刻就心领神会，但直白的眼神却没有丝毫要撤回的意向。她在心里愤愤——小气，长得帅就得给人看！

"有几个问题想问你。"她走近了，站他面前说。

"问。"

蒋寒衣很想保持淡定,但此刻弋戈的脸就近在一步之外,他光是克制住自己不躲,就已经很不容易了。

而且,他还下意识地分了半份神去想——她为什么瘦成这样,正面都能看见下颌骨的轮廓,像话吗?

"蒋寒衣,你当时为什么那么关注中秋领养的事情?"弋戈开口问。

蒋寒衣被她的旧事重提晃了一下,下意识地心虚,愣了两秒才说:"不是说过嘛,韩林跟我说的,我就顺便帮他关注一下。"

"真的?"弋戈淡淡问。

"我有必要说谎?"蒋寒衣心里压着一团烦躁的气,语气有些不耐。

弋戈没应,但紧接着又问:"那我们在警察局碰上之后那几天,你是不是每天晚上都在我家小区附近?"

她的问题转得太快,蒋寒衣错愕地看她一眼,而这一个眼神就立刻把真相和盘托出了。

弋戈了然,心中难免雀跃,面上却没有丝毫表露。

其实她也是前几天才反应过来的,那天在宠物医院医生说连着几天晚上看见黑色大G,她还没放在心上,后来回想,才觉得或许没那么巧,去小区物业调监控一看,那车,怎么那么眼熟。

西装袖子上还有玉米汁的淡淡痕迹,蒋寒衣垂着眼,心中嘲弄地笑了声,你早知道她聪明,更知道她应当有能力保护自己,所以那几天守着,不仅多此一举,还早晚会被她发现——何必献丑呢?

"你喜欢我吗?"

蒋寒衣还在心中自嘲,弋戈平静的声音像一道惊雷。

蒋寒衣诧异地掀起眼帘,见她还是一脸的风平浪静,且脸庞因为比当年瘦削,显得更加冷静。

蒋寒衣绞了下眉毛,最终没有声响。

他不可能回答她,可也不愿意徒劳地撒这个谎。她很聪明的,他不说她也知道。她一直都知道。

弋戈等了一会儿,没见蒋寒衣回答,也不催,又问:"你想跟我在一起吗?"

这回蒋寒衣的反应由错愕惊诧,彻底变成了不解与恼怒,他几乎可以肯定——她说不定是被朱潇潇整蛊,输了要出来玩大冒险。

"不想。"

这个问题不必撒谎,蒋寒衣可以直截了当地问答。他又不是百毒不侵,还能被莫名其妙地拒绝第二次吗?

弋戈的眼神闪烁了一瞬,可那一瞬的意外很快又变成从容不迫的理解和接受。

她点了点头,抿抿唇顿了两秒,然后看着他的眼睛说:"可是我喜欢你,我想跟你在一起。"

蒋寒衣不想把这话当真,可她的声音已经从耳朵钻进心里。像什么东西流过他全身的血液,在每一处都啃噬,留下痕迹。

"我可能也只敢问这一遍,但我很认真,所以,请你仔细想一想再回答我,我们在一起,怎么样?"

疯了。

要么是他疯了,要么是弋戈疯了,要么这就是个梦。

蒋寒衣此刻很感谢自己作为飞行员的绝佳目力,让他可以不动声色地观察朱潇潇有没有躲在哪个角落里看好戏,以判断这到底是不是个整蛊游戏。可他看完又觉得心更乱了——居然没有。

弋戈淡淡地提出这么惊天动地的想法,说完又还是淡淡的,平静如水地等他回答。

很平静,也很有压迫感。

身后的喷泉好像溅了一滴水在他后脖子上,蒋寒衣觉得冰,也醒过来。

最终他不知自己究竟算是扬眉吐气还是落荒而逃,只是他终于也深深地回看她一眼,以那种直白的眼神。终于也语气平淡、表情平淡,轻蔑地对她说:"你也知道什么是喜欢。"

然后他擦着她的肩走了。

空气里有玉米汁的味道，也有弋戈身上淡淡的酒味。
好似还有一点低迷的花香。
弋戈看着院子里的绿梅，站在原地静静思考了会儿。

原来勇气也不是用完一次就没有的，她首先确定了这一点。蒋寒衣没直接拒绝，那么她应该还敢再问几次。
另外——你也知道什么是喜欢？
我当然知道。弋戈笃定地想。

回到宴会厅的时候，弋戈没看见蒋寒衣。
大多数宾客已经吃完离开，夏梨也走了，就剩她和朱潇潇两个女生。新郎官范阳和那群男生侃了几十分钟的大山，最后也拍拍屁股走人，觍着脸说："春宵一刻值千金——"
弋戈从喜糖袋里一颗颗找出咖啡味的佳佳奶糖，放进嘴里含着，把印着那只胖猴子的包装袋拿在手里对折又对折。
朱潇潇看这情形就知道她肯定又搞砸了，说："我当你有多虎，还不是要灌两瓶酒才敢去。"
弋戈看了朱潇潇一眼，认真吸取经验，点点头说："嗯，下次应该喝三瓶。两瓶还是差点劲儿。"
本来她远远看着蒋寒衣靠在花坛边的时候，是很有些色心大发的。结果到了面前，还是只敢一板一眼地说话。
也许亲吻是三瓶酒的活。

朱潇潇习惯了此人的脑回路，只是摇头叹了扣孺子不可教也的气，拍拍她肩膀把人喊起来："走吧，回去我开。"
"嗯。"弋戈把桌上剩余的佳佳奶糖拣出来，揣兜里，起身跟她走了。

两人刚走到停车场，却看见夏梨坐在马路边的路缘石上，坐姿谈不上规矩和优雅，松松地盘着两腿，见她俩出来，扬起个灿烂无比的笑，伸长胳膊冲她们挥了挥。

·527·

"以为你回去了呢。"朱潇潇挽着弋戈走过去。

"做个好事而已,我在那儿范阳怎么跟高杨他们喝酒?"夏梨莞尔道。

这话朱潇潇不好接,干笑一声问:"现在回家吗?一起呗,顺道送你。"

夏梨摇摇头,仰头笑问:"喝酒去吗?"

朱潇潇愣了一下没立刻答应。她和夏梨吧……实在不太熟。高中的时候她拿夏梨当女神,就只能长吁短叹羡慕同人不同命的那种;后来在北城,跟着弋戈偶尔和夏梨吃过几次饭,觉得女神果然还是女神,在神坛上的时候高贵,在面前的时候温柔又周到。虽然她很想知道夏梨和范阳的八卦,但这几年被捶打出来的处世哲学告诉她,在普通朋友情绪敏感的时候,不要贸然去当那个出口。

哪知还没犹豫一秒,弋戈爽快答应——

"喝!"

刚好她也测试一下三瓶啤酒到底能到什么程度。

夏梨雀跃地跳起来,挤到她们俩中间,一手挽一个,朗声道:"走!"

跨年夜,KTV家家爆满,三人打了辆滴滴在江城各个商圈转了一圈,愣是一间包房也没订到,最后把司机都遛烦了,只能灰溜溜回到文东街,居然瞎猫碰上死耗子,有家奶茶店楼上是KTV,大概是因为设备差、曲库旧、房间小,所以还剩两间房,让她们仨捡了漏。

朱潇潇跟在弋戈和夏梨身后走进逼仄的包房,心情很有点奇妙——二十五岁的跨年夜,参加完范阳和陌生女孩的婚礼,见证了一些男同学隐有开端的发福之势,围观了一出狼狈且未果的英雄救美……最后,居然又和弋戈夏梨在一起唱歌,而这两个大部分时候都冷静沉稳的人现在还特别像俩傻子。

夏梨往茶几上一坐,点了第一首歌,莫文蔚的《忽然之间》。

朱潇潇想起来头次听夏梨唱歌是在高一军训的夜晚,她印象很深刻。当时夏梨应该是刚洗了头,光是披着长发静静坐在草坪上的模样,就已经引得男生们频频偷瞄。夏梨是中考状元,报到第一天就被刘国庆指定当班长,因此教官见大家都还拘谨着时,点名让她先唱一首。

当时夏梨唱的是《隐形的翅膀》,说实话,不太好听。这歌就得张韶涵那样嘹亮的嗓音才唱得好听。而且也太老套了,前几年大街小巷都放烂了，没意思。

可朱潇潇和其他人一样，情不自禁地"哇"出了声——有些人就是这样的，无论做什么事，都天生就惊艳。

朱潇潇当时因为胖，走方阵不好看，被教官藏在女生最后一排，所以听得很清楚，身后有两人窃窃私语。

蒋寒衣"扑哧"一笑："不愧是她，难得老刘不在她居然唱这个，无不无聊啊。"

范阳激动地反驳："这个怎么了？唱得多好！"

蒋寒衣："你不客观。"

范阳："屁。你才应该不客观。"

蒋寒衣不屑地说："你最好真是这么想。"

…………

那时候刚入学，朱潇潇已经听了许多八卦，还以为说班长和蒋寒衣要好。因此她听到蒋寒衣和范阳的对话，一点没多想，只在心里欣羡——班长真完美啊，长得又好，成绩又好，要好的男同学还这么帅。

军训那几天，几乎所有女生都在讨论蒋寒衣，说他那么帅，怎么不去当练习生。前几天大家还暗暗猜测他有没有喜欢的人，后来知道蒋寒衣和夏梨要好，大家的热情非但没有消减，反而更激动了——郎才女貌，金童玉女，这类故事永远击中少女心。

朱潇潇也不知道这段微末的细节为什么就从浩瀚的回忆里跑了出来，没细想，回过神时忽然发觉伴奏已经响了很久，但没人唱歌。

刚要看过去，话筒里传来一声破碎的哭腔，然后夏梨就抽抽噎噎地唱起来——

"忽然之间，天昏地暗……"

朱潇潇被夏梨突然的情绪吓了一跳，赶忙同弋戈交换眼神，却见弋戈瘫在皮沙发上，两眼放空，目光所对的方向确实是夏梨的背影，但她好像完全没听见夏梨哭一样。

一首歌唱完，没人点了第二首，狭小的包房里弥漫着一丝尴尬——当然，也可能只有朱潇潇觉得尴尬。因此她最终还是开了口，问："你还好吧？"

夏梨看着她，十分诚实地摇头，泪眼盈盈。

·529·

"那……"朱潇潇硬着头皮推进这尴尬且不知有没有必要的安慰。

"看到范阳结婚……"夏梨兀自说了下去。

朱潇潇心里"咯噔"一跳——果然，还是范阳的事儿，她就知道。唉，这话虽说不厚道，但她真是恨不得摇着夏梨的肩膀问，你怎么就看上范阳了呢？别说他以前就配不上你，这才两年他就毫不留恋地结婚了，这么渣的人，你还为他黯然神伤？图啥啊？

哪知夏梨下一句是："我也想我男朋友了……"

等等。

朱潇潇没反应过来。

所以整句话是——"看到范阳结婚，我也想我男朋友了。"

这剧情转变会不会太突然了一点？

"那……"

夏梨又自顾自把话说完："可他在法国，我们半年多没见面了……"

夏梨一边说，一边哭得梨花带雨，瘪着嘴委屈巴巴，我见犹怜。

朱潇潇彻底没招了，她压根都不知道夏梨还有个男朋友在法国，她还以为夏梨是因为范阳结婚才这么反常的呢！

她求助的眼神再次投向弋戈，还好，这次弋大小姐终于放下啤酒瓶，回了魂。

刚刚的对话弋戈全听见了，随口接话问："那个学医的？"

夏梨头点得像小鸡啄米："嗯。"

弋戈也是去年暑期实习招聘时压力大，找夏梨闲聊，才知道她交了个法国男朋友，是个心理医生。夏梨说他长得帅，很绅士，努力学中文但有点笨学得不好。当时弋戈还看过照片，觉得对方确实挺帅，笨不笨的看不出来。后来没见夏梨再提这人，以为是分了，没想到还在一起，还突然蹦出来承载了夏梨这么汹涌的思念。

弋戈看着夏梨盈盈的泪眼，犹豫了几秒，轻笑一声道："之前不见你提，怎么看到范阳就想他了。"

夏梨的眼角凝滞了一下。

弋戈敛去笑意，轻声问："要聊聊吗？"

夏梨和Maunier认识，是在和范阳分手之前半个月。和Maunier在一起，是在同范阳分手两个月后。

暧昧的时间线，暧昧到大部分人知道后应该都会露出微妙的表情，所以范阳的反应不足为奇——尽管他自己从来没承认过。

范阳对夏梨提出分手的时候是很平静的，甚至还带着标志性的吊儿郎当的微笑，统共只有三句话：

"梨儿，我知道你其实不爱我。

"我也不想再耽误你。

"分开吧，以后如果你有任何事情我能帮到忙，我一定会尽力。"

在范阳提分手的前两周，夏梨收到一个陌生号码发来的彩信，两张照片。第一张是当年范阳出事时的新闻照，她清楚地看见十八岁的少年如何被铐上带走。

那年夏天出事之后，夏梨一直没敢看关于那件事的任何报道或照片。

但她应该是唯一一个知道范阳为什么会出手伤人的人。她始终记得，高考结束后是她替范阳估的分。成绩出来之前，她就知道，范阳大概考得很好，前所未有的那种好，志愿填报得当的话，说不定能上北城很不错的大学。

那天范阳约她去图书馆，请她给志愿填报提点建议。图书馆离她家近，她提前到了，等了十几分钟后范阳发消息来，说午睡起晚了，请她等一会儿。

夏梨很善解人意地让他别着急——事实上她早猜到范阳会迟到了。高考前范阳太拼命，每天点灯熬油，所以那几天范阳像半辈子没睡过觉的人一样，报复性地在家补眠。

可就是范阳晚到那十分钟里，夏梨遇见了叶怀棠。

好在，范阳只是迟到了十分钟。

好在，他一直知道夏梨习惯坐在图书馆的哪个位置。

他来的时候，还什么都没有发生。

那天之后夏梨又进了医院,再次克服恐惧和自我厌弃比第一次更难,花的时间也比第一次更久,久到她甚至没有意识到范阳已经失联多日,而再次听到他的消息,就是那桩震惊全江城的新闻。

夏梨也快忘了自己是怎么和范阳在一起的,只记得她在大学前两年里拒绝了所有的追求者,理由是她已经有男朋友。

范阳出狱那天天气很好,他的脑袋上冒短短的青茬。而她看见他的那一刻什么也没想,埋进他怀里的时候闻到他粗糙衬衫上的味道很干净。

两年前夏梨收到的另一张照片更加不堪入目,她看到的第一眼就冲到卫生间吐了出来。

夏梨没有第一时间把这件事告诉范阳,而是约了熟悉的心理医生。那几年她偶尔还会陷入莫名的情绪低落或亢奋中,因此对于找心理医生寻求专业帮助这方面,她已经很熟练。Maunier 就是在她做心理咨询时认识的,那时他还只是实习生,在医院混证明,没有执业资格,整天抄完报告就在办公室外边无所事事地坐着。在她从咨询室出来的时候,递给她一杯刚泡好的咖啡。

一周后,她终于平静下来,结束一次心理咨询后,在医生的鼓励下,把收到照片的事告诉了范阳。范阳急忙忙地赶到医院来接她,正好看见 Maunier 给她递咖啡。

可就那么不巧,那天除了咖啡,Maunier 还送给她一束花。

郁金香,开得正好。

二十岁的法国男人,浪漫又直接,也不问她是否单身就已经送上花束。

回家后,范阳沉默无言,在夏梨说了句"我没事"又不放心,还补充叮嘱一句"你不要冲动"后,他提出了分手。

夏梨知道他三句话里两句都是谎言,可她没有戳穿,只是淡淡地反驳:

"我不想分手。

"我也不觉得你在耽误我。

"如果分手了,我不会再跟你有联系,也没有事情会找你帮忙。你好好想清楚再告诉我,是不是真的想分?"

范阳又沉默了很久，然后点头。

夏梨没多说话，当天就从江城飞回了北城。

直到和 Maunier 在一起很久，久到他们俩已经一起横穿过北美大陆、看过冰岛的极光、在非洲认养了一头大象之后，夏梨才终于承认，当年她那三句话，大概也并不全是实话。

夏梨的语气永远是温温柔柔的，哪怕是这样一个故事讲完，听者也不会觉得有压力，就算心里充满惋惜、愤怒、同情，也不会有憋得慌的感觉——夏梨这样淡淡地笑着，就已经自己把所有的情绪都消化完了。

三人对坐，沉默了一会儿，弋戈笑说："他送你郁金香哎。"

朱潇潇忙点头跟上，问夏梨："就是就是，这品味比一般直男不知道高多少了！我能看看你男朋友照片吗？"

夏梨破涕为笑："当然，真的很帅！"

从 KTV 出来的时候，已经是凌晨三点多。弋戈和夏梨因"Maunier 和蒋寒衣谁更帅"的问题莫名其妙地拼起酒来，两人都喝了不少，朱潇潇只得左右手各挽着一个，跟跟跄跄地走着。

深夜街道无人，三人因为参加婚礼都穿了高跟鞋，脚步声"滴滴答答"，特别热闹。

"我要去法国找我男朋友！"夏梨忽然抬头喊了一句。

朱潇潇左边耳膜受了一惊还没回过神来，右边又来一击："我喝了三瓶啤酒，我要亲蒋寒衣！"

……你喝的可不止三瓶。

朱潇潇烦得直接拧了弋戈手腕一把，可惜她腕子上实在没肉，只拧起一层皮："你想得美——"

抬头的一刹，话音就顿住了。

朱潇潇看这前方的男人步履匆匆，手机贴在耳边，眉眼紧皱好似满蓄风雷，莫名有点怵。她怔了两秒回过神来，把弋戈往前一推——

"人来了，亲吧。"

弋戈和夏梨似乎并没有反应过来发生了什么，弋戈被推得踉跄，站稳了回头瞪朱潇潇一眼,夏梨忽然又说:"好想吃烤红薯。"

夏梨:"你俩想不想吃烤红薯?"

弋戈:"走!"

朱潇潇一个头两个大,悻悻瞄了蒋寒衣一眼,见他仍是板着脸,但没刚刚那么严肃了。她想了想,索性把问题抛给他,指了指弋戈说:"她想吃烤红薯。"

蒋寒衣:关我什么事!

什么人跨年夜凌晨三点多想吃烤红薯?

蒋寒衣心里发了一通牢骚,面对朱潇潇看破一切的眼神,却莫名有点心虚。

几小时前在酒店他没露面,实在是因为弋戈的提议,或姑且称为表白,太让他心绪不宁。他又不能指着弋戈鼻子骂她神经病,于是只能自己躲吸烟区冷静冷静。

其实他是不怎么吸烟的,大学时被室友撺掇吸过两口,一整天都觉得自己身上臭。最近因为停飞的事情,有时候无聊起来实在痛苦,倒觉得吸烟也有用处,至少让人有事做。

等他冷静完出来,酒席已经散了,听见徐嘉树他们说:"一哥和班长她们好像喝酒去了,这大晚上的,是不是不太安全啊。"

有人应:"应该不会吧,现在治安这么好。"

也有人不太放心:"难说,前几天不还有新闻说有个变态半夜尾随落单女孩子吗?"

高杨说:"放心吧,她们又不算落单,不是还有朱潇潇嘛,那吨位,你还不放心?"

众人默契地"啧啧"笑了几声,不再讨论女生的安全问题。长了几岁的男生不再明目张胆地嘴贱,但背着女生,还是狗改不了吃屎。

蒋寒衣坐在车里,手机界面停在弋戈的微信上,纠结了好一会儿,最后把自己纠结出一肚子气来,将手机往后座一丢,一脚油门,还是回家了。

盛世华庭的房子蒋胜男没卖,他偶尔回江城,还是住在自己家。

结果到家后他翻来覆去睡不着,又控制不住自己的手,搜了一下刚刚他们说的那个女生被尾随的新闻，越看越后怕。新闻 APP 这时候智能得讨人厌，他只不过搜了一条，就不断给他推送类似的新闻。最后他实在坐不住了，从夏梨的朋友圈看到一条文东街的定位，披上大衣就找了出去。

原本他还不算太慌张，但一边找一边给人打电话，弋戈却一直不接，他心里"咚咚咚"地打鼓，越来越没底。

结果，现在，这人前一秒大放厥词说要亲他，下一秒说自己想吃烤红薯。

蒋寒衣恨不得给自己一巴掌，直接扇回被窝里去最好。

可两个多小时后，弋戈坐在文东街的马路牙子上，还是吃上了热腾腾的烤红薯。

蒋寒衣真不知是该佩服自己人缘太好办法太多，还是该佩服当年"小黑屋"的爷爷奶奶勤劳勇敢，新年第一天照样五点出摊。

四人排排坐着，好似又回到了八年前，不过少了个范阳。

三个女生在户外待久了，觉得冷，亲亲热热地挤在一块。蒋寒衣坐在弋戈边上，有意无意地隔着一拳距离。

新年熹微的天光一点点地露出来，街道上也渐渐热闹起来，卷闸门"哗啦啦"拉开，小推车车轮"吱呀吱呀"碾过石板路，油饼店第一桶油倒进炸锅"刺啦"一声响，此起彼伏的声音撕开新一年的日历。

弋戈早清醒过来，知道蒋寒衣就在身边。虽然几小时前告白刚被他拒绝，她倒不觉得尴尬，只是想同他说话时，见他放空地盯着渐渐复苏过来的街道，很是专注的样子。

江城隔几年就变个样，已经和他们毕业那年大不相同，连盛世华庭都神通广大的在寸土寸金的滨江地带多抠了一块地建二期。可文东街却不知是被哪路神仙贴了道符咒，老破小的街占着全江城最贵的地皮，愣是绕过了所有的拆迁改造，几年来岿然不动，仍和弋戈走进老蒋修车铺买自行车那年一模一样。

"红薯挺好吃的。"静了一会儿，弋戈找话说。

蒋寒衣其实没在发呆,弋戈离他太近了,任何一点响动他都听得清清楚楚。他顿了一秒,干巴巴地应声:"嗯,老手艺。"

"蒋寒衣。"

弋戈又叫他,轻轻地、愣愣地叫一遍他的名字,叫得蒋寒衣心里又烦又怕,很想骂她,让她闭嘴。

可他骂不出口,沉默了好几秒,在她又要叫一遍他名字之前,没好气地从喉咙里闷出一句:"嗯。"

"我还想吃油饼包烧卖。"

蒋寒衣觉得他马上就能突破阻碍飙出脏话了。

"就那家。"可弋戈恍若没事人,往身后的铺子里指了指,"你说报你名字能要三个烧卖的那家。"

五分钟后,蒋寒衣拿着包了三个烧卖的油饼走出铺子——为此他多付了一个烧卖的钱。好几年没在江城待了,他那刷脸技能也早失效了。

朱潇潇和夏梨不知什么时候走了,弋戈孤零零地坐在路缘石上,像是觉得冷,整个人是缩着的。原本很高挑的人,这么看只有小小一个。

看背影,蒋寒衣能想象到她现在是两手环抱小腿的姿势,不用低头,下巴刚好磕在膝盖上。她小小的脑袋跟着路上偶尔驶过的自行车从左晃到右,又从右摇回左。

短发的末梢随着动作扫过她的后颈,她像是觉得痒,抬手挠了挠。略一侧头,然后像有什么感应似的,猛地回头,和他沉沉的目光撞在一块。

目光相接那一刻,蒋寒衣确定自己看到,她的表情不一样了。

具体哪里不一样,他又说不上来。

弋戈没有笑,她本来就不是爱笑的人。她也没有热情洋溢地对他说什么或做什么表情。

只是那一刻,他看见晨光熹微,她锐利的眉眼舒展,冲他摆了摆手:"快点,好冷。"

好冷你不多穿点。蒋寒衣没忍住在心里腹诽,然后走过去她身边坐下,把热乎乎的油饼包烧卖塞进她手里。

"还真的是三个。"弋戈低头看了眼,笑道,"你这张脸真好刷。"

冷就快点吃,废话那么多。

"这个给你吧,跑腿费。"弋戈却忽然从兜里掏出什么,递到蒋寒衣

·536·

眼前。

　　一颗奶糖。
　　一颗棕色包装的、包装袋上印着一直头很大脚也很大的丑猴子的、咖啡味奶糖。
　　他们这代人对这个牌子都很熟悉，小时候过年、参加酒席，除了大白兔和玉米软糖，就是这个。
　　而蒋寒衣对这个牌子比同龄人还更加熟悉一点，他小时候在桃舟，曾经为了守护自己的糖和一个没礼貌的小胖子打过架。

　　蒋寒衣盯着那颗奶糖发呆，心想这到底是个巧合，还是弋戈故意的——可她怎么会知道自己的"奶糖轶事"？
　　"不要？你不是特别喜欢这种糖吗？"弋戈见他发呆，故意说，"我把酒桌上所有的都拣出来了，特地给你留着的呢。"
　　蒋寒衣闻言，疑惑地看了她一眼："你怎么知道？"
　　这人高二转学时才想起桃舟小学当年还有一个他，又怎么会知道他在桃舟发生的这些事？
　　"我记性很好的。"弋戈说。
　　蒋寒衣冷笑一声，接了糖，不置可否。
　　"真的。"弋戈眨眨眼，认真地解释到，"我能想起来很多以前的事。就是那种……如果某个人我不认识，或者某件事我不放在心上，那我就不记得。但如果放在心上了，我就能想起很多事情。"

　　记忆与遗忘的关系像岛屿和海洋，被遗忘的是大部分，记忆不过是遗忘的海洋中偶尔浮起的岛屿。
　　这些年，弋戈总是冷不丁地就想起某件小事，比如她想起来蒋寒衣在桃舟时请全班吃过小浣熊，她的那份抽中了"再来一包"；比如她又想起来，当年蒋寒衣揍的那个小浑蛋，就是几年之后因为给银河下药又被她也揍了一顿的小胖子。
　　她的海洋里浮起越来越多的岛屿，有的渐渐相连，成为除她自己脚下的路之外的，另一片可以栖息的陆地。

"蒋寒衣,我知道什么是喜欢了。"弋戈把那颗奶糖放进他手心,轻轻地说。

　　蒋寒衣知道弋戈是在回答前一晚他那句轻蔑的奚落,可他此刻目光震动,却是因为她一席话里,"放在心上"四个字。

　　放在心上。

　　她终于知道要把人放在心上了吗?

　　弋戈看蒋寒衣沉默地剥开了那颗奶糖,心中的勇气又多了一些,索性把最关键的那个问题问了:"蒋寒衣,你昨天拒绝我的提议,是因为有女朋友了吗?"

　　重逢以来她没有刻意打探过蒋寒衣的私人消息,但无论是出于感性的猜测还是理性的判断,她都认为蒋寒衣现在应该是单身状态,但是——凡事都怕个万一。

　　弋戈也是刚刚一个人坐这儿看街景的时候才猛地想起这一茬——万一,哪怕只是万一,蒋寒衣是有女朋友的呢?她当即懊恼自己鲁莽,所以干脆直接问了。要解题,总得先把题干看清楚。

　　蒋寒衣剥奶糖的动作顿了一下,显然没想到她铺垫这么久后问的居然是这个。下意识地,本想借机嘲讽她现在问会不会太晚,可最后也只是不知滋味地嚼了两口奶糖,摇了下头。

　　弋戈的心落了地,又开始问一些不那么关键,但也有必要问的信息。

　　"那你是谈过女朋友,现在还喜欢人家?"她又问。

　　蒋寒衣绞眉看了她一眼,不知她为什么对自己的感情状态那么兴致勃勃。她的问题对他来说堪称不着边际,和他们俩的事半点关系也没有,因此他也渐渐从烦躁、防备变为消极抵抗,问什么答什么。

　　"不是。"他说。

　　"那有人在追你,而你对人家也有意思?"

　　"没有。"

　　"那你有喜欢的人,并打算追求人家?"

　　"不是。"

　　弋戈在心里一条一条地给这些可能性都划上杠,问到最后一个,卡了一下壳,清清嗓子道:"咳……我问这个你别生气啊,单纯是出于假设的穷尽性原则问的。那……你是取向变了吗？"

蒋寒衣不知是气是惊，一颗奶糖差点卡喉咙里。回过神来，他瞪了弋戈一眼，见她居然不是玩笑，而是认认真真在问！

他有一瞬间觉得浪费时间，想走，但犹豫了一下，心想不如快刀斩乱麻，于是表情又严肃起来，想了想，开口道："你喜欢假设，那我告诉你另一种假设。"

"嗯？"

"假设，我只是因为不甘心答应你了呢？只是因为我不甘心当年被你不明不白地甩了，而且不甘心了这么多年，所以想和你谈个恋爱玩玩看呢？你能接受吗？"

弋戈被他忽然多起来的话量晃了一下，但见他表情严肃甚至有些焦急，也认真地思索起来，几秒后严谨地确认："你说的'玩玩看'，是指我们最终可能会分手，还是你会中途出轨或者PUA冷暴力我或者骗我钱骗我房之类的啊？"

蒋寒衣被她一连串的扯淡噎得说不出话来，压着火，阴沉沉回了一句："谈恋爱不等于不做人。"

弋戈松了一口气，那就是最终可能会分手的意思。

她认真思量了几番，真诚地回答："那我应该，能接受。"

奶糖吃完的，甜腻腻的咖啡味还留在嘴里。蒋寒衣克制地沉默了一会儿，沉沉地道："但我不能。

"我的确有答应你的冲动，但也许只是冲动。我不能确定我是不是因为不甘心才想答应你。"

蒋寒衣试图对她说一些真心话："同样，你能确定你不是因为冲动才突然觉得喜欢我吗？我们重新遇见才不到两个月，而且只是因为一个巧合。如果不是我那天去警局找韩林，你甚至不知道我在哪个城市、做什么工作，你也永远不会想找我，对吧？"

眼前这个蒋寒衣无疑是陌生的。弋戈从没见过他这样长篇大论，这样沉稳而又黯然。

可她又很难找到有力的证据反驳他。他说的所有问题里，她唯一能笃定反驳的是，她当然不是因为冲动才喜欢他。

哪怕七年前她最懦弱的时候,她也没有否认过喜欢他。

可弋戈并不认为其他问题必然成为一个问题。她本想认真地同他说说理,却忽然从蒋寒衣分条缕析的长篇大论中咂摸出了另外的意思。
——"你也永远不会想找我,对吧?"
弋戈心里忽然想到昨天范阳那句"哄哄他,可委屈了"。
是啊,可委屈了。

于是弋戈弯弯眉,放弃了心里的弯弯绕绕长篇大论,笑道:"那我追追看吧,你考虑一下,要不要和我谈恋爱。"

弋戈是什么时候学会犯规和耍赖的?
她的笑容不似常见的那般甜美温和,而是舒展的、大气的,仍然不失锋利的,扬在渐渐大亮的阳光中。她摒弃所有的拉锯、交手、思量、反复,单刀直入地说,她要追追看,让他考虑考虑。
蒋寒衣无法克制内心的诧异与受宠若惊,他还没有想好该用什么语气、什么表情去应对这样的弋戈,就已经又好气又好笑地,下意识地说:"你知道恋爱怎么谈?"
"我边追边学。"弋戈毫不犹豫地回答。
蒋寒衣怔了怔,垂下眼,默了一会儿扯开话题:"天亮了,赶紧回家吧,外面很冷。"
弋戈有些意外他这么快要走:"你有事?"
"嗯。"蒋寒衣这时候变得不善撒谎,此地无银地从口袋里拿出车钥匙伪装了一下,又把手往对面小区门口一指,"就在对面,我就不送了。"说着,已经转身离开。

弋戈手里还剩最后一个烧卖,已经有点凉了。
她看了看蒋寒衣匆匆而去的背影,又看了看他刚刚指的对面,想到待会儿得自己开车跨越半个城回到王鹤玲的别墅,不合时宜地生出一点心酸来——
哪个地方算是她家,还真是一直都说不好呢。

第二十章
我很爱你

追人这方面，弋戈确实没有什么经验。一来，她还没进阶到能自如地邀请蒋寒衣约会的程度；二来，王鹤玲和弋维山这场别扭似乎进入到了白热化阶段，她回家就听见王鹤玲拿着手机发了好大一通火。

弋戈怕王鹤玲独自在家心情更不好，于是也就在家里待着，大门不出二门不迈。唯一的"追人"招数是同蒋寒衣说晚安、早安，给他发中秋的视频，以及她珍藏的表情包和小笑话。

收集表情包和小笑话是弋戈高中毕业后渐渐养成的爱好，最先是从和朱潇潇的聊天里保存，慢慢地在各种班级群、同学群、实习群、工作群里，见识了五花八门的搞笑表情包，每回她都一个人看着手机傻乐，笑到失声，然后偷偷保存下来，"赶due（赶在期限之前完成某事）"或者加班的时候都靠这个解压。

身边的同事和朋友基本都知道她有如此幼稚的癖好，朱潇潇也数次表示不理解：你的人设是高冷精英，为什么仅有的爱好这么肤浅？

弋戈回给她一张表情包：[我佛不渡哈批.jpg]

弋戈每天给蒋寒衣发的东西不多，细数下来，也就是定时定点说句早安和晚安，上午发几个中秋的视频说中秋太能跑了她跟不上云云，中午犯困的时候给他发一个笑话，然后一长串的"哈哈哈哈"。

看起来，她像封内容丰富、布局合理、定期推送的新闻简报，就是不太像个追求者。

朱潇潇知道她给蒋寒衣发了两天的狗的照片和笑话，当即露出一副"没得治了，埋了吧"的绝望表情，摇头长叹三声："你怎么想的给他发狗的照片和你那些破笑话呢？你真是要追他？"

"是啊！"弋戈肯定地点点头，还十分有理地分析起来，"你看啊，我现在出不去，没法跟他见面，所以必须每天给他发微信，刷刷存在感；而中秋呢，是我跟他目前来看唯一的强关联；笑话和表情包……是我的爱好嘛，给他分享一下我喜欢的东西。"

朱潇潇向来是不太听弋戈说理的，以这人的逻辑能力，她能把一切事物分条缕析说出个一二三四好像很有道理的样子来。

"追人，应该找到双方兴趣的共同点，且以对方的爱好为主，才能吸引对方的注意……"朱潇潇语重心长，"你觉得蒋寒衣会喜欢那些笑话和表情包？"

"会吧，他以前就很二百五的。"

"呃……"

"而且我也提他的爱好啊，我昨天找了个飞机机型科普的视频，专门请教他，可他好像不是很感兴趣的样子。"

"呃……"

朱潇潇欲言又止了半天，最后无奈预言："如果这都能被你追到，那只能说明一件事……"

"什么？"

"蒋寒衣确实很爱你。"

弋戈一时语塞："那就……借你吉言？"

第三天早晨，弋戈遛狗回来，靠在玄关处撑着鞋柜气喘吁吁，还没将呼吸捋平，主卧房门被打开，王鹤玲竟破天荒还穿着睡衣，一脸倦容。她保持着抱臂的姿势，肩膀微微缩着，一只手拿着手机贴在耳边。

看见弋戈回家，她愣了一下，然后似乎没等电话那头的人说完，平静地打断："离吧。

"不用来见我，财产分割的事情我会委托律师去办，该怎么分就怎么分，你不用想着补偿我，我也不会少拿一分该拿的。"

弋戈一听这话，混沌的脑子清醒了大半，把中秋的狗绳往门把上一带，三步并作两步走到王鹤玲面前。

王鹤玲挂了电话，冲弋戈一笑："你爸做了选择。"

弋戈不敢相信，呆了几秒才出声："不可能，你们之间是不是还有什么误会？"

弋维山怎么可能会和王鹤玲离婚呢？只是一个养子而已！弋戈自诩清醒，她一直知道弋维山完全有可能为了名义上的儿子而放弃她这个女儿，可她无论如何难以相信，弋维山会选择和王鹤玲离婚。

不过几天的事，直到十分钟前她还笃定弋维山早晚会来请王鹤玲回家的。更要命的是，看王鹤玲这几天的状态，她恐怕也是如此笃定的。

王鹤玲表面上做好了分家的准备，行事说话也都狠，微信拉黑、电话不接、说搬走就搬走，可她大概从没真的想过要和丈夫离婚，因为她从不觉得弋维山会在这个二选一的问题里，选择那个刚认两年多的养子。

怎么会呢？

她和弋维山，不仅是夫妻，更是伙伴、老友、爱人，怎么可能敌不过一个养子的分量？

可刚刚弋维山在电话里说得也很清楚了——

"我不想和你离婚，可我不明白你为什么非要阻止我认个干儿子。你要是不喜欢他，逢年过节见一见就好了，又没人要求你真的也拿他当儿子看，你为什么非要较这个劲呢？明明可以两全其美皆大欢喜的事，你为什么就是要和我犟呢？

"公司这么大，总要交给男人……小戈当然好，太好了，但可惜就可惜在这里，她就不是个男孩子！女孩子，总归是要嫁人生孩子的，到时候公司难道送给外人？子凡是我考察很久、精挑细选的，是最合适的人选，没有亲生父母，他会拿你我当亲爸亲妈，这有什么不好呢？连小戈都未必会比他更亲我们！

"我自认这些年没有对不起你的地方，我没有违背结婚时候任何一个字的承诺，连你不想再生我都……我没有自己的儿子，只能找一个连血缘关系都没有的继承人，这你都不能理解吗？"

弋维山说到这里便顿住了，以叹声代替一切。他没跟她发火，连最后的协商都是一如既往的轻言细语，像无奈的劝哄和安抚，像一个甘居下风哄任性妻子开心的温和丈夫。

可王鹤玲在他说出"两全其美皆大欢喜"的时候，就知道，这婚，必须离了。

她只是觉得自己迟钝，早该反应过来的——她搬来这里住已经快一周了，弋维山再怎么诸事缠身，再怎么繁忙纠结，如果真的想来向她道歉，怎么会不来呢？如果是以前的弋维山，或者说她以为的弋维山，怎么会不来呢？

王鹤玲看着眼前愕然的女儿，自嘲地笑了笑："我都没惊讶，你这么惊讶干什么？"

她说着把手机轻轻放在桌上，拢了拢身上的真丝睡袍，仍旧优雅镇定地走进厨房，取出柠檬和小刀，缓慢地切片、泡茶，像每一个普通的早晨一样。

这天早上，弋戈的微信来得比前两天晚一点。蒋寒衣不想承认自己在等，可他确实在手机提示音响起的那一刻立马从沙发上蹦起来了。

早安、表情包、一个中秋的视频。视频里她和中秋一起跑步，但她不露脸。

蒋寒衣拇指往上一刷，这几天都是这样的消息。他不禁觉得好笑，弋戈说的"追追看"，原来是这么个路子。

说实话，很笨。

再说一句实话，他很受用——至少现在，他要克制自己装模作样地只回复一句"中秋毛色亮了很多"，就挺难的。

放下手机，蒋寒衣去了厨房，中午打算做个粉蒸排骨，需要把排骨处理好，提前腌上。早上刚做的葱油拌面，锅和碗都还没刷，堆在水池子里。冰箱里有昨天刚腌的糖醋小萝卜，蒋寒衣拈了颗扔嘴里，津津有味地边嚼边刷碗。

大部分人看到这画面大概都会觉得违和——一个二十几的男生，独居在家，变着法儿地给自己做菜，且做得还不赖，品相味道俱佳。

排骨腌料准备好,手机忽然响了。

蒋寒衣瞥眼看过去,原本的好心情瞬间消散了大半。

是公司的人事总监。

刚出元旦假期,人事的电话就迫不及待地打进来,蒋寒衣盯着屏幕上跳动的名字,知道是事故处理结果出来了。

八成不是什么好结果。

他洁癖,是绝不肯在围裙上擦手的,抽了张厨房纸把手擦干净,一颗心已经被持续响起的手机铃声吵得直发毛。

可人事总监一开口居然满声笑意,颇为讨好地道:"事故调查结果出来啦,是你们机长的失误,你不负主要责任。小蒋啊,你不用停飞啦!"

蒋寒衣愣了。调查组神通广大到了这个地步?还是机组里有人良心发现替他说了实话?

他问:"调查结果是?"

人事总监主动解惑:"你们机长自己承认的,他前一天晚上一夜没睡,第二天精神恍惚按错了组件。我们后来也跟机组其他同事交叉验证过,确认了这个事实。小蒋啊,你放心,公司肯定是会实事求是、秉公处理的!"

蒋寒衣一时回不过神来。

事故发生两个多月了,无论是故意为之还是被逼无奈,机长都显然打定了主意让他背这个黑锅,怎么会忽然就自首了?

电话那头人事总监语气依旧热情:"咱们公司绝对不会冤枉任何一个员工的,尤其是你这样技术精湛、大有可为的飞行员!小蒋啊,你看几号方便,直接回来复工吧,公司培养一个优秀的飞行员不容易啊!"

不知怎的,蒋寒衣心中并没有觉得松快,他简略回了句:"我目前在老家,过几天回去后联系您。"

人事总监又说了句年轻人受委屈有情绪可以理解,但不能意气用事,才不太放心地挂了电话——蒋寒衣的飞行成绩、身体素质还有同事和乘客的评价是这一批飞行员里最好的,要是因为这么一个风波,让人被其他航司挖走了,那可真是得不偿失。

蒋寒衣挂了电话后默默把锅碗瓢盆洗完,对着厨房窗口发了会儿呆,觉得胸口一团气还是没排解掉,又拿起清洁剂和厨房纸,弯腰对着灶台一顿猛擦。

直到那灶台被擦得锃亮,他直起腰来,吐了口气,心里仍然不痛快。

他想了想,还是决定打电话问个清楚——机长不太可能平白无故地良心发现,而他要是不搞清楚,哪怕这件事原本就该这样,他心里还是会有个疙瘩。

谁知电话还没拨出去,微信里跳出来一则退款通知。

蒋寒衣看着某众筹平台退回来的两万人民币,迷茫了好一会儿,忽然,心里一凉。

他想起来了,去年机长在朋友圈发布了一则筹款消息,大约是已经花光了积蓄,走投无路,不然,以机长飞了二十多年的薪资水平,怎么也不至于要到处借钱。当时蒋寒衣替他转发了求助消息,匿名捐了两万块。

现在机长把这钱退回来,那说明……

蒋寒衣身体僵硬,拇指悬在通讯录上,这通电话却是不知要怎么打出去了。

他僵直在厨房里沉默了很久,微信跳出几条新的消息,均来自机长。

机长:寒衣,我已向公司说明事情真相,并将引咎辞职。很抱歉当时为了一己私利,将你拖下了水,希望我亡羊补牢,为时未晚!

机长:那两万块是我和儿子去年收到的最大一笔捐款,除此之外,最多的不过两千。当时我就猜到是你。说实话,我一直不愿意用到你的这笔钱,现在真的用不到了,不知道是不是对我狭窄心胸的报应!

机长:另外,我想啰唆一句,你还年轻,要知道在职场上锋芒毕露和太过善良都不是什么好事,以后不要在别人都捐几百一千的时候捐两万块钱了,否则以后还会有源源不断的人占你的便宜,推你背黑锅!我知道我没有资格说这话,你可能也不认同,但我还是想善意地提醒你,肺腑之言,权当我向你赔罪!

机长一向爱用感叹号,之前就老被同事笑,说看机长一条消息,眼睛都好似要被戳瞎好几次。

可现在,蒋寒衣看着对话框中大片的文字,只觉得心中压抑。他僵直在厨房里,望着窗外渐渐消沉下去的天色,沉默了很久。

冬天天黑得早，五点便暮色沉沉。

蒋寒衣没了做饭的兴致，在卧室里睡了一觉醒来，套上羽绒服想出门透透气。

他有意无意地往独栋区走，想看看能不能碰见弋戈。

这几天他总在想，大学四年的寒暑假里，两人明明有很多时间都住在一个小区里，却从来没有遇见过，到底是因为那几年他太厌总懒得出门，还是因为他和弋戈就是这么没缘分？

他希望是前者，可为什么他这几天早晚都出门溜达，也还是碰不见她的人？

正这么想着，忽然觉得前方岔路上一道身影闪过，带风的步子很让蒋寒衣感到熟悉。

他抬头一看，疾步走过的不正是弋戈？

蒋寒衣心中一喜，长腿往前迈两步正要追上她，却看见她走向一个西装革履、身材挺拔的年轻男人。

下意识地，蒋寒衣往回一躲，把自己隐在了草坪树后。他反应过来后，还没来得及谴责自己行为猥琐，又看见弋戈扬起嘴角，冲那年轻男人笑得十分灿烂。

一瞬间，蒋寒衣心里什么自我嫌弃自我谴责都没了。呵，他倒要看看两天前刚大放厥词说要追他的人，这是在干什么。

弋戈一脚油门开回盛世华庭，其实还没想好要跟弋维山说些什么，但情绪作祟，总觉得至少该跟他理论一番，把两边的理由和事情真正的来龙去脉都问个清楚才对。

谁知一来先看见的是整件事情的导火索——她那位从天而降的便宜"哥哥"，弋维山不惜跟妻子离婚也要认在膝下的养子——弋子凡。

当然，他以前不姓弋，听说是姓党，那几年福利院的小孩都姓党。

其实弋戈此前并不知道弋子凡长什么样，但远远看到自己家门口站着这么个人，心中便有直觉了——这副衣冠楚楚、道貌岸然的样儿，这张所谓沉默睿智、不失城府的笑脸，就像和弋维山报了同一个班学的似的。

她也不知道自己为什么要对弋子凡笑，只是走向他那几秒钟内，她无师自通地学会了装腔拿调。

她敛起一身怒气,也笑得装模作样、从容不迫——笑得非常恶心人。

可一走近还是差点被弋子凡恶心到,他笑着说:"弋戈?没听爸说你今天要来,吃晚饭了吗?"

这"茶香四溢"的。

弋戈差点就装不下去了,对面这人的"茶艺"显然比她高出了千重山都不止。她勉强笑回去,故意问:"回我自己家还要提前说?"

"我不是这个意思……"

没等弋子凡说完,她又问:"我们家没人会做饭的,晚上吃什么?叫了阿姨来?"

弋子凡的脸上出现了一瞬间的僵硬。

弋戈做恍然大悟状:"哦,叫了你来啊!你会做什么菜?"

她当然知道自己的挖苦并不高明,而且很刻薄——至少对无辜的做饭阿姨们很刻薄,但看弋子凡脸上挂不住,她还确实挺爽的。

家里房门"吱呀"一声开了,弋维山走出来勉强笑着喊了她一声"小戈",脸色不太好。

倒没等弋戈发话,他自觉地支走了弋子凡,把弋戈叫到中心花园里坐下。

弋维山这两年年纪大了,身体明显不如从前,此刻裹着厚重的棉睡衣坐在石凳上,倒叫弋戈觉得有些陌生。她虽然一向不大喜欢亲爹,但平心而论,弋维山从前确实是个高大挺拔、气质不俗的中年人。

这么一看,倒像突然就老了似的。

弋戈忍不住想——是因为老了才急着找儿子?怕自己驾鹤西去了公司落在她这个"可惜不是男孩"的女孩身上?

"你妈妈现在怎么样?"一开口,弋维山倒还是声音低沉,中气较足。

弋戈不知道该怎么回答问题——如果回答"不好",那王鹤玲肯定不会同意;但如果回答"很好",那……与现实相悖。

弋戈很难解释自己是如何看出王鹤玲不好的,或许这时候唯有诉诸那玄之又玄的、母女间的心理感应。哪怕王鹤玲接了电话后一如既往地泡柠檬水、吃简单而精致的早餐、做瑜伽后出门去看新年画展。可弋戈就是能感觉到,她那一向优雅而傲慢的母亲的身躯里,好像有什么东西轰然倒塌了，使母亲虽然仍旧脖颈笔直、身姿美丽，却从那纤瘦美丽的背影里流露出畏缩与脆弱来。

弋戈抿了抿唇，索性绕开这个问题，径直问："你要和我妈离婚，除了弋子凡的问题，还有没有别的原因？"

弋维山拧眉看她一眼，似乎对她的提问很不满，又觉得疲惫，不耐地叹了口气道："你没有搞清楚问题的本质，不是我要和你妈妈离婚，是她要逼我做出一个选择……"

"所以真的就只是因为弋子凡。"弋戈打断他，带着失望和厌烦。她最终不得不相信了这个原因，在来这儿之前，她还很怀疑这场离婚闹剧是否另有隐情。她心中生出一股恶寒，语气也更加冷漠，"就为了领养一个儿子，你要跟我妈离婚？"

"你还是没听明白……"弋维山痛心疾首地沉叹了一口气，似乎对于自己需要反复强调的本意感到痛苦，"离婚不是我选的，是你妈妈逼我这样选的！

"你是聪明讲理的孩子，你来说，这二十多年我对你妈妈怎么样？我作为丈夫做得还不够好吗？你前年就知道你子凡哥哥的事了吧，你都没有意见，你妈妈的反应这么激烈，我实在想不通为什么……"

"是吗，你真的想不通为什么吗？"弋戈敏锐而迅速地反问他，"如果你不清楚我妈为什么会是这个反应，那你这两年怎么会刻意瞒着我妈呢？爸爸，你可别告诉我，我妈两年来都不知道弋子凡的存在，纯属是个巧合。"

弋维山被一语说中心思，十分不耐地皱了皱眉，目光偏移了一点，不再那样恳切地、痛心疾首地看着弋戈。

他不回答弋戈的问题，很快又恢复了语重心长的姿态，继续道："你也工作了，也知道这个社会大环境是怎么样的，像爸爸到了这个年纪这个社会地位的，有多少还能对家里的妻子保持忠诚？你可能没有这个概念，但我可以很肯定地告诉你，除了我，一个都没有！换了别人，如果想要个儿子，绝不只是收养而已！爸爸为了你们的心愿和幸福努力了这么多年，爸爸也有爸爸的辛苦和心愿，为什么你和妈妈就不能理解一下呢？"

他说得如此真诚、如此恳切，好像他只是提出了一个微不足道的请求，以一个顶天立地、独一无二的丈夫的身份。

可弋戈惟有回以微笑。

她知道自己这样冷淡的微笑也是一种武器。

果然,弋维山也被这个微笑消磨掉了最后的耐心。他把交叉的手从桌子上拿下去,靠在椅背上,手指搭在椅子扶手上叩了两下,最终结束了这场对话。

"如果你愿意的话,可以再转告你妈妈,我和她的婚姻,选择权仍旧在她手上。我并不想离婚的,可如果她始终不能理解,那我也不能永远无条件地包容她。二十多年了,我也希望她能理解我一次。

"你也放心,你始终是爸爸的女儿。女孩子工作几年,体验一下就可以了,以后回江城,爸爸会给你找份清闲的工作、物色个不错的年轻人,舒舒服服过日子就好了。"

深冬的暮色沉得像要吃人。弋戈看着自己的父亲,他傲慢地靠在藤椅上,眼神外是密密麻麻但永远不会成为他苦恼的深刻皱纹,眼神里是在社会生活和商场沉浮的三十余年中磨炼出来的威严与冷淡。

像是一部典型的男人电影的结尾,镜头将从眼神的特写慢慢拉远,从脸,到身影,到这对峙的场面,到整个冬天。

弋戈最不喜欢的那种电影。

"我不会给你传话,你可能不信,你们俩之间的问题我其实真的不想插手,就像你的公司我也是真的没有兴趣。"弋戈微笑,缓缓道,"但我现在觉得我刚刚说错了,你大概真的永远无法理解我妈的反对。也许是因为,你和她从来都不是一类人,你也从来没有真正了解过她。可能就是因为你这二十几年的丈夫做得太好了吧,你们俩才都没有发现这一点。

"我知道你很希望有个儿子,现在有了,那我也就顺带说声恭喜。不过既然你和我妈离婚,我选择和我妈站在一起。过去你给我提供了很优渥的成长条件,现在我也成年了,以后跟着我妈过,就不劳你再操心了。"

天色太暗,院子里的灯也太暗,弋戈看不清弋维山的表情。

但她自己却还是没忍住,轻轻摇了摇头,垂眸苦笑道:"不过确实挺可惜的,这几年,我真的觉得我们很像一家人了……原来,还是不行啊。"

天太冷，她被冬风吹出了鼻涕，险险说完最后一句，闭了嘴，鼻涕才没有流进嘴里。

——这才像她喜欢的电影结尾。

蒋寒衣看着路边一动不动的汽车，弋戈坐进车里已经十多分钟了，始终没有任何动静。

他不知道自己该不该上前去，他甚至有点害怕。不仅因为他刚刚的偷听，更因为，这七年来他始终在想，当年他要是没有那么急迫地去逼弋戈，没有那么着急地要她走出来、原谅他、表态度，事情是不是会不一样？

蒋寒衣也是这几年才缓慢地明白过来，不是所有人都应该把残忍的事情剖开来、鲜血淋漓地直面的。面对固然是一种方法，可等待也是，消磨也是，逃避也是。鲁迅说："真的猛士，敢于直面惨淡的人生，敢于正视淋漓的鲜血。"然而世界不是丛林，生活也不是饥饿游戏，不需要所有人都是猛士。

他不知道现在的弋戈想选择哪一种方法，也不敢再贸然行动。

几分钟后，他看到车子开走，望着渐渐远去的车影，心中到底十分怅然。

弋戈回家后被中气十足的王鹤玲女士训斥了一顿，因为中秋趁她不在家时跑她卧室撒野去了。

弋戈笑着赔罪，把房间收拾干净，拎着中秋的耳朵进屋教育。

抱着个狗头，有的没的说了一大堆，弋戈最终只能说服自己——弋维山这个老顽固不会改变想法，王鹤玲更没可能回头，所以这事已成定局。而她作为一个其实跟两方都不太熟的亲女儿，既然出于个人立场选择了站在母亲这边，那以后要做的事就是尽量陪着亲妈、哄亲妈开心，别的，一律不归她管。更何况，实际上她的亲爹和亲妈没有一个需要她去操心或赡养，她最多也就起一丁点的陪伴作用，负担反而轻些。

想通了这点，她心里好受了不少。

她搓了搓中秋的狗头，忽然想起一茬——晚上给蒋寒衣的微信还没发！

在这方面弋戈有点强迫症，如果下定决心要做一件事，那么无论是中途放弃，或是拖延不做，都让她觉得不舒服。

更何况，她刚跟人家信誓旦旦地说要追他，这才三天就懈怠了，这多不像话！

弋戈心头一紧，忙从手机相册和备忘录里扒拉，选了个冷笑话打算发过去。

"叮！今夜冷笑话之……"她"噼里啪啦"地编辑着。

另一边，蒋寒衣也拿着手机坐立难安。

说实话，他很害怕七年前的事情重演——万一呢？万一弋戈仍然面对不了这样的事情，仍然选择把身边人一并推开呢？

尤其当两个小时过后，弋戈仍然没有任何消息时，他就更慌张了。

他并不期待弋戈每天都给他发那些搞笑的表情包和冷笑话，但现在，如果能听到她的消息，该有多好。

所以，当对话框顶部忽然闪烁起"对方正在输入中……"的字样，蒋寒衣忽然心脏一停，下一秒全身血液都往头顶冲，前所未有地急迫起来，迅速开始打字。

这边弋戈还在编辑自己的冷笑话，对话框里却忽然出现几条新消息，她只扫一眼，便怔愣起来。

蒋寒衣：在一起吧。

蒋寒衣：不用追了。

蒋寒衣：我想和你在一起，就今天开始。

平常这个点，外头会很热闹。隔壁邻居家的小孩放学回来，篮球拍得楼道里"咚咚"响；物业的阿姨拿着扩音器在小区里走一圈，提醒大家垃圾分类，不要乱丢；楼上新搬来的年轻夫妻经常在这个点吵架，吵得锅碗瓢盆也"叮叮咣咣"。

可今天，这些动静都没了。

屋子里安静得出奇，像配合蒋寒衣的手机一起演默剧。

他热血上头发出去的那三句话早过了撤回时间，二十分钟前还"正在输入中……"的弋戈彻底没了消息。

这一刻蒋寒衣无比清晰地感受到七年时间里他身上发生的变化——搁在以前，他一定会毫不犹豫、直截了当地拨一通电话过去，问弋戈，不用你追我了，我喜欢你，我想跟你在一起，行不行给个准话。

可他现在不敢了。

他一会儿觉得弋戈说不定是没看到，一会儿又觉得怎么可能没看到，肯定是看到了不想回；一会儿想无论如何该问个清楚，一会儿又害怕，是不是再发条消息过去，看到的就会是添加好友的提示。

他很讨厌这种感觉，每一分钟里他都有五十九秒在酝酿一个直接拨出去的电话，可每个最后一秒，他又都退缩回来。

忽然，茶几上的手机振动起来。

蒋寒衣抓起手机的那瞬间，简直像抓紧了自己的心脏。

弋戈的声音传来，微微喘着气，带着疾风刮过的声音。她好像在户外很安静的地方，背景中唯有"呼呼"风声与她渐渐平复下来的急促呼吸。

她说："蒋寒衣，我在你家楼下。"

她的声音像是来自某个遥远空旷的地方。

这一刻，蒋寒衣仿佛终于听见当年那只遥远的收音机里的回声。

蒋寒衣一口气跑下楼，看见弋戈坐在中心花园的石凳上。看见他来，她怔了一下，而后有些得意地扬起嘴角，笑道："九公里，十五分钟就开到了，厉害吧？"

她放松地伸直了长腿，说话时两只脚尖得意地碰了碰，一手在身侧懒懒地撑着长椅，一手还搁在中秋毛茸茸的脑袋上。

这画面对于蒋寒衣来说太熟悉了，哪怕弋戈穿着成熟的羊毛大衣、高跟皮靴也叩在地上发出声响；哪怕在她身边坐着的从银河变成中秋；哪怕她现在笑得其实有点过于灿烂了，以前她不会这样笑……可蒋寒衣还是觉得有些东西正回到他的身体里，好像下一秒，弋戈就会不耐烦地嫌弃他"你刷题怎么这么慢"，或者也笑着跟他说，"蒋寒衣，我好想吃肯德基啊"。

他走过去，短短几步，几乎觉得恍惚，问："你怎么来了？"

弋戈闻言，顿了一下。她从口袋里掏出手机，把聊天界面举到他面前："来确定一下，说这话的是不是本人。"

"是。"蒋寒衣没犹豫，盯着她的眼睛，"然后呢，答应吗？"

他的爽快反而让弋戈有点意外，眼前人目光灼灼。弋戈微微撤开眼神，小声说："其实我还有点事情想问清楚……"

蒋寒衣心上仿佛被泼了一盆冰水，攥紧了拳头，极力克制地冷笑一声。

"不过还是先答应了再说吧，万一你反悔了呢。"

弋戈却忽然把后半句话说完，在蒋寒衣还没有反应过来的时候，他的衣领被人轻轻抓住，下一秒，淡淡的香气铺天盖地而来，弋戈抓着他站起了身，微微抬头，覆上他的嘴唇。

蒋寒衣没有吻过别人，可在这个不知道持续了多长时间的吻中，他渐渐沉迷，并且感觉——弋戈好像还挺会亲的。

结束时他有点恍惚，垂眼看弋戈，她的口红微微晕开，两颊也出现朦胧的红晕，眼睛却亮得惊人，无比璀璨。

蒋寒衣下意识地咕哝了一句："这个你也学过吗？"这人说恋爱要边追边学，难道亲吻也在这个"边追边学"的过程里吗？

"嗯？"弋戈没听清楚。

蒋寒衣忽然觉得有点羞耻，轻咳了声，支吾道："你……挺会亲的。"

弋戈愣了两秒，恍然大悟，挑了挑眉："你也不赖啊。"说着，目光下移，看向他紧紧扣在她腰间的手。

这人也就刚亲上去的时候僵了两秒，不过很快就自动进入状态，抚摸、摩挲、喘息，哪样他不会？她还在瞎啃呢，差点招架不住，简直想给他颁个无师自通奖。

蒋寒衣低头一看，差点被吓一跳，他都不知道自己什么时候上手了？他像做了什么坏事被抓包了似的，猛地挪开手，又不知道往哪儿放，踌躇了半天，还是自然下垂，僵硬地贴在了衣缝边。

弋戈见他这一通僵硬的肢体表演，轻笑了声，抓着他衣领的手上移，圈住他的脖子，问："反悔了？"

"没有。"蒋寒衣很想表现得正人君子一点，可尴尬地发现，他现在的目光很难从弋戈的嘴唇上挪开。

他很想再吻她一次，可她似乎有话要说，而他也不太确定自己再来一次会是什么表现——像刚刚那样，第一次表现得太熟练了似乎也

·554·

不太好……

所以，他现在只能像个贼似的把目光四处乱瞟，就是不敢看她的眼睛。

"汪！"

一旁的中秋看了半天的打情骂俏，终于忍无可忍，仰着狗头叫了声。

蒋寒衣一激灵，感觉自己下一秒就要被中秋恶犬扑食了。他把弋戈的手从自己脖子上抓下来，牵在手里，缓了缓神，认真道："你刚刚说有些事情想问清楚，是什么？"

弋戈也不含糊，径直问："你为什么忽然就答应了？"

蒋寒衣想了想，这问题恐怕不太好回答……于是四两拨千斤地笑道："讲道理，其实是你答应了我。我没答应你什么。"

弋戈一看就知道他想混过去，于是更确定了心里的猜测，扬了扬眉，摊牌道："你是不是听见我和我爸说话了？今天下午，就在这儿。"

蒋寒衣心下直叹气，女朋友太聪明了是种什么体验？

"你怎么知道的？"他牵着弋戈坐下来。

"瞎猜的。我跟我爸聊完，走的时候在车上看见你了。"弋戈无所谓地耸耸肩，"本来没想到你是听到了我跟他说话，我以为你只是刚好路过小区门口而已。但你突然给我发消息，那肯定是发生了什么，加上刚刚你看到我问的第一句是'你怎么来了'，如果你认为我一直住在这小区里，那应该不会这么问。你这么问，说明你知道我不住在这里了，所以我猜，你应该是听到了。"

蒋寒衣垂下眼，低声说："是偷听的，对不起。"

弋戈没接茬，反问："那你答应跟我在一起，是因为这个吗？觉得我特别可怜吗？"

"有被这件事触动，但不是因为这件事。"蒋寒衣认真地说，"也不是答应要跟你在一起，我是想跟你在一起，一直都是。"

"哦……那还是觉得我可怜咯？爹不疼妈不爱，可怜得触动了你，然后就想跟我在一起了？"弋戈阴阳怪气地问。

蒋寒衣急了："你挺聪明的怎么听不懂人话了？我说的是，我想跟你在一起，一直都想！谁觉得你可怜了？"

弋戈被他的反应逗笑，张开手圈住他："干吗生气呀，可怜就可怜嘛，你多可怜我一点我也没意见啊。"

蒋寒衣这才反应过来自己被她捉弄了，想发火，可这人拿脑袋在他颈窝里蹭来蹭去，再大的火都消了。

他没好气地咬牙强调道："我不因为可怜谁就跟谁在一起。跟你在一起就是因为喜欢你，没别的。你最好也是，只因为喜欢我才跟我在一起，别是因为可怜我。"

弋戈闷在他怀里"扑哧"一笑，扬起脸问："那你有什么值得我可怜的吗？"

蒋寒衣听她语气轻松戏谑，表情却认真，一张笑脸上两只眼睛眨巴眨巴——分明是要他自己招供的意思。

蒋寒衣苦笑："你又猜到了？"

"那倒不是，我问了蒋阿姨。"

重逢以来弋戈一直觉得蒋寒衣不太对劲，因为心里有怨对她冷淡也就算了，可他对韩林范阳的态度也不太对劲，太颓了点。再加上他那"年假"长得离谱，还有那天给他发飞机相关的视频他也兴致缺缺，弋戈索性直接去问了蒋胜男。

当然，大部分时候蒋胜男女士是个相当有原则的人，不会把儿子工作上的事告诉别人，可是——弋戈都在追了她怎能不说？她多年来的"把弋戈骗进门当女儿"的梦想终于看见曙光了，还管儿子的隐私干什么？所以蒋胜男女士不光说了，还说得添油加醋、凄风苦雨，整个把蒋寒衣说成了一个受坑害前途未卜的失足青年。

真是他亲妈。蒋寒衣无奈地叹了口气，又问："所以你呢，觉得我可怜吗？我工作都没了，还要跟我在一起？"

"要听实话？"弋戈问。

"嗯。"蒋寒衣紧张地咽了口口水，点点头。

"那我觉得……你真挺可怜的。"弋戈伸手捧住蒋寒衣的脸，将自己的额头与他的抵在一块，用一种哄小孩似的语气说，"啧啧，可怜死了哟。"

蒋寒衣忽然觉得自己被打脸了，"啪啪"响的那种。

在弋戈回答之前，他以为自己想听到的答案是义正词严、泾渭分明的——"不可怜，我干吗要觉得你可怜？我喜欢你才跟你在一起，不是因为可怜你。"

他以为可怜不会是什么好事,他并不喜欢弋戈可怜他。

可现在,弋戈抵着他的额头,轻轻的呼吸喷在他的脸上,用哄小孩子一样的语气说他"可怜死了"。没有鼓励,没有告白,没有同仇敌忾,没有义正词严,他却觉得自己得到了莫大的安慰。

他不禁在心里想,如果是弋戈的话……那么多可怜可怜我也关系,挺好的。

"不过没关系,没工作了我也喜欢你。"弋戈"啧啧"叹了好几句,又说,"嗯……蒋阿姨要是实在不让你啃老的话我勉强养你也行,中秋一个月大概花我两千块,你吃得稍微比它少点就行。"弋戈捧着他的脸,十分大方的样子。

"……那我谢谢你啊。"蒋寒衣微笑。

弋戈莞尔:"别客气!"

"除了这个呢,还有什么事情想问清楚?"被她这么"可怜"一通,蒋寒衣心里竟无比熨帖,再接再厉地又问。

"没什么,其实都差不多。"弋戈却忽然有点躲闪,"就还想问你为什么还是喜欢我。七年其实真的挺长的,对吧?

"而且我必须坦白,你说得对,如果那天不是碰巧在警察局看见了你,我大概永远不会主动去找你的。"弋戈抱歉地说了实话,"就算是这样,你也还会喜欢我吗?"

这话虽然不意外,但她亲口说出来,还是挺让人伤心的。可蒋寒衣也知道,她现在敢这样坦白,也恰恰说明,她没打算再离开。

其实这问题蒋寒衣问过自己很多遍——七年来,在大学的公众号上看到弋戈的时候,听说弋戈做交换生要去国外的时候,听说弋戈和姚子奇进了一家公司的时候,他都问过自己,为什么仍然把她放在心上呢?如果还喜欢她,又为什么不直接去找她呢?

甚至在重逢后,他无比清楚自己面对弋戈时有多紧张、多心动,却也要谨慎地退一步,问自己一句——会不会只是因为不甘心?

或许是在弋戈坦坦荡荡地说"我追追看"的时候,或许是这三天每次看到她发的那些表情包都笑出声的时候,又或许是在刚刚热血上头发那三条微信的时候,蒋寒衣才发现,即使他们都已经是成年人,都面对着操蛋

.557.

的家长里短、工作同事,碰到弋戈的事,他还是那么冲动,还是充满怜惜、不舍与傻气。

蒋寒衣确信,他不会在任何情况下再对一个刚追了他三天的人说"不用追了,在一起吧",也确信弋戈不会再捧着第二个人的脑袋说他"可怜死了"。

有些东西,只在两个人之间发生。

蒋寒衣苦笑了声:"大概因为我一直是个很挑剔的人。"
范阳说这年头不论是谈恋爱还是结婚,都不能太挑,长相、财力、性格、感觉,有一样就足够。
可他确实就是个少爷脾气,矜贵得很,什么都要挑。
他不仅要漂亮的,还要个高的、聪明的、性格爽快的、脾气不好的。
没有比她更好的。

蒋寒衣在弋戈灼灼的目光中,终于也放下这些年的愤懑、纠结和质疑,坦然地笑着说——
"我这么挑,可你只有一个,我还能怎么办?"

两人坐在中心花园里聊天,蒋寒衣有一搭没一搭地问弋戈许多事,譬如她做交换生的那一年都做了什么,譬如中秋被领养回家后是不是还爱看月亮,譬如黄粱梦里她最喜欢的是哪一道菜。其实他自己都不知道下一句想问什么,没头没尾的,但就是这么一直下去了,谁也没觉得尴尬。

只是问着问着,他忽然发现弋戈一直在玩他的手腕,一会儿用拇指和中指把他的手腕圈起来,一会儿拿食指轻轻叩在他的脉搏处,乐此不疲。

蒋寒衣失笑:"干吗呢?"
弋戈回神来,抬头看他一眼,又低头,很新奇地说:"是你手腕太细还是我手大?我能整个圈住你的手腕哎。"
"……应该是因为你手大吧。"蒋寒衣无奈道。他一米八六的个儿,骨量摆在那里,手腕怎么也说不上细。
见弋戈还一直圈着他的手腕,他笑道:"这么好玩?"
"不知道,反正重逢之后我就一直觉得你的手腕很好看来着,很想摸。"弋戈很坦诚地说,话末似乎又觉得不对,顿了顿自言自语似的问,"蒋寒衣,我是不是有点色啊？"

蒋寒衣轻咳一声，绕过她直白的问题，换了种说法道："以前没见你对我这么感兴趣。"

"那说明我在正常地成长啊！以前我十六七岁，自己都还没长大呢，为什么要对男的感兴趣？现在我都快二十五岁了，无论生理心理都成熟了，当然就有看男人的需求了。"弋戈很自然地解释道。

蒋寒衣被她辩得哑口无言，仔细一想，又觉得她的话很有道理。

其实重逢以来，他一度觉得弋戈变了很多，无论是待人方式，还是行事风格。二十五岁的弋戈都比从前开放和柔和。就像他很难想象以前的弋戈会说"我追追看，你考虑考虑"，或者直接地承认"蒋寒衣，我是不是有点色"。

可他现在忽然明白，她从来没有变，她始终是直接而锐利的。以前不做的事情，真的只是因为那些事情没有出现在十七岁的人生清单里。

七年来，所有人都变了，有的主动改变成外界认可的样子，有的被动地被搓圆揉扁，可弋戈没有。她在自己的壳里，按照自己的节奏接受变化——从前蒋寒衣一直觉得那层壳是弋戈的阻碍，现在他才明白，或许所有人都需要这样一层壳，像皮肤一样，让他们游刃有余、自由飞行。

想到这儿，蒋寒衣不自觉笑了笑——他越来越觉得，七年前的那场拒绝，其实并没有那么难以释怀。

只是时间不对而已。

十七岁的弋戈没有办法接受接连到来的离别，十七岁的他不也没有办法接受莫名其妙的拒绝吗？七年来他每每不忿时，想的都是弋戈始终不肯敞开心扉的懦弱与不真诚，可如果他真的比她更勇敢，那这七年，他有很多机会可以主动去她的，只是他没有，他连同学聚会都不敢去。

十七岁时，没有谁比谁做得更好，他们都有点虚张声势、不堪一击。

"笑什么？"弋戈挠了挠蒋寒衣的手心。

"没什么，就是觉得你刚刚说的也不太对。"

"什么？"

"你说，如果没有那次在警察局碰巧遇见的话，你永远也不会主动来找我……"蒋寒衣缓缓道，"我现在觉得不一定，你应该会来的。"

·559·

"为什么？"弋戈乍一听这话，觉得疑惑，却不是疑惑于他话里的内容，反而更好奇他为什么这么肯定。

"不为什么，就是感觉。"蒋寒衣云淡风轻地说，"你不来，我也会去找你的，不过可能会慢一点，要劳驾你等一等。"

弋戈有点新奇地看着他，看着看着，忍不住勾起了嘴角。

她不清楚蒋寒衣为什么忽然抛出这么一个玄乎却又笃定的论断，也懒得去分析事实是否真会如他所说，只是听他这样说，心里就觉得熨帖和信服。

"那可惜了，已经遇上了，也没办法验证对错了。"她笑说。

蒋寒衣失笑："那倒是用不着可惜！"

两人说着说着笑开来，忽然听见不远处车库门拉开的声音。

向七号院望过去，看见弋子凡立在门边，弯着腰对门里的弋维山说了些什么，告过别之后，看见弋维山往屋里走了，才转身走进车库坐上车，慢慢驶离。

"怎么走了，我还以为他已经住进去给弋维山当儿子了呢，这大晚上的不得给他端盆洗脚水啊，大孝子。"

弋戈原本以为自己完全不在意弋维山认几个儿子，更不关心他和王鹤玲离婚分家产的事，可或许是弋子凡扬长而去的车尾气太欠扁，或许是身边这人的存在让她太放松，她看着那渐渐变小的车尾灯，竟十分自然地脱口刻薄起来。

蒋寒衣倒一点不意外，接话接得十分顺口："说不定是端完了走的呢。"

居然很有道理。弋戈剜了蒋寒衣一眼，撇撇嘴不说话。

蒋寒衣不再开玩笑，把她的手从自己的手腕上牵下来，攥进手心里，轻声问："介意？"

弋戈沉了口气，决定先做个铺垫："你知道我现在在×厂做算法吧？我大学的时候还自己做了个答疑APP，很挣钱的。而且我当时秋招入职，拿的是 super special 的 offer，有股份，能套现能分红。所以我自己真的挺有钱的，我真不是介意他把那公司留给谁、财产分给谁，你知道吧？"

蒋寒衣头次见弋戈这么把自己的成就当回事儿，听她这么细数，一面觉得可爱，一面又为她这样较真的原因而感到心酸，于是静静地听着，捏了捏她的手作为回应。

"我爸干这种事,我其实一点都不意外,他和我奶奶在这方面其实没差,顶多就是……小时候如果只有一个鸡蛋,我奶奶肯定会留给弋子辰吃,但我爸会说他很公平,所以一人分一半——但一个鸡蛋并不能说明公不公平,因为我爸不缺这个鸡蛋,你懂我意思吗?

"本质上,他和我奶奶的观念是一样的,没儿子这事真能要他老命。从这个角度来说,他能忍这么多年,不逼着我妈再生一个,还真是'善解人意',让了好大一步。"弋戈嘲讽地笑了笑,"我就是没想到,他会他能为了领养这么一个儿子直接跟我妈离婚,这么干脆。我不是觉得他最后会为了我妈放弃弋子凡啊,我只是以为,按他一贯的风格,他会一边哄我妈一边让弋子凡继续在公司待着,等到我妈不怄气了、习惯了,这事儿也就这么顺水推舟地做成了,他一向是这样的。

"真的,直到今天上午我都还坚信这事儿一定会以我爸把我妈哄回家的方式结束。我一直以为相对来说我妈会是坚决无情的那个人,没想到,最后是我爸说离婚就离婚。所以,我也不是介意吧……我就是有点,意外。"

从十七八岁到二十五六岁,从学生步入职场,经历过些许波折的年轻人很容易产生幻觉,以为自己了解了现实的狗血,看惯了家长里短、社会世情。

弋戈也曾这么以为,故作老成地盖棺定论——不就这些花样么,一些人无缘无故地离开,一些人有缘有故地告别,在一些人眼里她聪明漂亮年轻有为,在另一些人眼里她的身高体型性别年龄每一样都能成为原罪。

可总有新的事情挑战他们的认知,嘲笑他们没见过世面——这才哪儿到哪儿啊,现实世界的狗血和荒诞上不封顶。

"而且……我这两年还真的挺努力的,我觉得我们家虽然不算特别亲,但至少爸妈感情好,只要我不跟他们吵架了,我再努力努力,我们这一家就也很像模像样了。"

所以她大学放寒暑假,哪怕很想一直待在桃舟陪陈思友,也总会分些时间出来,陪王鹤玲做瑜伽、给弋维山的厨艺捧场。所以她在国外做交换生时,为了记得给父母打电话,每周都提前定闹铃,按着课表把时间定在不同的教学楼和实验室里，就为了让弋维山和王鹤玲看到她更多的生活。所以她毕业后还是回到了南方工作，即使在北城有更让她心动的 offer 和更熟悉的同学，她还是选择了离江城更近的杭城。

弋戈知道，自己做的这些说不上多努力，或者有多费尽心思，但是，她真的为此努力过。她也曾充满自信地认为，她和父母，终于还是成了真正的家人。互相支撑、互相照顾的那种，真正的家人。

可弋维山用她始料未及的方式推翻了她的自信，并最终完成了他当年教给她的那一句——人生天地间，忽如远行客。

尽管这一次的离别，并不像当年弋维山说的那样，是因为"你长大了"，而只是因为那个最简单也最无法改变的事实——她是个女孩。

中秋趴在地上睡着了，脑袋垫在蒋寒衣的脚背上。蒋寒衣牵着弋戈的手，想了想，没有说什么安慰的话。

下午听到弋戈和弋维山的对话，现在又听弋戈讲了这么多，哪怕作为旁观者，他也清楚这件事最根本的症结是什么，而这症结根本是无法改变的。更何况，蒋寒衣自己就是个男人，他总觉得，无论怎么说，他也感受不到弋戈痛楚的十分之一。

就像高中的时候，他可以把范阳和那些说闲话的男生揍一顿，可他们围着弋戈和朱潇潇说的话不会被收回；就像他那年明明听到姚子奇对弋戈狂热表白被拒后的嘲讽与奚落，最终却还是什么都没说，只能带她去看一场桑葚雨。

蒋寒衣很努力地想她所想、痛她所痛，可他也无比清楚，他永远无法与弋戈感同身受。如果他宣称自己能理解，能安慰，那实在太站着说话不腰疼。

弋戈心里堵着一团气，这么说了一会儿，虽远未释然，但已经好过了很多。一抬眼见蒋寒衣忧心忡忡地紧紧牵着她的手，她不禁好笑，故作不满地问："你都不安慰我？"

蒋寒衣愣了一下，看着她的笑颜，想了想，学她刚刚的样子，扶着她的脑袋，把她的额头抵向自己的。

两额相抵，蹭了蹭，然后他轻轻地说："可怜死了。"

弋戈本想笑，可他的气息一出来，喷在她的脸颊上，她忽然安静了。

她闭着眼,感受到蒋寒衣抬了头,他的呼吸由下到上,拂过她的下巴、鼻梁、眼睛、眉骨,最后停留在她额上,印了一个轻轻的吻。

"辛苦了。"蒋寒衣又喃喃地道。

"那你说一句爱我吧。"弋戈仍旧闭着眼,说。

"我很爱你。"话音落下,蒋寒衣自己都没想到他能把这三个字说得这样顺畅自然,毫不犹豫和扭怩。

弋戈倏然睁开眼,笑盈盈地看他:"蒋寒衣,说好了我追你,结果这才三天,问我答不答应的是你,先说我爱你的还是你,你怎么什么便宜都让我占呀?"

蒋寒衣被她明亮的眼神一晃,愣了愣,笑道:"你数学好,便宜都是凭本事占的,不用谢我。"

第二十一章
爱人

出了元旦假期，弋戈计划着回杭城。这本来是件小事，她一向来去自由，跟王鹤玲打声招呼就能走了，可现在出了弋子凡这档子事，她就有些拿不准，把王鹤玲单独留在江城是不是不太好？

可她亲妈这几天一如往常，仿佛离婚这事在其心里还比不如往水里丢个石头的动静大，因此弋戈更不敢贸然把这问题捅破。

纠结了好几天，最终还是慧眼如炬的王鹤玲女士发了话："该忙什么忙什么去，我过两天去琼岛，你不用操心。"

弋戈欲言又止，但见王鹤玲女士铜墙铁壁，还是点了点头，和蒋寒衣约好时间，打算一起开车回杭城。

第二天一早，弋戈收拾好东西，把早餐做好放在桌上，先带着中秋出去跑了两公里。

哪知王鹤玲一起来，看见一只孤零零的行李箱搁在门口，屋里一个人也没有，餐桌上静静搁着一叠烤吐司、一只半面熟的煎蛋——这几天一直是弋戈做早饭，她起得早，做的也都是王鹤玲习惯的西式早餐，吐司煎蛋松饼酸奶碗换着来。

王鹤玲却还记得很分明，弋戈高二那年在琼岛对她说的，西式早餐她既吃不惯也吃不饱。

偌大的餐厅里弥漫着淡淡的黄油香味，云淡风轻了好几天的王鹤玲忽然就绷不住了，蹲在地上掩面大哭起来。

弋戈回来的时候，看见的就是红着眼睛的王鹤玲女士穿戴齐整，扶着一只老花小皮箱淡淡地通知她："改主意了，我跟你一起走，去安山待两天。"

半分钟前刚收到蒋寒衣微信说他到楼下了的弋戈实在有点措手不及。

蒋寒衣等在楼下，先是迎接了摇着尾巴飞扑而来的中秋，正要上前去接女朋友，却看见一个气质雍容、打扮优雅的中年女人施施然先走下台阶来。

在她身后，弋戈一手拖着自己二十四寸的行李箱，一手拎着一只设计考究的小皮箱，略显艰难地跟着。

蒋寒衣忙上前接过两只箱子，一脸茫然地看着弋戈。

弋戈实在也有些无措，朝着王鹤玲的背影冲蒋寒衣挤了挤眼，示意他见机行事。

"这是？"王鹤玲看了眼蒋寒衣，问道。

弋戈还没搞清楚王鹤玲为什么一大早哭了一回又为什么忽然改主意跟她同路了呢，眼下全然是蒙的，更别提处理"男朋友初次见家长"这档子事了。

蒋寒衣见她犹豫，定了定神，打算遮掩过去，于是主动上前道："阿姨好，我是弋戈的高中同学，刚好也要回杭城，就一起了，也好换着开车。"

可弋戈听他这么说，心里却觉得抱歉——为什么要让蒋寒衣替自己遮掩？他俩又不是见不得人。

于是没等王鹤玲点头，她插了句："您不是让我心里有数嘛。"说着，她眼神指了指蒋寒衣，对王鹤玲道，"这就是我的'数'。"

这话一出，蒋寒衣被吓得不轻，王鹤玲倒是并不意外的样子。

蒋寒衣原本还不紧张，现在被王鹤玲这么上上下下地打量，反而紧张起来，不自觉地挺胸抬头，就怕自己在丈母娘眼里显猥琐。

也不知王鹤玲是自来豁达,还是此刻并没有挑女婿的心情,她只淡淡扫了蒋寒衣两眼,笑了笑,点头对弋戈说了句"眼光不错",便上车了。

弋戈"嗯"了声,看她亲妈的眼神中多了些担忧,她亲妈今天实在是有些精神恍惚的样子。

到上车后,王鹤玲像是才想起来礼数,问了蒋寒衣的名字,又说他是不是高中的时候经常来找弋戈的那个男同学,最后又道了谢,说麻烦他开车。

蒋寒衣被她轻飘飘又一句跟着一句的问候吊得心里直发憷,笑得脸颊发僵,恨不得把自己的户口本、成绩单、房产证、飞行员驾驶证乃至四六级证书全掏出来任君查阅,见王鹤玲到最后还是不咸不淡的模样,也不知是该失落还是该放心,只得默默地开车。

一路上三人都无话,弋戈见王鹤玲闭目养神,不忍打扰她休息,终究还是没有主动打开话题。

临近安山,王鹤玲才醒过来,神色凝重地刷了会儿手机,像在处理什么事情。

几分钟后,她叮嘱弋戈道:"我这几天不想开手机,你找不着我别担心。我自己休息几天,之后会联系你。

"家里的事情我全都交给律师了,你不用操心,也不用想着跟你爸打感情牌再劝他回头。这婚既然要离,肯定是要伤筋动骨,但无论如何也得一分一厘算清楚,妈不会让你吃亏。你爸或者那个弋子凡找你,能不理就不理,他们现在找你不会为别的,我之前用你的名字买过房子和铺子,他们上心着呢。"

王鹤玲一口气说完,又扬起一抹明艳大气的笑,对驾驶座的蒋寒衣道:"小蒋,你跟弋戈在杭城,两个人互相照顾。年轻人不要太紧张工作,好年华,多出去走走看看。"

蒋寒衣握着方向盘,点头道:"好的。"他回答得简单而恳切,没有对王鹤玲刚才那一番关于家事的长篇大论表现出任何情绪。

汽车停在安城服务站,王鹤玲的司机早早等在那儿。

弋戈看着王鹤玲下车,拎着小皮箱矮身坐进那辆Taycan里。她冲弋戈微微一笑,又摆了摆手,潇洒地拉上车门,扬长而去。

"不放心？"蒋寒衣问。

"有点。"弋戈垂下眼，"但其实我也不能为她做什么，担心也没用。"

王鹤玲有专业的律师，有相交多年的好友，有想散心就能直接去的度假区，说句不好听的，王女士养尊处优了一辈子，也在商场沉浮了十多年，无论在找消遣哄自己开心方面，还是在找律师打官司争财产方面，大概十个弋戈加起来也不比她一个。就算弋戈在她身边一天二十四小时地陪着，其实也只会说几句不痛不痒的安慰，恐怕连句"您还有我呢"的都肉麻得说不出口。

母女俩前十几年的生疏注定了她们无法成为那种能"相依为命"的母女，算来算去，弋戈唯一能做的，就是在这桩未来可能会撕扯得极不体面的离婚案件中，在法律和经济层面上，给王鹤玲增加一点筹码。

"算了，走吧。他们俩离婚和神仙打架差不多，轮不到我这个小兵操心。"弋戈看了眼车窗外灰蒙蒙的天色，疲惫地靠回座椅上。

回到杭城后，离过年也没剩几天了。组里已经忙得不可开交，弋戈请了那么多天假，回来更是被工作追着跑。哪怕她已经打定主意年后就辞职，这几天还是没机会懈怠，常常加班到深夜。

蒋寒衣那边似乎也忙，那次事故的调查结果正式公布，他不仅没受罚，还因祸得福般更受器重，开始飞更重要的航线。

两人刚确定关系没多久，就连面都见不上几次了。

不过弋戈每天中午都能收到黄粱梦送来的外卖，很多菜式是菜单上没有的，这次是真的享受家属级别的待遇了。有一回甚至是老蒋亲自来送餐，玩了一辈子摩托的老蒋如今骑着一辆小巧玲珑的电动车，车头上Hello kitty保温盒里装着三菜一汤。老蒋将一双粗糙的手从车把手的粉色手套里伸出来，拿保温盒给她，笑眯眯地叮嘱她先喝碗汤再吃饭。那神情语气，自然得仿佛这七年里她还是和高中时一样，隔三岔五就去修车铺找他补车胎修链条，在他面前和蒋寒衣吵架聊天。

弋戈看着电动车上慢悠悠远去的身影，掏出手机给蒋寒衣发微信说：老蒋好像秃了。

五个小时后蒋寒衣才回复：刚落地。

紧接着，他又道：放心，我们家没有秃头基因，他秃是个人原因。

直到大年二十六那天，公司办年会，弋戈才终于从暗无天日的加班中喘了口气。

下午全组开完大会，她回家换了趟衣服，V领吊带的黑色礼服裙外边套了件加厚的羽绒服，光着一大截小腿哆嗦着出门去酒店。

前几年互联网公司无限风光，每年年会都办得比巨星演唱会还声势浩大。不过这两年光景不同，加上大环境影响，年会也就只是每个部门的同事一起在酒店宴会厅吃个饭看看节目，最后等抽奖。

弋戈到场后寒暄了一圈，便安静落座。看了眼时间，算着蒋寒衣的落地时间大概是两小时后，再算上工作收尾，正好可以来接她。

两人快两周没见，想到这儿，弋戈不禁抿嘴笑了起来。

这一抹笑却被早关注着她的女同事看去，对方打趣道："我就说吧，弋戈有情况哦！"

弋戈愣了下，倒没忸怩，笑着默认了。

同事得意地捅了捅隔壁设计妹子的手："快快，我赢了，红包！"

原来是在打赌。

组里的UI设计师不太服气地拿出手机转了钱，纳闷地问："你这怎么看出来的？弋戈以前也经常盯着手机笑啊，她不是爱看段子和表情包嘛！"

"我可不是看她表情看出来的。""慧眼识珠"的女生在组里人称"小神婆"，副业是在网上给人算塔罗牌，她神秘地压低声音道："恋爱状态，得看身材、看气色。"

"嗯？"

"你不觉得，弋戈最近胖……哦不是，丰腴了很多吗？气色也很好，浑身散发着恋爱的气息。"

设计妹子认真地听了一耳朵，没想到是这种玄学，当即不屑道："扯吧你就！"不过眼神一瞥，忽又"嘶"一声，上上下下打量弋戈好几眼，羡慕道，"不过弋戈，你真的身材变好了很多哎！"同桌没男生，她还是微微压低了声音才给她比了个大拇指，"有胸！"

神婆同事迅速接话："所以啊，成年人长胸，除非哺乳期，还能是因为什么？"

设计妹子有些被说服，充满内涵地看向弋戈，直点头道："噢……"

弋戈扶额："你们就不考虑一下伙食原因吗？"老蒋送来的那些汤，每天两大碗下肚，别说胸了，哪儿的肉都得"野蛮生长"。

不过被她们这样一说，她也不自觉地低头瞥了一眼。

昏天黑地地打了三周的工，她既没去找韩森练拳，也没空给自己称称重。乍一看，倒确实觉得自己结实了不少——或者也可以用神婆同事的词，"丰腴"。

她看见自己胸脯上的线条，也知道胸脯下的肚子上也终于长出了一层宝贵的脂肪。她轻轻地握拳，看见小臂内侧也隐隐蔓延出肌肉的线条。

她的身体正在慢慢变回她熟悉且信任的样子，这很珍贵——至少，就算今晚没有蒋寒衣来接她，它们能让她放心地多喝几杯酒。

同事们还在讨论着"长胸是不是得靠爱的抚摸"之类的话题，趁着宴会厅越来越嘈杂，几个女生的话题也就越来越"18 禁"。

弋戈脑筋一转，忽然觉得她也是时候去了解一些真实经验，于是靠过去正打算加入，却见设计妹子眼睛一亮，望向台上——

"姚哥有节目？"

整组人的目光迅速被吸引过去，大家看着台上抱着一把小尤克里里的姚子奇，纷纷露出惊叹的表情。

"姚哥居然上台啦。"

"这么一看姚哥挺帅啊。"

"我之前就觉得姚哥声音好温柔，果然唱歌好听！"

"这歌也太适合他了吧，《Valder fields》就是温柔大杀器啊！"

…………

弋戈跟着众人的目光，也遥遥地看向了台上的人。

身边人窃窃私语，一口一个"姚哥"，倒让她想起高中时候，那群嘴贱的男生对姚子奇的称呼是"奇妹儿"。

现在这里没有人再这样叫他了，他如今是许多人遇到 bug 的时候下意识去求助的大佬"姚哥"，也没有人再因为他声音细软就骂他"娘娘腔"，在这一声声"温柔"的夸赞里，或许还藏着一些人的爱慕。

他没有放伴奏,尤克里里似乎也是现学的,只简单地换了几个和弦,可他温和地笑着,不紧不慢地唱着,看起来游刃有余,再不窘迫。

唱到最朗朗上口的几句时,全场不禁跟着轻轻哼起来,弋戈能感觉到姚子奇的目光看向了自己,背景灯光掩饰他目光灼灼。

弋戈没有回看,她放下酒杯,轻轻地拍掌为他打起节奏来。

弋戈静静地听完姚子奇的歌,鼓过掌后,垂下眼慢慢地喝酒,没再看台上的人。

原本以为这台年会就能这样中规中矩地结束,只等最后领个奖。谁也没想到,到颁奖环节,弋戈云淡风轻地等着报自己的名字,十个名字一一听过,却没有她。

等姚子奇最后一个上台,从纪工手里接过那水晶奖章,不光弋戈错愕,周围几桌,几乎所有的人都偷偷将看好戏的眼神往她身上瞥。

每年"最佳员工"这个奖,说重要也重要,说不重要吧,也确实没有明面上的作用。一方面,它不能带来直接的升职加薪,明面上的奖励也就是大几千的奖金而已;但另一方面,它又有相当的含金量,每年两次的职级升降、公司里大家对你态度几何、老板对你是否看好,它都是重要的风向标。

但对已经打定主意要辞职的弋戈来说,这个奖的确没有实质性的作用。不过她一直以为,但凡纪工和其他老板还要点脸,这个奖就该非她莫属。他们部门近年来最重要的项目就是她这两年做的产品,公司的人只要长了眼睛,谁也不能否认弋戈这两年在团队里的核心地位。

可现在看,纪工还就是个不太要脸的人。

奖颁完了,纪工在台上总结陈词、展望新年,似有若无地说了几句听在弋戈耳朵里刺耳的话,诸如"感谢部分同事在过去与我们并肩作战""××的企业文化就是开放包容,我们随时欢迎新的人才,也永远理解每一位的个人抉择"此类。

邻座设计妹子都听不下去,小声暗骂了句"死秃驴"。

弋戈倒是不生气,相比纪工的阴阳怪气、铲除异己,反倒是台上泰然自若捧着奖章的姚子奇更给她添堵。

· 570 ·

纵观台上十个人，除了姚子奇，另外九个都是进公司不足三年、还在项目里干活儿的新员工。"最佳员工"这个奖历来如此，虽然面上说是激励公司所有在过去一年里有突出贡献的员工，但按惯例，都会颁给毕业三年内的校招生。而像姚子奇这种，已经工作近五年并且步入管理层的员工来说，这类表面功夫的奖励其实没有意义，他们自然有更实在的东西握在手里。

九加一，最后这位置，显然是纪工不愿意给弋戈，便拉个无人敢置喙的姚子奇出来站桩而已。如果要细论起来，姚子奇拿这个奖，也完全担得起"实至名归"四个字——谁敢说他实力不精、工作不行？

弋戈知道这事多半是纪工专门为了恶心她，也怪不到姚子奇头上去，可看着姚子奇木然的样子，她心里还是堵得慌，免不了要骂一句——脸都不要了的，原来不止一个。

这小小的厄运一直持续到了年会结束，最后抽奖，一桌十来个人，有抽到顶级大奖当场清空购物车的，有抽到手机iPad的，再不济也有抽到个空气炸锅的，唯有弋戈，和手里捏着的200元购物卡大眼瞪小眼。

周边同事叹声表示同情，弋戈强击微笑融入了最后的寒暄，一波又一波的新年快乐讲完，有人要去KTV续摊，有人订了轰趴打算通宵，弋戈揣了一兜坏心情准备回家——蒋寒衣现在还没回消息，"航旅纵横"上一查，飞行延误，刚刚落地，肯定赶不回来接她了。

今晚要喝酒，弋戈没开车来，只能裹着羽绒服，露一截光溜溜的小腿在大厅里等车。

一波又一波的人进进出出，酒店大厅的门开了又关关了又开，直往里灌风，弋戈不自觉地缩着腿紧贴沙发，以攫取一点暖意。

身前忽然笼上阴影，一抬头，姚子奇在沙发另一边坐下。

弋戈原本不想搭理他，眼神收回的瞬间却又顿住了——他脖子上这条围巾，怎么这么眼熟……

是她当年送的那条？

弋戈心里顿时起了一大片鸡皮疙瘩，不免腹诽：这人到底什么毛病？占了我的位置还敢戴条古董到我面前晃悠？

·571·

姚子奇原本个子不算高,与弋戈差不多,目测不到一米八。但现在穿着长款的黑色羽绒服,倒衬得整个人十分修长。围巾遮住他小半张脸,但弋戈还是能看到他冲她笑了笑,似有话要讲。

她心里本就不爽,再加上以后她跟姚子奇连同事都不用做,就更半点关系都没有了,于是抢先开口,极不客气地冷嘲道:"你是买不起围巾吗?"

姚子奇怔了一下,低头摸了摸脖子上的围巾,淡淡地道:"是有点旧了,但很暖和。"

弋戈不作声,懒得与他打这样的太极。

"你是因为颁奖的事心里不舒服吗?"姚子奇默了一会儿,轻声问。

弋戈看了眼叫车软件,遥遥无期的样子,想了想,也没吝啬开口,直白地道:"是。"

姚子奇的表情霎时慌了,怔愣一会儿后才找回神来,诚恳道:"我很抱歉……我,我提前不知道纪工会颁奖给我,刚刚我唱完歌下台他才跟我说的……"

弋戈拧拧眉,她知道姚子奇为什么会这么紧张地向自己解释。可也很奇怪,她和姚子奇之间好像始终缺乏一点基本默契,比如现在,哪怕姚子奇这样的急迫和慌张恰恰说明他的好意,可她就是,更加不爽了。

事情已成定局,这样的示弱、道歉和安抚有什么用?在人来人往的大厅,除了让同事们以为她斤斤计较、跋扈嚣张、得理不饶人,让姓纪的再看一次热闹,还有其他意义吗?

弋戈打断他:"你不用抱歉,这事和你没什么关系。拿得起的奖为什么不拿?如果我是你,我也会上台领奖,我不会为了你的感受而放弃好几千块钱的。"

姚子奇满肚子的话就这么被堵了回去,怔怔地看着她。

弋戈咧出个标准的微笑:"同理,你也不用为了我的感受来解释什么,或者感到愧疚。我的确心里不爽,所以可能会迁怒到你身上,连带着看你也不爽,但这只是我的情绪,不是你的错误,对吧?"

姚子奇直愣愣地与她对视了一会儿,看着她眼睛里锋芒熠熠,最终还是败下阵来一般,黯然地垂下眼,低声苦笑,点头认可道:"你说得对。"

弋戈扬扬嘴角,佯装看了眼手机,自然地下逐客令:"挺晚了,你不回家?还是和他们一块儿去续摊?"

姚子奇点点头："要回家了。"起身时又看了弋戈一眼，玩笑似的语气问，"我没喝酒，但你还是不会让我送你回家的对吧？"

弋戈捕捉到他眼里的酸楚与遗憾，被问得一愣，没回答。

姚子奇摆摆手，笑道："走了，新年快乐。"

"姚子奇。"弋戈叫住他。

姚子奇回过头来，目光里燃起一点希冀般看着她。

"你当年奥赛保送的时候，我是不是没有祝贺你？现在补上吧，恭喜你升职。"弋戈真诚地说，"以后应该就不是同事了，但你们团队要是研发出了什么好玩的东西，我肯定会第一时间成为你的忠实用户。"

姚子奇听到"恭喜"的时候，似乎有点失望，待她说完，却又犹豫了一下，最终三步并作两步走回来，走到弋戈面前。

弋戈仍坐在沙发上，仰头疑惑地看着他。

"我能，抱你一下吗？"踟蹰两秒，姚子奇嗫嚅着问。

弋戈有些意外，不自觉地露出戒备的表情。回过神来，她笑着摇了摇头，摊手道："还是算了。"

姚子奇笑着点了点头，他看着弋戈写满笑意的眼睛，知道这难得的笑容其实是在催促。可他还是多余地问了一句注定不讨她喜欢的话："这条围巾，我还能戴吗？"

他看见弋戈果然皱了皱眉，心中居然产生一股自虐般的快感——他从来都不招她喜欢，他以前的懦弱、卑怯，现在的温和、沉稳，好像不管怎样都踩在她的雷区上。前几年姚子奇一度以为自己有近水楼台的优势，毕竟那个招人烦的蒋寒衣好像消失了，毕竟弋戈对他还是很友好，毕竟弋戈甚至和他选择了同一家公司。可时间越长，姚子奇越发现，他就像是一个拿着钥匙却想打开指纹锁的人，在弋戈那儿，他似乎从一开始就被排除在可能性之外。

很久之后姚子奇才想起来弋戈和他初次见面原来是在高二的第一次月考，他被舅舅打成重伤，考试前一晚还在发高烧。所以弋戈第一次看见的，是擤着鼻涕、瘦弱邋遢的他。

可他却在很长一段时间里都以为，他第一次见弋戈，是那一次在医院，有个特别勇敢的姑娘冲出来，挡在他面前，和凶神恶煞的债主争吵。

人生若只如初见。

可他这初见，倒不如不见。

弋戈最终还是温和而耐心地回答他："我送出去了，就是你的了，不嫌它起球你就戴着吧。但都这么旧的东西了，也不是什么奢侈品，该扔还是扔吧，也没见多保暖。"

弋戈冲他微微弯了弯嘴角。

姚子奇还没应声，她的手机忽然振动起来，他清楚地看见她低头那一瞬间，她嘴角的笑容绽开，是他从未见过的灿烂。

"喂？"弋戈边说边站起来，她今晚穿了高跟鞋，目光越过姚子奇的肩膀，眼睛瞬间便亮起来，扬起胳膊挥了挥手，"我在这儿！"

姚子奇循着她生动的神情回头看去，多年不见的蒋寒衣似乎一点也没变，还是那么挺拔俊朗。零下的天气，他穿着单薄的飞行员夹克，迈着大步而来。

"你不冷？"

蒋寒衣把车停在地库，本来是让弋戈在酒店里等着，可弋戈坚持跟着他出来。弋戈的手被他牵着，简直像裹着一层冰。

蒋寒衣略放慢脚步，瞥她一眼："这话不该我问你？"

弋戈的羽绒服罩不住小腿，脚上更蹬一双尖头亮片鞋，露着大片脚背，冻得早没了知觉，却缩缩脖子嘴硬道："我还好，在户外的时间就一会儿。"

蒋寒衣说："我也就一会儿，机场和车上都有空调。"

弋戈腹诽，就算只有半分钟，也没人会在-5℃的天气里穿夹克，嘴硬……

从酒店回弋戈家路程不长，起先弋戈还主动说几句话，问蒋寒衣为什么这么快赶回来了之类的，见蒋寒衣语气僵硬，别扭得要命，便也故意不说话了。

男朋友初次吃醋是什么体验？

要弋戈来说，那可真是——太有意思了。

到家后，弋戈正要开车门，蒋寒衣长臂往后座一伸，弋戈兜头便被罩了件羽绒服。

"腿上裹着，我看你这样早晚得截肢。"

弋戈奇怪道："你有羽绒服刚刚干吗不穿？"

蒋寒衣没说话。

打死他也不会承认他刚刚急着接人连外套都忘了拿。

"裹上了下车。"蒋寒衣把车子熄了火，拔出车钥匙道。

弋戈眼睛一眯，猜了个大概。

她觉得眼前这个蒋寒衣既熟悉又陌生，这傻愣愣的模样，像极了高中时候常常热血上头的蒋小爷，但这吃醋了还憋着不说的风格，又和当年的蒋寒衣南辕北辙。

当年，他可是能追着她半个月，反反复复就问一句"姚子奇到底找你干吗"的人。

弋戈不下车："蒋寒衣，你怎么连吃醋都不敢说了？"

蒋寒衣不响声，装傻道："什么吃醋？"

"刚刚那是姚子奇，真没认出来？"弋戈侧坐着，把脑袋抵在座椅靠背上，目光幽幽地追着蒋寒衣看。

弋戈想起刚刚的场景便想发笑，这人分明开口第一句就认出姚子奇来了，还非要装模作样地问一句："您是？"

倒是把姚子奇唬得一愣一愣的，以为他不记得自己，掐头去尾地自我介绍道："你好，我是弋戈的同事。"

"您好，我是她男朋友。"蒋寒衣是这么回答的。

两个明明都认出了对方的老同学，非要装作陌生人，极虚伪地社交起来，干巴巴地硬聊了半天，听到飞机夜间着陆的安全事项的时候，弋戈终于忍不下去，拉着蒋寒衣先走了。

"后来认出来了。"蒋寒衣勉强承认。

"没吃醋？"弋戈直来直去。

"你俩就聊个天而已，又没干什么我吃什么醋……"蒋寒衣眼神飘忽地嘴硬着。

"那你不想知道我跟他在聊什么？"弋戈问，"你现在问，我就告诉你，以后问我可不说了啊，你就自己难受去吧。"

弋戈看着他，只觉得这人侧脸轮廓好看极了，一边说，一边忍不住伸手挠了挠他的下巴。

蒋寒衣微微偏头，也没躲过，默了会儿，闷闷地道："那你们在聊什么？"

刚到酒店的时候，他看见大厅里人来人往，大家都三五成群有说有笑地往外走，就那两人单独坐那儿聊天。蒋寒衣知道自己这醋吃得不太讲道理，可他看着那画面，心里确实是吃味的。

更何况，那人还是姚子奇。

在他与弋戈失去联系的七年里，姚子奇和她从同学变成同事，做同学时是老乡，做同事时是校友，有无数的理由变亲近。

弋戈的手还搁在蒋寒衣下巴上，很不安分，被蒋寒衣忍无可忍地抓住之后，她笑了笑，轻轻叹道："还好你问了。"

她是很希望蒋寒衣能问的。倒不是想看他吃醋的恶趣味，而是为了最佳员工奖的事。这事不大，可她心里难过是真的，生气是真的，觉得不公平也是真的。哪怕这些情绪其实都不算太强烈，从前她也许自己睡一觉就好了，可现在这个人在她身边了，她就很希望他来问问她，听她倾诉。

"什么？"蒋寒衣察觉到她有别的话要说，终于不再别扭，抓着她的手攥进手心里，认真地看着她。

"我要辞职了，所以我老板没把最佳员工奖颁给我，颁给姚子奇了。"弋戈本来没觉得多委屈，可这么一说，竟有点鼻酸，"他就是个特别缺德的 leader，要不是我原来的老板生孩子去了把这个项目交给我，我才不给这样的人打工呢！

"这奖其实没多稀罕的，但我就是觉得……不公平，该我拿的东西，凭什么不给我呢？还有以前，凭什么看我打扮自己就说我工作不饱和？他丑他有理了吗？"

弋戈说着说着，忽然意识到，或许她需要的不是安慰，这件事的严重程度并没有到要安慰的程度；又或许，蒋寒衣这样认真地看着她，静静地听她把情绪发泄完，就已经是她想要的安慰。

痛快骂过几句之后,弋戈心里舒服多了,手在蒋寒衣手心里不安分地挠了挠,玩笑着问他:"看,情况就是这么个情况,我损失惨重,怎么办?"

蒋寒衣一副凭君差遣的样子,说:"你说怎么办就怎么办,哪天趁夜黑风高替你揍他一顿都行。"

"文明社会,兼爱非攻。"弋戈撇撇嘴,故意说,"不如你给我发个红包,一万二吧!最佳员工奖就给一万二。"

其实不到一万,不过弋戈随口瞎诌,便往大了说。

哪知蒋寒衣倒还认真地点点头,从兜里掏出手机,在键盘上操作了几下。

弋戈手机响一声,她一看,还真是不多不少一万二。她笑着把脑袋靠回座椅上,余光忽地瞥见,转账备注里还有一行字:蒋寒衣个人选择奖。

弋戈忽地愣住了,抬头问:"这是什么?"

"我知道,工作中的荣耀你不缺,不管是钱还是奖,你都能自己赢回来。"蒋寒衣缓缓道,"所以我好像只能给你这个了。

"蒋寒衣个人选择奖,终身制的。"

弋戈心中一片柔软,低头又看了看,笑道:"终身制?"

"嗯,一辈子不撤回。"

"获奖名额呢?"弋戈狡黠地问。

"就这一个。"蒋寒衣被她的"严谨"逗笑,"不过颁奖礼可以无限次举行,一年一度,一月一度,一周一度,你想怎样都行。"

"那奖品呢,除了钱没别的?"弋戈的目光流连在他英气的眉眼上,"我可不缺钱的哦,蒋机长。"

车外冬风呼啸,一盏路灯打在窗外,微微照亮车里的两个人。

弋戈的短发长长了点,垂在锁骨上。她的眉目一向是锋利的,冷静的时候它们是刀,可现在,笑起来的时候它们又变成了钩子。蒋寒衣情不自禁地伸手捧住她的脸,倾身吻住最终的饵。

车里的气温渐渐升高,弋戈温凉的手也终于在蒋寒衣如火般的后颈上被彻底融化。

两人相拥着撞进家门的时候都还有些气息不稳,门一关弋戈几乎立刻就缠在蒋寒衣身上。

理智早已燃烧殆尽,蒋寒衣的手都已摸进弋戈裙摆里,却忽然听见一阵脚步声,昏暗中,感觉到两只炯炯的大眼睛正盯着自己。

"中秋?"

玄关顶部的灯应声而亮,弋戈还挂在蒋寒衣身上,中秋坐在玄关外,歪着脑袋目不转睛地打量这两个缠缠绵绵的人类。

弋戈被狗盯得发毛,慌忙从蒋寒衣身上跳下来。

"差点忘了,今晚还没遛!"弋戈抱歉地俯身揉了揉中秋的脑袋,向它道歉,"对不起啊,今天公司开年会,忘记给你带好吃的了。"

弋戈没工夫招待蒋寒衣,麻利地走到客厅壁柜前把中秋的小毛衣拿出来给它穿上,又套上胸背,急匆匆要带它下去活动。

"我去吧。"蒋寒衣一直等在门口,径直接过弋戈手里的牵引绳。

"不用……"弋戈下意识地拒绝,开口却又顿住,因为看见蒋寒衣嘴唇上被她亲出来的口红。

"你别出去了,冷。"蒋寒衣坚持道,"把地暖打开,衣服换了,洗个澡,我很快上来。"

他连鞋都没换,牵着中秋就下了楼。

弋戈还没来得及跟他说他嘴唇上的"风景",门就已经关上了,想着这大晚上的也没人能看见,便乐得轻松,回屋换衣服去了,全然没觉得蒋寒衣那话有什么不对劲。

倒是蒋寒衣,出门两步,脚步忽然一僵——

"洗个澡,我很快上来"?

这话在脑子里一回响,他差点把自己脑袋往电梯门上磕。

天地良心,他发誓自己没有任何不纯洁的意思,他真的只是想提醒弋戈洗个热水澡以免感冒而已!但这话听起来……也太色情了吧?弋戈会不会多想?会不会觉得他饥渴难耐老不正经?

蒋寒衣心里瞬间涌出一万种猜测,就差把自己浸猪笼了,羞愤难当地杵在原地，还被中秋不满地凶了一声。

蒋大少爷可怜兮兮地看了中秋一眼，诚恳地对狗澄清道——

"中秋，你相信我，我对你妈没有非分之想。"

"不对，也不是没有非分之想，是没有龌龊或者不尊重的非分之想。"

"也不对，非分之想好像也不分龌龊不龌龊……"

蒋寒衣絮絮叨叨，又是自我谴责又是自我辩护地遛了半小时狗上楼，弋戈已经换上毛茸茸的棉睡衣。

澡一洗，情欲褪去，她其实也有点后知后觉的尴尬——该让蒋寒衣留下来吗？

诚实来说她一点也不反对蒋寒衣留宿，甚至还有点期待。但他们俩毕竟在一起没多久，是不是也需要考虑一下节奏问题？

谁知她还没开口试探，蒋寒衣连门都不进，仿佛她家是什么不可逾越的雷池。

他越过门框把牵引绳递回弋戈手里："晚上锁好门，关好窗，我就先回去了。"

话毕，十分有礼地替她把门拴好，脚步匆匆地走了。

弋戈摸不着头脑，只得狐疑地看中秋一眼——

"你咬他了？"

蒋寒衣前一天晚上羞愤难当落荒而逃，第二天早上却又有了新的忧虑——他前后态度大变，弋戈会不会多想？会不会以为他是对她有什么不满？

蒋公子在床上抖着脚左思右想，愁得简直要内分泌失调的时候，弋戈正躺在床上睡得香极了——不用打工、不用早起、前一天晚上还有一个人把自己亲得意乱情迷，三管齐下，睡眠质量"噌噌"往上涨。

起床后蒋寒衣发了条微信问弋戈早餐想吃什么，没得到回复，干脆下楼在早市上逛了一大圈，豆浆、油条、小笼包、茶叶蛋、葱油饼拎满了两只手，直奔弋戈家。

是中秋给他开的门。

蒋寒衣进门见屋里静悄悄，中秋还一个劲地摇尾巴，皱起眉怀疑道：

·579·

"你不会谁来都给开门吧?"

中秋倨傲地别了下狗头,表示自己虽然最终考编失败,但毕竟比普通宠物狗还是优秀很多的。

知道弋戈还在睡,蒋寒衣也没进去打扰,坐在餐厅里陪中秋玩到快中午,弋戈的声音才从卧室里传来:"我洗个脸,很快!"

蒋寒衣应声:"不急。"

房间里传来流水声,蒋寒衣把买来的早餐一一铺开,忽觉这场景很令人安心。

手机这时响了声,韩林一连发来三个感叹号。

蒋寒衣没来得及回,那边又发来一条:你那同学,是不是住滨江花园?

他说的正是弋戈,蒋寒衣拧眉,快速打字:怎么了?

韩林:我刚看我们群里说,那小区好像有新案子,情节严重,估计要封锁排查。

蒋寒衣:真的假的?

这不是刑侦剧里的情节吗?

韩林语音回复过来:"八成是真的,已经在调人了,估计进出过的人都要严查。"

弋戈出来的时候,韩林的语音刚好播完。她没听见声音,先被一桌子早餐吸引了,震惊道:"你改行送外卖了?"

见她精神充沛、心情大好,蒋寒衣就知道自己又多余瞎想了一通,苦笑道:"问你想吃什么,你没回。"

弋戈毫不愧疚,笑着坐下来,直接拿手拈了一只小笼包丢进嘴里:"我昨天睡得太好了。"

蒋寒衣把豆浆推到她面前,鬼使神差地,没提韩林说的事。

弋戈吃完早饭打算出门遛狗,纠结了一会儿,问蒋寒衣道:"你说,我是在小区里遛狗然后去拳馆打拳呢,还是直接带中秋去宠物公园玩啊?时间应该都差不多。"

蒋寒衣立马帮她做选择:"就在小区里遛吧。"

弋戈还是有些犹豫："可中秋很久没出去撒过欢了。"

蒋寒衣面不改色地说："今天天气也不太好，改天吧。待会儿我陪你去拳馆。"

弋戈终于被说服，笑道："我前前后后长了十斤，韩森肯定要夸我！待会儿去拳馆切磋切磋啊蒋机长？"

蒋寒衣少有灭她志气的时候，这会儿却忍不住嗤声："你再长十斤再来跟我切磋吧。我一直想问你来着，这才几年，你为什么掉这么多肉？对得起我刷脸给你买的烧卖吗？"

弋戈拍拍自己的胸脯，斗志昂扬："十斤，不成问题！"

弋戈万万没想到，遛了一个小时狗回来，还没卸下中秋的牵引绳，物业的工作人员就径直上门，通知她小区居民暂时不可以出入，要配合调查。

弋戈愕然地看了蒋寒衣一眼，交换了个意外的表情，很快又冷静下来，询问工作人员需要如何配合调查、大概持续多久，以及是否还能在小区内遛狗等问题。

等工作人员离开，她大致在脑子里理出了个框架，封闭生活的条理有了计划，才猛然想起来——家里还有个人！

弋戈："你，好像也回不去了……"

蒋寒衣微微一笑，做尴尬状："好像……是吧。"

整个下午，弋戈先是翻出了自己买过的中性风T恤和工装裤，勉强给蒋寒衣凑了两套换洗衣服。

蒋公子蹭人家的地盘住，很有自觉地帮忙打扫房间，勤劳的身影在客厅里来回穿梭，弋戈搂着中秋靠在沙发上看综艺。

夕阳的余晖从阳台照进来，整片金灿灿的，铺满客厅。弋戈十分惬意，仰着脸接了会儿日光，忽然觉得哪里不对……

蒋寒衣是不是说，今天天气不好来着？

弋戈细细回想，这一整天都阳光明媚、万里无云，哪有半点"天气不好"的样子？

"蒋寒衣。"弋戈咳了声，叫人。

"嗯?"蒋寒衣个高,拿着清洁喷雾连厨房顶柜里都没放过,一通扫射,头也没回。

弋戈看见他抬起手臂时露出半截劲瘦的腰,忽然笑了笑。

"没什么。"

晚饭两人简单煮了个面,蒋寒衣下的厨。吃完弋戈主动请缨要洗碗,推蒋寒衣先去洗澡,别占用她的黄金时间。

蒋寒衣见她拿手试水温,指尖被还未热起来的水流冲着,很快变得通红。他看不下去,抽了张纸,把她的手抓过来擦干净了,把人往外推:"我洗,你去待着。"

弋戈抱臂,倚坐在料理台上:"你这样不行,合理分配劳动才能实现恋情的可持续发展。"

蒋寒衣笑道:"你放心,以后肯定有你劳动的机会。我这不是吃人嘴软拿人手短么,当然得多干点活。"

弋戈还要争辩什么,蒋寒衣却没耐心,举起两只湿漉漉的手来,威胁她:"走不走?不走我滋你水了啊。"

"啧……"

"玩儿去。"蒋寒衣温声道,"或者抓紧你的黄金时间洗澡,我怕我先用浴室把东西放乱了你不习惯。"

弋戈最终还是磨不过他,乖乖地离开厨房。

弋戈家只有一个卧室,客房的位置被她改造成了书房。洗完澡出来,弋戈听见客厅里蒋寒衣和中秋玩闹的声音,斟酌了一下,没露面,在过道里喊了句"我睡啦",便径直回了房间。

蒋寒衣的声音迟了几秒,才回一句:"……好。"

弋戈不着急,吹完头发靠在床边悠闲地看了好一会儿书,直到听见隔壁传来淅淅沥沥的水声,才竖起耳朵来。

十几分钟后水声停止,浴室门被打开,弋戈听见蒋寒衣犹疑的步伐踱到门口,又静了一会儿,门口才传来敲门声。

"进。"弋戈漫不经心地道。

蒋寒衣手里抓着她新拆的粉色毛巾,不太自然地开口问:"我……睡哪儿？"

弋戈故作苦恼地想了想。

安静的半分钟里，简直将蒋寒衣的心都吊到了嗓子口。

等她开口，话说得却十分直白："你煞费苦心地留在我家，是因为对我的沙发特别有感情吗？"

弋戈笑眯眯的，蒋寒衣却差点被自己的口水呛住。

原来早就看出来了。

蒋寒衣没说话，默默地擦着头发，默默地走到另一侧床边，再默默地掀起被子坐进去。

"我睡觉应该不打呼也不乱动，但要是我吵到你，你记得直接叫醒我。"蒋寒衣特别认真地交代自己的睡眠习惯。

哪怕他的语气和他的身体一样，僵得快成标本了。

"好巧哦，我也不打呼、不磨牙、不乱动。"弋戈掰着指头数，"那你说我俩睡觉，是不是到第二天早上被子都没条褶，铺都不用铺了？"

"……不至于。"

弋戈手头的小说还有十几页就能揭晓凶手是谁，她心里有个猜测，便忍不住要看下去，也没再逗蒋寒衣。

等小说看完，弋戈完美猜中结局，心情大好，把书搁在床头柜上，原以为会一晚上扮木乃伊的蒋寒衣却忽然支起脑袋看她，出声问："……看完了吗？"

弋戈也躺下来："嗯。"

"我想抱着你睡。"蒋寒衣说。

这倒让弋戈意外，还以为他要"正人君子"到什么时候呢。她笑了笑，一边揶揄着"这算乱动吗"，一边顺着蒋寒衣伸来的手臂贴近他怀里。

年轻的身体好像就这么不经挑逗，只是这么轻轻地贴在一起，弋戈就明显地感觉到，不论是她自己还是蒋寒衣的体温都在迅速升高。

两人都沉默了一会儿，蒋寒衣原本自然搭在她腰上的手换到肩上，又从肩上搁到枕头上，哪儿也不敢碰了。

可那股热气还是在身体里流窜。

"你是不是热？"蒋寒衣此地无银地问，艰难地把自己的手又放到离她身体更远的地方。

"蒋寒衣。"弋戈叫他。

"嗯？"

"你有没有看过片？"

屋子里静悄悄的，弋戈的声音听起来很平静，仿佛她问的是明天早餐吃什么。可事实上她心里也打鼓，问完就觉得错了——这不是废话吗？

蒋寒衣要是敢答没看过，她就一脚把他踹下去。

蒋寒衣被弋戈突如其来的问题一震，咳了声才答："……看过。"

"看过哪种的？"

"就……普通的那种吧，都是外国人，跟室友一起看的。"其实蒋寒衣觉得这场景十分诡异，弋戈问他这种问题的语气实在是太自然又正经的，仿佛在讨论什么社会议题似的。不过他还是硬着头皮回想了一下，以"普通"二字概括了自己的看片类型。

其实他看片不算多，起先是跟范阳，后来就是大学寝室里大家偶尔分享一下。后来他成了飞行员，每天要做的各种体能训练基本可以消耗他过剩的体力和热情，看得就越来越少了。

弋戈听见蒋寒衣低声的回答说"普通"，叹了口气，说："那还是我来吧。"

弋戈："你们男生看的片镜头大多很猥琐，而且缺乏正确两性意识的样子，我看的比较有科学和美感一点。"

"什么……"

蒋寒衣还没反应过来，原本窝在他怀里的弋戈忽然抬手勾住他的脖子，仰头重重地吻住了他。

火被彻底点燃，似乎只是那一瞬间的事情。

弋戈的嘴唇找到他的，那一瞬间。

其实满打满算这才是他们第三次接吻。第一次两人都是新手，再怎么野火燎原，也只是把对方都憋得喘不过气来。第二次在昨天，蒋寒衣捏着她的下巴撬开她的唇，弋戈尝到他的舌头上有薄荷的味道。

这一次，她给他分享玫瑰的香气。

绵长的、缱绻的玫瑰香，从牙关到口腔一路长驱直下，是她渡给他温柔的氧。

弋戈的吻落到他下巴上的时候被扎了一下，微微有点恼火，虽然知道原因其实是自己家没剃须刀，但还是报复地在他下巴上咬了一口。

带了力度的，不算轻，一圈小小的牙印很快出现在他下巴上。

蒋寒衣"嘶"了一声，竟不需她提点，就知道她是被扎疼了，在泄愤。床头的灯没关，但被调到最柔和的一挡，蒋寒衣眯着眼看她，哑声说："喂，讲讲道理。"

"你这么费心机留在我家，都不知道带把剃须刀？"弋戈反唇相讥。

"我倒也没有那么未卜先知。"蒋寒衣失笑。

弋戈不满他的辩驳，故意盯着他，趁他所有的注意力都在自己的眼睛里，忽地又往前一凑，在他凸起的喉结上也咬一口。

"你……"

没给他再控诉的机会，弋戈又吻住他的嘴唇，同时翻身跨坐在他身上。

她趴在他身上吻他，短发的末梢一直蹭在他颈窝上，很痒。

蒋寒衣被撩得全身着火，本来打算耐着性子等"她来"，最终还是没忍住，没由着她继续野，她的手不断往下摸的时候，他猛地伸手抓住，单手将她两只手腕扣在一起，然后翻身一扳，将她整个人压在身下。

他把她的手腕扣住，往上一摁，扣在头顶。

弋戈挣扎了两下，两人的腕骨撞在一起，有微弱的痛感。她的力气不小，可和蒋寒衣这个长期进行专业体能训练的飞行员比起来，还是有点小巫见大巫了。她也累，索性不动了，眼神往上瞟了一眼两人纠缠的手腕，又悠闲又无奈地叹了口气。

她好像知道重逢以来自己为什么那么爱看他的手腕了。

大概是因为，看到他挽起的袖口，就在期待现在这个时刻，这个他们互相钳制、彼此纠缠的时刻。

啧啧，原来我好色至此，弋戈心里喟叹。

"唉……"

蒋寒衣揉弄的动作停下来，皱着眉看弋戈一眼，这人在床上居然叹气？

他还没开始呢,她就叹气?

"蒋寒衣,我对你的感情可能不太纯粹……"弋戈上下关键处都被他两手掌握,说话倒还气定神闲,除了两颊微红,全然看不出来她正是"我为鱼肉"的处境,"我有可能不是真的爱你,单纯是因为沉迷美色,唉……"

蒋寒衣被她这一句气笑了,没说话,但手下动作兀自加重。

他眸色沉沉,目不转睛地低头注视着弋戈的身体。

很美,美而奇妙,他想。

弋戈很白,身上会比脸上更白一些,却丝毫没有羸弱之感,看起来是结实坚硬的,充满生命力。可当他的手覆上去,触觉却又是与视觉完全不同的柔软,使他无师自通地学会揉捏。

弋戈终于忍不住哼出声,呼吸也渐渐重起来,修长结实的身体不自觉地扭动,被钳住的双手又开始挣扎。

趁蒋寒衣一路向下无暇他顾,她挣开一只手,摸到床头柜上,反手拉开抽屉,拿出一只盒子来。

潮热的红终于从她两颊漫至全身,弋戈的身体似乎被一种全新的感观支配着,她不能自控地微微张开嘴,展现出自己也从未见过的妩媚。

蒋寒衣听见盒子的声音,抬头看了眼,眸色有一瞬间变暗。

彻底没入的那一刻,他看见弋戈英丽的眉峰一拧,脑袋抵在床板上,下巴后仰划出利落的弧线,脖子上露出青筋,修长的手指还紧紧地钳住他的手腕。

她细长而锋利的眼睛这时候不是刀剑,也不是钩子,蒙上了一层雾气,便像戏台上花旦的水袖,柔而有力,软而藏势,拨扬挑打地向他袭来,他便心甘情愿地俯身吻她。

弋戈的手完全挣开了,便在他的身上肆意游走。随着他深深浅浅的动作,她手上的力度也不一样,有时抓得蒋寒衣忍不住哼出声来,有时又似有若无细细柔柔地只拿指腹在他腰上转圈打磨。

蒋寒衣被她刺激得不行,动作越来越快,弋戈还没习惯叫出太大声,但呼吸也不受控制地变急,一声一声轻轻喊他名字:"蒋寒衣……蒋寒衣……蒋寒衣!"

余韵未歇,弋戈又坐起身,脸贴在蒋寒衣的背上。握着他的手腕,轻轻地摩挲。

蒋寒衣要起身把弄脏的东西丢进垃圾桶，她仍然扒在他身上，不肯下。蒋寒衣扭头轻轻吻在她汗涔涔的额上，索性直接把她抱起来，带她一起去扔。

回来要把她放回床上，弋戈却像树袋熊似的，还是不下。

她抱着他脖子，亲在他颈窝里，却并不是认真的亲，而是故意撩拨，潮热的呼吸一喷，蒋寒衣浑身僵硬，本就没完全安分下去的东西立刻又有抬头之势。

"不疼？"蒋寒衣一手托着她的臀，一手轻轻捏她的后颈。刚刚他其实没太能控制得主，到最后尤其凶猛，他知道这会疼的，他都看见她手上的红痕。

哪知弋戈趴在他肩上摇摇头，诚实地道："还好，挺爽的。"语气中似乎还带着一种隐秘的兴奋。

弋戈直起身来，看见床头柜上刚拆的盒子，想到刚刚那一瞬间蒋寒衣的神色有异，轻笑了声，问："你是不是想知道我家里为什么会有那个？"

蒋寒衣垂眸："没有。"

他之前没有想过这七年里弋戈的感情状况，也没有猜测，左不过就是谈过，或者没谈过。都很正常，都不是他该介意的。

"也不想知道我有没有用过？这盒是新的，以前呢？"弋戈却故意挑起他心里那点龌龊的占有欲。

见他不作声，弋戈又说："这样吧，你让我亲一下，我就告诉你。"

蒋寒衣没反应过来。

弋戈已经跳转到他身上在他脖颈处半亲半咬地种下了两颗"草莓"。

"耕种"完毕，她还眉带笑意欣赏了起来，欣赏了两下还不算手指头也不安分起来，在"草莓"周围滑来滑去，最后试探性地轻轻捏了捏用了点力，本来屏住呼吸的蒋寒衣重重地哼了一声，抓着她的腿绕在自己腰间，猛地把她颠了起来。

弋戈一声惊呼，人已经被抵在墙上。

她在强烈快感的颠簸中，话说得断断续续，但也还是说话算话，抱着蒋寒衣的脑袋告诉他这套是门口超市做活动送的。

可蒋寒衣埋在她的颈侧深深地吮吸着,专注无比,也不知究竟听没听到。

去浴室清洗过后,他们又回到床上,可还是没忍住,肌肤相贴,又来了一回。最终云消雨歇的时候,是双双侧卧的姿势。蒋寒衣从背后拥着她,手掌贴在她小腹上,轻轻地揉。

"我不疼。"弋戈说。都说第一次多少会疼,也不知道是因为蒋寒衣做得好还是她本身骨骼清奇,她真没觉得痛,顶多只是有点腰酸。

"也没坏处。"蒋寒衣声音沉沉的,仿佛快要睡着了。

弋戈却特别清醒,大概是因为兴奋——美丽新世界的头一遭体验很不错,让她觉得神清气爽,好像连脑子都比平时灵活清明一些。她当下就决定这种活动以后可以多搞。

"我问你啊,你以前想过我吗?就,你一个人的时候。"弋戈好奇地问。

蒋寒衣低笑一声,她对这事真是有非常全面的好奇心。他诚实回答:"这两年有,以前没有。"

"为什么没有?"弋戈追问。

"十几岁的时候,思想行为都挺幼稚,没往这方面想。而且我那时候总觉得你什么都知道,我要是乱想你也知道,怕被你打。"

弋戈"扑哧"一笑,点头表示认同:"你那时候是挺中二的,二百五一个。"

这么说着,弋戈忽然又想到一茬,问:"你那时候为什么会喜欢我呢?"

蒋寒衣手上的动作停了,也不说话,连呼吸都好像慢了一点。

"为什么这么问?"

"你忘了吗?那时候范阳他们都喊我大哥,我那时候确实……不太有吸引你们男生的理由吧,你们一个个还没我壮呢。"

蒋寒衣不响声。

弋戈觉得不对,问:"这个问题这么难回答吗?"

"没有。"蒋寒衣顿了下,苦笑道,"以前范阳也问过我这个问题,问好多遍,最后我还跟他打了一架。"

"嗯?"这就是弋戈不知道的故事了。

其实也不完全是为了这事,那时候范阳刚出狱,整个人颓得像已经放弃生命了,每天都找蒋寒衣喝酒,蒋寒衣不喝他就自个儿喝。

颓的时候说话也浑,不光要贬低自己,看见蒋寒衣的变化,也要来那么一两句"看破红尘"的总结——

"我早说了,你就是自讨苦吃,喜欢谁不好喜欢那样的,你看她转来时候那个德行,她是有心的人吗?

"我就想不通了,那模样、那脾气,你怎么就能看得上的?"

起先范阳说一两句,蒋寒衣知道对方心里难受,也就左耳朵进右耳朵出了,后来范阳越说越多、越说越过分,简直把他喜欢弋戈说得像违反牛顿第一定律一样不合理,他实在听不下去,也不想再看范阳一天天扮颓废演深沉,一拳头便招呼上去了。

结果,这架一打,两人都进了医院,范阳倒还渐渐好起来了。毕竟是发小,谁也不会追究,这事便再也没人提。

"所以呢,你到底为什么那么生气?这个问题不是挺正常。"弋戈问。

"不正常。"蒋寒衣默了一会儿,两手收拢,拥紧她,语带质问,"范阳喜欢夏梨就不需要理由,我喜欢你,就非要列出一二三四五条举例论证才可信吗?别人就算了,你不知道我多喜欢你吗?"

弋戈内心震动,久久没有说话。

蒋寒衣继续给弋戈揉着肚子,弋戈把自己的手覆上去,解释般地说:"我没怀疑,我就是问着玩的。"

蒋寒衣很少见她这么小心翼翼哄自己,心中立刻就舒坦了,语气雀跃地说:"现在不怀疑,以前是怀疑过的吧?觉得我就是图好玩,觉得我肯定心无常性吧?"

弋戈语塞,差点忘了他在这方面是个人精。

"有点。"她只能承认。

蒋寒衣沉叹了一口气,道:"唉,算了,以后不准这么想就行。"

"好。"

弋戈翻个身,窝回他怀里,额头抵在他心口,轻轻地说了晚安。

蒋寒衣很快便睡着了,牢牢地将弋戈抱在怀里。弋戈却很清醒,有点想再逗他,却被他扣得很紧,没有发挥空间,最终只能百无聊赖地亲亲他的鼻子、摸摸他的眉毛,自己和自己玩了好一会儿,才渐渐睡去。

结果就是，第二天起床，天光早已大亮。弋戈后知后觉地感到一丝疲惫，揉了揉微微发酸的腰，勉强从床上坐起来。

蒋寒衣已不在身边，弋戈喊了一声，中秋好像也不在，大概是被蒋寒衣牵出去活动了。

她坐在床上发了会儿呆，然后起身洗漱。

等洗完脸，弋戈便神清气爽，只觉得睡了人生中最好的一觉，浑身都是力气。

她站在客厅里伸懒腰，听见开门的声音，回头看，中秋叼着个小袋子，蒋寒衣拎着个大袋子，一人一狗进了门，画面特别和谐。

见她站着，蒋寒衣似乎有点意外："就醒了？"

弋戈点点头，闻见香味，自觉地小跑着坐到餐桌边，扬眉问："早饭吃什么？"

蒋寒衣看她一眼，把中秋叼着的袋子拿下来放桌上，说："先擦药。"

"擦什么药？"弋戈不解。

"我看你身上有些地方青了，还有那里，应该要擦一下药。"蒋寒衣说着把药膏包装拆了，挤出一点沾棉签上，"我给你涂还是你自己涂？"

弋戈看他一派自然、毫不忸怩地提议要给自己擦药，心中啧啧感叹，男人果然是善变的动物。蒋寒衣昨天晚上还别别扭扭地给她装深沉玩正人君子那一套呢，一夜之间脸皮厚度就已经有赶超当年之势了。

可她闻见药味儿便反感，再加上自我感觉良好，身上的痕迹其实也是因为她皮肤白而已，过半天就消了，实在没到要上药的程度。

"不用吧，我又不疼，好着呢。"

蒋寒衣一时竟不知该如何反驳。

她大概真挺好的，他早晨起来看见她手臂上的红痕，想着给她把别的地方也检查一下，结果被睡得正香的这人一脚踹在肩上。

那一脚，可谓力道十足，和虚弱或疲倦半点不沾边。

但蒋寒衣回想，总觉得昨晚自己有点不受控制，尤其是前两回到最后，动作又凶又急。他怕弋戈身上疼，上网查了一下该用什么药膏，点了外卖让骑手送到小区门口，出卖色相麻烦物业工作人员代拿。

"擦一下好得快，你待会儿可别给我叫疼。"蒋寒衣说着又抓住弋戈右手腕,在小臂上仔细检查起来。

她还真是骨骼清奇,早上看还很明显的红痕青痕,这才两个小时,便淡下去了。

弋戈只剩一只左手,勉强夹起了一根白灼芥蓝丢进嘴里。

进食受阻,她有点不耐烦,上下打量他一眼,想到自己昨晚简直是在他背上"攻城略地""无恶不作",笑道:"我看你身上青的紫的也不少,你涂吧。"

蒋寒衣:"我没你明显。"

弋戈:"那是因为你黑。"

弋戈再接再厉:"你这么黑都显出印子了,说明你负伤更严重,我给你涂。"

结果最后,倒是蒋寒衣被弋戈摁在了沙发上,人为刀俎我为鱼肉地接受弋戈的上药。

他身上虽然被她抓得不轻,可毕竟皮糙肉厚,不痛不痒的。比起来,倒是她现在这样小心翼翼地在他背上碰来碰去,还时不时轻轻呼气,对他来说更加折磨。

忍到她终于上完药,最后还故意在他后颈上亲了一口,蒋寒衣觉得自己都能和唐僧比比打坐了。

"行了!"弋戈扬手将面前一丢,似乎对自己的"作品"很满意,"自己买的药自己用,也不浪费你出卖色相买回来的。"

蒋寒衣浑身一抖,这她又是怎么看出来的?

怪不得这么积极地给他上药呢,原来是趁机打击报复!

弋戈对上他不解的眼神,哼声道:"我昨天那么详细地问规定,可不是白问的。"她在这儿住了快两年了,还不知道这家物业的风格吗?

蒋寒衣蓦地有点心虚,解释道:"严格来说也不算出卖色相,物业都说了,是可以接外卖的。何况我们买的是药。"

弋戈不说话了,勉强撑住,翻了个白眼,甩手回到餐厅吃饭。

原以为这段时间会无聊,结果两人很快就找到了融洽而充实的生活节奏。蒋寒衣以"吃人嘴软,住人手短"的理由,包揽了一日三餐和其他家务,

.591.

其余时间便自己做体能训练，或者拼拼模型玩。弋戈起先还觉得自己也该分担一点，结果尝着蒋寒衣的手艺确实有点好吃，索性就每天当甩手掌柜，连碗也不洗了。

弋戈自己也不闲着，她向来是擅长独处的。每次晚上做完她总是很兴奋，因此睡得晚，起床的时候蒋寒衣都把狗遛完、早饭也做好了。她慢悠悠吃完早饭，一般会听一上午的网课，再自己敲敲代码，以免手生。

这几天蒋寒衣还发现，下午阳光好的时候，她会坐在客厅里开直播，但也不做什么，就开着录屏写数学题。她直播的时候话也少，偶尔解释几句步骤，最后总结一两句，大部分时间都只是慢慢地写着。

蒋寒衣有回瞄到她直播间里，解的题似乎都是初高中的数学题，观众一般也只有个位数。

"你这个直播，都是谁在看？"他忍不住好奇问。

"不知道具体是谁，但应该是几个念中学的小妹妹吧。"弋戈抬起头，冲她笑了笑。

"你是在给她们讲题？"

"差不多，直播完给你解释。"弋戈见直播间里有人发弹幕问这个男声是谁，冲蒋寒衣比了个"嘘"的手势，然后轻轻地回应了一句"男朋友，我继续解"，便又专注地埋下头去。

直播不到一个小时，弋戈放下iPad，蒋寒衣给她递了杯蜂蜜柠檬水。

"我本科的时候学院组织过点对点援助，捐款给西南云南那边中学的女生，每个人捐了钱之后都会收到一张小姑娘手绘的明信片，上面有地址。刚好那时候我参加机器人大赛拿了笔奖金，也没地方花，就买了三个iPad寄过去，留了我的邮箱地址，结果还真的收到了一个小姑娘发来的邮件。"弋戈说着说着笑起来，"她还挺有意思的，除了感谢我之外，还拍了道题发给我，说她们老师也不会写，问我会不会写。"

弋戈顿了下，补充道："我没署名，她不知道我叫什么，所以问的是'燕大的姐姐，你会写这道题吗'。虽然她没那意思，但听起来有点像挑衅呢，就好像在问，你是燕大的，你肯定得会写吧？然后我就写了几种解题方法拍过去，后来我几乎每周都会收到几封不同学生发的邮件，有时候邮件太多了我回不及，就开了个直播间每周末解题给她们看，她们学校现在都有网的，直接进来看就行了。"

蒋寒衣听了,有些震惊,之前她工作忙得连觉都没得睡,居然愿意花时间给零星几个素未谋面的小姑娘讲题?

他问:"每次都只有这几个人吗?"

"有时候一个人都没有呢。"弋戈笑道,"虽然我尽量是在周末的中午直播,但时间毕竟不固定,所以有时候我直播间里一个人都没有。不过也没关系,都有录屏,她们后面有时间也可以看。"

"你很有耐心。"蒋寒衣由衷地赞道。

"我跟你说,最早给我发邮件的那个小姑娘,最后都考上东城的大学了!"弋戈很骄傲地说,"可惜我这两年太忙,不然还可以去东城找她玩。"

"以后就有时间了。"蒋寒衣温声说。

"对呀,我之前就在想辞职后要干什么,除了我在国外时跟同学一起做的那问答社区,我还有大把时间可以干点别的。"弋戈神采奕奕地说。

"不打算继续工作了?"蒋寒衣有些意外地问,他还以为弋戈会跳槽到更大的公司呢。

"像前两年那样的工作吗?应该不做了吧。"弋戈嘲弄地笑道,"其实最开始选择去那里,也只是为了一个体验,看看业内跑得最快的公司是什么样的。现在体验完了,没觉得多有意义。

"我这两个月其实一直在想,我应该算是这个世界上最幸运的一类人了吧。爹妈都挺有本事的,所以我也不用为了赚钱发愁。既然沾了点好运气,那就承担一点更有意义的事情吧。这种直播只是个人化的小尝试,我想应该有更普惠和更有影响力的事情可以做。"

这些事情到底是什么、要怎么做,弋戈心里其实仍没有清晰的想法,可她的眼神和语气却都无比笃定,充满昂扬的斗志。

蒋寒衣又在她眼里看见那股熟悉的、从第一眼就深深吸引他的焰火,燃烧着熊熊的野心与澎湃的意志。

但他心里其实更多的是淡淡的苦涩。弋戈说,她觉得她是这个世界上最幸运的人了。

可他却总是想到高中的教师办公室里,弋戈冷冷地请求刘国庆直接让她退学;想到那个夏夜,忽然号啕大哭问他"为什么我总是没人要"的姑娘;想到那年连他都离开了的午后,弋戈一个人在会老蒋空荡荡的破厂房里坐了多久;想到前两年他独自回桃州看望蒋连胜,在那个空无一人的院子里看见埋葬着银河的小小土坡。

她幸运吗?

蒋寒衣想,她应该更幸运一点才够的。

"我愿意跟你一起。"他默了一会儿,淡淡地说,"无论你打算做什么,如果有我能帮上忙的地方,我都跟你一起。"

"当然!我不会忘了剥削你的。"弋戈眨眨眼,"万一我要做个APP或者开个公司什么的,你可得第一个打钱。"

蒋寒衣伸手揉了揉她发顶,笑道:"没问题,全副身家都可以给你。"

第二十二章
女儿

弋戈和蒋寒衣在意料之外的"同居"中度过了这一年的除夕夜。

蒋寒衣从中午就开始做饭，弋戈给他帮手。起先蒋寒衣还很怀疑她的能力，在弋戈凭网络食谱做出了一道像模像样的葱油拌面给两人做午餐之后，他才信服，有些人的学习能力确实是足够融会贯通的。

蒋寒衣大显神通，一个人做了五道菜出来，剁椒鱼头、油焖大虾、糖醋排骨、翡翠蒸蛋，还有一道海带汤。

弋戈叹为观止，刚想送上一个奖励的吻，嘴唇在三厘米处紧急刹车，她眉一皱，审视地问："你是不是又出卖色相点外卖了？"

蒋寒衣拧拧眉，似乎也很不满："想什么呢？这大过年的，物业有人文关怀，帮业主多买点菜还不行？"

话毕，他忽然伸手扣住她后脑勺，重重地吻上去，末了还惩罚似的咬了一下她的嘴唇。

弋戈嘴上吃了亏，便在另一个嘴上讨回来，故意说："我又没怪你，我的意思是，你应该出卖一下色相的，这点才哪够啊，我还想吃清蒸鲈鱼。"

蒋寒衣怨念地给她倒了杯酒："你什么时候能不气我？"

弋戈笑眯眯，剥了一只虾往他嘴里送。

饭后两人各自应付拜年问候，弋戈有一堆邮件要回，蒋寒衣也将键盘敲得"噼里啪啦"。

蒋胜男的视频打过来的时候，弋戈刚好回完邮件，长舒了一口气，顺势往后一倒，靠在蒋寒衣身上。

蒋胜男刚笑眯眯地问出第一句"弋戈呢"，屏幕上就出现懒洋洋一张脸，露出些微平和的倦色，看起来很放松。

她也不出声，心情愉悦地打量着屏幕里的小孩。

真奇怪，脸庞没变，五官也没变，眼睛里能兼容淡漠与锐利的那股子气势也没变，这么多年弋戈都还和高中时候一样，是套件校服走在校园里就让人觉得"这女孩子肯定成绩好，不好惹"的模样。可现在这么看着，蒋胜男就是觉得她比之前更招人疼一些。

蒋胜男记得上一次见弋戈还是去年暑假。有个老同学住在科技园那边，蒋胜男这两年都习惯找她买些农家土产。一筐子土鸡蛋和两罐茶叶给她安安稳稳地放进车里，老同学眉开眼笑地收下她只多不少的红包就走了，说家里还有两个外孙女等着吃中饭。蒋胜男想着弋戈在这附近上班，便发微信喊她吃饭，顺便把刚买的鸡蛋也拎过去了。

弋戈到得比她还早，戴着耳机敲着键盘，和科技园每个行色匆匆的年轻人一样忙碌。不过她一落座，弋戈便把电脑合上，见她拎着鸡蛋，苦笑着说给她也是浪费上次的还没吃完呢。

蒋胜男和弋戈是天生合得来，这几年，弋戈没拿她当蒋寒衣的妈妈，蒋胜男也从没觉得这是那个甩了我儿子的小姑娘。一顿饭，两个人从弋戈那几支绿得发慌的基金聊到蒋胜男年轻时听过伍佰的演唱会，轻松又融洽。

除了弋戈的手机每半分钟就响"叮"一次，蒋胜男看着既钦佩又心疼。

这个小姑娘从十七八岁到二十四五岁，成长得太好了，好到她的父母应该要骄傲到做梦都会笑醒，谁看了都要羡慕。

可蒋胜男却恰巧知道，她那对父母恐怕不会真正为她骄傲，她也从没有得到过足够的欣羡与赞扬。

算来算去，居然只有她这个非亲非故动机不纯的"蒋阿姨"真心实意地在心里喟叹——

多好的女孩子。

可就连她的赞扬后面也要加上私心甚重的一句，蒋寒衣真是个不分轻重不知好歹的小浑蛋。

那顿饭到最后,蒋胜男还是强行把那筐土鸡蛋塞给弋戈,也还是忍不住数落她越长大越挑食,怎么瘦成这个样子。

弋戈甩锅给杭城,说这里的东西不好吃,满足不了她的江城胃。

蒋胜男差点就要说自己儿子现在厨艺很好,做江城菜更是一绝,可还是话到嘴边又咽回来。

两个小孩都没有开过这个口,甚至在她面前连对方的名字提都不提,她也不想"不请自来"地插手年轻人的生活。

蒋胜男对自己的退休生活是有很高要求的,尽量跟上时代、不多管小辈的事,是其中首要一条。

不过现在看着屏幕里依偎的年轻人,蒋胜男到底还是产生了一点俗气的欣慰,想着自己终于人生圆满。

蒋寒衣实在看不下去自己亲妈盯着自己女朋友那个略显"贪婪"的眼神,咳了一声,闭目养神的弋戈才睁开眼,发现他接着视频通话,而蒋胜男正笑眯眯地看着自己。

两人很快聊起来,甚至没有蒋寒衣说话的份。

也就在最后,弋戈提了一嘴"蒋寒衣做饭好好吃哦",蒋胜男勉为其难地表示认同,说了句:"不然他怎么讨媳妇,我都发愁。"

蒋寒衣无语。

蒋胜男带着星星在琼岛度假,酒店的烟花秀马上开场,她便先挂了电话。

电话挂断,蒋寒衣问弋戈要不要吃元宵。

除夕吃元宵是桃舟那边的旧俗,元宵必须得是自己拿芝麻芯滚出来的,不能是包出来的那种小汤圆。

弋戈小时候在桃舟每年都会吃,去了江城之后,就再没吃过了。

她惊喜地扬起眉:"你会做?"

"嗯,我爷爷寄的芝麻芯。"

蒋寒衣站在餐桌边,端着个大盆,把他的情敌芝麻芯放在面粉里,念念有词地滚了一圈又一圈。

弋戈盘腿坐在沙发上,添油加醋地说:"好好滚哦,不要糟蹋我的宝贝元宵哦。"

蒋寒衣没好气地瞪她一眼,手上动作没停,颠了一会儿又不甘不愿地征求意见:"你要吃厚一点的还是薄一点的?"

弋戈纠结,厚的薄的都挺好吃,于是把选择权交给中秋,摸摸狗头说:"厚的还是薄的?叫一声吃厚的,叫两声吃薄的。"

中秋也不知是不是被年味感染,太兴奋,"汪汪汪汪汪"叫了好几声,弋戈都没数清,最后还是撂了一句——

"随便!"

蒋寒衣满脸黑线地走进厨房去了。

弋戈开怀大笑起来,瞥见茶几上那副字,是她下午打算写的,可没写完就被蒋寒衣做饭的香味吸引了。

"年年有余",第二个年字只写到第一笔。

厨房里"嗒"的一声,蒋寒衣拧开了灶台的火。

明明只有两人一狗,明明被困在家里哪儿也去不了,弋戈却觉得这个年过得热闹极了,比她童年时在桃舟度过的那些年还要热闹。

她忽然想到高三的那个除夕,弋维山和王鹤玲头次一起下厨。当时她的惊喜感和幸福感,大概勉强可以比得上今天。

弋戈提起毛笔,蘸了点墨,将"年年有余"四个字补完。

年年有余,周周复始,那年除夕她感受到的温暖最终是一场叫她撕心裂肺的错觉,可八年之后,上天还是把那些温暖还给了她。

弋戈吃了整整三个大元宵,撑得走不动道,瘫在沙发上摸自己圆滚滚的肚皮。

夜里降温,有点冷,弋戈忽地想起什么,喊蒋寒衣帮她拿柜子里那件黄色的羽绒服,套上后,拿出手机给王鹤玲打电话。

她亲妈品味太好,当年给她挑的这件羽绒服既暖和又好看,质量还特别好,这么多年也不显旧。亮丽温暖的黄色尤其适合年节,所以她每年过年都穿。

视频拨通，弋戈喜气洋洋的一句"新年快乐"还没说出去，王鹤玲先扯出个疲惫的笑："刚要给你打电话。"

"怎么了？"弋戈敏锐地发觉气氛不对，紧张起来。

视频那头王鹤玲似乎一个人坐在阳台上，背景是幽暗的远山。

"没什么，就是有些事情跟你交代。"王鹤玲揉了揉眼角，像在梳理思绪，"离婚的案子在推进了，那些铺子都是我的名字，三家公司也都在我名下，都会判给咱们。但主要的员工都是和你爸名下那家公司签的合同，机器和专利也都登记下你爸那里。"

这话弋戈听明白了，意思就是——王鹤玲能拿到的钱不少，但能继续生钱的人才、资本、技术，都在弋维山那里。

这个结果，远在王鹤玲意料之外，所以她才情绪低落。

弋戈心中也顿时生出一股恶心，不禁要为弋维山的好算计"鼓掌"。可她没表露出来，笑了笑刚想安慰王鹤玲，亲妈先开口了——

"你放心，我会把大头都留给你，保障你以后的生活。"

弋戈一时不知该说什么了。

她没法跟王鹤玲说她真的不在乎这些钱，也不在乎这桩离婚官司结果怎么样——她知道她得在乎，她得和王鹤玲同仇敌忾。

僵了几秒，她笑道："那我真的能靠啃老衣食无忧一辈子了吧，这就是当富二代的快乐吗？"

王鹤玲也扯嘴一笑，没接茬，默了一会儿后又抛出另一枚炸弹，淡淡地说："对了，年后我打算去法国了。"

弋戈心中一惊，终于意识到事情可能比她想象的更严重。

王鹤玲说着："我念大学的时候在高商留学过一年，有很多朋友在那边。我打算去南法休息几年，短期内不会回来，你不用担心。"

弋戈蹙眉，严肃地问："妈，你真没事吗？"

母女两个隔着屏幕对视了一会儿，王鹤玲垂下眸，自嘲地笑了一下，说："我找人做了弋子凡和你爸的 DNA 对比。"

弋戈诧异，下意识要为"为什么"。弋子凡比她还大，连她都相信弋维山再浑蛋也不至于有个比她还大的私生子，那王鹤玲为什么要查？

只可能是因为，她还是不甘心，也不肯相信。

.599.

恩爱二十多年的丈夫，会为了一个养子，跟她对簿公堂，还步步为营了这么多年，老早就算计好万一离婚她除了死钱，什么都拿不到。

质疑声到嘴边又被咽回去，弋戈费劲装出寻常神色，问："什么结果？"

王鹤玲说："不是。"说完，又摇了摇头，竟有点失望似的笑了笑，喃喃重复了一遍，"不是。"

检测报告发到邮箱，王鹤玲在点开的前一刻猛然发觉，自己居然在期待一个肯定的结果——如果是亲生的话，那就能解释弋维山的绝情了吧。毕竟，是亲生的儿子；毕竟，弋子凡比弋戈还大了三岁多，弋维山要生也是在和她在一起之前生的。那个时候她还在法国，他还不认识她，她还能说一句"情有可原"。

王鹤玲发现她在潜意识里为自己寻找向弋维山求和的理由。

她在自己的女儿面前那么信誓旦旦地说"我会和你爸离婚"，说"打官司我们不会吃亏"，说"妈妈会护着属于你的东西"，可到最后，不仅被算计得干干净净，连她自己，都在下意识地为自己找与弋维山和好的理由。

多可笑啊。

"妈？"手机里弋戈有些担忧地出声。

"嗯。"

"没事的，查就查了，我其实也怀疑过。都在打官司了，这也是保护自己的正常手段，您不用觉得不光彩。我知道，您也是为了我。"

女儿在宽慰她，尽管语气还是这么平淡如水，可她的女儿始终站在她这边，她的女儿才是始终言行如一、说到做到的那个人。

王鹤玲忽然没办法再同她说什么了，眼泪下一秒就要夺眶而出，她笑了笑："没什么事就先这样，挂了。"

除夕夜的安山很热闹，隔壁院子里昨天新入住了一家三口，那小姑娘个子小小的，讲话很甜，总是坐在爸爸身上，两只小胖腿晃来晃去地撒娇。

这会儿王鹤玲站在露台上能看到，一家人正在客厅里吃年夜饭，小姑娘老想着往外跑看山中夜景，被爸爸抱回来裹了厚厚一件羽绒服，才骑在爸爸脖子上出来。

.600.

王鹤玲忽然想到自己怀孕时，也想过很多次这样的场面——她的女儿无论是像她还是像弋维山，一定都会很漂亮的。她也会给女儿买最好看的裙子，扎最好看的辫子，教女儿读诗经做算术，告诉女儿树怎样生长、花怎样开放、河流怎样奔腾入海。女儿也会骑在弋维山的脖子上，小小的手掌握住她伸出去的一根指头，咯咯笑地同她撒娇。

王鹤玲好像恍然想起，她原来期待过一个女儿。

那当年她为什么会把弋戈送丢到桃舟去呢？

哦，是因为那个坏心眼的婆婆。她刚生完，那人就欺负她、羞辱她、虐待她，她那时候得了很严重的产后抑郁，她也没有办法。

那后来她为什么没有把弋戈接回来呢？

哦，因为那个没文化的三嫂，把她的女儿养得又胖又粗鲁，像个男孩。她记得那年回桃舟，看见那个穿得一身黑、眼神冷漠、无论如何不肯叫她一句妈妈的小女孩，她没有说要带她回家。

可弋维山呢？

王鹤玲这时候才想起来，怀孕时她和弋维山说想要一个女儿，她已经在计划要买哪个牌子的小床、什么颜色的小鞋子。

弋维山是怎么说的呢？

弋维山当然是顺着她了，他把她搂在怀里，声音温柔而有磁性，说："也好，你生的怎样都好。"

她居然现在才听清楚，他的"也好"之后，那短短的停顿里，有怎样一声微弱而不甘的叹息。

二十多年了，到现在才想起来，到现在才看明白。

如同大梦一场。

眼泪布满双颊，山间的风一吹，冰凉彻骨。

良久，王鹤玲低头看一眼手机，才发现弋戈发来了一句"新年快乐"，还跟了一个表情包，是她养的那只叫中秋的狗狗，抬起前爪的动作像在作揖，又被P上了一顶红帽子，看起来像在给人拜年。

王鹤玲心中大恸，捂着嘴抽噎了许久，才克制下来，勉强控制自己的嗓音，用语音条给弋戈回复："你也新年快乐，还有小蒋，替我跟他说一声，妈妈祝你俩新年快乐、平安开心。"

弋戈那边很快回复过来，居然也是语音条。

王鹤玲点开，是男生的声音，听起来开朗阳光。蒋寒衣说"谢谢阿姨，祝阿姨新年快乐永远年轻"，弋戈在旁边小声吐槽了一句"油嘴滑舌"，还没说完便被掐断了。

语音戛然而止，王鹤玲攥着手机苦笑。

至少，至少到今年，她终于对自己的女儿说了一句"新年快乐"。

三月，王鹤玲和弋维山终于正式达成了离婚协议。弋戈得到王鹤玲转来的很多现金、几份理财产品和三家商铺，以及弋子凡发来的语音。

一句算公事："爸说你永远是他的女儿，如果你愿意的话，回江城随时可以进公司工作，他也希望你能多来看他。"

另一句是他个人的感叹："你真的很幸运，不管怎么样，你生来就拥有这么多。"

弋戈把号码拉黑，一个字也没回。

四月，弋戈在机场送王鹤玲去法国。

她的母亲一扫除夕那夜的落魄与疲态，仍旧和她多年记忆中的一样，穿雍容大方的连衣裙，搭配简约精致的白色西装，拎一只大象灰的lindy，坐在VIP候机厅里，如雪皓腕上松松戴了根梵克雅宝的红五花，端起咖啡尝了一口便皱眉，说就算是特殊时期也没这么敷衍客户的道理。

弋戈笑说，忍忍，过十几个小时就有您喝的惯的了。

她这时候变得十分啰唆，翻来覆去地提醒王鹤玲到了法国要注意身体。

王鹤玲笑她："我就不用你操心了，倒是你自己，那个工作不做了也好，不用急着找新工作奔好前程。年华最难得，多出去走走看看，好好谈恋爱。"

弋戈耸耸肩："您给我留了那么多钱，我当然不急着找工作了，世界上还有谁比我更享受啊？"

王鹤玲轻轻一笑，淡淡地说："我也就只能给你这个了。"

闻言，弋戈怔了怔，看见王鹤玲眼底一抹黯淡自嘲，犹豫了一下，轻轻牵住了她的手。

.602.

妈妈的手仍然纤细,因保养得当并不见苍老,摸上去光滑柔软。但始终是太瘦了,瘦得有些枯槁。

"妈,我知道这有点遗憾……我可能永远不能将你作为母亲去依赖了。"她看着王鹤玲眼里的讶异,轻声说,"但我一直视你为值得欣赏的个人,王鹤玲女士,我欣赏你的美丽、果敢和自我,所以请你永远不必对我感到愧疚,请你一直自我、一直美丽下去。

"如果在一个无私奉献的弋戈妈妈和一个自由勇敢的女人之间选的话,我希望这个世界上多一个自由勇敢的女人。"

眼泪在王鹤玲眼眶里打了好几转,最终还是滚落下来。

她又哭又笑地嗔她一句:"这一哭待会儿十几个小时的飞机,眼睛都要肿。"

弋戈替她和自己各接了一杯新的咖啡,然后与她碰杯,瓷杯轻轻"叮当"一声中,她笑道:"妈妈,加油哦。"

王鹤玲的飞机在正午时分起飞,弋戈迎着有些刺眼的阳光,看着那架飞机逐渐飞去。

她在机场吃了个中饭,逛了一会儿,两个多小时后,去接蒋寒衣下班。

蒋机长穿着制服,和同事有说有笑地走来,没看见她。弋戈绕了个弯,从他侧边跑过去,扑在他身上。

蒋寒衣条件反射地想制伏她,还好她拳没白练,抱得也紧,蒋寒衣闻到熟悉的味道反应过来,无奈地笑:"阿姨走了?"

弋戈点点头,没头没尾地说:"我觉得我真的很幸运。"

"嗯?"

弋戈:"我妈长得太漂亮了,我好像遗传到了一点,真幸运。"

蒋寒衣低低笑出声来,安慰地抚着她的背:"嗯,我觉得你说得很对。"

弋戈辞职在家几个月,给她那个问答网站做了个APP版,客户量激增,赚了一小笔;跟着蒋胜男学炒股,她擅长计算,蒋女士长于眼界,两人各有所长,风生水起。七七八八算下来,弋戈的收入竟然比打工时还高了不少。

直播之外,她每天在中秋身上花的时间也多。她准备给中秋做髋关节置换手术,仔细做了很多调查,和宠物医院的人一来二去接触多了,又给自己揽了流浪动物救助的活,除了捐款帮忙救助之外,她又琢磨着能不能做个宠物社区 APP。

APP 做到一半,也就是图个好玩,就算做出来了凭她一个人也拉不了多少用户。不过她做着做着,倒发现了国外几个有意思的新玩法,读了几篇相关论文,又萌生出回学校念博士的想法。

日子"叮叮咣咣"过到夏天,弋戈一点不比工作时清闲,但身体确实强了不少。乐道拳馆"猛女"之名再起,有时候韩森或蒋寒衣稍微让着她,她还真能从这两人手底下占到不少便宜。

这天蒋寒衣休假,又被她拉着去拳馆。

却没想到,一进门,听到一阵极其大声但略显业余的"哼哼哈嘿",心里不禁发笑,想着是谁叫得这么虚张声势,扭头一看,拳台上那个张牙舞爪却连韩森半根汗毛也没碰到的暴怒女子,不正是上午还在跟她发微信说要去东城参加什么美食 party 的朱潇潇?

韩森由着朱潇潇发泄了会儿才喊停,朱潇潇瘫在栏杆边,大剌剌地伸开两条腿喘粗气。

围观的人不少,有个精瘦的男人看见朱潇潇手上的粉色拳套,嘿嘿笑说:"小朱,你知道你为啥打不好吗?得换个手套!都来拳馆了,不能戴这么娘们唧唧的东西。"说着,举起拳头展示了一下自己的黑金手套。

弋戈原本正意外朱潇潇为什么会出现在这里,且看起来居然像是常客,要知道当年她可是练了两回就坚持不下去才把卡转给弋戈的。

可一听这话,她也没工夫多想了,暗骂了句傻子,转身从蒋寒衣手腕上把自己的发圈扒下来,头发扎了个鬏,抬腿就要找人算账。

可韩森比她动作更快。韩森不声不响,蹲下来把朱潇潇的拳套摘了戴在自己手上,牙咬着带子绑紧了,看着那男人下巴一抬,道:"来,你跟我打。"

那男人愣了一下继续嘿嘿笑,摆手说不了不了,不敢造次。

弋戈走上拳台拍了拍朱潇潇的肩:"你怎么在这儿?"

朱潇潇气儿还没喘匀,没说上话。

韩森解释了句:"两周了,一直在这儿练呢。上周你不是没来,不然你俩应该能碰到。"

朱潇潇这才扭头白了弋戈一眼:"哼,有些人谈起恋爱人就消失了。"

弋戈冤枉极了:"哪消失了,上午不还跟你聊微信呢?"又看出来这会儿朱潇潇不对劲,服软哄道,"上周是带中秋去东城做手术了嘛,不是和你说过。"

朱潇潇笑了笑没接茬,喘匀了气起身,摆摆手说要去换衣服。

弋戈不放心,询问地看向韩森,韩森却也只是无奈地摇摇头表示自己也不知道。

没办法,弋戈只得把蒋寒衣先支回家,自己去找朱潇潇。

最后,两个人还是像刚来杭城时那样,无所事事地绕着江转悠了半天,又猫进江边的酒吧喝酒,喝到晕了,再难过的事也都能说出来了。

不过这回朱潇潇只喝了两杯,眼神和意识都清明,慢悠悠地就把事情讲了,理由是"也不算什么大事"。

也就一个月前的事。

如今吃播早成红海,最火的那几个全是又美又瘦的美女大胃王,脸蛋堪比明星,直播起来却能连吞五碗火鸡面不带嚼的。

朱潇潇做吃播快四年了,从前因为"吃饭香""吃得实诚""让人有食欲"而吸引了一波粉丝,可四年来都这样,竞争对手又从韩国的胖头鱼欧巴变成了如今的国产明艳大美女,流量断崖式下跌。

公司想让她换个路子,搞点花样,刚好碰上新签了一个探店小网红,两人之前还在评论区有过不少互动,便想着把他俩做成情侣博主。

公司是小公司,手下博主不多,就只能这么强拉硬凑,朱潇潇原本当然是不同意的。

可那天一见,那男生竟然长得真的很不错,清清爽爽穿白色T恤,往树人学生堆里一丢,是一半女生都会暗暗心动的温柔学长型。

朱潇潇当场就有点动摇了。

她也是想谈恋爱的,甭管真谈假谈,总之是想体验一下和帅哥牵手拥抱亲吻、生活里有个人同你腻腻歪歪的感觉——弋戈恋爱后,这想法就更强烈了。

一方面觉得真好,看着蒋寒衣和弋戈那么好,连带着对恋爱这回事产生了无差别期待;另一方面又觉得,蒋寒衣和弋戈的感情难得,两人是高中时候就互相欣赏的年少情深,所以绕这么一大圈也能找回来。可高中时那群男生除了爱关注她早饭在食堂吃几个包子,谁会认真看她一眼?这么一想,自己好像更没戏了,不如抓紧这个机会公费享用一下大帅哥,反正她又不亏。

老板看出苗头,故意也没立刻拍板,非常鸡贼地说让他们先接触接触,真看对眼当然最好,没感觉也可以演,实在不行他再换人。

那男生也特别礼貌,礼貌得过分。两人那一整周都一起待在公司培养感情,朱潇潇就等着他开口呢,可他又是说喜欢看她的视频,又是说觉得她说话很幽默很可爱,又是夸她大学就开始拍视频很有想法,就是不拍板来一句"我想和你组CP",到最后也只是特别绅士地表示"全看你的想法,我都行"。

没办法,朱潇潇只能自己拍这个板。

合约签下,第一个视频的策划立刻提上日程,主要是怎么清新不做作地"官宣",告诉粉丝吃播博主和探店博主在一起了,顺便编一个感人的爱情故事。

可就是那么不巧,合同刚签第三天,上午朱潇潇还举着手机亲亲密密地和那男的自拍,中午她去买个奶茶的工夫,回来就听见该男和她老板在会议室聊她。

"这刚吃完饭又来杯奶茶……哎,老板,她还真的全是真吃啊?不剪?不催吐?"

"是啊,她说不想骗粉丝。"

那男生嗤一声,朱潇潇听得清清楚楚:"那还真是够能吃的……老板你也不拦着点?这以后万一要拍点公主抱什么的,别把我累死,现在情侣主题最火的不就是那些肢体挑战。"

老板哈哈大笑,语重心长:"年轻人,社会难混的很嘞。不过我跟你讲,她粉丝多,而且好感度高,你好好抓住机会,肯定能火。"

男生又长叹一口气,认命地道:"我晓得,钱难挣屎难吃啊。"

…………

朱潇潇从小到大,听得最多的就是这种话,明面上的背地里的都有。毫不夸张地说,她是被这类侮辱喂大的。要说新鲜?绝不新鲜;要说难过?也没多难过。

可朱潇潇还是当场就毁了约，做了二十五年以来最冲动也最解气的一个决定，把原本请大家喝的奶茶往老板和贱男人脸上砸完，她不仅要赔一大笔违约金，还被收回了账号，勤勤恳恳四五年白干，账户存款直接掉了一位数。

还算幸运的是，她老板没使业内惯用手段，分家后联动各大营销号黑她一把——当然，主要可能还是因为没钱。

短短几周猝不及防跌进了人生低谷，朱潇潇也没想清楚接下来怎么办，但憋着一肚子委屈郁闷要发泄，又不想这么快跟弋戈讲，于是去了拳馆，想着什么时候遇到弋戈了就什么时候坦白，听天由命。

结果，才来第二周，这就遇到了。

这 drama（戏剧性）的故事弋戈听得直皱眉，要素过多，一时不知该从何骂起。

"你说我转型当减肥博主怎么样？"朱潇潇忽然问她。

"减肥博主？"

"生活还是要继续嘛，我想过了，我原来的号被公司拿走了，只能再开一个新的，再做吃播肯定更没竞争力，不如搞个唬人点的噱头，大胃王回归，立 flag 一个月瘦十斤之类，说不定能救一救。这也算我们这行常见操作了，先吃，吃胖了再减，一个人打两种工，多少能延长点寿命，多挣一会儿钱。"

弋戈认真地想了想，说："听起来还不错，不过一个月瘦十斤好像有点不健康。"

朱潇潇白了她一眼："我现在比较需要流量啊姐姐，要什么健康。"

"现在做减肥的太多了，你一个月十斤就有人一个月二十斤，你怎么也'卷'不赢。"弋戈有理有据，"不如研究点科学减肥，说不定还更吸引人。这方面韩森懂很多，你可以问问她。"

朱潇潇一想，挺有道理，叹口气道："行吧，我再想想，也不急，先歇俩月。"

两人继续喝酒，直到晚上九点多蒋寒衣发微信来问用不用人接。

朱潇潇看着弋戈回微信，心里多少有点酸楚，等她回复完，特别认真地看着她问:"你男人有没有点野路子?"

"嗯?"

"挑哪天夜黑风高,给我揍那个贱男人一顿。打爆他的头,鼻梁给他捶断,最好让他毁容!"朱潇潇恶狠狠地说。

弋戈默默给她倒酒:"再喝点,再喝点。"

蒋寒衣当然没有趁夜黑风高雇人去打爆那男人的头——毕竟不合法。

不过弋戈还是用自己的办法替朱潇潇出了这口气。

其实也没什么,不过是她如今不用工作嘛,所以清闲;一清闲嘛,就爱上网到处瞎逛;一上网嘛,就少不得要用上点专业技能,这里瞧瞧那里看看,随便抓取点什么,就足够精彩。

朱潇潇这几天吃瓜吃得应接不暇,还一直有熟一点的同行来问她——

"你老东家新签的那个×××,脚踏三条船啊?"

"他真的在××考试上作弊被抓到过啊?这是不是算违法啊?"

"又一个出来锤他了。得,脚踏四条船,属蜈蚣的。"

…………

朱潇潇和弋戈视频时,痛快道:"恶人自有天收!"

痛快完,看见自家闺蜜被一人一狗挤在中间,三张脸都表情莫测,反应过来:"你干的啊?"

两个人类没说话,中秋嘹亮地"汪"了一声,替它主人敲锣打鼓。

弋戈咳一声,往下压压手掌:"低调低调,也没费什么力。主要还是那男的不太行,顺着贴吧什么都能找出来,一点觉悟都没有,命里不是当网红这块料。"

要知道,朱潇潇当年微博粉丝刚破千,就立刻把自己的个人社交账号,从QQ空间到百度贴吧全打理得干干净净,理由是:"万一我红了这些还在的话,我早上火的下午就得凉。"

不过朱潇潇就算有"黑料",最多也就是飘飘"国粹"骂物理老师发羊痫风一晚上布置三张试卷而已,和该男未满二十二岁便"五毒俱全"的丰富人生阅历相比,实在是小巫见大巫。

朱潇潇惊喜连连,隔着屏幕夸弋戈好闺蜜不愧是清大毕业的。

弋戈:"你这么夸我,清大的可能也不会太高兴。"

朱潇潇兴高采烈,哪管那么多,又怼近了脸问:"我是不是瘦了?"

弋戈诚实点头,确实瘦了。

"我跟韩森聊了几次,感觉这计划可行,已经在准备视频预热了!"

…………

朱潇潇与弋戈聊久了,她心情大好,看着屏幕里两人一狗,夸人也夸得口不择言,笑眯眯道:"你们一家三口好像哦,真好。"

弋戈、蒋寒衣:……并没有很高兴是怎么回事?

唯有中秋好像听懂了这真心实意的褒扬,高兴得又"汪汪汪"叫两声,尾巴摇成了花,张灯结彩。

第二十三章
一如少年时

临近中秋，蒋寒衣陪着弋戈回了趟桃舟。

这事不是临时起意，也算不上突发奇想。

那天弋戈把顺利度过手术恢复期的中秋接回家，路上接到一个电话。

人至中年，容貌和嗓音的变化越来越快。几年不曾联系的人，哪怕曾经再熟悉，第一句话也没认出声音来。

弋戈听着电话那头的人叫了她好几声，才反应过来，应声道："嗯，三妈。"

陈春杏在电话那头似乎也尴尬，笑呵呵支吾了半天，最后干巴巴问候她："小戈啊，你最近好吧？"

成年后，弋戈听过很多这样的问候，桃舟哪个亲戚的小孩去了北城念大学，谁的姑娘也想上杭城工作，甚至还有想通过她托弋维山办事的，打电话来都会说上这样一句："小戈呀，你最近好吧？"

就算弋戈不记得对方是谁，他们也不尴尬，继续笑呵呵地自报家门，或者说起"你小时候摘过我们家的桃"啦，或者说起"你丁点大的时候就天天牵着狗从我家门口过"啦，弋戈想起来后，通常都会客客气气地应声。

现在，陈春杏也变成这样问候她的人了。

.610.

弋戈愣了会儿神，应声："嗯，挺好的，您怎么样？"

"蛮好蛮好，我蛮好的。"陈春杏迭声说道，"那个，我打电话来就是想跟你说一声……我回桃舟了，开了个小卖部。我自己也种菜养鸡的，听你小外公说你现在一个人在杭城工作，你要是不嫌弃，我挑好的寄给你。一个人在外面，要多注意自己的身体。"

前几年，家里每年过年的时候都能收到陈春杏寄来的水果。从品类和包装上都能看出来不便宜，是花了心思的。可弋维山对陈春杏印象不好，所以也不喜欢她每年送的这些东西，每回都嗤声说："我们家想吃什么水果，还用得着她送？"

倒是王鹤玲每年会礼貌地回个短信过去，偶尔也吃一块弋戈现剥出来的菠萝蜜，赞一句"琼岛的水果确实甜"。

近两年不送水果了，陈春杏也彻底和弋家人断了联系。现在突然打了电话来，水果变成了土特产，弋戈略一思忖，大约猜得到原因。

她回答："不用了，都买得到。"

电话那头陈春杏的声音明显更慌了点，赔着笑说："也是也是，现在什么都方便，什么都买得到的。自家的东西也没什么特别，就是不打农药，干净些，你要是什么时候想尝尝了，随时跟我打电话，我给你寄过去的。"

弋戈"嗯"了声。

陈春杏那边不敢说话了，沉默了会儿笑说："你工作忙，不打扰你了。"

弋戈在她挂断前忍不住叫了句："三妈。"

其实她不该再叫陈春杏"三妈"的，她早和弋维金离了婚，弋维金也已在三年前病逝了。可叫了十多年的称呼，难改。

陈春杏颤颤巍巍应了声。

"你开了小卖部？"弋戈问。

小时候她很羡慕村里开小卖部那家人的，住在小卖部里意味着随时有吃不完的零食。记得有一年过生日她还跟陈春杏说，生日愿望是想在家里开一个小卖部。当时陈春杏笑着说她爸爸有本事想开什么都可以，弋戈没听懂。

· 611 ·

不知陈春杏还记不记得这事,听她这么问,陈春杏话里添了喜色,说:"还没呢,在准备了,过些日子开张。我想着挑个好日子,过中秋节的时候,图个吉利。"

弋戈想,中秋,确实是个好日子。
院子里的柚子又要成熟了。
于是她轻轻笑说:"挺好的,中秋的时候我要是没事,回去看看。"
陈春杏那头明显雀跃起来,激动道:"好好好,你来,三妈给你做饭吃!"
弋戈"嗯"了声,没多说什么,挂了电话。

开了八个多小时的车,到桃舟已经是夜里。村里人歇得早,九点多,家家户户便已经熄了灯,万籁俱寂。
蒋寒衣这时候特别有一些"迂腐"的自觉,义正词严地表示他是个很有礼数的青年才俊,不能跟弋戈睡一屋。替弋戈把东西都整理好,又上上下下检查过这许久没人住的老屋,确定没有什么安全隐患后,他背上包就走了。
弋戈站在院子门口目送青年才俊的背影,坏心大发,大声说了句:"这回不方便,下次一起睡觉啊蒋机长!"
蒋姓青年才俊浑身一抖,回头看弋戈特潇洒地倚在门边,两条长腿一直一屈,两手抱臂,冲他挑了挑眉。
蒋寒衣拿她没办法,摆摆手赶她:"赶紧回去睡觉,门闩好。"
弋戈耸耸肩,还真毫不留恋地转身进屋了,连句明天见也不跟他说。
蒋寒衣望着那院门里漏出的一束灯光,无奈地笑了笑,慢悠悠地往爷爷家走。

夏夜晚风拂过,池塘里仍有蛙鸣,但已经不显聒噪。
正是最好的时节。

桃舟这地方神奇,总是能自动纠正弋戈的生物钟。第二天没到七点,弋戈就自然地睁开了眼睛。
厨房里传来洗洗涮涮的声音,弋戈原本以为是蒋大公子扮五好青年扮上了瘾，这一大早就来给她当田螺姑娘。仔细听了来几秒，却觉得不对劲——

打蛋的声音、煮水的声音、洗锅的声音，这些叮里当啷洗洗涮涮的动静，她太熟悉了。

曾经有十几年，她每天早上都在这样的声音中醒来，带着银河去山上野一圈，回来刚好吃上热乎乎的早餐，洗把脸就去上学。

弋戈在床上发了会儿呆，终于还是被中秋磨着起了床。

套上拖鞋走出卧室，经过堂厅，有点不知该如何往厨房去的时候，外头院子里传来清脆的一声："妈，有个哥哥来了！"

扭头望去，是个短发的小姑娘，约莫七八岁，穿一条嫩黄色的五分裤，松松垮垮掐在腰上，露出两截细得像杆子似的小腿，左边一块创可贴，右边一道结了痂的长长伤口。

蒋寒衣拎着早餐跟在她身后，也是一脸疑惑。

陈春杏系着围裙，还没从厨房里走出来，先听见她压低声音道："小点声，姐姐还在睡觉！"

话音刚落，陈春杏才看见杵在堂厅里的弋戈，表情和脚步同时一顿，怔了会儿才笑道："醒啦？我听你小外公说你昨天晚上到的，想着你早上没东西吃，就来帮你做点……"话说得局促，又瞥见门外的蒋寒衣，觉得眼熟，"这…这是……"

"阿姨好，我是蒋寒衣。"蒋寒衣上前先打了声招呼，又把买来的早餐放在堂厅桌上，边拆边说，"买了小笼包和汤粉，你想吃哪个？"

陈春杏手里还拿着锅铲，听他这么说，自然尴尬。

弋戈也没想好该作何反应，说实话，她当然不喜欢陈春杏这大早上的突然出现在她家里给她做早饭——虽然这里八年前也算是她的家。可她也不想一上来就闹得那么僵，毕竟，她的确是想见见对方才回来这一趟的。

近八年没见，陈春杏胖了许多，但因此也不见老，看起来反倒比从前气色好些，原本总盘在脑后的长发剪短了，贴在耳后，显得利落。

双方僵持，倒是那小姑娘不满地说了句："我妈妈做了饭啊！"

嗓门大，声音脆，像初生的百灵鸟，有用不完的力气。

陈春杏把小姑娘把身边一拽，正要教训，弋戈开口道："一起吃吧，他不知道你会来做饭才买的。"

"好……好。"

陈春杏做好了早餐端上来，干拌面、卤鸡蛋、炸油饼，还有一盅肉饼汤，另外还炒了个菜心，用丰盛形容简直是委屈了这一桌早餐。

老房子许久没人住，堂屋里弥漫着一股淡淡的潮味，使席间的氛围更尴尬了。弋戈没想好要说什么，蒋寒衣不愿意开口，小姑娘似乎对他们这两个连谢谢都不会说的家伙很不满，总是拿眼睛斜过来，陈春杏倒一直是欲言又止的样子。

弋戈第四次感受到她投来的目光，放下筷子，平静道："你有什么想说的就说吧。"

陈春杏一愣，忙摇头，又夹了块肉饼放进她碗里："也没什么，就是看你瘦了好多，多吃点。"

肉饼是有嚼劲但不柴的口感，能吃出来是没放淀粉的，但仍然很嫩，这是陈春杏多年来的独家秘笈，弋戈从小就很喜欢。

弋戈看着旁边的小姑娘，她吃饭很乖，大口大口地啃蔬菜，像只小兔子。弋戈这会儿才发觉小姑娘脸型五官都像极了陈春杏，鹅蛋脸，也是杏眼，鼻头小巧圆润，分明和陈春杏一模一样，是敦厚乖巧的长相，可气质却似乎是泼辣爽利的，与陈春杏截然不同。

她笑了笑，问："这是你女儿？"

"是，快，跟姐姐介绍自己！"

小姑娘看起来不太乐意，看了眼被弋戈搁在碗里没吃的那块肉饼，娇蛮地翻了个白眼，不耐烦地说："我叫陈知知，三年级！"

陈春杏拿胳膊肘揉她一下："那什么表情，有礼貌点！"

陈知知不服气地皱了皱鼻子，牙尖嘴利地反驳："吃了别人做的饭还不说谢谢的人才没礼貌呢！"

陈春杏一脸尴尬，弋戈笑了笑，正要说什么，一直默默不语的蒋寒衣咳了声，率先说："嗯……谢谢阿姨。"

陈春杏忙摆手说不用，弋戈见小姑娘颜色稍霁，笑了笑又问："哪个 zhi？"

陈知知这才认真道："知识的知和知道的知。"
　　这不是同一个知？弋戈觉得小姑娘有趣，点点头笑道："很好听的名字。"
　　陈知知有点害羞，梗着脑袋愣了一秒，低头迅速扒完剩下的两口面，把地上的书包往肩膀上一挂，飞也似的出门了："我上学去了！"
　　她像一只小鸟似的，飞奔的背影中，短发乱糟糟炸开在脑袋上，在耀眼的阳光下像笼着一圈金光，蒋寒衣看着不禁笑起来。

　　陈春杏有些头疼地叹道："一天天疯疯癫癫的，不像女孩子……"
　　弋戈顿了下，淡淡地说："挺好的。"
　　陈春杏似乎也觉得自己失言，又笑说："不过成绩好，转来没多久，开学考试考了第一名呢。"似乎是不想把女儿夸得太好，说完又皱眉补一句，"但是也让人头疼，天天在学校里跟人家打架，这才不到一个多月，班上的男孩子都快被她揍了个遍。"
　　弋戈笑了笑，想到她只带着女儿回到桃舟，犹豫了一下问："她爸爸？"
　　陈春杏倒也不避讳，扯嘴角笑了一下说："离了。"
　　弋戈对陈进的印象仅仅停留在当年饭店里那一面，但很清晰地记得陈进似乎是个敦厚温和的中年人，不过仅仅一面之缘也难看出人究竟怎么样，更何况人都会变。她对陈春杏的离婚原因没什么好奇心，也没觉得有安慰的必要，便只是点了点头。
　　陈春杏却似乎很有倾诉欲，叹了口气又说："本来两个小孩我都想带走，但她爸爸不肯把小的给我，他也不要这个大的，没办法……"

　　弋戈和蒋寒衣交换了个眼神，弋戈问："小的是个男孩？"
　　陈春杏点点头，说："我想着也好，小的在爸爸那里也不会受委屈。知知就不一定了，要是跟着爸爸，肯定要被欺负的……"
　　两人都明白她话里的意思，然而即便觉得不忿也没什么可说的，这样的事情哪里新鲜呢？弋戈默然地点了点头。
　　陈春杏又道："所以我就跟知知讲，她自己要努力，要好好读书。如果她能像你一样聪明，以后也能拿个状元回来，就能跟你一样上谱。她爸爸那边是不肯给她上家谱的，我们自己总要争气。"

. 615 .

弋戈当年高考是市状元，在桃舟的那个暑假，被弋维山和村里一众叔叔伯伯捧着上了族谱——据说这是天大的荣耀，因为按规矩，女孩子是不上家谱的。

弋戈当时不明就里，只知道小外公为这事很开心，那她就也开心。

听陈春杏这么讲，弋戈却皱了皱眉，冷冷地直言道："上不上谱也没什么重要的，小姑娘自己开心就好。那个族谱是户口还是身份证，是不上就算黑户了还是怎么？"

陈春杏被她斥得一愣，想了想，又以为她只是一向与弋维山不合所以连带着也看不惯整个弋家，便叹声道："但上了谱，总是被承认的……现在她跟着我在这里，虽然也姓陈，但人家总觉得是别人家的女儿……"

蒋寒衣愈听愈皱眉，这都是什么乌七八糟的道理？姓什么不都是她女儿，上不上那个所谓的族谱不都是这么活泼可爱的一个小姑娘？

弋戈沉默了会儿，没再同她争辩，只道："你回来有什么事需要我帮忙吗？如果有的话可以直接跟我说，能办的我会尽力。"

陈春杏一愣，忙摇头："没有没有，不是……三妈就是，就是想看看你。好多年没见了，你都这么大了，有男朋友了，真好。"

弋戈舀汤的动作一顿，点了点头。

她这几年见了许多求弋维山办事的亲戚，有些八竿子打不着，但因为是一个地方的，所以七拐八拐也要攀上关系。她自己也结过不少套近乎的电话，于是总觉得，走了八年的陈春杏忽然这么殷勤，总是有事相求的。

现在一看，倒是自己小人之心。

陈春杏局促着，又给她夹了一筷子蔬菜。

弋戈乖乖吃了，说："三妈，以后不用到这儿来给我做饭，我要是想吃你做的菜，自己会去小外公家蹭饭，会提前跟你说。"

陈春杏有些受宠若惊，忙笑着点头："好，好！你要是想吃什么，提前跟三妈说，三妈给你做！"

早饭吃完，弋戈送着陈春杏走了。回来的时候见中秋趴在柚子树下，靠着埋银河的那个小小土坡打盹。

蒋寒衣洗完了碗走出来，问："正好不是饭点，跟我去见见爷爷？"

弋戈疑惑："为什么要不是饭点的时候去？"

蒋寒衣撇了撇嘴："我爷爷那儿实在有点埋汰，他做饭我都下不去嘴，你还是别去尝试了。"

弋戈"扑哧"一笑，点点头道："行啊，不过你先跟我去趟祠堂呗？"

蒋寒衣："去祠堂干什么？"

弋戈凑近了，贴在他的耳边小声道："我想把那族谱偷出来，把我的名字划了，你觉得可行吗？"

偷族谱的行动没成功，弋戈拉着蒋寒衣在偌大的祠堂里翻来找去，也没见着一本像族谱的东西。

蒋寒衣挠挠头，说："我感觉族谱是不是不会放在这地方……应该是交给一个年纪大的或者德高望重之类的人保管吧？"

弋戈一愣，想起来："好像是哦，貌似只有过年那几天才会放到祠堂来供着。"

弋戈撇撇嘴："破规矩真多。"

蒋寒衣问："那现在怎么办？"

弋戈叉着腰，望着祠堂正中那点香火，摆摆手："算了，过年有空再来偷！"

"你小外公是不是辈分挺高的，说不定在他家呢？"

弋戈无语地看他："我小外公姓陈，他就算是太祖那辈的也不可能有弋家的族谱好吧……大哥你有没有常识啊。"

蒋寒衣惊觉自己脑袋短路，被损后又不服气，回嘴道："你连族谱不放在祠堂都不知道，你才没常识。"

弋戈气得往他身上一蹦，挠他下巴："你敢说我！"

蒋寒衣顺势背着她往外跑，两个人打打闹闹地走到院子里，不期然撞见个晦气的家伙。

弋子凡和一个中年男人有说有笑地走过，那个中年男人让弋戈很眼熟，大概是桃舟镇上的某个领导。

看见弋戈，弋子凡也是一愣。但他很快又笑着同弋戈打招呼："好巧，你也回来看看？"

弋戈皮笑肉不笑地回："是挺巧，你这是第几次来？"

弋子凡脸色不变，继续道："有空的话回家看看爸，他最近身体不好，

·617·

总提到你。"

弋子凡这人说话，还真是和弋维山一模一样的腔调，不管他说的是什么，光这腔调，就叫人疑其真伪。

这几个月弋戈也听说了不少事，一是弋维山身体的确出了些问题，跑了好几次医院；二是弋总五十风流，不论是病床前还是公司里，都出现了好几个红颜知己，有和他年纪相仿的中年熟女，也有比他小个二三十岁的年轻姑娘，几人争奇斗艳，闹了好几出戏，似乎是抢着要给弋子凡当妈。

许多人都觉得奇怪，当了多年三好丈夫、洁身自好的弋总离婚后忽然就转了性子，仿佛要把这二十多年错过的灯红酒绿一次性补回来。

事不关己的弋戈看了，也免不了要想，弋维山之前二十多年对王鹤玲的忠诚与珍爱，到底是真心实意，还是他演得太真、瞒得太好？她想不出个肯定的答案，也就只能在心里祝亲爹悠着点，毕竟年过半百的人了。

弋戈回答："有空就去，再说吧。"

弋子凡看她一副满不在乎的样子，也不知想到了什么，装模作样的脸上竟浮现一丝真实的裂痕，冷笑了一声说："你还真是任性，是因为知道不管怎样爸都不会怪你吗？这就是他们常说的，被偏爱的都有恃无恐吧。"

弋戈觉得稀奇极了，恐怕也只有在弋子凡眼里，她才会是"被偏爱的"那个。

她故意没接茬，吊儿郎当地拍了拍弋子凡的肩，回头往祠堂里看了眼："没事，你也可以的，争取早日上谱。"说完抬脚便走，走了两步却又倒回去，像是忘了什么似的，"哦对了，到时候顺便帮我把名字划了，谢啦。"

她笑得一脸灿烂，再没等弋子凡回话，拉着蒋寒衣走了。

蒋寒衣搭着她的肩膀，叹为观止："你这个气死人不偿命的本事真是年年渐长。"

弋戈牵住他搭在自己肩头的手，扬眉一笑："过奖过奖。"

在桃舟，日子总是待不腻，蒋寒衣的假期延了又延，弋戈笑他是"自此君王不早朝"。

夏日悠长，弋戈这天中午吃完饭又犯困，睡了个把小时醒来，蒋寒衣不知又去哪儿了，连带着中秋也不见狗影。

弋戈也没管，想起昨天小外公拿来的两个大西瓜还镇在井里，便兴冲冲地想去吃西瓜。

走到院子里，听见一阵"噌噌噌"脚步声，竟是中秋单独跑回来了。
弋戈奇怪，问："人呢？"
问完，忽然发现中秋脖子上多了个东西，仔细一看，居然是块金牌。
弋戈忽然想到什么，低头一看，果然见金牌上写着——

树人中学第二十六届田径运动会 男子4×200米接力赛 金牌

只有蒋寒衣会把高二运动会的金牌完完整整保留到现在吧。
弋戈见中秋戴着金牌特别臭屁的样子，蹲下来摸摸狗头，好笑道："你哥当年也有一块呢，你俩怎么都这么没出息呀，一块金牌就被收买了，我也有的好不好！"
话音刚落，中秋好像听懂了似的，咬着她的裤腿把她往外拉。

到院门口，远远地看见蒋寒衣骑着自行车来，风将他的衣摆吹得鼓起。
他贱兮兮地将车堪堪停在弋戈面前，带来一阵风，车轮与地面擦出尖锐的声音。
弋戈一点也不躲，扫了眼觉得他这车也很眼熟，大概是当年他总骑着上学的那一辆，好笑地问："这又是哪出？"
"收买了你家狗，想问问弋戈同学，肯不肯赏光一起去兜个风？"
弋戈不答，想了会儿，忽然眼睛一亮，道："你翻个墙吧！"
"嗯？"
"翻墙邀请才有诚意。"
弋戈说完跑回院子里。
头顶这棵柚子树结出来的柚子仍然很酸，中秋趴在桌脚想要偷吃她刚从井里捞出来的西瓜，她抬头看见院子里四方天那么蓝，蒋寒衣坐在墙头上冲她笑："弋戈，你怎么还是这么难邀啊？"
一如少年时。

番外一
蒋娇娇

蒋胜男接到韩林电话的时候,正在和她新认识的几个驴友一起爬六峰山。

这是她中年生活里的最新乐趣。去年她经滑雪认识的朋友介绍,加入了本地的一个户外运动群,群友多是四五十岁、闲时较多的中年人,由几个资深驴友带领,每周都组织新活动,或是去江边野泳,或者徒步看日出,或是爬山。

像今天,她们就计划登顶六峰山看过日落之后在山顶搭帐篷过夜的。

正是晌午,蒋胜男撸起速干衣的袖子,拧开保温杯喝了几口水,加上山上信号不好,因此没听清韩林前几句说了什么。

"没听清,再说一遍。"

电话那头韩林一个头两个大,又被她那自然而威严的语气唬着,不敢不耐烦,只好又说:"您现在有空吗?来局里捞个人呗。"

"什么?"蒋胜男声调一样,一细想,不对呀,蒋寒衣去江城吃范阳儿子的满月酒去了,没机会惹事啊。

"您闺女,在我们局里呢。"韩林好脾气地道,"没什么大事,就是得家属来签字领人。蒋姨,您现在方便不?"

一听是弋戈,蒋胜男哪还管方不方便,更不管这辛辛苦苦爬到半山腰是不是半途而废了,挂了电话就"噌噌噌"地下山。

"男姐这身板真是好。"驴友姐妹看着她矫健的背影一阵欣羡。

"是哟,下山都这么快,我半月板积水都好几次了。"另一人附和。

挂了电话,韩林扭头,左看一眼,弋戈悬着血淋淋的半边手臂坐在板凳上,坐姿和神情却都十分淡然,就差给她手臂下垫个枕头让她演垂帘听政了。右看一眼,那一胖一瘦俩男人沿墙蹲着,一个脑袋缠纱布,一个捂着手腕"咿咿呀呀"地叫疼。

"老实点,蹲好!"韩林斥了句。

那两人一哆嗦,不敢反抗韩林,但颇有怨念地瞥了弋戈一眼,嘟囔道:"凭什么她坐着我们蹲着……"

"你俩大男人在这儿半天,还给包扎了,人家包扎了没?"韩林更加严肃地训斥道,"还好意思说,做生意不老实,还跟人家小姑娘动手?"

那两个男的憋屈地瞪大了眼,瘦的那个指着自个儿兄弟的脑袋喊冤:"警察同志,她哪点像小姑娘了,您看看我兄弟这脑袋!"瘦个子越说越激愤,"再说了,这做买卖不就是你情我愿!她既然要买我们的狗,那不就得接受我们的价嘛,出不起拉倒呀!说好的五千,她都答应了,突然反悔,怎么也怪不到我们头上吧!"

弋戈冷笑:"那是你们的狗?"

两人支吾了一秒,瘦个子道:"怎么不是?就养在我们厂院子里的,怎么不是?"

"我三天前接到求助电话和视频的时候,它还在街上的垃圾桶里翻吃的,我今天一来,你把它往你们门口一锁,就是你们的狗了?"

"那……那怎么了,我们养了这么多年了,平时就不拴着,它认得家!"

"这么多年?几年?"弋戈反问。

"怎、怎么也得五六年了!"

"行,那我们待会儿就去宠物医院。"弋戈冷冷地道,"那狗要是超过三岁,别说五千,五万我立马转你。"

瘦个子脸上红一阵白一阵,憋了好一会儿大声道:"不行!万一你去了乱开单子,最后又不要,那个钱谁出?说不定你就是跟宠物医院串通好了拿回扣的!"

弋戈笑了笑,不再与他废话,拿眼神示意韩林——你看清楚了?该你处理了。

韩林摸摸鼻子,先厉色训了那两人几句,又对弋戈道:"流浪狗这个事……没有很明确的法规,我们不太好管。但你这个冲突确实导致人受伤了,可能,得负担医药费。"

弋戈心里不爽,但知道这事韩林也没办法,于是不太耐烦点点头:"知道,我赔。"又问,"狗呢?"

"放心,在队里训导员那儿,正做检查呢。"韩林见她没跟他据理力争,松了一口气,他是见识过蒋寒衣这女朋友的,她要是想争辩什么,谁都得被她说得哑口无言还默默倒戈"有道理啊"。于是他赶紧转移话题,"那什么,蒋姨在来的路上了。"

"嗯。"弋戈没什么反应,情绪有些低落。

"你也是真有意思,进了警局要喊婆婆来捞人。"韩林想跟她说点轻松的,"这事为什么不敢让蒋寒衣知道?你总不会是怕他吧?"

弋戈笑笑:"不知道,可能有点吧。"

韩林不信,蒋寒衣二十四孝好男友的名声都快传遍全杭城,谁不知道他一颗红心向弋戈,进化论都得排在绝对弋戈主义后面?

他没多问,只是看着弋戈那半条手臂瘆得慌,又问了一遍:"真不用先去医院包扎?"

那两个男的包扎是在队里随手做的,弋戈拒绝了队医的包扎,就简单地用双氧水清理了一下伤口然后自己拿了瓶碘伏。

弋戈摇头,然后又拿起棉签,三根并一排,往自己伤口上划拉。

韩林看得龇牙咧嘴,弋戈自己面无表情。

快两个小时后,蒋胜男才拎着登山棒匆匆赶来。

进门看见弋戈那手臂,擦伤面积本就大,加上碘伏的痕迹,看起来特别吓人。蒋胜男登时大火,当即就要拿登山棒往那瘦个子脑袋上也开一瓢。

"哎哎哎,蒋姨!"韩林忙将人拦住,好一通说,才把事情来龙去脉解释清楚,将蒋胜男的情绪安抚下来。

蒋胜男听了,登山棒指着那两个男的鼻子,大骂道:"活该!这么年轻有胳膊有腿的干点什么不好,偷狗、坑人,还跟小姑娘动手?"

大概是这位以冲锋之姿冲进警局的中年女人看起来太过彪悍,那两人的竟一句话也不敢多说,老老实实听训,只默默反驳了一句:"流浪狗,我们牵到家里来,不算偷吧……"

弋戈闻言,站起身:"好,你们承认了是流浪狗。那买狗的钱,不管是五百还是五千,我一分都不会出。你们俩如果打算去医院仔细检查,医药费我负责,但我要明明确确的收据,医院收了你们多少我给你们多少;如果不去,签字滚蛋吧。"

到手的五千没了,脑袋上还白挨一闷棍,那两人当然不乐意,可抬头正要争辩,看着蒋胜男怒目圆睁的模样,就仿佛血脉受到压制似的,屁都不敢放一个了。

最后,那两人留了弋戈的电话,说到医院检查完了之后发消息给她。蒋胜男也在文件上签了字,把弋戈领走了。

"对不起阿姨,让您担心了。"一上车,弋戈认错态度良好。

"你还答应给他们五千?"蒋胜男开口却问。

弋戈知道她的意思,淡淡道:"我知道这钱不该给,给了不仅我自己是冤大头,也是开了坏头,不利于之后的救助工作。但那狗看起来情况太不好了,我急着送它去医院,就答应了。可那两个人说好了五千又反悔,是要加价的意思,还拧那狗狗的耳朵威胁我,我实在生气,就动手了。"

实际上动手也没捞着什么好,除了一开始先发制人往那胖子头上敲了一棍,之后弋戈立刻就被他们推倒在地上,不仅擦伤手臂,后背也摔得生疼,肚子上还挨了好几脚。

一直到现在弋戈其实都有些恍惚,或者说灰心。她发现大部分时候,她还是一个随随便便就能被男人推倒和压制的弱者。哪怕她已经练了好几年的拳,哪怕那两个男的甚至都算不上强壮。

今天要不是那两个男的还算老实怕事,要不是有人看见报了警,还会发生什么呢?

她敢想,却不敢接受那个后果。

蒋胜男心疼她又愤愤不平:"寒衣知道这事了吗?"

"还没。"弋戈又强调,"您也别跟他说。"语气弱下来,少见的怯懦。

"怎么,你还怕他生气?"蒋胜男也觉得稀奇。

"嗯,他有时候严肃起来还挺吓人的。"弋戈诚实地说。

蒋胜男笑起来:"我都不知道,我儿子还有能吓到你的时候?"

"有的。"弋戈小声道。

之前她去邻市救助一条被遗弃在废旧林场的边牧,心里着急,所以瞒着蒋寒衣雨天开山路,结果车子陷进泥沼里,她被困了半个晚上才叫到救援队,又淋了两个多小时的雨,最后光荣感冒。回到家蒋寒衣就生她气,她亲亲抱抱贴贴地求和好,撒娇撒得自己都羞耻,蒋寒衣愣是岿然不动。最后和好那天,还训了她三回,要她长记性。

弋戈也是后来才发现,蒋寒衣其实还挺有脾气的。

五月份,春夏之交,在家里穿长袖虽然有点奇怪,但也能遮掩过去。弋戈算着蒋寒衣回家的日期,想着坚持瞒几天,应该就没问题了。

结果蒋寒衣当天晚上就见鬼似的到了家,一回家三步并两步走到她面前,径直拉开她袖子,眉一皱,整张脸都黑了。

弋戈另一只手还拿着水壶在倒水,他突然出现,她都没反应过来。

半分钟后,她叹气:"蒋阿姨告诉你了?"

她早该想到的。她当年去问蒋胜男蒋寒衣飞行事故那事,蒋胜男毫不犹豫就说了,还添油加醋的。这事她肯定也会告诉蒋寒衣的。

弋戈心中懊恼,失策啊。

"你还挺遗憾?觉得自己失策了不该让我妈知道?"蒋寒衣冷冷道。

"你可真是我肚子里的蛔虫。"弋戈咧嘴笑着卖乖。

蒋寒衣不吭声,拉着她要去医院。

"蒋阿姨带我去过了!"弋戈忙说。

蒋寒衣这才作罢,拉着她手将那瘆人的胳膊上下左右看了个仔细,才放下。给她倒了杯水递嘴边,等她喝完,把水杯一放,进浴室洗澡,留给她一个冷漠的背影。

弋戈心累,这次又要哄几天?

她这几年越来越发现蒋寒衣身上的少爷脾气其实很重。

很长一段时间里她只觉得他是非常随和、潇洒和旷达的人,现在她发现,这和少爷脾气一点都不冲突。蒋寒衣只是不纨绔和有良好的人际交往能力而已,但他同时也有非常金贵的一面。

比如，洁癖。比如，他时常很"清高"，那种能叫每个人都如沐春风的交际天赋从来不用在讨好领导上，对于他们公司混资历占坑位的那些个领导他一句好话都不多说。又比如，他轻易不生气，但如果真生气了，那就非常非常难哄，难哄到了娇气的地步。

弋戈腹诽过几次，偷偷给他起外号，蒋娇娇。

蒋寒衣生气的时候，她确实挺不好过的。尤其是上次哄他时间太长了弋戈有阴影，于是这次她决定快速解决问题。

蒋寒衣洗完澡，站在镜子前刷牙。弋戈凑过去，从背后抱住他，脸颊贴在他的背上。

"别来这套。"蒋寒衣拿胳膊肘轻轻往后搡了搡。

"我不是故意要瞒你，也不是怕你担心才不告诉你。"弋戈轻声说。

"哦，所以你都不怕我担心了。"蒋寒衣阴阳怪气，"无牵无挂啊你。"

"不是。"弋戈摇摇头，又深深地吸了口气，像做了什么心理准备，"我只是觉得，很羞耻。"

蒋寒衣刷牙的动作停下来。他听出弋戈语气中的不对劲，把牙刷往台面上一放，嘴里还有泡沫，转过身来面对着弋戈，认真地问："怎么了？跟我说。"

"太狼狈了。被人推倒在地，毫无还手之力，被很多人围观，我想起来就觉得很狼狈。"弋戈说着说着，有点委屈，"我知道这不是我的错，这是男女天生的力量差异，可我就是觉得不公平，就是觉得羞耻，我打不过他们。所以我不想别人知道这件事，要不是韩林非要我找人来签字，潇潇又不在江城，我只能找蒋阿姨。其实我谁也不想告诉的。"

蒋寒衣听完，握着她的肩膀，将人揽进怀里："不羞耻，没事的，你没输哦。"

他的话不是避重就轻，而是他这几年已经渐渐能理解弋戈的一些想法。她偶尔会在一些旁人习以为常的事情上有情绪，比如去做体检，她会觉得躺在病床上被命令"腿岔开"的时候好没有尊严；比如之前楼上那对老人家电视坏了下来找他们帮忙，明明是她开的门那个老太太开口就问"你男朋友在吧能不能让他来帮我们看看电视怎么了"，她会觉得很憋屈，并因此连续三次在电梯里碰见了也绝不跟那对老夫妻打招呼；比如现在，她和两个男人打架输了，她说她很羞耻。

蒋寒衣在日复一日的相处中渐渐感受到，这些情绪绝不是"矫情"，它们的出现，是因为弋戈在日常生活中，的的确确会经历很多细小的、他永远也体会不到的轻视和不公平。

他知道自己永远无法与她感同身受，却也慢慢地学会了用这种"避重就轻"的方式安慰她。

他的手掌在弋戈背上摩挲，他贴在她耳边说："明天陪你去练拳？"

弋戈点头："好。"又仰起脸问他，"你不生气了？"

蒋寒衣松开她，回去继续刷牙："我哪敢。"

弋戈哼一声，在他腰上有一下没一下地戳来戳去，嘟囔："你之前不就气性挺大，还故意……"

话没说完，蒋寒衣刷完牙转过身来掐着她的腰将她猛地抱起来。

"这次不故意了。"他捞住她的大腿，抱稳她往卧室走。

弋戈沉了一整天的心情终于松快了点，捧着他的脸细细地看，看着看着觉得男朋友真帅啊，笑了声。

"这就开心了？你怎么这么受欲望支配呢弋戈。"蒋寒衣没好气地说。

"有点吧，没办法，食色性也。"弋戈大大方方地承认。

"那我还挺荣幸。"蒋寒衣轻轻一笑。

弋戈笑笑，圈着他的脖子把脑袋埋在他颈间，不知道为什么，有点想撒娇，于是小小声说："你要轻一点，我胳膊其实很疼的。"

"好。"蒋寒衣应得温柔。

然后，他把她抱到床边，轻轻地放下，轻轻地拉开被子，又轻轻地把她受伤的那只手臂从被子里拿出来，免得被压着。

"睡吧。"他还轻轻地说。

弋戈满脸黑线地盯着他，见他真的没有进一步动作的意思，不禁问出一句："就这？"

"你不是胳膊疼吗，胳膊疼就别折腾了，乖。"蒋寒衣很认真地说，又柔声问她，"明天早上想吃什么？"

弋戈微笑："蒋寒衣。"

"嗯？"

"我的风格是，胳膊疼，那就要做一些转移注意力让它没那么疼的事。"

话音一落，她坐起来伸出很疼的胳膊圈住他的脖子，倾身吻他。

蒋寒衣被撩得起火，但还是分出神来留意她的手臂，生怕她蹭到撞到弄疼了。

弋戈在呼吸的空隙中咬牙切齿地警告他："再给我叽叽歪歪你这一个月都睡沙发好了。"

蒋寒衣努力一心两用，一手托着她的后颈，一手轻轻扣住她手上的右臂，将她整个人缓缓地压下去。

番外二
白糖麻辣烫

朱潇潇头回谈恋爱是在大三那年,谁也没告诉。

那时候她们寝室都很喜欢吃学校西门外的一家麻辣烫,一周七天,至少有四天中午下了课约着一起去吃。

去得多了,她们发现每天中午都会有个外卖小哥准时准点地等在那家店门口,一人拎十几袋外卖,而且送货速度特别快,她们吃一顿饭的工夫,他能往返一趟,再拎十几袋外卖继续送。

麻辣烫店老板说他送货快、不洒餐,而且态度还好,所以星级特别高,平台给他派的单也就多。

寝室长很懂行地纠正老板道:"主要是因为长得帅嘛!"

朱潇潇从火辣的汤碗中抬起头,看见了外卖小哥匆匆掠过的侧影。他戴着头盔,但仍然能看出来鼻梁高挺、轮廓优越,可惜皮肤有点黑。个子很高,但有点驼背,应该是常年骑电动车的缘故。

寝室长看上了该外卖小哥,打算追人。

可整整一个多月,她连句话都没搭上。那男生眼里只有外卖,每回停车、下车、进店取货、出门上车,全程不过三十秒。

最后一回,寝室长在四月初的天里穿了件热辣的小吊带,不惧阴风地坐在门口,尽展风情。他还是来也匆匆去也匆匆,又拎着十几袋麻辣烫经过寝室长的时候,连个眼都没斜。

寝室长遂决定放弃,她说本来想趁着最后一年刺激一把的,想想还是算了。这人看着挺没劲,真撩到了万一他到时候认死理不肯分,多麻烦。

她的预设是她一定能撩到他,寝室里没人会觉得她自作多情。
朱潇潇也完全认同。寝室长长得漂亮,性格大方,是喜欢她的女生比男生还多的那种类型。

麻辣烫店暂时成了寝室长的伤心地,不去了。另外两个姑娘一直喜欢跟着她,因此也不去了。
只有朱潇潇在美丽的寝室长和美味的汤头之间选择了后者。室友们同样表示很理解——"在潇潇心里美食永远排第一嘛,快去快去,替我们也多吃一点。"

朱潇潇头回单独去吃麻辣烫,那个外卖小哥照例匆匆地进门,匆匆地把十几个袋子往自己指头上挂,又匆匆地出门。
可那天他的脚步却在擦过她的时候顿住了。
"今天你一个人?"
朱潇潇蒙了好久才确定他在和自己说话,红着嘴唇答:"是啊。"
他忽然咧嘴一笑,指着她问:"你是不是那个'小朱爱吃'?"
那会儿朱潇潇刚做吃播没多久,平台上只有两位数的粉丝。她不定时地开直播吃东西,都是趁室友都不在的时候。那时候,连弋戈都还不知道她在做吃播。
居然有人认出她,她愣了好一会儿支吾着承认:"是。"
说不清为什么,那一刻她只觉得很难堪。
她直播里吃的东西都很随意,不精致,吃相也不克制。她以为现实生活中永远不会有人认出那些直播里她那张贪婪的肿胀的脸。
但他看起来很惊喜:"真的是你啊!我看过你的直播!"
嗓门太大,店里所有人都看过来,估计以为她是什么有名的网红。
朱潇潇僵着脸笑。
那人似乎真的很高兴,上前两步想要和她聊。

朱潇潇如临大敌。

还好,他刚要坐下来,忽然想起自己手里拎的东西,又"噌"地从凳子上弹起来:"哦,我还有外卖要送!下回我接少点单,咱们再聊!"

那天朱潇潇头一次没吃完,剩了一大半的麻辣烫,赶在所有食客都来打量她之前走了。

再聊个屁。

朱潇潇希望他立刻发财,再也不用送外卖,再也不会往这家店来。

她特意隔了一个多月再去,为此忍了好久的馋虫。

可惜,那人没发财。

看见她,特别惊喜,还真取消了订单、关了系统,叫了碗麻辣烫坐下来同她唠家常似的:"你上个礼拜直播吃的那个锅包肉是不是不大好吃?"

朱潇潇回想了一下,没啊,挺好吃的。然而过两秒又想,也可能是她太不挑食,但她并不想留下一个"什么都吃"的印象。

于是她点头,模棱两可地"嗯"了一声。

那人"嘿"地一笑:"我就知道!你那玩意儿一看就不行,皮看着太厚了,而且一看就放了番茄酱。我们东北的锅包肉从来不放番茄酱!"

"那放什么?"朱潇潇不由自主地被他带进话题里,那人误打误撞,特别精准地踩到了她话匣子的开关。

"白糖白醋啊!葱丝胡萝卜丝儿啊!"他嘬了一大口红薯粉,又说,"对了,还有这麻辣烫,你没吃过东北的麻辣烫吧?放白糖的!"

"白糖?"朱潇潇震惊,并在震惊中自然流露出了一些对新奇美食的向往。

那人很得意:"对啊,没吃过吧?"

朱潇潇默默咽了咽口水。

那天他们一直聊到朱潇潇上课前。

朱潇潇知道了他叫柏杨,东北人,二十二岁,没念大学,那是他在北城打工的第三年。他外卖送得很好,也很俭省,所以一个月能攒下来一万多块钱,打算攒够了钱回老家买房开店。

他说他还没想好要开什么店,火锅或者羊蝎子都行。但如果是卖麻辣烫的话，那他应该已经攒够钱了。
"以后我要是真开店了，请你来我店里直播成吗？"
"我特喜欢看你直播，特别自然，舒服。"

还好那天吃的是特辣麻辣烫，朱潇潇有充分的理由脸红到最后。
她心想，东北人都这样吗？好健谈啊。

恋爱是从夏天开始谈的，在柏杨第六次取消订单坐下来同她一起吃麻辣烫之后。
朱潇潇有点难受，抬头问："你老这么不接单，不会影响评价吗？"
柏杨笑："不影响。"
"不耽误你攒钱吗？"
"不耽误。"柏杨摇头，停了两秒，又说，"其实也有点耽误……所以，要不我下回换个时间请你吃饭吧？"
"啊？"朱潇潇错愕。
"换个不用接单的时间，成吗？"

后来他们约会常在早上，点外卖的人不多的时间。朱潇潇因此吃遍了全世界各种风格的早餐。柏杨好似对全北城都了如指掌，朱潇潇在许多个早晨悄悄起床，偷摸摸地溜出寝室，坐在柏杨的电动车后面，见过什刹海宿醉出来的年轻人，也见过北海公园白衣晨练的老太太。
那些时刻她觉得她和所有这些人共同拥有北城。

朱潇潇还去过柏杨家里，直播。地下室特别小，但对她的手机屏幕来说足够。柏杨就坐在镜头后面，看她吃白糖麻辣烫，时不时递筷子过来给她多加一个丸子。
那段时间她的弹幕比之前多了一些，最多的是问："那是小姐姐的男朋友吗？手好好看！"
朱潇潇从来都不回答。

柏杨也很快发现，朱潇潇在极力避免把他们的恋爱关系曝光给任何一个人。

去学校接她,永远是大早上,她室友都没起床的时候她偷偷跑下来;送她回学校,永远停在侧门的夜市边上;他们再也不去那家容易遇到同学的麻辣烫店吃饭;节假日,只要她宿舍有集体安排,她就立刻回绝他,理由也十分充分——这个时间,你肯定有很多单要接吧?别浪费。

柏杨也很快就为朱潇潇的这种行为找到了答案——"跟送外卖的谈恋爱,确实挺没面子的,是不?"

"当然不是!"朱潇潇斩钉截铁地否认,很意外他会这么想。但她又迅速反应过来,是了,她这种举动,他还能怎么想?

可她要怎么和他解释呢?

她要怎么向他说明,她不希望任何人知道这段关系,原因并不在他,而在于她自己。

似乎,"朱潇潇有男朋友了"这件事本身带给她的快乐,就是一种小偷偷到东西之后的快乐,带着随时要被揭发和收回的焦虑与忐忑。

她怎么会谈恋爱呢?

她怎么会跟他谈恋爱呢?

连寝室长都没追上的人,怎么会跟她在一起呢?

二十一岁的朱潇潇无法解释这些问题,也还不知道,这些问题本就不需要解释。

可柏杨最后也没有生她的气,他很理解地点头,伸手捏捏她的脸,就这样将他们这段恋爱中唯一一次争吵结束在了还没爆发的时候。

真正分手是毕业的时候。

那时候朱潇潇的吃播账号已经大有气色,签了杭城的公司,打算去那边发展。柏杨也攒够了钱,按照计划回老家。

十分平静的好聚好散。分手还是在早晨,不过那次柏杨没骑车,他的电动车已经卖了。他打了车来接她去护国寺吃小吃,吃完后朱潇潇送他去了火车站。

火车站人很多,相拥的恋人也很多。

于是朱潇潇头次没有顾忌地抱着柏杨,听见他告别的话是:"我还会看你直播的,等我有钱了,给你送豪华游轮。"

在那之前他送的最多的是鲜花和爱心。

朱潇潇哭了一路回寝室,又花了两个多小时敷冰块消肿,下午笑着去拍了毕业照。晚上同弋戈去爬山,在小月河西路的天桥上喝了啤酒、发了酒疯。

第二天醒来她就去了杭城。在如此紧凑和充满仪式感的一天里,她真正作别了自己的学生时代。

其实离开之前她很想告诉弋戈她谈过恋爱又分了,也很想告诉寝室长那个外卖帅哥昨天之前就是我的男朋友。

可她最终还是没有。

自卑是一块举过头顶的自白书也是一张牢牢捂住她嘴巴的大手,贯穿在她整个青春时代,让她总是想解释自己的一切行为与表现,却又常常发现自己窘迫得无从开口。

朱潇潇又一次在拳击暴汗之后的休息中想到了毕业那天的分离。很奇怪,自从她转型减肥博主之后,她就经常想起柏杨。

她想到柏杨说要送她豪华游轮。可她已经收到过很多豪华游轮了,不知道哪个是他;她也已经不做吃播了,不知道他还看不看。

她的健身直播反馈很不错,这时候她好像终于吃到了一些身材带来的红利。她身高一米六出头,比大部分对手都矮至少十厘米,所以她可以灵活地躲闪、侧步,可以省力地攻击到对手的大腿内侧,可以快速地躲开进攻……

就在刚刚,她才撂下一个一米七五的男人。

她坐靠在栏杆边休息,韩森递手机过来:"有电话。"

她"喂"了好几声,对面的人才支支吾吾:"那个什么,我柏杨啊。"

朱潇潇愣了。

电话那头的人东北口音更重,而且似乎在扯犊子方面已经得道归宗,东拉西扯话了十几分钟家常才不好意思地问她:"我,我新开了个麻辣烫店,就我跟你说过的那种,那种加白糖的正宗东北麻辣烫。你……你有兴趣来做个吃播吗?我、我给你报机票,付佣金,什么都包,你人来就行。"

去东北之前，朱潇潇先和蒋寒衣一起去酒店遥遥看望了一下回国参与学术会议的弋戈女士。因为会议保密级别高，参会期间弋戈只能待在酒店。

两人站在酒店楼下，望着一个个方格似的窗口发晕，找不到哪个才是弋戈的房间。

蒋寒衣通着电话和弋戈一个一个地对着参照物，才终于看到了某层楼探出一颗小脑袋，然后立刻把自己岔开成个"大"字形，激动地挥舞起双臂。

朱潇潇无言地看着自己身边这个仿佛大型LED一样疯狂闪烁着的活人，实在很难将他与前几天某航空公司刚刚大肆宣传的"门面机长"联系在一起。

朱潇潇抢过电话："你男人疯了。"

弋戈的语气很欠扁："没办法，男人谈起恋爱来，很没脑子的。"

电话又被抢回去，蒋寒衣有一肚子的问题："几号结束？时差倒过来了吗？吃得怎么样？要不要我让舅舅给你送点菜来？"

最后费了好大力气把蒋寒衣强行塞进出租车里送走，朱潇潇一边翻白眼一边泼冷水："你这样弋戈会烦你的。"

"怎么会。"蒋公子非常自信地说。

"真的，你要给我我们女人一些空间，不能逼得太紧。"朱潇潇语重心长地说。

"你别给我瞎讲。"蒋寒衣教训她。

朱潇潇耸耸肩，孺子不可教也。

沉默了一会儿，她忽然问："哎，你们男的，一般都喜欢什么礼物？"

蒋寒衣想了想，非常实诚地说："鞋、表、模型、积木。"

朱潇潇吐出两个字："肤浅。"

蒋寒衣白她一眼："你问这个干什么？要送礼给谁吗？"

"……送男人。"

"哈？"

朱潇潇云淡风轻地说："我明天去哈尔滨谈个恋爱。哦，对了，你刚好可以帮我转告你老婆，免得我又说一遍。"

蒋寒衣什么都没听清，只听到了"老婆"二字，嘴角立刻咧到太阳穴，二话不说应下来："没问题，包在我身上！"

番外三
南法玫瑰

博士答辩结束后,弋戈原本打算先同蒋寒衣自驾西海岸玩半个月,然后直接飞去尼斯参加王鹤玲的婚礼。

五十四岁这一年,王鹤玲女士选择了再次走进婚姻。三十岁的法国男人在尼斯老城开一间餐厅,从马耳他到那不勒斯,从游轮到热气球,上天入海地求了六次婚,王鹤玲最终却是在一个寻常的早晨,接过他冲好的咖啡时,看见年轻男人湖蓝色的眼睛,忽然心情愉悦极了,笑起来问他,Would you marry me?

朱潇潇听了这事迹,隔着一千多公里在东北雪地里狂冒星星眼:"我能认你妈当干妈吗?"

弋戈嗤笑一声:"你可专挑我妈的弱项问。"

朱潇潇回怼她:"这话说的,说不定咱妈其实特别擅长当妈,是你不擅长当女儿呢。"

弋戈耸耸肩:"随便吧,能不能多个女儿的,你去婚礼现场自己问。签证办好没?"

"柏杨早办好了,你放心吧。"

弋戈酸掉牙,说她恋爱后失去自理能力连签证都要假他人之手。

朱潇潇眉一扬，不甘示弱："你好意思说我？"

婚礼定在六月，尼斯海岸正蓝、不冷不热的时候，也正好在弋戈博士答辩结束一个月后。蒋寒衣一早飞到洛杉矶陪她毕业。

谁曾想枝节横生，弋子凡一通电话打过来，说弋维山又进了医院，这次情况不太乐观。

电话还是打到蒋寒衣那儿的——弋戈早几年就拉黑了这个莫名其妙的便宜哥哥。

弋子凡这几年也找过弋戈两次，越发摆长兄的架子，话里话外提点她"人不能没良心，那是你亲生父亲"。

但他对蒋寒衣却莫名地客气，讲电话的时候甚至说得上"谦逊"，晓之以情动之以理地让他劝弋戈多回江城看看弋维山。

"有病。"弋戈看着蒋寒衣和弋子凡打电话时客客气气、有来有往，翻了个白眼。

蒋寒衣挂了电话，无奈地接受她这一个"连坐"的白眼，好脾气地搂着她坐下："我没答应，回不回去由你。"

弋戈憋屈地叹了口气。

"时间还充裕，不耽误事。"

弋戈折下白皙的脖颈，把额头抵在他胸膛上，闷闷地说："订票吧。"

蒋寒衣应声，大掌轻轻地揉着她的后颈："好，我陪你。"

飞机落地后又坐高铁回江城，弋戈拖着尤为疲惫的身体直奔仁和医院。

哪知并没有看见预期中弋子凡贴心陪床的孝顺场面。

弋子凡不在。弋维山看起来也并不像弋子凡电话中说的那么"情况紧急"，他面色红润地半坐在床上，手里拿着一个平板电脑在看新闻。

这画面里最叫人意外的，是弋维山床边坐着一个面容和善的中年女人，年纪约莫四十上下，看见弋戈来，似乎有点不知所措，局促地笑了笑，又将目光投向弋维山。

弋戈登时明白过来。

这是诓她回来认识后妈？

· 636 ·

怎么想的？

经那女人眼神一提醒，弋维山似乎这才注意到有人登门，放下iPad看见弋戈，有些严肃地点点头："来了。"

弋戈知道这是在嫌她来得不勤，也不说什么，上前把冬天在爱丁堡旅行买的围巾搁在床头柜上，问："感觉怎么样？听弋子凡说这次情况挺严重的。"

弋维山只道："没那么严重，死不了。"严肃的目光又扫到弋戈身后的蒋寒衣，审视的意味明显。

蒋寒衣不卑不亢，上前打招呼："伯父，好久不见。"

弋维山不搭茬，漠然的目光扫回来，指了指身边的女人对弋戈介绍道："这是你项阿姨。"

弋戈犹豫了两秒，微笑道："项阿姨好。"

项静连忙露出微笑，声音也细细柔柔的，夸她："哎，你好你好。你爸爸总是念叨你，说你特别优秀，他特别为你骄傲。"

她笑起来弋戈才发现，这人眉眼有点像王鹤玲，凤眼、高鼻梁、薄唇，年轻时绝对也是艳杀众人的长相。

可这么一副明艳的五官，放在她脸上却如此柔和恭顺，流露出同王鹤玲截然不同的气质。

项静像身负什么"不能让场面冷掉"的任务似的，明明也尴尬极了，却还是笑着问："听说你刚刚博士答辩完啦？是那个、那个加州……理工大学，是吗？我看过一个美剧，里面好多天才都是这个学校的，你真是太优秀了，怪不得你爸爸这么为你骄傲。"

弋戈见她说得也辛苦，僵笑着道谢。

蒋寒衣正要上前替她解围，弋维山手一挥，吩咐道："你先出去吧。"又看向蒋寒衣，"小蒋也先出去，我跟小戈单独说两句。"

项静如蒙大赦，点点头出了门。

蒋寒衣和弋戈交换个眼神，又礼貌性地同弋维山说了句，也跟着出去了。

"你瞧着项阿姨怎么样？"弋维山问。

弋戈心说，关我屁事。更何况，你都不惜扯谎施压催我来觐见了，我瞧着怎么样,重要吗?

她从果篮里拿了个苹果削起来,模糊道:"挺好的。"

弋维山叹了口气:"性格好,家里也简单,就是年轻时打工太辛苦,伤了身体,耽误了事,所以一直没结婚。"他沉沉地看一眼她,"爸爸这个年纪,也不图什么了,她也是可怜人,平时能跟我说几句话,做饭手艺不错,一起过也不是不行。主要还是希望你喜欢,一家人和和气气的才好,不要折腾来折腾去。"

弋戈如今年近三十,脾气平和了很多,搁以前,弋维山这一段话,她能不能安静听完都不一定。

现在,也就心里愤愤几句,面上再不多说了。

她笑笑:"我觉得挺好,你喜欢就行。"

弋维山见她敷衍,面色不豫,但没发作,转而又说起蒋寒衣。

"你跟这个蒋……蒋寒衣,怎么打算的?"

因为蒋胜男的原因,弋维山一直不喜欢蒋寒衣。这几年见过几次,每次都没好脸色,也不愿跟他多讲几句话。

"没什么打算啊,反正是要一直在一起的。"弋戈吊儿郎当地摆态度。

"瞎搞!"弋维山终于露出怒意,"我就不说他这个人怎么样,还有他那个妈,就你们这么多年,他正儿八经求过婚吗?跟你聊过未来的规划吗?以后你们定居在哪里?他那个工作,到顶了是个什么水平?还在一起,一点规划意识、上进心都没有的人,怎么在一起?"

求婚?当然求过啊,只不过她都拒了。

未来的规划嘛,当然也聊过,他说她去哪他跟去哪儿,反正他就是开飞机的,全球乱跑最方便了。

但这些都没必要告诉弋维山,好像他的首肯多重要似的。

弋戈看着突然发作的亲爹,心里波澜不惊。

她以为这一趟是诓她来跟后妈打个照面,这勉强也就忍了。

可要她千里迢迢回来听他指点她的感情和未来?那可就太高估她的忍耐力了。

弋戈放下削了一半的苹果,看着弋维山,微笑问:"那您觉得呢?我该跟他分手,重新找一个?找个什么样的您满意?"

弋维山沉沉看她一眼:"这些事情,爸爸当然会为你打算。你要是有那个心,多回来几次,爸爸早就安排你跟他们见面了!都是很好的年轻人,知根知底,爸爸也放心。"

弋戈听了,垂眼摇了摇头,轻笑一声:"爸,其实不管是项阿姨李阿姨还是随便什么阿姨,您都没必要特意让我回来见。就算她们以后跟您结了婚,也是要给弋子凡当妈,不是给我当妈,我又不是没妈。您说对吧?"

弋维山脸色沉下去。

"同样的,我跟谁谈恋爱、以后跟谁结婚、在哪儿住,也实在没有必要得到您的首肯。您给我当爸是我爸,生养之恩我当然记得,以后您要是没人管了我肯定管您。但您身体都这样了,就别惦记着给别人也当爸了,是不是?"

弋维山气息渐沉,似乎气极,在弋戈转身要走的那一刻,直挺挺地坐起来怒道:"那你要问谁做主?你妈吗?还是她新找的那个法国人?"

弋戈一顿,着实有点意外,回头讶然道:"你知道啊?"

王鹤玲和弋维山离婚后便断了一切联系,弋维山也从来不提前妻,她还真以为亲爹亲妈老死不相往来了呢。

弋维山被这一问,似乎也反应过来自己失态,靠回床背,黑着脸不说话。

弋戈无奈地叹了声:"爸,你撑着这一副体面这么多年,也不容易,这时候意难平,多不划算,是吧?"

从桃舟到江城,谁不知道,弋维山弋总,事业有成,儿女双全,且两个都是人中龙凤。情史也风流潇洒,跟前妻是半生相伴、好聚好散,后来的红颜知己也个个夸他是海派的绅士,风度翩翩。

弋戈不问他为什么还偷偷关注王鹤玲的新婚,不问他是不是真心记挂王鹤玲,只轻飘飘讲一句——不划算。

辛辛苦苦经营了半辈子的体面,年近六十人生的账面如此风光,这时候闹笑话,对弋维山来说,多不划算。

弋维山被她说得一愣,怔了很久,最终颓然地跌在了床上。

不知是不是错觉,弋戈竟从他苍老的眼睛里,看到一丝茫然。

她真心叮嘱了一句:"您注意身体,要是和项阿姨定下来了,给我打个电话,我回来吃你们的喜酒。以后,也尽量多来看您。"

弋戈转身走出病房,没有再去探究,她的父亲是不是真的会有一些遗憾,是不是真的会思念母亲。

在江城歇了两天,两人又去了赵桃舟,半哄半骗地跟陈春杏说去夏令营,把陈知知也拐上了去巴黎的飞机。

临出发前一晚,陈春杏悄悄把弋戈叫到一边,先是拿了一对金镯子让她给王鹤玲作新婚贺礼,有些赧然地强调了好几遍不是什么好东西,但是个心意;又塞给她一个存折,里头是五万三千块。

"我晓得这种出国的夏令营都好贵的,知知班上有同学去过,说这种夏令营特别好,又学知识,又长见识。我以前是舍不得让知知去,但既然现在要去,这个钱也不能让你出……我手头就是这些,你看够不够,不够……不够就,就算三妈借你的,成不成?"

弋戈拿着那存折,收也不是,不收也不是,最终只得当场扯谎,笑说:"是挺贵的,但也不用这么多啊,一万五就够了。"

陈春杏不信:"哪有那么便宜!"

弋戈脸不红心不跳,拉夏梨出来挡枪:"自己出个机票钱就行的。你忘啦?我那个朋友,夏梨,她当国际志愿者的。这次的项目就是她们机构赞助的,优秀的同学都有补贴。知知成绩那么好,也在补贴范围内的。"

陈春杏将信将疑地问:"这还有奖学金的?"

弋戈笑道:"当然有!知知以后会有很多奖学金的,上大学、出国念书,肯定都不用你花钱。"

陈春杏这才放心下来,很欣慰地笑,又让弋戈好好看着陈知知,别心软,调皮捣蛋的话,该骂就骂,该打就打。

弋戈应得痛快,说肯定不让陈知知太野。

结果到尼斯第一天,陈知知小姐就在海边亲了一个法国男孩。

非常响亮的,"啪唧"一口亲在金发男孩白皙脸颊上,惊得弋戈和蒋寒衣半天回不过神来。

"陈知知!"弋戈拽了陈知知一下。

倒是那小男孩的父母,在一旁哈哈大笑,很乐见其成的样子。小男孩红了脸，但也没躲，低头一边笑一边看着父母嘟囔了一句什么。

陈知知似乎觉得他的反应很奇妙，一个劲儿盯着人家。

弋戈看不下去了："你怎么亲人家？"

陈知知终于分给她一个眼神："他好漂亮！"

蒋寒衣被她逗得笑出声来。

弋戈这会儿毕竟算是个家长，严肃起来道："漂亮你就能亲？你要亲人家，至少得征求别人的同意吧，别耍流氓！"

陈知知撇嘴，像是不太服气，看了看她，又看了看蒋寒衣，哼了一声转过身，竟真的声音嘹亮地夸奖那个小男孩——

"You're beautiful！"

紧接着，她又用初中生的简单英语跟人一家三口攀谈起来，问人家是不是来尼斯度假，打算去哪里玩。

陈知知在桃舟上的中学，英语口语并不标准，有很明显的中式口音，但这一点儿不影响她跟人家聊天，碰到不会说的句子，她也不为难、也不回头求助弋戈，连说带比画，和那对夫妻沟通得十分愉快。

弋戈听到夫妻俩说他们打算这一下午就在海边玩，邀请陈知知一起。

陈知知这时候倒很有礼貌，回头用眼神询问弋戈——行吗？

弋戈有些犹豫，海边人多，她有点担心安全问题。

倒是蒋寒衣心宽，大手一挥说"约会去吧"，揽着弋戈走了。

"我们就在岸上坐着，没事。"

等两人在岸边长椅上坐下，弋戈仍不太放心地追踪着陈知知的身影，只看见这短短三分钟，她已经拉着人家小男孩的手冲向海浪了。

"弋戈，你怎么不跟你妹妹学习学习。"蒋寒衣忽然叹口气说。

"学习什么？"弋戈纳闷地回头。

蒋寒衣却在她扭头的瞬间猛地凑近，鼻息相近的距离，他勾人地笑起来，"我不也挺漂亮的？"

弋戈这才反应过来，一时失笑，双臂却很诚实地搂住了他的脖子，抬起下巴正要吻上去的时候，这人忽然又退了一步。

蒋寒衣笑得贱兮兮："不征求一下我的同意？别耍流氓！"

弋戈白他一眼，很嫌弃他这样耍宝。

·641·

松了手，不亲了。
却被人更强硬地扣住了后脑勺，深深地吻下去。

绵长湿润的吻过后，他的声音同海浪共鸣，低低地响在她耳边——
"这地方，还挺适合耍流氓。"

正式婚礼那天，总共三个伴娘，弋戈和夏梨之外，另一个是王鹤玲在尼斯认识的花艺师。

三个伴郎中，两个是新郎的朋友，另一个是夏梨自带家属，弋戈和朱潇潇终于见到了传闻中的Maunier。

颜值这一块，法国男人确实很能"打"。

朱潇潇看见Maunier第一眼，盘子里刚切下来的松饼忘了吃，被柏杨气鼓鼓地全塞进嘴里。

婚礼很私人，办得也并不隆重，老城的石头小巷里装饰素雅的花和白缎，四位男士穿休闲西装，手捧现摘的花等着伴娘和新娘。

新娘婚纱是紧身的鱼尾蕾丝群，披肩长发上不戴头纱，戴一只玫瑰与蝴蝶兰扎就的花环。走过小巷去往海边的时候，真有蝴蝶飞来，停在王鹤玲的玫瑰上。

伴娘的服装统一，一字肩缎面白色长裙，戴天蓝色的满天星花环。

蒋寒衣很少看弋戈穿礼服，基本都是在她参加年会或者晚宴之类活动的时候，而且回回看见都失控，每次一回家那礼服必定是要在他手下遭殃。

今天不仅只能远远看着，还得看另一个人模狗样的法国人在她身边献殷勤。

他很不爽地跟在人群中，看着弋戈挽那人的手，捧着那人送的花，有说有笑地往海边走。

穿堂风吹进小巷，空气中一股清冽的花香。

花香中，他好似能分辨出弋戈今早喷的香水味，迷离的，叫他心气更不顺了。

"当伴娘就能跟帅哥搭档……"朱潇潇忽然充满遗憾地叹气，很嫌弃

·642·

地看了身边的柏杨一眼,"早知道我就晚点跟你领证了。"

柏杨眼皮一跳:"咋的你还要悔婚?"

朱潇潇笑眯眯:"如果可以的话。"

"不可以!"柏杨搭住她肩膀,扣得死死的。

蒋寒衣在一旁听着,心中长叹——

你好歹还有个证儿。

婚礼仪式简单,新人在神父的见证下宣誓、交换戒指,最后在热烈的掌声中深情拥吻。

气氛太好,弋戈在余光中看见,夏梨和 Maunier 也吻在一起。另一边的花艺师姐姐和刚认识的伴郎也不见外地亲吻对方。

那么……

弋戈感觉到身旁这位伴郎先生轻轻将手贴在了她的腰上,抬头,对方目光灼灼,在询问的示意中一寸寸靠近。

为了避免某个人毁了她亲妈的婚礼现场,弋戈在他靠近的最后一刹偏开脑袋,轻轻笑了。

伴郎先生也笑出声,最终只用耳语赞美她——

"You're gorgeous today.(你今天真漂亮)"

婚礼过后,宾客们在新郎的餐厅吃午餐。

弋戈陪着王鹤玲上楼去换裙子。蒋寒衣面前一份牛排食不知味,等了半天只见王鹤玲下楼来,弋戈却没了身影。

他左顾右盼的样子被朱潇潇看见,惹来毫不客气的一顿奚落:"别看了,跟人私奔了。"

蒋寒衣四周一环顾,那当伴郎的法国人居然真的也不见了。

虽然知道不可能,但他心里还是不太爽,斥了朱潇潇一句:"别给我乱讲。"

夏梨看热闹不嫌事大,"我刚看见 Silvano 的车开走了。"

Silvano 就是那个伴郎的名字。

蒋寒衣瞪夏梨一眼,"你这都跟谁学的。"

夏梨莞尔:"跟你女朋友呗。"

蒋寒衣刚舒心一秒,她又话音一转,"不对,回来就变前女友了也说不定。"

这饭是彻底吃不下去了吗,蒋寒衣揣上烟盒出了门。

午餐过后婚礼就算正式结束,新郎新娘自有二人时光要度过,其他人也都成双成对的——夏梨跟男朋友去出海;朱潇潇跟柏杨去市场上买肉,据说晚上打算在露台支个炉子搞烧烤,传播一下我国饮食文化;至于那个花艺师……

就在两秒以前,她拽着搭档伴郎的领带,从蒋寒衣面前经过,摇曳生姿地上了楼。

蒋寒衣身边,蹲着一个刚刚送走了小男孩、连婚礼都没赶上的陈知知,撑着脑袋对他叫唤:"我好饿!"

蒋寒衣心浮气躁:"谁叫你见色忘义,连你前婶婶的婚礼都不参加。"

陈知知理直气壮:"我真的饿!你不给我吃的,就是虐待我,我告诉我姐去!"

话音刚落下,楼上传来"吱吱呀呀"的声音。

蒋寒衣:这什么破隔音。

他不耐烦地摁灭烟蒂,拎上陈知知下了楼,进厨房给人弄吃的去了。

弋戈直到傍晚才出现,柏杨的炉子都生起火了。

蒋寒衣站在露台上,看见她在楼下,快快乐乐地抱着一捧玫瑰,蹦跶着进了门。

半分钟后,听见背后熟悉的声音:"好香!你们还真搞到炉子了啊。"

朱潇潇骄傲地昂首挺胸:"那可不,我们家靠这个吃饭的好吗。"

说完又问她:"你去哪儿了?一下午见不着人。"

蒋寒衣背对着大家,耳朵竖起来。

弋戈没答话,目光找到蒋寒衣,走到他身边:"干吗呢,在这儿干站着,不去帮忙?"

哼,真是好样的。

一下午见不着人,刚来就喊他干活。

蒋寒衣黑脸不说话。

"怎么了？"弋戈憋着笑问。

蒋寒衣继续黑脸。

弋戈正要逗他呢，忽然看见他小臂上一道醒目的红痕，顿时紧张起来："这怎么了？"

蒋寒衣听见她语气骤变，心软了一半般，但开口还是硬邦邦："替你带娃，做饭烫的。"

"陈知知？她赶上婚礼了？"

"没赶上，一回来就喊饿，催我去给她做饭。"蒋寒衣这会儿特别风度地告小孩子的状，还添油加醋的，"嘴挑得很，这也不吃那也不吃。"

弋戈环顾一圈，没看见陈知知，不知又上哪儿野去了，有些生气，轻轻扶着蒋寒衣的手臂："饿着拉倒，你干吗管她。"

她轻轻吹了吹他的伤口，吹得蒋寒衣心里熨帖极了，别别扭扭地开口："你下午去哪儿了？"

弋戈动作一顿，小声说："待会儿去房间告诉你。"

房间？蒋寒衣想到一下午都没出来的那对，嗤笑一声："有什么不能现在说，神神秘秘的。"

他心里还有点小脾气，所以语气听起来也硬邦邦的。

弋戈抬头看他一眼，以为他真生气了，想到自己中午跟别人肢体接触确实有点过火，语气便软下来："那我就在这说了？"

蒋寒衣无所谓地"嗯"一声，好像并不在乎她要解释什么似的。

"你想结婚吗？"弋戈平静地说。

"啊？"蒋寒衣猛地回头，疑心自己幻听。

弋戈笑起来，把怀里的玫瑰捧到他面前："我去摘花啦。我妈跟我说附近有一座不错的庄园，里面玫瑰开得很好。

"我今天突然很想向你求婚，可是没准备戒指，只好去摘了一束玫瑰。

"真的很好看，每一朵都是我选的。"

暮色降临，露台上的壁灯亮起。

她怀中的玫瑰娇艳欲滴，一如他多年来唯一注视着的她的脸庞。

蒋寒衣愣了半天,愣到旁边的众人都看不下去,柏杨出声嘘他:"咋回事儿啊兄弟!人姑娘都跟你求婚了!"

一语惊醒梦中人,蒋寒衣回过神来,拔腿就往楼下跑。

弋戈:"哎?"

她抱着玫瑰被晾在原地,倒不是觉得尴尬,只是蒋寒衣这个反应,着实有点超出她的预期了。

她没有想过蒋寒衣会不答应。

半分钟后,蒋寒衣又气喘吁吁地跑回来,手里攥着个盒子。

还没在弋戈面前站定,他霍然单膝跪地,打开手中的盒子,里头静静躺着一枚水滴钻。

从他第一回飞到美国去看弋戈的时候就买了,带在身边很多年。

"戒指……我有。"他还有些喘,努力平复着气息。

"求婚,也应该我来。"

"结婚吧,我们,好不好?"

弋戈点头的那一刻,海边绚丽的烟花怦然绽放。

她在一个漫长温柔的吻中掉了眼泪,有点恼火地捶了蒋寒衣一下:"那个烟花,也是我安排的,怎么变成你的道具了!"

蒋寒衣把她揽进怀里,笑得声音都在发抖:"你怎么回事啊弋戈,我还以为你好不容易掉个眼泪,是被我感动了呢,结果是觉得亏了?"

弋戈泪眼蒙眬的,窝在他怀里瞪他。

这副模样太可爱又太少见,蒋寒衣实在忍不住,又低下头,深深地吻住她——

"那我还你。"